万卷楼
国学经典
修订版

汲取先贤智慧
铺就成功阶梯

万卷楼

万卷楼国学经典
修订版

婉约词

［唐］温庭筠 等 著
杨允 编译
韦异才 修订

北方联合出版传媒（集团）股份有限公司
万卷出版有限责任公司
2023年·沈阳

图书在版编目（CIP）数据

婉约词 /（唐）温庭筠等著；杨允编译；韦异才修订. — 沈阳：万卷出版有限责任公司，2023. 5
（万卷楼国学经典：修订版）
ISBN 978-7-5470-6198-5

Ⅰ. ①婉… Ⅱ. ①温…②杨…③韦… Ⅲ. ①婉约派—宋词—作品集 Ⅳ. ① I222. 82

中国国家版本馆 CIP 数据核字（2023）第 035383 号

出 品 人：王维良
出版发行：北方联合出版传媒（集团）股份有限公司
万卷出版有限责任公司
（地址：沈阳市和平区十一纬路 29 号 邮编：110003）
印 刷 者：辽宁新华印务有限公司
经 销 者：全国新华书店
幅面尺寸：170mm × 240mm
字 数：435 千字
印 张：22
出版时间：2023 年 5 月第 1 版
印刷时间：2023 年 5 月第 1 次印刷
责任编辑：朱婷婷
封面设计：徐春迎
版式设计：范 娇
责任校对：张 莹
ISBN 978-7-5470-6198-5
定 价：58.00 元
联系电话：024-23284090
邮购热线：024-23284050

出版说明

“读万卷书，行万里路”这是中国古人“修身”的两条基本途径。晋代著名史学家陈寿给自己的书斋命名为“万卷楼”，此后，历代以“万卷楼”命名的书斋，由宋至清有数十家：宋代有方略、石待旦等；元代有陈杰、汪惟正等；明代有项笃寿、杨仪、范钦等；清代有孙承泽、黄彭年等。可见，“读万卷书”的理想在中国传统知识分子中是何等的根深蒂固。

读“万卷书”不仅是古人的理想，当我们懂得了读书的意义，都会自然而然地产生强烈的“博览群书”的愿望。然而，人类历史悠久，书籍浩如汪洋大海，时代发展到今天，科技与经济的发展更使得人类的精神领域空前丰富，获取信息与知识的途径不断增加。“万卷书”早已不再是一个象征性的概念，如何从这“万卷”之中，找到最值得细细品读的作品，已经成为人们必须解决的问题。

爱因斯坦曾说过：“在阅读的书中找出可以把自己引到深处的东西，把其他一切统统抛掉。”这正是在阐述读书时选择的重要性。而他所说的把我们“引到深处的东西”无疑就是我们所需要深度阅读的作品，也就是我们常说的经典作品。

卡尔维诺对经典作出的定义之一是：经典就是我们正在重读的。的确，在对经典作品反反复复的品味中，人们思想得到了升华，从浅薄走向思考，最后走到通达。我们都曾有这样的感触，面对海量的书籍和信息，一方面，人们在向着功利性浅阅读大张其道，另一方面，我们的精神深处又在不断地呼唤能够滋养自己内心的深度阅读。因此，经典的价值不仅没有因为浅阅读时代的到来而有所损失，反而更显示出其珍贵来。

在惜字如金的中国传统典籍当中，从来不乏这种需要反复品味的经典。从先秦诸子到历代的经史子集，这些经典为一代代的中国人提供了取之不尽的精神滋养，为中华文化的传承和发展建立了基础。我们把这种包蕴中国文化的学问称为国学。国学的范围非常广泛，它包含了文学、历史、哲学、艺术、语言、音韵等在内的一系列内容。

包罗万象的国学经典为我们提供了广泛的教育。阅读国学经典，也就是在与我们的“先圣先贤”对话和交流，一步步地揳进我们的历史和传统。这个过程可以让我们领会先贤的旨趣，把握他们的神髓，形成恢宏的历史意识，可以让我们通晓文义、熟习经史、通彻学问，让我们成为博学之士。另一方面，国学经典所代表的传统学问，更是具有极为厚重的伦理色彩。阅读国学经典的过程，不仅是增进知识的过程，而且是一个熏陶气质、改善性情、提高涵养的过程，这个过程在潜移默化中培养着行谊谨厚、品行端方、敦品励行的谦谦君子。

当然，随着时代的发展，国学早已不再是人们追求事功的唯一法典，我们也不赞成对国学的功能无限夸大。但毫无疑问，阅读国学经典，必能促进我们对真、善、美的崇敬之心，唤起我们对伟大、深邃、美好事物的敏感和惊奇，同时也让我们了解到先贤们在探寻知识过程中思考的重大课题和运用的基本原则。这些作品体现着我们民族精神的精髓，如《周易》所阐述的“自强不息”的君子人格，《论语》所强调的“和而不同”的包容精神，《诗经》所培养的温柔敦厚的情感，《道德经》所闪耀的思辨智慧，等等，它们共同构筑了中华民族传统的精神范式。品读先贤留下的经典，恰如与他们进行一次次心灵的直接触碰，进而去审视我们自己的内心，见贤思齐，激浊扬清。

正是基于对国学经典的这种认识，我们精选了这套《万卷楼国学经典》系列丛书，以期引导步履匆匆的现代人走近国学经典、了解国学经典。在选编过程中，我们希望能够体现这样一些特点。

首先，我们希望这套丛书能够最具代表性。在选目中，我们注重于最经典、最根源的作品，在有限的时间内，把那些最具影响力，最应该知道的作品提交给读者。四书五经、先秦诸子、唐诗宋词等这些具有符号意义的作品无疑是最应该为我们所熟知的，因此，丛书所选的30种作品都是这些经典中的经典。

其次，我们希望能够做出好读的经典。在面对国学作品时，佶屈的文言和生僻的字词常让普通读者望而却步。所以，我们试图用简洁易懂的形式呈现经典，使读者可随时随地以自己的时间、自己的速度来进入阅读。因此，我们为原著精心添加了注音、注释和译文，使读者能够真正地“无障碍阅读”。同时，我们还邀请北京大学、南京大学、复旦大学等知名学府的古代文学方面专家对丛书进行了整体修订，对原文字句及标点进行核准，适当增删注释条目、校订注释内容，对白话翻译做进一步校订疏通，使图书内容臻于完善，整体品质得到了大幅度提升。作为一名读者，也许你会常常感慨，以前没有花更多的时间去读更多的经典，如今没有机会或能力来细读，但实际上，读经典什么时间开始都不算晚，“万卷楼”就是一个极好的途径。重读或是初读这些经典，一样可以塑造我们未来的生活。

第三，我们希望呈现一套富有美感的读物。对于经典而言，内容的意义永远排在第一位，但同时，我们也希望有精彩的形式与内容相匹配，因而，我们在编辑过程中选取了大量的古代优秀版画作为本书的插图，对图片的说明也做了精心设计。此外，图书的编排、版式等细节设计都凝聚了我们大量的思索。我们希望这套经典不只是精神的食粮，拥有文本意义上的价值，更能带来无限美感，成为诗意的渊薮。

“经典作品是这样一些书，我们越是道听途说，以为我们懂了，当我们实际读它们，我们就越是觉得它们独特、意想不到和新颖。”卡尔维诺经典的评论让人击节叹赏，我们也希望这套丛书能够彰显经典的价值，使读者在细细品读中真正融化经典，真正做到“开茅塞、除鄙见、得新知、增学问、广识见”。同时，经典又是可以被享受的。当我们走进经典之时，不能只作为被动的接受者，也可用个人自我的方式进入经典，做精神的逍遥之游，对经典作品进行贴近个体生命的诠释和阅读，在现实社会之中营造自由的人生意境和精神家园，获取一种诗意盎然的人生。

怎样阅读本书

词评：精选历代名家评语，体会诗词真正的价值。

词人：介绍生卒年，以及生平著作。

译文：流畅、贴切，以现代白话完整展现原著全貌。

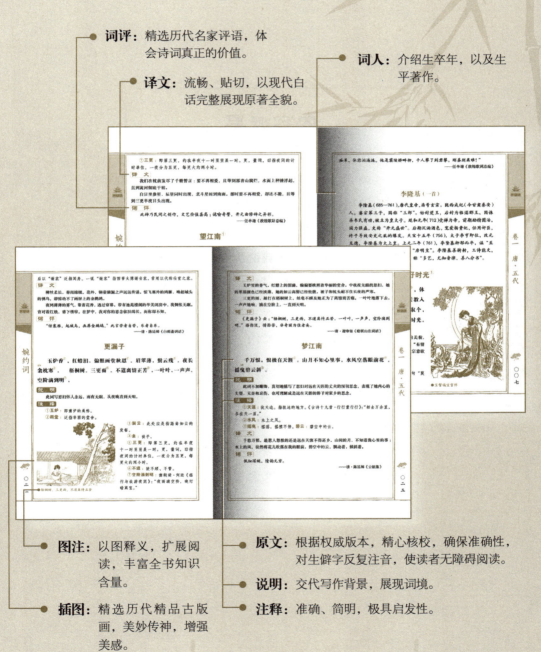

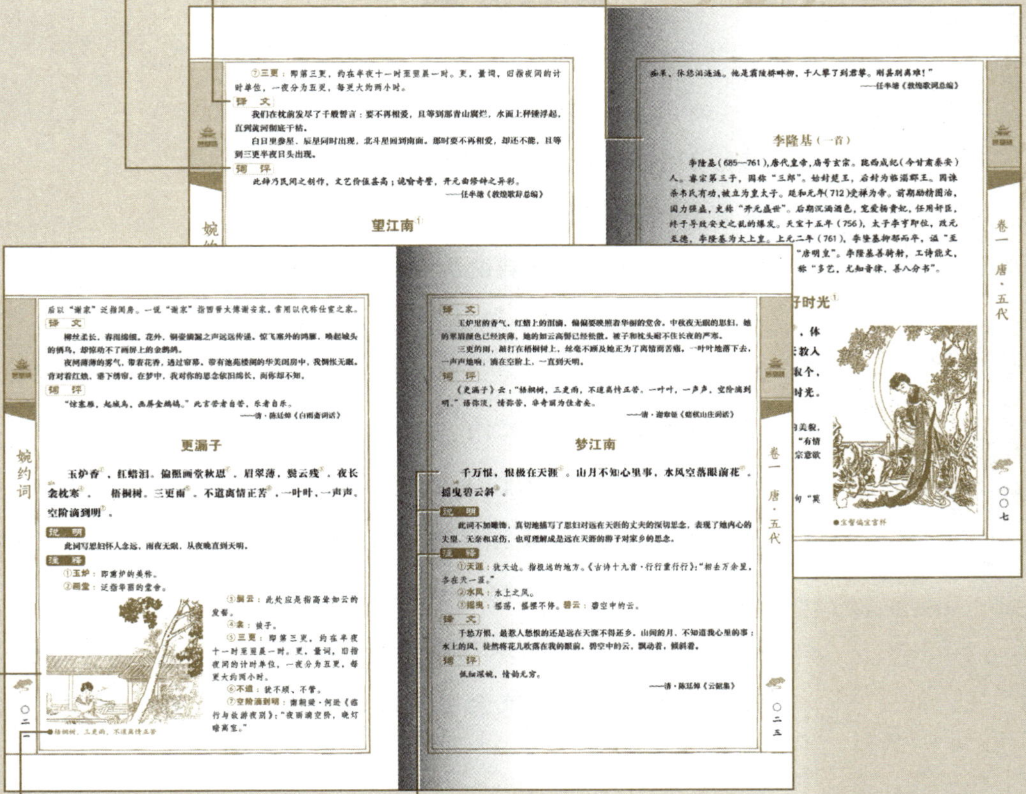

图注：以图释义，扩展阅读，丰富全书知识含量。

插图：精选历代精品古版画，美妙传神，增强美感。

原文：根据权威版本，精心核校，确保准确性，对生僻字反复注音，使读者无障碍阅读。

说明：交代写作背景，展现词境。

注释：准确、简明，极具启发性。

内容概要

婉约词，词的一种流派，这一类词修辞婉转、表现细腻。在取材上，多写儿女之情、离别之情；在表现手法上，多用含蓄蕴藉的方法表现情绪。代表词人有李煜、冯延巳、温庭筠、李清照、柳永等。

本书收录了唐五代、两宋、元、明、清时期众多婉约派词人的近二百首经典之作。在呈现原词的基础上，还增加了作者简介、注释、词解、词评等辅助性条目，并辅以精美的古版画插图和生僻字注音，使全书更便于阅读，更具时代感。

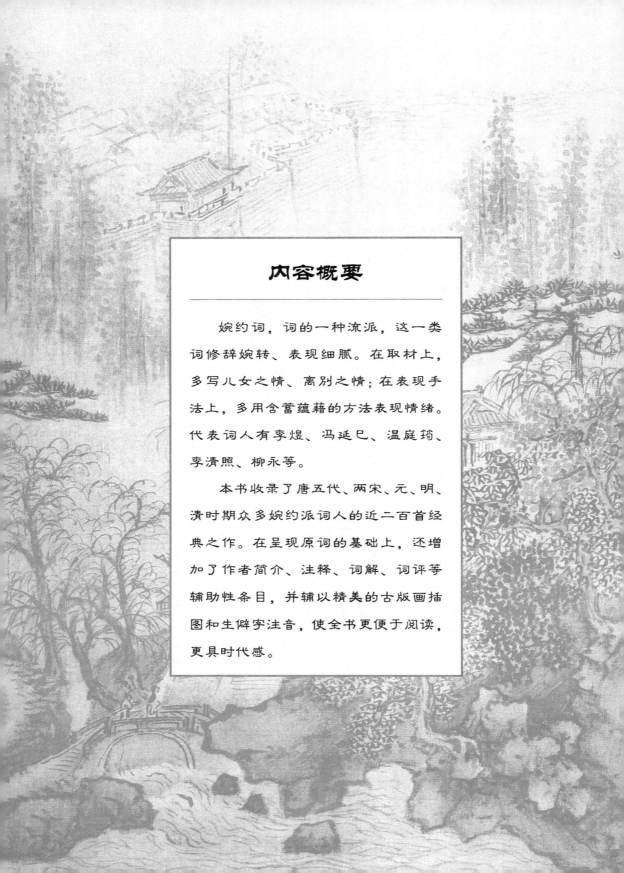

目录

卷一　敦煌曲子词

卷二　唐·五代

卷三　两　宋

卷四　金·元·明·清

卷一 敦煌曲子词

敦煌曲子词

清光绪二十六年（1900），甘肃敦煌藏经洞被发现。随之而来，大量写于公元 8 世纪至 10 世纪之间的唐五代曲子词写本重新问世，这些被发现于敦煌石窟、绝大多数系无名氏作品的民间词被称为“敦煌曲子词”。敦煌曲子词题材广泛，描写内容丰富，在形式上既有小令也有长调，在风格上既有婉约也有豪放。王重民在其《敦煌曲子词集·叙录》中，曾概括所收作品的内容“有边客游子之呻吟，忠臣义士之壮语，隐君子之怡情悦志，少年学子之热望与失望，以及佛子之赞颂，医生之歌诀，莫不入调。其言闺情与花柳者，尚不及半”。

鹊踏枝①

叵耐（pǒ nài）灵鹊多瞒语②，送喜何曾有凭据？几度飞来活捉取，锁上金笼休共语③。　比拟好心来送喜④，谁知锁我在金笼里。欲他征夫早归来，腾身却放我向青云里⑤。

说　明

此词通过思妇与喜鹊的心理独白，巧妙地表达了思妇惦念远游亲人的惆怅心情。构思新奇，情趣盎然，颇有戏剧性。

注　释

①**鹊踏枝：**唐教坊曲名，后用为词牌。一作《雀踏枝》。北宋时改名《蝶恋花》。又名《黄金缕》《卷珠帘》《凤栖梧》《一箩金》等。

②**叵耐：**亦作“叵奈”，不可忍耐，可恶、可恨。**灵鹊：**喜鹊，俗称闻鹊鸣叫，预示将有喜事降临，故称喜鹊。**瞒语：**谎言，一作“谩语”。

③**金笼：**此指编制坚固且精美的鸟笼。**休：**停止。

④**比拟：**本打算。

⑤**腾身：**此指纵身飞起。**青云：**高空的云，此处借指高空。

译　文

可恨这喜鹊多次谎话连篇，胡言乱语。它飞来好几次，所报的喜讯何曾有过凭据。这次我把它活活捉取，锁在坚固精美的鸟笼里，不再和它言语。

我本打算好心来报喜，谁知却把我锁在金笼里。希望她那远征的丈夫早日归来，那时她就会欢欢喜喜把我放出金笼，让我纵身飞到高空里。

词　评

此亦怨词。后半阕作鹊对语，颇朴拙，如古乐府。

——刘永济《唐五代两宋词简析》

临江仙[①]

岸阔临江底见沙，东风吹柳向西斜。春光催绽后园花。莺啼燕语撩(liáo)乱[②]，争忍不思家。　每恨经年离别苦[③]，等闲抛弃生涯[④]。如今时世已参差[⑤]，不如归去，归去也，沉醉卧烟霞[⑥]。

说　明

此词描写游子思乡之情，兼有对时政的不满和对隐居生活的向往。

注　释

①**临江仙：**词牌名。本为唐教坊曲名，多用于歌咏水仙，故名临江仙。后用为词牌，双调五十八字或六十字，平韵。

②**撩乱：**纷乱。

③**经年：**积年，多年。亦泛指历时长久。

④**等闲：**随便，轻易。

⑤**参差：**不一致，这里是不同的意思。

⑥**卧：**此处指隐居。《晋书·谢安传》："中丞高崧戏之曰：'卿累违朝旨，高卧东山，诸人每相与言，安石不肯出，将如苍生何！'"**烟霞：**此指山川美景。

译　文

我站在辽阔的江岸边，透过清澈的江水，可见到江底的细沙。东风吹动柳枝向西倾斜。春光催开了后园的花。纷乱的莺啼燕语声中，我怎么忍得住不思念家乡？

多年承受离别之苦，轻易地抛弃了美好的生活，我每念及此，都感到遗憾布满心房。

如今的时代已不同以往。不如回到家乡，回到家乡，沉醉地隐居在山川美景之旁。

词 评

作者殆一久滞唐都，不满时政，或功名不遂，穷愁潦倒之人，故思乡倍切，慨然有“归欤”之志，将沉醉烟霞，以终其身。从不满时政看，思想性较强。

——任半塘《敦煌歌辞总编》

菩萨蛮[1]

枕前发尽千般愿[2]，要休且待青山烂。水面上秤锤浮[3]，直待黄河彻底枯。　白日参(shēn)辰现[4]，北斗回南面[5]。休即未能休[6]，且待三更见日头[7]。

说 明

此词列举了六种绝不可能发生的自然现象作为盟誓，以此表达对爱情的坚贞不渝。其主题、情调和手法颇似汉乐府民歌《上邪》：“上邪！我欲与君相知，长命无绝衰。山无陵，江水为竭，冬雷震震，夏雨雪，天地合，乃敢与君绝。”

注 释

①**菩萨蛮**：唐教坊曲名，后用为词牌，亦作《菩萨鬘》。《杜阳杂编》称唐宣宗时，女蛮国派遣使者前来进贡，这些使者梳着高高的发髻，头戴金冠，身上披挂着许多珠宝，样貌宛如菩萨，号为菩萨蛮队，当时的优人遂制此曲。此说不可信。据《教坊记》载，开元年间已有《菩萨蛮》曲名。今人或以为骠苴蛮之异译，其调乃缅甸古乐。又名《重叠金》《花溪碧》《子夜歌》等。

②**千般**：各种各样。

③**秤锤**：称重时挂在秤杆上用来使秤平衡、可以移动的金属锤。也称秤砣。

④**参辰**：星宿名。参星在西，辰星在东，二星此出彼没，无法并见。因以用来比喻彼此隔绝。

⑤**北斗**：即北斗星，在北天有七颗亮星排列成斗形，因称“北斗七星”或“北斗星”。

⑥**即**：此处表示转折，意为“却”。

⑦**三更**：即第三更，约在半夜十一时至翌晨一时。更，量词，旧指夜间的计时单位，一夜分为五更，每更大约两小时。

译　文

我们在枕前发尽了千般誓言：要爱恋消失，且等到那青山腐烂，水面上秤锤浮起，直到黄河彻底干枯。

白日里参星、辰星同时出现，北斗星转到南面。那时要不再相爱，却还不能，且等到三更半夜日头出现。

词　评

此辞乃民间之创作，文艺价值甚高；诡喻奇譬，开元曲修辞之异彩。

——任半塘《敦煌歌辞总编》

望江南[1]

莫攀我，攀我太心偏。我是曲江临池柳[2]，者人折了那人攀[3]，恩爱一时间。

说　明

此词真实地抒发了沦落风尘的青楼女子对自身不幸遭际的无奈、悲哀和对专一爱情的渴望。

注　释

①**望江南：**词牌名。原为隋乐曲名。隋炀帝曾制《望江南》八阕。唐用为教坊曲名，后用为词牌。《乐府杂录》谓此调本名《谢秋娘》，是唐朝宰相李德裕为亡姬谢秋娘所作，后改此名。但唐玄宗时教坊已有此曲。白居易依其调作《忆江南》词，始名《忆江南》，又名《梦江南》《江南好》等。

②**曲江：**在今陕西省西安市东南。秦为宜春苑，汉为乐游原，有河水水流曲折，故称曲江。隋文帝以为"曲"字不正直，更名芙蓉园。唐复名曲江。开元中加以修整，为京城长安外著名的游赏胜地。古人惯以曲江柳喻妓。

③**者：**同"这"。

译　文

不要缠着我，缠着我，你就是"死心眼"。我好比曲江池畔的柳条，这人折断了，那人又来牵挽。所谓"恩爱"，只是短暂的一时。

词　评

此辞对宋代之民间歌辞亦有启发。宋人杨湜《古今词话》载《望江南》云："这痴呆，休恁泪涟涟。他是霸陵桥畔柳，千人攀了到君攀。刚甚别离难！"

——任半塘《敦煌歌辞总编》

卷二 唐·五代

李隆基（一首）

李隆基(685—762),唐代皇帝,庙号玄宗。陇西成纪(今甘肃秦安)人。睿宗第三子，因称“三郎”。始封楚王，后封为临淄郡王。因诛杀韦氏有功,被立为皇太子。延和元年(712)受禅为帝。前期励精图治，国力强盛，史称“开元盛世”。后期沉湎酒色，宠爱杨贵妃，任用奸臣，终于导致安史之乱的爆发。天宝十五载（756），太子李亨即位，改元至德，尊李隆基为太上皇。宝应元年（762），李隆基抑郁而卒，谥“至道大圣大明孝皇帝”，故又谓“唐明皇”。李隆基善骑射，工诗能文，通历象之学。《旧唐书·本纪》称“多艺，尤知音律，善八分书”。

好时光[1]

宝髻偏宜宫样[2]。莲脸嫩[3]，体红香。眉黛不须张敞画[4]，天教入鬓长。　莫倚倾国貌[5]，嫁取个，有情郎。彼此当年少，莫负好时光。

宝髻偏宜宫样

说　明

此词上片着重刻画了一位女子的美貌，下片希望她趁着青春年少，及时嫁给“有情郎”，切莫辜负好时光。也有说此为玄宗意欲延揽人才之作。

注　释

①**好时光**：李隆基自作曲，以结句“莫负好时光”最后三字为名。

②**宝髻**：古时妇女发髻的一种。**偏宜**：

最宜，最适合。**宫样：**宫廷中流行的（服饰、装束等的）式样。

③**莲脸：**形容貌美如莲。

④**张敞：**汉宣帝时任京兆尹，曾为妻子画眉。《汉书·张敞传》记载："敞无威仪……又为妇画眉，长安中传张京兆眉妩。有司以奏敞。上问之，对曰：'臣闻闺房之内，夫妇之私，有过于画眉者。'"后成为夫妻恩爱的佳话，广为流传。

⑤**倾国：**《汉书·外戚传》记述李夫人时云："延年侍上起舞，歌曰：'北方有佳人，绝世而独立，一顾倾人城，再顾倾人国。宁不知倾城与倾国，佳人难再得！'"以"倾城""倾国"喻李夫人之美貌动人，后以"倾城倾国"或"倾国倾城"形容女子极其美丽。

译　文

她的宝髻特别符合宫中的式样。莲花般的脸庞娇娇嫩嫩，身体红润，散发着幽香。眉黛不用张敞来画，天生就是入鬓长。

不要倚仗倾国的容貌，要及时嫁给一个有情郎。彼此正当年少，不要辜负美好的时光。

词　评

唐玄宗谙音律，善度曲。尝临轩纵击一曲，曰《春光好》，方奏时，桃李俱发。又制一曲，曰《秋风高》，奏之风雨飒然。玄宗曰："此事不唤我作天公可乎"。词俱失传。

——清·沈雄《古今词话》

韦应物（一首）

韦应物（737？—792？），中唐著名诗人，京兆万年（今陕西西安）人。出身关中望族，唐玄宗天宝十载（751）以家族背景入宫为三卫郎。早年个性潇洒豪迈。后考中进士。先后任滁州、江州、苏州刺史，故世称"韦江州""韦苏州"。曾任左司郎中，故还有"韦左司"之称。长于诗作，尤工于山水田园诗，与王维、孟浩然、柳宗元合称"王孟韦柳"。今传有十卷本《韦江州集》、二卷本《韦苏州诗集》、十卷本《韦苏州集》。《四库全书总目提要》称韦诗"七言不如五言，近体不如古体。五言古体源出于陶，而化于三谢，故真而不朴，华而不绮"。

调　笑[1]

河汉[2]。河汉。晓挂秋城漫漫[3]。愁人起望相思。塞北江南别离。离别。离别。河汉虽同路绝。

说　明

此词以层层递进之法描写两地相思，末句流露出相聚无望的叹息。

注　释

①**调笑：**词牌名。出于唐人酒筵小曲。又名《宫中调笑》《转应曲》等。

②**河汉：**指银河。晴天的夜晚，大量恒星构成银白色的光带在天空呈现，故谓银河，古亦称云汉，又名天河、天汉、星河、银汉。

③**漫漫：**广远无际貌。

译　文

银河，银河，拂晓时分，挂在秋天的城头，广远无边。满怀忧愁的人抬起头来仰望，相互思念。一在江南，一在塞北，彼此别离。离别，离别，虽然望向同一条银河，道路却彼此隔绝。

词　评

人虽南北遥睽，而仰视河汉，千里皆同。有少陵“依斗望京”、白傅“共看明月”之意。而河汉在空，人天路绝，下视尘寰，尽痴男呆女，诉尽离愁，固不值双星一笑。

——俞陛云《唐五代两宋词选释》

张志和（一首）

张志和（生卒年不详），唐代诗人。字子同，本名龟龄，婺州金华（今属浙江）人。十六岁，举明经。肃宗时待诏翰林，授左金吾卫录事参军等职，赐名志和。后因事被贬，自称“烟波钓徒”。著有《玄真子》。多才多艺，善书画，工诗词，又能击鼓吹笛。存《渔父》词五首。

渔　父①

西塞山前白鹭飞②。桃花流水鳜(guì)鱼肥③。青箬(ruò)笠(lì)④，绿蓑(suō)衣⑤，斜风细雨不须归。

说　明

此词写渔隐之乐，寄托了作者超然物外的情怀。

注　释

①**渔父**：词牌名，张志和创制。亦作《渔父词》。《词律》等书曾将此调与唐教坊曲《渔歌子》混为一调，实误。

②**西塞山**：在今浙江省湖州市西南，与今湖北黄石西塞山并非同一处。**白鹭**：又叫鹭鸶，鹤的一种，羽毛雪白，腿长，主要生活在湖沼水田边。

③**桃花**：这里指桃花汛。仲春时江河潮水暴涨，又值桃花盛开，故谓之桃花汛，又称春汛。**鳜鱼**：俗称"桂鱼"，江南名鱼之一，色青黄，间以黑斑。

④**箬笠**：雨具。用箬竹叶或竹篾编制的笠帽。

⑤**蓑衣**：用草或棕制成的、披在身上的防雨用具。

译　文

西塞山边，白鹭高飞。桃花汛来临，水流涨高，鳜鱼肥美。我头顶青色的箬笠，身披绿色的蓑衣，身处斜风细雨中，不必急着回去。

词　评

数句只写渔家之自乐其乐，无风波之患，对面已有不能自由者，已隐跃言外，蕴含不露，笔墨入化，超然尘埃之外。

——清·黄苏《蓼园词评》

王建（二首）

王建（768—835？），字仲初，颍川（今河南许昌）人。家境贫寒，出身低微。文宗大和（827—835）中，出为陕州司马，故世称"王司马"。晚年退居咸阳原上。工于乐府诗，与张籍齐名，世称"张王乐府"。又有诗《宫词》百首，尤传诵人口。亦工词，曾作《宫中三台》《江南三台》等小令,是中唐文人词的重要作者。今存《宫词》一卷并《王建诗集》《王建诗》《王司马集》等。

宫中调笑[1]

团扇[2]。团扇。美人病来遮面。玉颜憔悴三年[3]。谁复商量管弦[4]。弦管。弦管。春草昭阳路断[5]。

说明

此词写宫怨，情调凄苦。末句写君恩被春草阻隔，构思新颖，亦颇为绝望。

注释

①**宫中调笑：**词牌名，即《调笑令》，又名《转应曲》，出于唐人酒筵小曲。

②**团扇：**圆形有柄的扇子。古代宫内多用之，又称宫扇。汉成帝失宠的妃子班婕妤，曾写有《怨歌行》:“新裂齐纨素，鲜洁如霜雪。裁为合欢扇，团团似明月。出入君怀袖，动摇微风发。常恐秋节至，凉飙夺炎热。弃捐箧笥中，恩情中道绝。”后人常以“团扇”秋后见弃，来比喻后妃失宠。

③**玉颜：**形容女子美丽的容貌。常用来喻指美女。

④**管弦：**管乐器与弦乐器。亦泛指乐器。

⑤**昭阳：**昭阳殿的简称，昭阳殿乃汉代宫殿名，汉成帝宠妃赵飞燕所居。后指后妃所住的宫殿。

译文

团扇，团扇，美人生病时，用它来遮面。三年来，憔悴了如玉的容颜，谁还会为她准备演奏管弦。弦管，弦管，春草绵绵无边，通往昭阳宫的道路被遮断。

词评

结句抵宫词百首，而凄艳过之。

——清·陈廷焯《云韶集》

宫中调笑

杨柳。杨柳。日暮白沙渡口[1]。船头江水茫茫。商人少妇断肠。肠断。肠断。鹧鸪(zhè gū)夜飞失伴[2]。

说明

此词描写商人之妻子渴盼丈夫归来的场景，凸显了商人妇无可名状的离别之苦。

注释

①**白沙**：白色的沙滩。

②**鹧鸪**：鸟名。形似雌雉，叫声凄切。古人谐其鸣声为“行不得也哥哥”。

译文

杨柳，杨柳，丝丝摇曳，在那日暮时分的白沙渡口。船头的江水一望茫茫，商人妇因与丈夫分别而断肠。肠断，肠断，就像夜飞的鹧鸪失去了同伴。

词评

王仲初《古调笑》，融情会景，犹不失题旨。

——明·顾起纶《花庵词选跋》

刘禹锡（三首）

刘禹锡（772—842），字梦得，洛阳（今属河南）人。德宗贞元九年（793）进士，又登博学宏辞科。因参与王叔文永贞革新，被贬远州刺史，加贬远州司马，再贬连州刺史。十年后奉诏还京，因所作的诗歌被怀疑有讥刺朝廷之语，再次被贬为播州刺史，改连州。十三年后返京为官，后为太子宾客，世称“刘宾客”。刘禹锡诗文兼善，有“诗豪”之称。与柳宗元友善，并称“刘柳”。与白居易唱和，并称“刘白”。曾为苏州刺史，有治绩，故与韦应物、白居易合称“三杰”。有《陋室铭》《竹枝词》《杨柳枝词》《乌衣巷》等名篇。有《刘梦得文集》，存世有《刘宾客集》。

忆江南[①]

春去也，多谢洛城人[②]。弱柳从风疑举袂(mèi)[③]，从兰裛(yì)露似沾巾[④]。独坐亦含嚬(pín)[⑤]。

说明

此词用拟人手法表达了惜春之情，当作于唐文宗开成三年（838）。当时刘禹锡和白居易同在洛阳，白居易为太子少傅分司东都，“乐天”是白居易的字，白居易写过三首《忆江南》，刘禹锡时为太子宾客分司东都，二人时有唱和，此词乃是刘禹锡和白居易唱和之作。

●独坐亦含颦

注　释

①**忆江南**：词牌名。原为隋乐曲名。隋炀帝曾制《望江南》八阕。唐用为教坊曲名，后用为词牌。《乐府杂录》谓此调本名《谢秋娘》，是唐代宰相李德裕为亡姬谢秋娘所作，后改此名。但唐玄宗时教坊已有此曲。白居易依其调作《忆江南》词，始名《忆江南》，又名《梦江南》《江南好》等。

②**多谢**：此处指殷勤致意。

③**袂**：衣袖。

④**裛**：此处同“浥”，沾湿。

⑤**含颦**：谓皱眉。形容哀愁。颦，古同“颦”。

译　文

春天要离去了，它殷勤致意洛阳人。弱柳随风摆动，好像在举起衣袖与人道别；丛丛兰花被露水沾湿，似乎泣下染巾。我独自坐着，也是皱起眉头，满腹哀愁。

词　评

唐贤为词，往往丽而不流，与其诗不甚相远。刘梦得《忆江南》云：“春去也（略）。”流丽之笔，下开北宋子野、少游一派。唯其出自唐音，故能流而不靡。所谓风流高格调，其在斯乎。

——清·况周颐《蕙风词话》

潇湘神[1]

湘水流[2]。湘水流。九疑云物至今秋[3]。若问二妃何处所[4]，零陵芳草露中愁[5]。

说　明

此为怀古之作，当作于被贬湖南朗州时期，写了九疑山的萧瑟之景，以及舜之二妃娥皇、女英的哀怨之情。

注释

①**潇湘神**：词牌名，又名《潇湘曲》，原为唐代潇湘间祭祀湘妃的神曲，刘禹锡始填两词。单调二十七字，三平韵，叠一韵。潇湘，湖南西南部的潇水、湘水。因湘江在湖南零陵县西与潇水合流，故称潇湘。另外，湘江别称潇湘，因湘江水清深得名。

②**湘水**：湘江。湖南省最大的河流。

③**九疑**：山名，即九嶷山，又名苍梧山，在湖南宁远县南。**云物**：景物，景色。

④**二妃**：指传说中舜的妻子娥皇、女英。相传二妃死于江湘之间，死后成为湘水之神。人称湘妃，亦称湘夫人。

⑤**零陵**：古地名。在今湖南宁远东南。相传舜帝葬于此。

译文

湘水流，湘水流，九疑山的景色至今仍是萧飒如秋。若问舜的二妃娥皇、女英在何处，她们就在零陵芳草的露水中，满怀忧愁。

词评

饶有古意，两宋后此调不复弹矣。

——清·陈廷焯《词则·别调集》

潇湘神

斑竹枝[1]。斑竹枝。泪痕点点寄相思。楚客欲听瑶瑟怨[2]，潇湘深夜月明时。

说明

此词写娥皇、女英对舜的相思之情。末二句流露出自伤流落、自怜幽独之感。

注释

①**斑竹**：竹子的一种，茎上有紫褐色的斑点，也叫湘妃竹。晋人张华的《博物志》记载："尧之二女，舜之二妃，曰湘夫人，帝崩，二妃啼，以涕挥竹，竹尽斑。"

②**瑶瑟**：用美玉装饰的瑟。瑶，美玉。

译文

斑竹的枝，斑竹的枝，上有泪痕点点，用来寄托相思。楚地的游子若想听幽怨的瑶瑟之声，且等到深夜，明月映照潇湘之时。

词评

古致亦不减上章。

——清·陈廷焯《词则·别调集》

白居易（二首）

白居易（772—846），字乐天。祖籍太原（今属山西），徙居下邽（今陕西渭南），生于新郑（今属河南）。先世本龟兹人，汉时赐姓白氏，自幼聪慧。德宗贞元十六年（800）进士，授秘书省校书郎。宪宗元和时，历迁翰林学士、左拾遗、东宫赞善大夫。元和十年（815）宰相武元衡遇刺身亡，上疏主张捕贼，以越职言事，贬江州司马。后曾任杭州刺史、苏州刺史。文宗大和三年（829）为太子宾客，分司东都，遂居洛阳。晚年奉佛，以诗酒自娱，自号香山居士，又号“醉吟先生”。武宗会昌二年（842），以刑部尚书致仕。卒谥文。工诗，倡导“新乐府”运动。诗歌题材广泛，形式多样，有“诗魔”和“诗王”之称。诗文与元稹齐名，世称“元白”。晚年与刘禹锡唱和，又称“刘白”。有《白氏长庆集》传世。

忆江南

江南好，风景旧曾谙（ān）[1]。日出江花红胜火，春来江水绿如蓝[2]。能不忆江南。

●春来江水绿如蓝

说明

白居易年幼时，曾在江南躲避战乱，青年时期，曾漫游江南，旅居苏杭，后又曾担任杭州刺史、苏州刺史，江南在他的心中留有深刻的印记。此为晚年回忆之作。具体的写作时间，历来说法不一。有说写于白居易离苏州之后，有说写于开成二年（837）初夏，还有说写于开成三年（838）、大和元年（827）等。

注释

①**谙**：熟悉。

②**蓝**：植物名，指蓼蓝。一年生草本植物。叶含蓝汁，可制染料。

译文

江南好，那里的风景，我久已熟谙。太阳升起时，江边的花红得胜过火；春天来到时，江水碧绿有如蓼蓝。怎能不追忆江南？

词评

非生长江南，此景未许梦见。

——明·卓人月汇选、徐士俊参评《古今词统》

长相思①

汴水流②。泗(sì)水流③。流到瓜洲古渡头④。吴山点点愁。　思悠悠。恨悠悠。恨到归时方始休。月明人倚楼。

说明

此词写相思之情。上片写景，以景寓情；下片直接抒情。一说此词乃白居易思念侍妾樊素而作。

注释

①**长相思**：唐教坊曲名，后用为词牌。因南朝梁、陈乐府《长相思》而得名。又名《双红豆》《忆多娇》等。

②**汴水**：河川名。在今河南省荥阳市，经山东，入江苏而注于淮河。或称为“汴河”“汴渠”。

③**泗水**：河川名。源出山东省泗水县陪尾山，分四源流，因而得名。或称为“泗河”。

④**瓜洲**：镇名。在江苏省邗江区（今属扬州）南部、大运河分支入长江处。又称瓜埠洲。

译文

汴水流。泗水流。流到瓜洲那个古老的渡口。吴地的点点群山，好似含着无限的哀愁。

思念悠悠无尽。愁恨悠悠无穷。愁恨到人儿归来时，才会罢休。月明之夜，我凝思倚楼。

词　评

"吴山点点愁"，五字精警。

——清·陈廷焯《词则·放歌集》

皇甫松（四首）

皇甫松（生卒年不详），晚唐文学家，名或作嵩。睦州新安（今浙江淳安）人，字子奇，自号檀栾子。工部侍郎皇甫湜之子，举进士不第，终身布衣。工于词。今存词二十余首，见于《花间集》《唐五代词》。王国维辑有《檀栾子词》一卷。

摘得新[1]

酌(zhuó)一卮(zhī)[2]。须教玉笛吹。锦筵(yán)红蜡烛[3]，莫来迟。繁红一夜经风雨[4]，是空枝。

说　明

此词写好景不长，劝人及时行乐。及时行乐的背后暗含着隐痛。皇甫松生活在唐末，此词代表了生于末世的一些人的想法。

注　释

①**摘得新：**原唐教坊曲，后用作词调。皇甫松此调词有数首，其中一首起句云"摘得新，枝枝叶叶春"，因取以为名。

②**酌：**斟酒。**卮：**古代的酒器。

③**锦筵：**美盛的筵席。

④**繁红：**繁花。

译　文

斟酒一卮。应教玉笛吹奏。美盛的筵席上，点起红色的蜡烛，这良辰不要来得太迟。繁花经过一夜的风雨，就只剩空枝。

词　评

比杜秋娘"莫待无花空折枝"，更有含蓄。

——明·卓人月汇选、徐士俊参评《古今词统》

梦江南[1]

兰烬（jìn）落[2]，屏上暗红蕉[3]。闲梦江南梅熟日，夜船吹笛雨潇潇。人语驿边桥[4]。

说明

此词通过梦境回忆从前，梦中的江南正值初夏，景致迷人，词人融情于景，尽显思念之情，蕴味无穷。

注释

①**梦江南**：词牌名。原为隋乐曲名。隋炀帝曾制《望江南》八阕。唐用为教坊曲名，后用为词牌。《乐府杂录》谓此调本名《谢秋娘》，是唐代宰相李德裕为亡姬谢秋娘所作，后改此名。但唐玄宗时教坊已有此曲。白居易依其调作《忆江南》词，始名《忆江南》，又名《江南好》等。

②**兰烬**：烛之余烬。因其状似兰心，故称兰烬。烬，物体燃烧后剩下的东西。

③**红蕉**：指红色美人蕉。

④**驿**：驿亭，驿馆，古时用于公差或行人住宿、换马等临时休息之处。

译文

蜡烛的余烬掉落下来，屏风上红色的美人蕉变得暗淡、无光彩。我在寂寞中进入梦乡，梦到了初夏梅子黄熟之时的江南水乡。船中吹笛之声绵绵不绝，伴着夜雨潇潇。还有人在那驿亭边的桥上，悄悄说着话。

词评

好景多在闲时，风雨潇潇何害。

——明·汤显祖《评花间集》

梦江南

楼上寝，残月下帘旌（jīng）[1]。梦见秣（mò）陵惆怅事[2]，桃花柳絮满江城[3]。双髻（jì）坐吹笙[4]。

说明

此词亦通过梦境回忆从前。梦中的江南正值暮春。词人用虚实相生之法，借梦境描写了美好春光中一个姣美的少女形象，抒发了词人淡淡的忧伤和思念之情，幻境优美，情深意浓。

注　释

①**残月**：此指将落的月亮。**帘旌**：帘端所缀的布帛。

②**秣陵**：地名，即金陵，今江苏南京。

③**江城**：临江的城市。此处指南京。

④**双髻**：少女发式，此处指代少女。髻，盘在头顶或脑后的发结。**笙**：簧管乐器。

译　文

我在楼上安寝，隔帘只见残月落下，一直落到了帘旌。我梦见了惆怅的往事，那时我正身处秣陵。暮春的桃花、柳絮，在江城漫天飞舞飘零。梳着双髻的少女正坐着吹笙。

词　评

梦境，画境，婉转凄清，亦飞卿之流亚也。

——清·陈廷焯《词则·大雅集》

采莲子[1]

船动湖光滟(yàn)滟秋[2]。贪看年少信船流[3]。无端隔水抛莲子[4]，遥被人知半日羞。

说　明

此词描写了一个情愫暗生的生活场景。情窦初开的采莲女勇敢地向心上人示爱，却又担心被人察觉，不觉满面含羞。末二句情趣盎然。

注　释

①**采莲子**：唐教坊曲名，为七言四句、带有和声的诗。后用为词牌。

②**滟滟**：指水波明亮晃动的样子。

③**信船流**：任船随波漂流。信，放任、随意。

④**无端**：没来由，没道理。

译　文

采莲的女孩儿将船划动，湖上水波晃动，秋景宜人。因为贪看少年，她任凭船儿随水漂流。忽然她无故抓起莲子，隔水向少年抛去。瞬间又觉得远远地好像被人看到了，因此害羞了半天。

词　评

写出闺娃稚憨情态，匪夷所思，是何笔妙乃尔！

——清·况周颐《餐樱庑词话》

温庭筠（六首）

温庭筠（约 812—约 866），本名岐，字飞卿，太原祁（今山西祁县）人。相貌奇丑，人称“温钟馗”。才思敏捷，每叉手八次便成诗八韵，人称“温八叉”。诗词兼工，诗与李商隐齐名，并称“温李”；词与韦庄齐名，并称“温韦”。恃才傲物，好讥讽权贵，又放荡不羁，故屡试不第。宣宗大中十三年（859）授随县尉，官终国子助教。精通音律，为“花间派”重要词人，其词风格浓艳，内容多写闺情，对后世文人词的发展影响较大。存词六十九首，数量居唐人之冠。原有词集，已佚，后人辑有《金荃词》。其词多载于《花间集》中，被称为“花间鼻祖”。

菩萨蛮

小山重叠金明灭①。鬓云欲度香腮(sāi)雪②。懒起画蛾眉③。弄妆梳洗迟。

照花前后镜。花面交相映。新帖绣罗襦(rú)④。双双金鹧鸪(zhè gū)⑤。

说　明

此词十分细腻地描绘出了女子慵懒的姿态，虽然都是客观的外在描写，但不难看出女子心中隐含的相思之情。清人张惠言《词选》评曰：“此感士不遇也。……‘照花’四句，《离骚》‘初服’之意。”有过度理解之嫌疑。

●小山重叠金明灭。鬓云欲度香腮雪。

注　释

①**小山**：指女子的“小山眉”。一说指屏风，一说指枕，一说指发髻。**金明灭**：眉形上隐约有金屑闪烁。一说指屏上彩画，一说指枕上金漆，一说指金背小梳。金，指唐代妇女眉际妆饰的“额黄”；明灭，忽隐忽现的样子。

②**鬓云**：形容鬓发浓黑柔美，如乌

云。**度**：度过，滑过。**香腮雪**：即香腮如雪白。

③**蛾眉**：同“娥眉”，蚕蛾触须细长而弯曲，因用以比喻女子美丽的眉毛。

④**绣罗襦**：贴有绣品的丝绸短袄。

⑤**鹧鸪**：鸟名。形似雌雉，头如鹑，胸前有白圆点。

译　文

她的小山眉重重叠叠，眉形上隐约有金屑闪烁，一明一灭。美如乌云的鬓发，将要滑过似雪的香腮。她慵懒地起身描画蛾眉，缓缓地打扮梳洗。

她对着一前一后两面镜，照着新插在鬓边的花朵。镜中的花，与人面交相辉映。她穿上贴有新绣品的罗襦，上面绣着双双对对金色的鹧鸪。

词　评

飞卿词如“懒起画蛾眉，弄妆梳洗迟”，无限伤心，溢于言表。

——清·陈廷焯《白雨斋词话》

更(gēng)漏子①

柳丝长，春雨细。花外漏声迢(tiáo)递②。惊塞雁③，起城乌。画屏金鹧鸪(zhè gū)④。　香雾薄，透帘幕。惆怅谢家池阁⑤。红烛背，绣帘垂。梦长君不知。

说　明

此词写闺思。一位女子长夜闻听更漏之声，由此引发无限的相思。末句颇为惆怅，寂寥哀怨之情蕴藉深厚。

注　释

①**更漏子**：词牌名。因温庭筠词中多咏更漏而得名。双调四十六字，上阕两仄韵、两平韵，下阕三仄韵、两平韵。

②**漏声迢递**：意谓铜壶滴漏之声远远传来。漏声，铜壶滴漏之声。古代用铜壶盛水，滴漏以计时刻。迢递，遥远貌。

③**塞雁**：塞外的鸿雁。塞雁秋季南来，春季北去，因此古人常以之作比，表示对远离家乡的亲人的怀念。

④**画屏**：用图画装饰的屏风。

⑤**谢家**：指闺房。唐代宰相李德裕有妾谢秋娘，李德裕以华屋贮之，眷之甚隆。后以“谢家”泛指闺房。一说“谢家”指西晋太傅谢安家，常用以代称仕宦之家。

译 文

柳丝柔长，春雨绵细。花外，铜壶滴漏之声远远传递。惊飞塞外的鸿雁，唤起城头的栖乌，阁中之人和画屏上的金鹧鸪一样寂寞。

夜间薄薄的雾气，带着花香，透过帘幕。带有池苑楼阁的华美闺房中，我惆怅无眠。背对着红烛，垂下绣帘。在梦中，我对你的思念依旧绵长，而你却不知。

词 评

庭筠工于造语，极为绮靡，《花间集》可见矣。《更漏子》一首尤佳。

——宋·胡仔《苕溪渔隐丛话》

更(gēng)漏子

玉炉香[1]，红蜡泪。偏照画堂秋思[2]。眉翠薄，鬓云残[3]。夜长衾(qīn)枕寒[4]。 梧桐树，三更雨[5]。不道离情正苦[6]。一叶叶，一声声。空阶滴到明[7]。

说 明

此词写思妇怀人念远，雨夜无眠，从夜晚直到天明。

注 释

①**玉炉**：即熏炉的美称。

②**画堂**：泛指华丽的堂舍。

③**鬓云**：指头发。

④**衾**：被子。

⑤**三更**：即第三更，约在半夜十一时至翌晨一时。更，量词，旧指夜间的计时单位，一夜分为五更，每更大约两小时。

⑥**不道**：犹不顾、不管。

⑦**空阶滴到明**：南朝梁人何逊《临行与故游夜别》："夜雨滴空阶，晓灯暗离室。"

●梧桐树，三更雨。不道离情正苦

译 文

玉炉里的香气，红蜡上的泪滴，偏偏

要映照着华丽的堂舍。秋夜无眠的思妇，她眉黛已经淡薄，她的鬓发已经散乱。被子和枕头抵挡不住长夜的严寒。

三更的雨，敲打在梧桐树上，丝毫不顾及她正为了离情而苦痛。一叶叶地落下去，一声声地响，滴在空阶上，一直到天明。

词评

《更漏子》云："梧桐树，三更雨，不道离情正苦。一叶叶，一声声，空阶滴到明。"语弥淡，情弥苦，非奇丽为佳者矣。

——清·谢章铤《赌棋山庄词话》

梦江南

千万恨，恨极在天涯[1]。山月不知心里事，水风空落眼前花[2]。摇曳(yè)碧云斜[3]。

说明

此词不加雕饰，真切地描写了思妇对远在天涯的丈夫的深切思念，表现了她内心的失望、无奈和哀伤，也可理解成是远在天涯的游子对家乡的思念。

注释

①**天涯**：犹天边。指极远的地方。《古诗十九首·行行重行行》："相去万余里，各在天一涯。"

②**水风**：水上之风。

③**摇曳**：摇荡，摇摆不停。**碧云**：碧空中的云。

译文

千愁万恨，最惹人愁恨的还是远在天涯不得还乡。山间的月，不知道我心里的事；水上的风，徒然将花儿吹落在我的眼前。碧空中的云，飘动着，游移着。

词评

低细深婉，情韵无穷。

——清·陈廷焯《云韶集》

梦江南

梳洗罢，独倚望江楼①。过尽千帆皆不是，斜晖脉(mò)脉水悠悠②。肠断白蘋(pín)洲③。

说　明

此为闺怨词。写一痴情女子倚楼眺望，盼夫归来，盼了一整天，却没有结果。

注　释

①**望江楼：** 楼名，因临江故谓“望江楼”。

②**脉脉：** 含情不语貌。

③**白蘋洲：** 生满蘋草的水边小洲。蘋，水草，叶浮水面，夏秋开小白花，故称白蘋。此处“白蘋洲”当指思妇所在之地，或指当初与爱人分别之地。

●肠断白蘋洲

译　文

她梳洗完毕，独自登上望江楼，倚柱远望。江上千帆过尽，她等的人都没出现。斜阳的余晖含情不语，江水悠悠。她相思欲肠断，久久地望向白蘋洲。

词　评

绝不着力，而款款深深，低徊不尽，是亦谪仙才也。吾安得不服古人？

——清·陈廷焯《云韶集》

河　传①

湖上。闲望。雨潇潇。烟浦(pǔ)花桥路遥②。谢娘翠蛾愁不销③。终朝。梦魂迷晚潮④。　荡子天涯归棹远⑤。春已晚。莺语空肠断。若耶溪⑥。溪水西。柳堤。不闻郎马嘶。

说　明

此词同样写游子远行不归，思妇无限惆怅，但境界较开阔。

注　释

①**河传**：词牌名。一作《水调河传》，又名《怨王孙》《月照梨花》等。“河传”之名始于隋代，相传为隋炀帝去江都时所作，声韵悲切，已不传。今见者以温庭筠之作为最早。

②**烟浦**：云雾笼罩的水滨。浦，水滨。

③**翠蛾**：指女子细而长曲的黛眉。蚕蛾触须细长而弯曲，因用以比喻女子美丽的眉毛。

④**梦魂**：古人认为人的灵魂在睡梦时会离开肉体，故称“梦魂”。

⑤**荡子**：指离家远行、羁旅忘返的男子。**天涯**：犹言天边，形容极远的地方。《古诗十九首·行行重行行》：“相去万余里，各在天一涯。”

⑥**若耶溪**：溪名。出浙江绍兴若耶山，向北流入运河。相传乃西施浣纱之所，此指思妇所在之地。

译　文

在湖边上闲暇远眺，春雨潇潇。水滨云雾迷漫，堤岸生花的长桥，看起来是那样迢远。女子的翠眉间，浓愁不消。整天，甚至梦里还在听那湖上的晚潮。

飘荡在外的游子，归舟远在天边。已是暮春，莺语声声，徒然令人肠断。若耶溪西畔的柳堤，听不到郎君的马儿嘶鸣。

词　评

“梦魂迷晚潮”五字警绝。用蝉联法更妙，直是化境。

——清·陈廷焯《云韶集》

司空图（一首）

司空图（837—908），字表圣，自号知非子，又号耐辱居士。祖籍临淮（今安徽泗县东南），故自称“泗水司空氏”“泗水司空图”，自幼随家迁居河中虞乡（今山西永济东）。懿宗咸通十年（869）登进士第。曾任殿中侍御史、礼部员外郎等职。朱温篡唐，召为礼部尚书，司空图以年老为由拒绝出任。第二年，闻听哀帝被弑，绝食而卒。司空图长于诗论，有《二十四诗品》（有云是后人伪托）等。

酒泉子①

买得杏花，十载归来花始坼（chè）②。假山西畔药阑（lán）东③。满枝红。

旋开旋落旋成空④。白发多情人更惜，黄昏把酒祝东风。且从容⑤。

说　明

此词作于唐僖宗广明二年（881）春，此时司空图正避居故乡河中。全篇围绕“杏花”着笔，买花、种花、赏花、惜花，通过杏花易凋，“旋开旋落旋成空”，感慨韶华易逝、人生易老，其中也含有忧国之思。

注　释

①**酒泉子**：唐教坊曲名，后用为词牌。

②**十载归来**：唐懿宗咸通十年（869）司空图进士及第，离开故乡河中，宦游在外。唐僖宗广明元年（880）冬，黄巢起义军攻占长安，司空图扈从不及，退还河中。“十载”是举其成数。**坼**：裂开。引申为花开。

③**阑**：本义为门前的栅栏，引申为栏杆。同“栏”。

④**旋**：不久，顷刻之间。

⑤**从容**：不慌不忙，悠闲舒缓。

译　文

买得杏花，十年后归来，花才开放。假山的西畔、药栏的东面，满枝的杏花开得正红。

开得快，落得也快，不久一切成空。白发人多愁善感，于是为此痛惜。黄昏时举酒祈祷东风，且慢行。

词　评

表圣为唐末完人，此词借花以书感。明知花落成空，而酹酒东风，乞驻春光于俄顷，其志可哀。表圣有绝句云：“故园春归未有涯，小栏高槛别人家。五更惆怅回孤枕，犹自残灯照落花。”与此词同慨，隐然有《黍离》之怀也。

——俞陛云《唐五代两宋词选释》

张曙（一首）

张曙（生卒年不详），小字阿灰，南阳（今属河南）人。文章秀丽，僖宗中和（881—885）初应举，当时的人都称他为“将来状元”，张曙亦以此自负。但这一年他竟未及第，至昭宗大顺二年（891）方登进士第。与诗人崔涂、杜荀鹤时有唱酬。曾任拾遗，官至右补阙。工诗善词，才名卓著。

浣溪沙①

枕障薰炉隔绣帷（wéi）②。二年终日两相思。好风明月始应知。　天上人间何处去，旧欢新梦觉来时。黄昏微雨画帘垂③。

说　明

此词是张曙为其叔父张祎悼念亡姬所作。孙光宪《北梦琐言》卷八载：“唐张祎侍郎，朝望甚高，有爱姬早逝，悼念不已。因入朝未回，其犹子（侄子）右补阙曙，才俊风流，因增大阮（魏晋名士阮籍、阮咸为叔侄，阮籍世称‘大阮’，阮咸世称‘小阮’。此处借指张祎）之悲，乃制《浣溪沙》，其词曰（略）。置于几上。大阮朝退，凭几无聊，忽睹此诗，不觉哀恸。乃曰：‘必是阿灰所作。’”

注　释

①**浣溪沙**：唐教坊曲名，后用为词牌。亦作《浣溪纱》《浣纱溪》。分为平仄两体，字数以四十二字居多。

②**枕障**：枕前屏风。**薰炉**：用以熏香或取暖的炉子。**帷**：幔幕。

③**画帘**：有彩绣或画饰的帘子。

译　文

枕障和薰炉，被绣幔阻隔。这两年来，我们整天都在两地相思。但所有这些，只有清风明月，才会知晓。

你和我，一在天上，一在人间，你的芳魂去往何处了呢？刚刚做的梦中，仍是旧日欢乐的场景。可梦醒之后，只有黄昏微雨，画帘低垂。

词　评

对法活泼，导人先路。结句尤佳。

——清·陈廷焯《云韶集》

李存勖（二首）

李存勖（885—926），五代后唐的创建人，沙陀部人，本姓朱耶氏。懿宗咸通（860—873）年间赐姓李。晋王李克用之长子，小字亚子。克用将死，授以三矢曰："必报梁、燕、契丹之仇。"既嗣位，北却契丹，东灭燕，又灭后梁，还矢太庙。于后梁龙德三年（923）称帝，改元同光，国号唐，史称后唐，定都洛阳。后宠信伶人，朝政紊乱，同光四年（926），被乱兵所杀，庙号庄宗。好俳优，洞晓音律，能度曲。存词四首。

一叶落①

一叶落。褰（qiān）朱箔（bó）②。此时景物正萧索③。画楼月影寒④，西风吹罗幕⑤。吹罗幕。往事思量著。

说　明

此词写伤秋忆往之情。全词平平诉来，不加雕饰，却情思缥缈，余味悠长。

注　释

①**一叶落**：词牌名。李存勖自度曲。单调，三十一字，七句，五仄韵、一叠韵。语本《淮南子·说山训》："见一叶落而知岁之将暮。"

②**褰朱箔**：揭起红色的帘子。褰，揭起。朱，一作"珠"。

③**萧索**：冷落衰败的样子。

④**画楼**：雕饰华丽的楼阁。

⑤**罗幕**：丝罗帐幕。

译　文

一片枯叶坠落。我揭起红色的帘子，此时的景物正萧条冷落。画楼上的月影散发着寒光，西风吹动罗幕。伴着飘扬的罗幕，我思量着往事。

词　评

"往事思量"句直书己意，用赋体也。因悲秋而怀旧，情耶怨耶？在"思量"两字中索之。

——俞陛云《唐五代两宋词选释》

忆仙姿[1]

曾宴桃源深洞[2]。一曲清歌舞凤。长记欲别时，和泪出门相送。如梦。如梦。残月落花烟重。

说　明

此词通过歌咏刘晨、阮肇之事，来表达对往昔恋情的追忆，抒情婉约细腻。

注　释

①忆仙姿： 词牌名，李存勖创制。后改为《如梦令》。宋人苏轼《如梦令》注："此曲本唐庄宗制，名《忆仙姿》，嫌其名不雅，故改为《如梦令》。庄宗作此词，卒章云：'如梦，如梦，和泪出门相送。'因取以为名云。"

②曾宴桃源深洞： 此用刘晨、阮肇之事。南朝宋人刘义庆《幽冥录》载："汉明帝永平五年，剡县刘晨、阮肇共入天台山取谷皮，迷不得返。经十三日，粮食乏尽，饥馁殆死。遥望山上，有一桃树，大有子实；而绝岩邃涧，永无登路。攀援藤葛，乃得至上。各啖数枚，而饥止体充。复下山，持杯取水，欲盥漱。见芜菁叶从山腹流出，甚鲜新，复一杯流出，有胡麻饭糁，相谓曰：'此知去人径不远。'便共没水，逆流二三里，得度山，出一大溪，溪边有二女子，姿质妙绝，见二人持杯出，便笑曰：'刘阮二郎，捉向所失流杯来。'晨肇既不识之，缘二女便呼其姓，如似有旧，乃相见欣喜。问：'来何晚邪？'因邀还家。其家筒瓦屋。南壁及东壁下各有一大床，皆施绛罗帐，帐角悬铃，金银交错，床头各有十侍婢，敕云：'刘阮二郎，经涉山岨，向虽得琼实，犹尚虚弊，可速作食。'食胡麻饭、山羊脯、牛肉，甚甘美。食毕行酒，有一群女来，各持五三桃子，笑而言：'贺汝婿来。'酒酣作乐，刘阮欣怖交并。至暮，令各就一帐宿，女往就之，言声清婉，令人忘忧。至十日后欲求还去，女云：'君已来是，宿福所牵，何复欲还邪？'遂停半年。气候草木是春时，百鸟啼鸣，更怀悲思，求归甚苦。女曰：'罪牵君，当可如何？'遂呼前来女子，有三四十人，集会奏乐，共送刘阮，指示还路。既出，亲旧零落，邑屋改异，无复相识。问讯得七世孙，传闻上世入山，迷不得归。至晋太元八年，忽复去，不知何所。"

译　文

曾经欢宴在桃源深洞。仙女清歌一曲，舞姿翩翩如凤。一直深记，临别时，仙女满含热泪出门相送。恍若一场梦，恍若一场梦，残月在天，落花遍地，烟雾浓重。

词　评

此词"残月落花"句，以闲淡之景，寓浓丽之情，遂启后代词家之秘钥。

——俞陛云《唐五代两宋词选释》

和凝（二首）

和凝（898—955），字成绩，郓州须昌（今山东东平）人，自幼聪慧。十七岁，明经及第。十九岁，复登进士第。初被梁宣义军节度使贺瑰辟为从事，后仕唐、晋、汉、周四朝，曾任礼部员外郎、刑部员外郎、端明殿学士、宰相、太子太傅等职。封鲁国公，世称“和鲁公”。善为文章，尤长于短歌艳曲。少时即好为曲子词，流传汴洛，故有“曲子相公”之称。性乐善，常称道后进。好声誉，有集百余卷，自行雕版，模印数百套，已佚。

春光好①

蘋（pín）叶软②，杏花明。画船轻③。双浴鸳鸯出渌汀（lù tīng）④。棹（zhào）歌声⑤。

春水无风无浪，春天半雨半晴。红粉相随南浦晚⑥，几含情。

说明

此词描写春日江南美景，春水泛舟，赏心悦性，末句流露出伤别之意。

注释

①**春光好**：唐教坊曲名，后用为词牌。《羯鼓录》载唐玄宗临轩击鼓，见春色明丽，因取为曲名。又名《愁倚阑令》等。

②**蘋**：水生蕨类植物的一种，顶端生四片小叶，呈田字形。夏秋开小白花。也称“大萍”“田字草”“四叶菜”。

③**画船**：装饰华美的游船。

④**渌**：水清貌。**汀**：水中洲渚。

⑤**棹歌**：行船时所唱的歌。

⑥**红粉**：女子化妆所用的胭脂和铅粉，此处借指美女。**南浦**：南面的水边。常用以指称送别之地。《楚辞·九歌·河伯》：“送美人兮南浦。”南朝梁人江淹《别赋》：“送君南浦，伤如之何。”

译文

蘋叶柔软，杏花明艳，画船轻轻漂荡。成双沐浴的鸳鸯浮出清澈的水面，踏上水中的洲渚。只听得棹歌在水上悠扬。

春水无风无浪，春天半雨半晴。美人送我到水边时，天色已晚，我们都含着几许伤别之情。

词评

前半写烟波画船，见春光之好。后言浪静风微，乍晴乍雨，确是江南风景，绝好惠崇之图画也。

——俞陛云《唐五代两宋词选释》

江城子[1]

竹里风生月上门。理秦筝[2]。对云屏[3]。轻拨朱弦[4]、恐乱马嘶声。含恨含娇独自语，今夜约，太迟生[5]。

说明

和凝写过一组《江城子》，共五首，完整地描写了女子与情郎幽会的过程。此为第二首，写女子等待情郎时的表现和心理活动。

注释

①**江城子**：词牌名，又名《江神子》《水晶帘》《村意远》。唐、五代词多为单调，平声韵。至宋人始作双调，有平韵、仄韵两体。此词单调八句，共三十五字，其中第一、二、三、五、八句押平韵。

②**理**：温习。**秦筝**：古秦地（今甘肃、陕西一带）所产的一种弦乐器。似瑟，相传为秦朝蒙恬所造，故名秦筝。

③**云屏**：有云形彩绘的屏风，或曰用云母作装饰的屏风。云母，矿石名。

④**朱弦**：用熟丝制的琴弦。

⑤**太迟生**：太迟。生，此处是句末语气词，无实意。

译文

竹林里起风了。月亮升起，映照着闺门。她对着云屏而坐，调试秦筝。轻轻地拨弄朱弦，唯恐搅乱马儿的嘶鸣声。她含着怨恨，娇媚地自言自语："今夜的月亮，出现得太迟了！"

词评

和鲁公《江城子》云："轻拨朱弦、恐乱马嘶声。"二语熨帖入微，似乎人

●今夜约，太迟生

人意中所有，却未经前人道过，写出柔情蜜意，真质而不涉尘纤。

——清·况周颐《餐樱庑词话》

韦庄（六首）

韦庄（约836—910），字端己，京兆杜陵（今陕西西安）人。广明元年（880）应举不第，正值黄巢起义军入京，陷兵中，亲眼看见战乱，后有叙事长诗《秦妇吟》记其事。后避地越中，漫游江西、湖湘等地，在江南漂泊十年。乾宁元年（894）中进士，授校书郎，迁左补阙。王建称帝于蜀后，仕蜀，官至吏部侍郎同平章事，卒谥文靖。在成都时，曾居杜甫草堂遗址，故诗集称《浣花集》。词与温庭筠齐名，并称"温韦"。其词清丽疏朗。《花间集》录其词四十八首，王国维辑为《浣花词》一卷。

菩萨蛮

红楼别夜堪惆怅[1]。香灯半卷流苏帐[2]。残月出门时。美人和泪辞。　琵琶金翠羽[3]。弦上黄莺语。劝我早归家。绿窗人似花[4]。

说　明

此词写离别的场景。一说其中蕴含着眷恋君国之意。清人张惠言《词选》："此词盖留蜀后寄意之作。一章言奉使之志，本欲速归。"

注　释

①**红楼**：华美的楼阁，旧指有钱人家女子的住所。一说犹青楼，泛指妓院。

②**香灯**：女子闺中的灯。**流苏**：饰于车马、楼台、帷帐等上面的穗状垂饰物，常用彩色的羽毛或丝线等制成。

③**琵琶**：一种弹拨乐器。初名"批把"。原流行于波斯、阿拉伯等地，汉代传入我国。一说，秦末，百姓苦长城之役，弦鼗而鼓之，琵琶即始于此。南北朝时，又有曲项琵琶传入我国。**金翠羽**：用黄金和翠玉制成的饰物。

④**绿窗**：绿色纱窗。指女子居室。

译　文

红楼的离别之夜足以令人惆怅。香灯下，流苏帐子半卷着。出门时，天边挂着一弯残月。美人含着泪水向我告别。

她弹着饰有金翠羽的琵琶。琵琶弦上传出的乐音，好似黄莺在鸣叫。她劝我早早归家。绿窗边貌美如花的她在等候。

词　评

深情苦调，意婉词直，屈子《九章》之遗。

——清·陈廷焯《词则·大雅集》

菩萨蛮

人人尽说江南好。游人只合江南老[1]。春水碧于天。画船听雨眠。

垆(lú)边人似月[2]。皓腕凝霜雪。未老莫还乡。还乡须断肠。

说　明

此词是韦庄五首《菩萨蛮》中的第二首，表现了对南方自然景物和美好生活的眷恋，兼有漂泊难归的愁苦心情。

注　释

①**只合：**只应，本来就应该。

②**垆边人：**这里指当垆卖酒的女子。垆，旧时酒店里用土砌成的、安放酒瓮的土台子。

译　文

人人都说江南好。好像游人本来就应该在江南终老。春水碧绿明净胜过天。我在画船中，听着雨声入眠。

当垆卖酒的女子姣美如月。双腕好似雪一样洁白。未老时不要还乡。还乡定会悲伤断肠。

●垆边人似月

词　评

一幅春水画图。意中是乡思，笔下却说江南风景好，真是泪溢中肠，无人省得。结言风尘辛苦，不到暮年，不得回乡，预知他日还乡必断肠也，与第二语口气合。

——清·陈廷焯《云韶集》

菩萨蛮

洛阳城里春光好。洛阳才子他乡老[1]。柳暗魏王堤[2]。此时心转迷。　桃花春水渌（lù）[3]。水上鸳鸯浴。凝恨对残晖（huī）[4]。忆君君不知。

说　明

唐僖宗中和（881—885）年间，韦庄曾在洛阳躲避战乱。此词应是借写女子怀人，来表达怀念洛阳之情。

注　释

①**洛阳才子：**原指西汉文帝时的才子贾谊，因其是洛阳人，少年才俊，故称洛阳才子。后泛指洛阳有文学才华的人。一说此指作者自己。

②**魏王堤：**魏王池之堤，洛阳名胜之一。洛水溢而为池，唐太宗贞观中赐魏王李泰，名魏王池，有堤与洛水相隔，名魏王堤。

③**渌：**清澈。

④**残晖：**犹言残阳，残照。

译　文

洛阳城里春光美好。洛阳的才子却在他乡漂泊至老。柳荫遮暗了魏王堤。此时我的心情变得凄迷。

桃花倒映在清澈的春水中，水上鸳鸯正在沐浴。面对残阳的余晖，含恨凝愁，凄苦欲绝。我在想念你，远方的你却无知无觉。

词　评

端己《菩萨蛮》词："凝恨对残晖，忆君君不知。"未尝不妙，然不及"断肠君信否"。

——清·陈廷焯《云韶集》

思帝乡[1]

春日游。杏花吹满头。陌上谁家年少[2]，足风流[3]。妾拟将身嫁与[4]，一生休。纵被无情弃，不能羞。

说　明

此词以少女的口吻，写她对爱情的大胆追求，表达了她自主选择婚姻对象的热烈、质朴的愿望。

注　释

①**思帝乡**：唐教坊曲名，后用为词牌。单调三十三至三十六字，平韵。又名《万斯年曲》《两心知》。

②**陌**：古指田间东西方向的小路，后泛指田间小路。

③**风流**：风雅洒脱，潇洒放逸。

④**妾**：旧时女子自称的谦辞。

●纵被无情弃，不能羞

译　文

春天出去郊游，风吹杏花，落了满头。田间小路上，是谁家的少年，那样洒脱放逸，俊雅风流？我打算以身相许，嫁给他，一生的愿望就此作罢，别无所求。即使被他无情地抛弃，也不以此为羞。

词　评

小词以含蓄为佳，亦有作决绝语而妙者。如韦庄"谁家年少足风流？妾拟将身嫁与，一生休。纵被无情弃，不能羞"之类是也。牛峤"须作一生拚，尽君今日欢"，抑亦其次。柳耆卿"衣带渐宽终不悔，为伊消得人憔悴"，亦即韦意，而气加婉矣。

——清·贺裳《皱水轩词筌》

荷叶杯①

记得那年花下。深夜。初识谢娘时。水堂西面画帘垂②。携手暗相期③。　惆怅晓莺残月。相别。从此隔音尘④。如今俱是异乡人。相见更无因⑤。

说　明

此词用语直白，但语浅情深。上片回忆当初欢会之乐，下片抒发别后的惆怅之情。传说韦庄因宠姬为蜀主王建所夺，而写下这首追念旧欢之词。

注 释

①**荷叶杯**：本为唐教坊曲名。取自隋人殷英童《采莲曲》："荷叶捧成杯。"后用作词牌。

②**水堂**：临水的堂屋。**画帘**：有画饰的帘子。

③**相期**：相约。

④**隔音尘**：指音信、踪迹均隔绝。音尘，声音、尘埃。喻指消息、踪迹。

⑤**无因**：无所凭借，没有机会和缘分。

译 文

记得那年，在花下，正值深夜，就是我初识彼女之时。水堂西面的画帘低垂。我们携手悄悄地相约，共度佳期。

拂晓时，莺儿鸣叫，残月挂空，我们满怀惆怅地相别。从此音信全无，踪迹隔绝。如今，我们都是异乡人。想要相见，更没有机会、没有缘分。

词 评

《荷叶杯》二阕，语淡而悲，不堪多读。

——清·许昂霄《词综偶评》

小重山①

一闭昭阳春又春②。夜寒宫漏永③，梦君恩。卧思陈事暗消魂④。罗衣湿，红袂有啼痕。　歌吹隔重阍(hūn)⑤。绕庭芳草绿，倚长门⑥。万般惆怅向谁论。凝情立，宫殿欲黄昏。

说 明

此词写宫怨。一说是韦庄思念被夺入宫中的宠姬之作。相传韦庄的宠姬被蜀主王建所夺。据杨湜的《古今词话》所载，韦庄有宠姬，"姿质艳丽，兼擅词翰"，蜀主王建"托以教内人为词，强庄夺去"，韦庄于是作《荷叶杯》《小重山》等词，词流入禁宫，宠姬闻之伤心欲绝，不食而死。

注 释

①**小重山**：词牌名。又名《小冲山》《小重山令》等。

②**昭阳**：昭阳殿，汉代宫殿名，汉成帝宠妃赵飞燕所居。后泛指后妃所住的宫殿。

③**宫漏**：古代宫中计时的器具。用铜壶滴漏，故谓宫漏。

④**陈事**：往事，旧事。**消魂**：亦作“销魂”，为情所惑而心神迷乱。此处形容极度悲愁。

⑤**歌吹**：歌唱吹奏。**重阍**：重重宫门。阍，宫门。

⑥**长门**：汉宫名。汉武帝的皇后陈阿娇失宠之后，退居长门。司马相如《长门赋》序：“孝武皇帝陈皇后时得幸，颇妒，别在长门宫，愁闷悲思。闻蜀郡成都司马相如天下工为文，奉黄金百斤，为相如、文君取酒，因于解悲愁之辞。而相如为文以悟主上，陈皇后复得亲幸。”后以“长门”喻指失宠后妃所居的寂寥凄清的宫院。

译　文

在昭阳宫里一经幽闭，过了一春又一春。寒冷的夜里，宫漏声绵绵不断，梦见君王的隆恩。卧床回想往事，暗自悲伤欲断魂。泪水沾湿了罗衣，红袖上有啼痕。

隔着重重的宫门，传来了歌唱吹奏之声。倚着长门向外观望，只见碧绿的芳草环绕在庭院之中。心里有万般的惆怅，向谁去诉说衷情。痴情地凝立，宫殿将要被笼罩在一片暮色之中。

词　评

（“红袂”句）向作“新揾旧啼痕”，语更超远。“宫殿欲黄昏”，何等凄绝！宫词中妙句也。

——明·汤显祖《评花间集》

薛昭蕴（三首）

薛昭蕴（生卒年不详），字澄州，《花间集》卷三称之为“薛侍郎”，列于韦庄之后，当为前蜀时人。王国维《庚辛之间读书记·跋正德复宋本〈花间集〉》认为《新唐书·薛廷老传》《北梦琐言》所记之薛昭纬即薛昭蕴，但无确证。薛昭蕴擅词，《花间集》存其词十九首。词风绮丽中见清疏，与韦庄词风相似。

浣溪沙

红蓼(liǎo)渡头秋正雨[1]。印沙鸥迹自成行。整鬟飘袖野风香。　不语含嚬(pín)深浦里[2]，几回愁煞棹船郎[3]。燕归帆尽水茫茫。

说明

此词写一位女子在水边苦苦候人，却终究没有等到她想见的人。

注释

①**红蓼**：水蓼的一种，叶卵状披针形，花小，浅红色。

②**含嚬**：皱眉状，形容哀愁。嚬，古同“颦”。**浦**：水边或河流入海的地区。

③**棹船郎**：划船的人。

译文

长满红蓼的渡头，正是秋雨绵绵之时。鸥鸟的足迹印在沙滩上，自然成行。她梳理着髻鬟，野外的香风吹得她衣袖飘扬。

她皱着眉头，默然伫立在水边，愁坏了来来往往的棹船郎。燕子归去，帆船过尽，只剩一片水茫茫。

词评

清与艳皆词境也。此词清中之艳，其艳在神。

——清·况周颐《餐樱庑词话》

浣溪沙

倾国倾城恨有余[1]。几多红泪泣姑苏[2]。倚风凝睇(dì)雪肌肤[3]。

吴(wú)主山河空落日[4]，越王宫殿半平芜[5]。藕花菱蔓满重(chóng)湖[6]。

说明

此词上片述古，下片伤今，借咏西施之事，抒发了世事沧桑的感慨。

注释

①**倾国倾城**：意谓全城、全国的人都为之倾倒。始见于《汉书·外戚传》：“延年侍上起舞，歌曰：‘北方有佳人，绝世而独立，一顾倾人城，再顾倾人国。宁不知倾城与倾国，佳人难再得！’”李延年用其夸赞李夫人的美，后用来形容女子的姝丽。

②**红泪**：晋人王嘉《拾遗记》载：“文帝（指魏文帝曹丕）所爱美人，姓薛名灵芸，常山人也……灵芸闻别父母，歔欷累日，泪下沾衣。至升车就路之时，以玉唾壶承泪，壶则红色。既发常山，及至京师，壶中泪凝如血。”后以“红泪”比喻女子悲伤的眼泪。

③**凝睇**：凝视，注视。白居易《长恨歌》：“含情凝睇谢君王，一别音容两渺茫。”

雪肌肤：形容肌肤白嫩。《庄子》曾云："肌肤若冰雪。"

④**吴主：**指吴王夫差。

⑤**越王：**指越王勾践。**平芜：**杂草丛生的平原旷野。

⑥**重湖：**湖泊相通相连曰"重湖"。

译　文

倾国倾城的美人有那么多的愁恨。她在姑苏流下了多少泪行。肌肤如雪的她迎风伫立，凝视着远方。

吴主的山河，只剩下了落日的余晖；越王的宫殿，大半杂草丛生一片荒芜。荷花菱枝生满了重湖。

词　评

伯主雄图，美人韵事，世异时移，都成陈迹。三句写尽无限苍凉感喟。此种深厚之笔，非飞卿辈所企及者。

——李冰若《花间集评注·栩庄漫记》

谒(yè)金门①

春满院。叠损罗衣金线。睡觉水精帘未卷②。帘前双语燕。

斜掩金铺一扇③。满地落花千片。早是相思肠欲断④。忍教频梦见。

说　明

此词写女子春闺怀人。末二句写因相思而不忍梦见，颇有新意。

注　释

①**谒金门：**唐教坊曲名，后用为词牌。又名《空相忆》《花自落》等。

②**水精帘：**用水晶制成的帘子。比喻晶莹华美的帘子。

③**金铺：**金饰铺首。铺首，门上的衔环兽面。常作虎、螭、龟、蛇等形，多为金属铸成。此处为门户之美称。

④**早是：**已是。

译　文

春光满院。和衣而卧，叠坏了罗衣上的金丝线。睡醒时，还没有将水晶帘卷起，就听到帘前的燕子双双呢喃。

一扇门半掩。满地落花堆了千片。相思已令人肝肠欲断，又怎忍心教我在梦中频频与他相见。

词评

曰“相思”，曰“断肠”，曰“梦见”，皆成语也。看他分作二层，便令人爱不释手。遣词用意当如此。

——清·陈廷焯《云韶集》

牛峤（二首）

牛峤，字松卿，一字延峰，陇西（今属甘肃）人。唐宰相牛僧孺之孙，吏部尚书牛丛之子。博学能文。唐僖宗乾符五年（878）进士，曾任拾遗、补阙、尚书郎。王建为西川节度使，辟为判官。王建称帝，拜给事中，故有“牛给事”之称。擅诗词，以词闻名，词风与温庭筠相似，是“花间派”的著名词人。现存词三十三首，收于《花间集》，王国维辑为《牛给事词》。

望江怨[1]

东风急。惜别花时手频执[2]。罗帏（wéi）愁独人[3]。马嘶残雨春芜湿[4]。倚门立。寄语薄情郎，粉香和泪泣。

●寄语薄情郎，粉香和泪泣

说明

此词写恋人分别的场景。通过景象渲染及白描等手法，形象地刻画了离别的场面，表现了女主人公依依不舍的惆怅之情。

注释

①**望江怨**：词牌名，最早见于牛峤词。又名《望江泣》《望江怨令》等。

②**花时**：百花盛开的时节。常指春日。

③**罗帏**：帷幔，罗帐。

④**春芜**：浓绿的春草。

译文

东风吹得很急。分别时，正值百花盛开的春日。我们频频拉着手，彼此都不忍离开对方。我忧愁地独自进入罗帐。听到马的嘶鸣声，又赶快出门，想传话给薄情郎。却只看到春雨将停，浓碧的春草湿漉漉的，似乎含愁。我倚门伫立，脂粉随泪而流。

词评

有急弦促柱之妙。

——清·许昂霄《词综偶评》

西溪子[1]

捍拨双盘金凤[2]。蝉鬓玉钗摇动[3]。画堂前，人不语。弦解语。弹到昭君怨处[4]，翠蛾愁[5]。不抬头。

说明

此词描写一位女子弹奏琵琶的场景。琵琶声中蕴藏着无言的哀怨。

注释

①**西溪子**：原唐教坊曲名，后用作词牌。

②**捍拨**：琵琶上的饰物，用来防护琴身，以免弹拨时磨坏琴身。宋人叶廷珪《海录碎事·音乐部·琵琶门》："金捍拨在琵琶面上当弦，或以金涂为饰，所以捍护其拨也。"一说"拨"为拨动琵琶筝瑟等弦索的用具，因其质地坚实，故称"捍拨"。又一说捍拨为保护"拨"的饰物。

③**蝉鬓**：古代妇女的一种发式。两鬓梳理成如蝉翼般缥缈动人，故称蝉鬓。

④**昭君怨**：琴曲名，又名《怨旷思惟歌》，相传为王昭君嫁于匈奴后所作。王昭君名嫱，字昭君，汉南郡秭归（今属湖北）人，汉元帝宫女。竟宁元年（前33），匈奴呼韩邪单于入朝，求美人为阏氏（匈奴首领之正妻），元帝令昭君出塞和藩。

⑤**翠蛾**：女子细而长曲的黛眉。借指美女。蚕蛾触须细长而弯曲，因用以比喻女子美丽的眉毛。

译文

琵琶的捍拨上，有金凤双双盘绕着。她的蝉鬓和玉钗摇动着。画堂前，她默默不语。琵琶弦好像在替她言语。弹到《昭君怨》时，她愁眉紧锁，低下头，不肯再抬起。

词　评

短句颇不易作。此作字字得当，有意有笔，能品也。

——清·陈廷焯《云韶集》

张泌（四首）

张泌（生卒年不详），仕前蜀，为舍人。“花间派”词人之一。李冰若《花间集评注·栩庄漫记》云：“张子澄（南唐时亦有一张泌，字子澄，后随李煜归宋。有人认为二者即是一人）词盖介乎温韦之间，而与韦最近。”

浣溪沙

马上凝情忆旧游。照花淹竹小溪流。钿（diàn）筝罗幕玉搔头[1]。　早是出门长带月[2]，可堪分袂又经秋。晚风斜日不胜愁。

说　明

此词写羁旅在外的游子对旧游之地及昔日恋人的思念，因事见意，景中含情。

●照花淹竹小溪流

注　释

①**钿：**用金银玉贝等宝物制成的花朵形的饰物。**玉搔头：**玉簪。古代女子所用的玉制的发簪。《西京杂记》：“武帝过李夫人，就取玉簪搔头。自此后宫人搔头皆用玉，玉价倍贵焉。”

②**早是：**已是。

译　文

我在马上情意专注地回忆旧游。还记得那倒映着花朵、浸润着竹根的小溪流。罗幕中弹着钿筝的她戴着玉搔头。

常常天还没亮，就戴月出门，已是足够辛劳。又怎能禁得起离别的相思又经一秋。晚风萧萧，斜阳日暮，令人不胜悲愁。

词 评

以“忆旧游”领起，全词实处皆化空灵，章法极妙。

——李冰若《花间集评注·栩庄漫记》

浣溪沙

晚逐香车入凤城[1]。东风斜揭绣帘轻。慢回娇眼笑盈盈。　消息未通何计是，便须佯醉且随行。依稀闻道太狂生[2]。

说 明

此词生动刻画了一轻狂少年对所邂逅少女的即兴追求。心动于路上所遇的少女，于是他尾随香车入城，少女浅浅的笑意令他心醉神迷，于是他佯醉随行。简短的四十二个字把少年的狂兴及狂态刻画得淋漓尽致。

注 释

①**香车**：华美的车或轿。**凤城**：京城、京都的美称。

②**太狂生**：过于狂放。生，句末语气助词，无实意。

译 文

晚上，我追着香车，进入京城。东风轻轻地将车上绣帘斜着揭起。车上的美人慢慢回过头，她那美丽的眼睛对我笑盈盈。

没能和她说话该如何是好？于是佯装醉酒，且随车同行。依稀听到她说：“真是太过轻狂！”

词 评

子澄笔下无难达之情，无不尽之境，信手描写，情状如生，所谓冰雪聪明者也。如此词活画出一个狂少年举动来。

——李冰若《花间集评注·栩庄漫记》

江城子

浣花溪上见卿卿[1]。脸波秋水明[2]。黛眉轻。绿云高绾[3]，金簇小蜻蜓[4]。好是问他来得么，和笑道，莫多情。

●浣花溪上见卿卿

说明

此词从男子的角度，刻画了与一女子一见钟情的场景。

注释

①**浣花溪**：又称濯锦江、百花潭。在四川成都西郊，为锦江支流。溪旁有杜甫故宅浣花草堂。**卿卿**：刘义庆《世说新语·惑溺》载："王安丰妇常卿安丰，安丰曰：'妇人卿婿，于礼为不敬，后勿复尔。'妇曰：'亲卿爱卿，是以卿卿；我不卿卿，谁当卿卿？'遂恒听之。"上"卿"字为动词，谓以"卿"称之；下"卿"字为代词，犹言"你"。后两"卿"字连用，作为相互亲昵之称。

②**脸波**：眼波。形容女子目光清澈，流转如波。

③**绿云**：乌黑的云髻。绿，此处指乌黑发亮的颜色。云，指高耸如云的发髻。

④**蜻蜓**：此处指仿蜻蜓状制成的发钗。

译文

在浣花溪边，我见到了心上人。她目光清澈明亮，黛眉淡淡轻轻。乌黑的云髻高高地绾着，云髻上小蜻蜓状的金制发钗，相互簇拥。我问她可不可以来，她笑着说："别多情！"

词评

妙在若会意、若不会意之间，惜语近俚。

——清·陈廷焯《词则·闲情集》

胡蝶儿①

胡蝶儿。晚春时。阿娇初着淡黄衣。倚窗学画伊。 还似花间见，双双对对飞。无端和泪拭燕脂②。惹教双翅垂。

说明

此词写少女因学画蝴蝶而引起了莫名的愁绪。也许是对爱情的渴望，也许是对自由的向往。

注　释

①**胡蝶儿：**此调为张泌所创，取此词起句而名。胡，通“蝴”。

②**无端：**没来由，无缘无故。**燕脂：**即胭脂。

译　文

蝴蝶儿翩翩飞舞。晚春时节小姑娘刚刚穿上淡黄衣，倚着窗子学画它。

蝴蝶儿，还像在花丛里见到的一样，成双成对地飞。忽然间，阿娇无缘无故地哭了起来，泪水滴到了画上，她拭去带着泪水的胭脂，惹得画中蝴蝶的双翅下垂。

词　评

妮妮之态，一一绘出。干卿甚事，如许钟情耶？

——清·陈廷焯《云韶集》

牛希济（二首）

牛希济（872？—？），陇西（今属甘肃）人。牛峤兄之子。遇丧乱，流寓于蜀，仕前蜀为起居郎。后主王衍时，累官翰林学士、御史中丞。国亡，降于后唐。后唐明宗召诸臣赋蜀主降唐诗，希济作诗曰：“唐主再悬新日月，蜀王还却旧山川。”明宗以其但述数尽，独不谤君亲，拜其为雍州节度副使。牛希济以诗词擅名，亦善文，其文学见解颇能切中时弊，对浮华的文风多有针砭。今存其词十四首，收于《花间集》及《唐五代词》。有王国维辑《牛中丞词》一卷。

生查子①

春山烟欲收，天澹(dàn)稀星小②。残月脸边明，别泪临清晓③。

语已多，情未了。回首犹重(chóng)道④：“记得绿罗裙⑤，处处怜芳草。”

说　明

此词写恋人清晨分别的场景，表达了难舍难分、缠绵悱恻的情思。

注　释

①**生查子：**唐教坊曲名，后用为词牌。查，可能通“楂”。此调又名《楚云深》

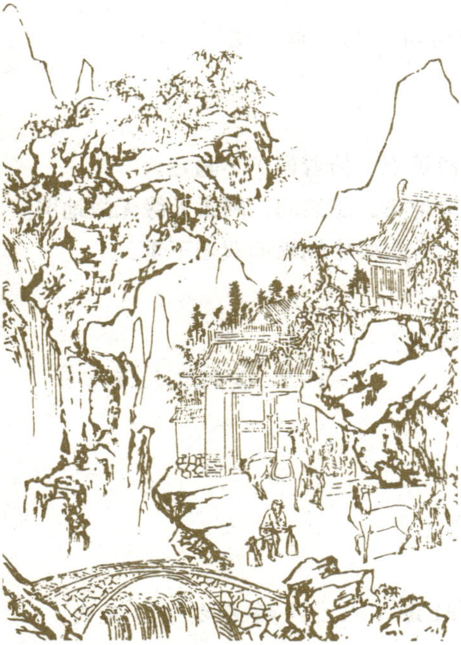

●春山烟欲收，天澹稀星小

《梅和柳》等。

②**澹：**通“淡”，浅淡、暗淡。

③**清晓：**清晨。

④**重道：**又说，再一次说。

⑤**罗裙：**丝织的裙子。泛指女孩的衣裙。

译　文

春山的烟雾将要散去，暗淡的天空中，星星又稀疏又小。残月照亮了她的脸庞，我们洒下泪水，在临别的清晓。

我们说的话已经很多，心底的情意却还未了。她回过头，又说了一遍方才的话：“你不要忘记我的绿罗裙。无论到哪里，都要怜惜芳草。”

词　评

“记得绿罗裙，处处怜芳草”，词旨悱恻温厚而造句近乎自然，岂飞卿辈所可企及？“语已多，情未了。回首犹重道”，将人人共有之情和盘托出，是为善于言情。

——李冰若《花间集评注·栩庄漫记》

生查子

新月曲如眉，未有团圞(luán)意[1]。红豆不堪看(kān)[2]，满眼相思泪。

终日劈桃瓤(ráng)[3]，人在心儿里。两朵隔墙花，早晚成连理[4]。

说　明

此词写相思之情，多用双关语，颇类民歌。

注　释

①**团圞：**圆貌，引申为团聚、团圆之意。

②**红豆：**红豆树、海红豆等植物种子的统称。颜色鲜红，文学作品中常用来象征爱情或相思，也叫“相思子”。

③**桃瓤：**桃肉。瓤，通“瓤”。

④**连理：**不同根的草木，枝干连生。比喻夫妻恩爱或男女欢爱。

译文

新月弯曲如眉，还没有团圆的意思。一看红豆，就忍不住满眼的相思泪。整天剖桃肉，桃仁在心儿里。隔墙相望的两朵花，早晚会结成连理。

词评

借物寓意，诗家谓之风人体，又名吴歌格。以下句释上句，古乐府类然。

——清·许昂霄《词综偶评》

尹鹗（二首）

尹鹗（生卒年不详），成都人。前蜀王衍时任翰林校书，累官至参卿。工于诗词，现存词十七首，见于《花间集》《尊前集》。有王国维辑《尹参卿词》一卷。

临江仙

深秋寒夜银河静①，月明深院中庭。西窗乡梦等闲成②。逡巡（qūn xún）觉（jué）后③，特地恨难平④。红烛半消残焰短，依稀暗背银屏⑤。枕前何事最伤情？梧桐叶上，点点露珠零。

●红烛半消残焰短，依稀暗背银屏

说明

此词写秋夜相思，风格清幽。上片应为游子口吻，下片应为思妇口吻。

注释

①**银河**：晴天的夜晚，大量恒星构成银白色的光带在天空呈现，故谓银河，古亦称云汉，又名天河、天汉、星河、银汉。

②**等闲**：轻易。

③**逡巡**：顷刻间，一刹那。

④**特地**：特别，格外。

⑤**银屏**：镶银的屏风。

译文

深秋的寒夜里，银河寂静无声。明月映照在深深的庭院中。我伏在西窗边，轻易地做成了回乡的梦。然而顷刻之后，我便醒来，心中的愁恨格外难平。

红烛消了一半，残焰很短。一片朦胧之中，我悄悄背对着银屏。枕前何事最令人伤情？就是那梧桐叶上，掉落下来的露珠点点滴零。

词评

"只有一枝梧叶，不知多少秋声"，与"零露"句同感也。

——俞陛云《唐五代两宋词选释》

菩萨蛮

陇（lǒng）云暗合秋天白①。俯窗独坐窥烟陌②。楼际角重吹。黄昏方醉归。　荒唐难共语③。明日还应去。上马出门时。金鞭莫与伊。

说明

此词写女子对行为放荡的夫君的无奈之情。

注释

①**陇**：通"垄"，土埂，此指高丘。

②**烟陌**：烟雾笼罩中的小路。陌，古指田间东西方向的小路，后泛指田间小路。

③**荒唐**：犹荒诞。指思想、言行等不符合常理，使人感到乖谬离奇。也指行为放荡。

译文

高丘上的云悄悄聚集，秋日的天空呈现出一片白色。我俯窗独坐，窥视着窗外那条烟雾笼罩的小路。黄昏时，远处城楼上日暮闭门的号角又开始吹奏，他才醉醺醺地归来。

他行为荒唐放荡，难以沟通。明天，他应该还要走，当他上马出门时，我不能再将马鞭给他。

词评

尹鹗《菩萨蛮》云云，由未归说到醉归，由"荒唐难共语"，想到明日出门时，层层转折，与无名氏《醉公子》略同。"金鞭莫与伊"，尤有不尽之情，痴绝，昵绝。《全唐诗》附鹗词十六阕，此阕最为佳胜。

——清·况周颐《餐樱庑词话》

李珣（四首）

李珣（生卒年不详），字德润，梓州（今四川三台）人，祖籍波斯（今伊朗）。时人因呼为“李波斯”。珣年少好学，后以秀才预宾贡（唐宋科举，称前来应举的周邻各族、各国士人为宾贡），仕前蜀，与尹鹗友善。蜀亡不仕。能诗擅词，以小词供奉宫廷，为前蜀后主王衍所赏识。通医理，著有《海药本草》。现存词五十四首，《花间集》录三十七首，《尊前集》录十八首（其中《西溪子》一词重复）。

浣溪沙

访旧伤离欲断魂①。无因重见玉楼人②。六街微雨镂香尘③。

早为不逢巫峡梦④，那堪虚度锦江春⑤。遇花倾酒莫辞频。

说明

此词写男子追念难以再续的旧缘，抒发了他对玉楼美人的刻骨思念。

注释

①**断魂**：销魂。形容一往情深或哀伤。

②**无因**：无所凭借，没有机缘。**玉楼**：华美的楼阁。

③**六街**：唐都城长安的六条中心大街。后泛指京都的大街和繁华的闹市。**镂香尘**：雕刻香尘。《关尹子·一宇》：“言之如吹影，思之如镂尘，圣智造迷，鬼神不识。”

④**早为**：已是。**巫峡梦**：又作“巫山梦”。宋玉《高唐赋》记楚襄王游云梦台馆，宋玉为其讲述楚怀王梦与巫山神女相会的故事。后常用“巫山”来意喻男女欢合。

⑤**锦江**：岷江的一个分支，在今四川成都平原。传说蜀人织锦濯其中则锦色鲜艳，濯于他水，则锦色暗淡，故称此江为锦江。

●无因重见玉楼人

译文

探访故地，为离别而悲伤，几欲断魂。没有机缘重见玉楼中的人。微雨雕刻着六街上的香尘。

已然不能欣逢欢会的场景，又怎能禁受白白度过锦江的大好春光。遇花就要倾酒，不要频频推辞。

词评

“无因重见玉楼人”，故“遇花倾酒莫辞频”，非曰及时行乐，实乃以酒浇愁，故其词温厚而不儇薄。

——李冰若《花间集评注·栩庄漫记》

浣溪沙

红藕花香到槛(jiàn)频[①]。可堪闲忆似花人。旧欢如梦绝音尘。　翠叠画屏山隐隐[②]，冷铺纹簟(diàn)水潾(lín)潾[③]。断魂何处一蝉新[④]。

说明

此词写男子怀念心中的恋人。词的上片由红藕花香引发对情人及往昔美好的怀念；下片通过对屏风、竹席的刻画，凸显了室内的清冷。全词由景及情，情景交融，情思深切，情韵悠长。

注释

①**红藕**：即红莲。**槛**：栏杆。

②**画屏**：有图案的屏风。

③**冷铺**：席子展开，透出清冷之感。**纹簟**：有花纹的竹席。**潾潾**：波光闪烁的样子。

④**断魂**：销魂。此处形容非常惆怅、悲哀，好像失去魂魄的样子。

译文

栏杆外的红莲花香，频频飘入。在孤寂中回忆那似花之人，怎能忍受得了相思之苦。旧日的欢乐，好似一场梦，如今已是音信全无。

画屏上重重叠翠的青山，隐隐约约。展开的竹席，看起来好似水波潾潾，十分清冷。不知何处传来一声蝉鸣，令人悲伤欲断魂。

南乡子[1]

乘彩舫，过莲塘。棹歌惊起睡鸳鸯[2]。游女带香偎伴笑[3]。争窈窕(yǎo tiǎo)[4]。竞折团荷遮晚照。

说　明

此词描写南中地区的少女荷塘游乐的场景。全词妙语传神，词中有画，具有浓郁的生活气息和民歌风味。

注　释

①**南乡子**：原唐教坊曲名，后用为词牌。以咏南中风物为题，故名南乡子。有单调双调两体。单调二十七字或二十八字、三十字，先用两平韵，后转为三仄韵；双调五十六字或五十四字、五十八字，平韵。

②**棹歌**：行船时所唱的歌。

③**游女**：出游的女子。

④**窈窕**：娴静美好的样子。语出《诗经·周南·关雎》："窈窕淑女，君子好逑。"

译　文

她们乘着彩船，渡过莲塘。棹歌声惊起了沉睡的鸳鸯。出游的少女们身上散发着清香，她们相互依偎着嬉笑，争比谁的容貌最姣好。她们先后折下圆圆的荷叶，遮住夕阳的返照。

词　评

"竞折团荷遮晚照"，生动入画。

——李冰若《花间集评注·栩庄漫记》

南乡子

相见处，晚晴天。刺桐花下越台前[1]。暗里回眸深属(zhǔ)意(yì)[2]。遗(yí)双翠[3]。骑象背人先过水。

说　明

此词写南中地区少女对少年一见钟情的场景。

注　释

①**刺桐**：树名。亦称海桐、山芙蓉，落叶乔木。花、叶可供观赏，枝干间有圆锥形棘刺，故名刺桐。原产印度、马来西亚等地，我国广东一带亦多栽培。**越台**：指汉时南越王赵佗（tuó）所建之台。故址在今广东广州越秀山。

②**属意**：倾心。指男女相爱悦。

③**遗**：（故意）落下。**翠**：指用翠鸟羽毛装饰的首饰。

译　文

他们相见之处，就在刺桐花下越台前。那时正值傍晚的晴天。少女悄悄回眸，对少年深深属意。她故意遗落一双翠羽后，趁他不注意，骑着象，先渡过水去。

词　评

李珣《南乡子》均写广南风土，欧阳炯作此调亦然。珣波斯人，或曾至粤中，岂炯亦曾入粤？不然，则《南乡子》一调，或专为咏南粤风土而制，故作者一本调意为之也。珣词如“骑象背人先过水”“竞折团荷遮晚照”“愁听猩猩啼瘴雨”“夹岸荔枝红蘸水”诸句，均以浅语写景而极生动可爱，不下刘禹锡巴渝《竹枝》，亦《花间集》中之新境也。

——李冰若《花间集评注·栩庄漫记》

魏承班（四首）

魏承班（？—925），许州（今河南许昌）人。父魏弘夫，为前蜀高祖王建的养子，赐姓名王宗弼，封齐王。魏承班为驸马都尉，官至太尉。咸康元年（925）十一月，后唐军攻蜀，承班与其父及家族同遭诛戮。承班工词，今存词二十一首，皆为言情之作。李冰若《花间集评注·栩庄漫记》云：“魏承班词，浓艳处近飞卿，间有清明之作，特不多耳。”

玉楼春[1]

寂寂画堂梁上燕[2]。高卷翠帘横数扇[3]。一庭春色恼人来，满地落花红几片。　愁倚锦屏低雪面[4]。泪滴绣罗金缕线。好天凉月尽伤心，为（wèi）是玉郎长不见[5]。

说　明

此词描写女子春日怀人。全词通过选取“梁上燕”“落花”等意象，寓情于景，写出了女子既因怀人而恼春，又因怀人而怜春的复杂情感。

注　释

①**玉楼春**：词牌名，取白居易“玉楼宴罢醉和春”诗意。一说因五代人顾敻(xiòng)词有“柳映玉楼春日晚”“月照玉楼春漏促”句，欧阳炯词有“春早玉楼烟雨夜”等句，取为调名；又一说，李后主宫中未尝点烛，每夜则悬大宝珠，光照一室，尝赋《玉楼春》词。

②**画堂**：装饰华丽的堂舍。

③**横数扇**：开着几扇窗。

④**锦屏**：华丽的屏风。

⑤**玉郎**：古代女子对丈夫或所喜欢男子的爱称。

译　文

画堂内静静的，有燕子栖息在梁间。绿色的窗帘高高卷起，窗子开着几扇。令人烦恼的春色来临，布满了庭院。满地的落花红红的，不知有多少片。

她愁闷地倚着锦屏，雪白的脸低垂着，泪水打湿了绣罗衣的金缕线。美好的天气和清凉的月光，本是良辰美景，她却在伤心，为的是玉郎很久不见。

词　评

魏承班词，俱为言情之作。如《玉楼春》词，明净自然，不着意雕琢而意境全出。

——金·元好问《遗山集》

诉衷情[1]

银汉云晴玉漏长[2]。蛩(qióng)声悄画堂[3]。筠簟(yún diàn)冷[4]，碧窗凉。红蜡泪飘香。　皓月泻寒光。割人肠。那堪独自步池塘。对鸳鸯。

说　明

此词写女子秋夜怀人。“银汉”“玉漏”“蛩声”等意象的选取，以及“筠簟冷”“碧窗凉”“泻寒光”等独特的用语，令人从视觉、听觉、触觉等各方面深切感受到主人公的凄凉。元好问曾言:“魏承班词，俱为言情之作。大旨明净，不更苦心刻意以竞胜者。”确是。

注释

①**诉衷情：**唐玄宗时教坊曲名，后用为词调。分单调、双调两体。一说是温庭筠创制。晚清人舒梦兰《白香词谱》云："本调为温飞卿所创，取《离骚》中'众不可户说兮，孰云察余之中情'而曰《诉衷情》。"

②**银汉：**指银河。晴天的夜晚，大量恒星构成银白色的光带在天空呈现，故谓银河，古亦称云汉，又名天河、天汉、星河。**玉漏：**古代用来计时的漏壶的美称。

③**蛩声：**蟋蟀的鸣叫声。

④**筠簟：**竹席。筠，竹子的青皮，也是竹子的别称。

译文

银河出现在晴天的夜晚。玉漏声显得那么悠长。寂静的画堂中，蟋蟀的鸣叫声是那么清晰响亮。竹席发冷，碧窗生凉。红烛一边流泪，一边飘香。

皓月流泻着寒光，割人愁肠。哪能忍受独自漫步池塘，看鸳鸯成对成双？

词评

词非诗比，诗忌尖刻，词则不然。魏承班《诉衷情》云："皓月泻寒光，割人肠。"尖刻而不伤巧。

——清·李调元《雨村词话》

生查子

烟雨晚晴天[1]，零落花无语。难话此时心，梁燕双来去。　琴韵对薰风[2]，有恨和情抚。肠断断弦频，泪滴黄金缕。

说明

此词通过对暮春景物的描绘，生动地抒写了抚琴少女幽怨的伤春怀人之情。

注释

①**晚晴：**意谓傍晚晴朗的天色。

②**薰风：**和暖的风。常指初夏时的东南风。薰，此处同"熏"。

译文

绵绵烟雨过后，傍晚天色转晴。零落的花儿，不言不语。难以说出此时的心情，但见梁间燕子双双来去。

在和暖的风中，带着遗恨和柔情抚琴一曲。柔肠寸断，琴弦也频频绷断。滴滴粉泪无声地打湿衣服上的黄金缕。

词评

魏词浅易，此却蕴藉可诵。

——李冰若《花间集评注·栩庄漫记》

渔歌子

柳如眉，云似发。鲛绡(jiāo xiāo)雾縠(hú lóng)笼香雪[1]。梦魂惊[2]，钟漏歇[3]。窗外晓莺残月。　几多情，无处说。落花飞絮清明节。少年郎，容易别。一去音书断绝。

说明

此词写女子在暮春的清晨中怀人。上片写女子容貌之美，以及她梦中惊醒时所见的景致；下片写女子多情地追忆旧事，感伤少年郎音信全无。

注释

①**鲛绡：**传说中鲛人所织的丝绸。借指薄绢、轻纱。南朝梁人任昉《述异记》记载："鲛人即泉先也，又名泉客。南海出鲛绡纱，泉先潜织，一名龙纱，其价百余金。以为入水不濡。南海有龙绡宫，泉先织绡之处，绡有白之如霜者。"晋人张华《博物志》云："南海外有鲛人，水居如鱼，不废织绩，其眼能泣珠。从水出，寓人家，积日卖绡。将去，从主人索一器，泣而成珠满盘，以与主人。"**雾縠：**薄雾般、有皱纹的轻纱。**香雪：**喻指带有香气、如雪般洁白细腻的肌肤。

②**梦魂：**古人认为人的灵魂在睡梦时会离开肉体，故称"梦魂"。

③**钟漏：**钟和刻漏。此处指报时的钟声。

译文

柳就像她的眉，云就像她的发。薄雾般的轻纱下，只见肌肤如雪。她从梦中惊醒，报时的钟声渐渐停歇。已是拂晓，窗外残月一弯，黄莺娇啭。

多少情意，无处诉说。花落絮飞，又到了清明节。少年郎轻易地离别，一走就是音信全无，书信也断绝。

词评

只此容易别时，常种人毕世莫解之恨，那得草草。

——明·汤显祖《评花间集》

毛文锡（二首）

毛文锡（生卒年不详），字平珪，高阳人（今属河北）。唐太仆卿毛龟范子。年十四，登进士第。唐亡，仕前蜀。历任中书舍人、翰林学士承旨、礼部尚书、司徒、判枢密院事等职。天汉元年（917），因事贬茂州司马。后随王衍降后唐。孟氏建后蜀，文锡复以辞章供奉后蜀主孟昶，名声不佳，与鹿虔扆、欧阳炯、韩琮、阎选并称“五鬼”。毛文锡著有《前蜀纪事》二卷、《茶谱》一卷，均已佚。毛文锡词，今存三十余首，见于《花间集》《唐五代词》。清人王初桐《小嫏嬛词话》云：“毛文锡词高丽深厚，亦未免有率露处。”

更漏子

春夜阑（lán）①，春恨切。花外子规啼月②。人不见，梦难凭。红纱一点灯。　偏怨别，是芳节③。庭下丁香千结④。宵雾散，晓霞辉。梁间双燕飞。

说　明

此词写女子春夜怀人。通过典型的意象和环境的烘托，来表现其内心浓重的离愁及无尽的相思。

注　释

①**阑**：将尽。

②**子规**：杜鹃鸟的别称。相传是蜀帝杜宇的魂魄所化，常在夜间鸣叫，声音凄切，故借以抒发悲苦哀怨之情。

③**芳节**：阳春时节。也泛指佳节。

④**丁香千结**：丁香结，即丁香的花蕾。常用来比喻愁思郁结难解。唐人李商隐《代赠》：“芭蕉不展丁香结，同向东风各自愁。”

译　文

春夜将尽，春恨正切。花外，子规正在月光下啼鸣。心上人不在眼前，虚幻的梦又不可凭信。梦醒时，只见红纱笼罩着一点孤灯。

正是芳春时节，我却偏偏在怨别。庭下千棵丁香郁结不解。夜雾消去，朝霞散发着光辉。梁间，一双燕子正绕梁而飞。它们成双成对，我却更显形单影只。

词　评

文锡词质直寡味，如此首之婉而多怨，绝不概见，应为其压卷之作。又：文锡词在《花间》旧评均列入下品，然亦时有秀句，如“红纱一点灯”。

——李冰若《花间集评注·栩庄漫记》

●休相问。怕相问。相问还添恨

醉花间①

休相问。怕相问。相问还添恨。春水满塘生，鸂鶒（xī chì）还相趁②。

昨夜雨霏霏，临明寒一阵。偏忆戍（shù）楼人③，久绝边庭信④。

说　明

此词写思妇怀念远方的征人。全词先以“休相问”领起，为读者留下悬念；接下来又以景衬情；末二句方点明主旨。

注　释

①**醉花间：**词牌名。原本唐教坊曲名。《钦定词谱》卷四：“醉花间，唐教坊曲名。《宋史乐志》：‘双调。’双调四十一字，前段五句三仄韵、一叠韵，后段四句三仄韵。”

②**鸂鶒：**水鸟的一种，又名“溪鸭”“紫鸳鸯”，形大于鸳鸯，而多紫色，好并游。**相趁：**相随，相伴。

③**偏：**表程度的副词，最、很、特别之意。**戍楼：**边地用来瞭望军情的楼。

④**边庭：**也作“边廷”，即边地。

译　文

不要来询问，怕人来询问，若来询问，又会增添我的愁恨。春水涨了满塘，塘中鸂鶒，还是相互跟随，相互陪伴。

昨夜细雨霏霏，天快亮时，陡生一阵寒意。特别想念我那征戍远方的心上人。边地的音信久已断绝。

词　评

《花间集》毛文锡三十一首，余只喜其《醉花间》后段“昨夜雨霏霏”数语。

情景不奇，写出正复不易。语淡而真，亦轻清，亦沉着。

——清·况周颐《餐樱庑词话》

顾敻（三首）

顾敻，生卒年不详。前蜀通正元年（916），顾敻作为小臣给事内庭，见有大秃鹫飞于摩诃池上，作诗咏之，遭人谗毁，几遭不测。久之，擢茂州刺史。后复仕后蜀孟知祥，官至太尉，世称"顾太尉"。一说顾敻实未尝仕后蜀。擅诗词，其词多写艳情。王士禛认为顾敻词"已为柳七一派滥觞"（《花草蒙拾》）。况周颐认为顾敻词乃"五代艳词上驷也。工致丽密，时复清疏。以艳之神与骨为清，其艳乃益入神入骨"（《餐樱庑词话》）。《花间集》收录顾敻词五十五首，《全唐诗》与之同。

虞美人[1]

深闺春色劳思想。恨共春芜长[2]。黄鹂娇啭呢芳妍。杏枝如画倚轻烟。琐窗前[3]。　凭阑愁立双蛾细[4]。柳影斜摇砌[5]。玉郎还是不还家。教人魂梦逐杨花[6]。绕天涯[7]。

说　明

此词写女子春日怀人之情。上片重在描绘春光春色，触景生情；下片直抒胸臆，抒发了浓重的春愁及无尽的相思。

注　释

①**虞美人：**唐教坊曲名，原为古琴曲名，后用为词牌。取名于项羽宠姬虞美人。又名《一江春水》《玉壶水》《巫山十二峰》等。双调，五十六字，上下阕各四句，均为两仄韵转两平韵。

②**春芜：**浓碧的春草。

③**琐窗：**刻有连锁图案的窗棂。连锁，玉制小连环，动则声音清澈而细碎。琐，一作"锁"。

④**双蛾：**双眉。蚕蛾的触须细长而弯曲，古人因用来比喻女子美丽的眉毛。

⑤砌：台阶。

⑥杨花：柳絮。

⑦天涯：犹天边。形容极远的地方。

译　文

春色满园，惹起了深闺中人的相思念远之情。她心中的愁恨，与春草一同生长。黄鹂在花丛中娇啭呢喃。琐窗前，如画的杏枝上，笼罩着淡淡的轻烟。

她凭依着栏杆凝愁伫立，一双细眉紧蹙。柳影斜斜地在台阶上摇动。玉郎仍然未归。令她情思飘荡，在梦中追逐杨花，绕遍天涯。

词　评

读一过，空翠摇滴。

——明·潘游龙《精选古今诗余醉》

诉衷情

永夜抛人何处去[①]，绝来音。香阁掩[②]。眉敛。月将沉。争忍不相寻[③]。怨孤衾（qīn）[④]。换我心、为你心。始知相忆深。

说　明

此词写女子深夜怀人，心上人音信全无令她产生深深的焦虑和不安。作为一首单调小令，此词在主人公形象刻画及心理描写上颇具匠心，语言质朴，真切感人。

注　释

①永夜：长夜。

②香阁：古代对年轻女子内室的称呼。

③争忍：怎忍。

④孤衾：一床被子，犹言孤枕。常用来比喻独宿。衾，被子。

译　文

漫漫长夜，你抛下我，到何处去了？一点儿音信都没有。闺阁的门儿关上，愁眉紧锁，月亮将要落下。怎忍不把你找寻？我哀怨地拥被独眠。唯有把我的心换作你的心，你才会知道，我对你的思念是这样深。

词　评

顾太尉"换我心、为你心。始知相忆深"，自是透骨情语。徐山民"妾心移得在君心，方知人恨深"，全袭此。然已为柳七一派滥觞。

——清·王士禛《花草蒙拾》

荷叶杯

一去又乖期信①。春尽。满院长莓苔②。手捻(niǎn)裙带独徘徊③。来么来④。来么来。

说　明

此词写女子暮春怀人。暮春时节，小庭长满了青苔，相思情切的女子手捻裙带，不住徘徊，相思情状刻画生动，神态形容极妙。

注　释

①**乖：**违背。
②**莓苔：**青苔。
③**捻：**用手指揉搓。
④**么：**语气助词，表疑问。

译　文

他这一去，又违背了约定的时间。春天已过，青苔生满庭院。我手捻裙带，独自徘徊。他回来不回来？回来不回来？

鹿虔扆(yǐ)（一首）

鹿虔扆，生卒年不详，籍贯亦不详。早年读书，见画壁有周公辅成王图，遂以此立志。唐昭宗天复（901—904）年间，于蜀中依王建。后蜀时，登进士第，累官学士，曾任永泰军节度使、检校太尉、太保，人称“鹿太保”。与欧阳炯、韩琮、阎选、毛文锡并以词供奉后主孟昶，时号“五鬼”。国亡不仕。

临江仙

金锁重(chóng)门荒苑静①，绮(qǐ)窗愁对秋空②。翠华一去寂无踪③。玉楼歌吹(chuì)④，声断已随风。　烟月不知人事改⑤，夜阑还照深宫。藕花相向野塘中⑥。暗伤亡国，清露泣香红⑦。

说明

此词抒发亡国之痛。全词着重描写故国沦亡后的荒凉景象，景中含情，末二句点明主旨。字里行间有浓重的黍离之悲。

注释

①**重门**：宫门。南朝齐人谢朓《观朝雨》："平明振衣坐，重门犹未开。"吕向注："重门，帝宫门也。"

②**绮窗**：雕刻或绘饰精美的窗户。绮，原意为有花纹的丝织品，此处为美丽之意。

③**翠华**：以翠羽为饰的旗帜或车盖，旧时为天子出行时所用。

④**歌吹**：歌声和乐声。

⑤**烟月**：云雾笼罩的月亮，意谓朦胧的月色。

⑥**藕花**：荷花。**相向**：相对。

⑦**香红**：指花，此指前面提及的藕花，即荷花。

译文

金锁锁住了重重宫门，荒废的宫苑寂静无声。雕饰精美的窗子，忧愁地面向秋日的天空。天子的仪仗离去后，再无影踪。玉楼中的歌声和乐声，早已随风消散。

云雾笼罩的月亮，不知人事已改，长夜将尽时，依旧照着深宫。荒野的池塘中，藕花相对，暗自为亡国而悲伤，那洁净的露珠，乃是它们泣下的泪。

词评

此阕之妙，妙在以暗伤亡国托之藕花。无知之物，尚且泣露啼红，与上句"夜阑还照深宫"相衬而愈觉其悲惋。其全词布置之密，感喟之深，实出后主"晚凉天净"一词之上，知音当不河汉（比喻言论夸诞，不着边际。《庄子·逍遥游》："肩吾问于连叔曰：'吾闻言于接舆，大而无当，往而不返，吾惊怖其言，犹河汉而无极也。'"后用来形容不置信，又转为忽视之意。）斯言。

——李冰若《花间集评注·栩庄漫记》

阎选（三首）

阎选，生卒年、籍贯皆不详。布衣终身，世称"阎处士"。善小词。后蜀时，以布衣供奉后主孟昶，与欧阳炯、鹿虔扆、毛文锡、韩琮并称"五鬼"。传世作品有十首，八首收入《花间集》，另二首收入《尊前集》。

临江仙

十二高峰天外寒[1]。竹梢轻拂仙坛[2]。宝衣行雨在云端[3]。画帘深殿[4]，香雾冷风残。　欲问楚王何处去[5]，翠屏犹掩金鸾(luán)[6]。猿啼明月照空滩。孤舟行客，惊梦亦艰难。

说　明

此词咏巫山神女事。上片描写神女庙的凄清环境，下片吊古伤怀，兼有漂泊行役的愁苦。神话与现实交融，情由景生，意境深邃。

注　释

①**十二高峰**：指川、鄂边境的巫山十二座峰。

②**仙坛**：指祭坛。

③**行雨在云端**：此指宋玉《高唐赋·序》所言的楚怀王梦遇巫山神女之事。宋玉《高唐赋·序》："昔者楚襄王与宋玉游于云梦之台，望高唐之观，其上独有云气……王问玉曰：'此何气也？'玉对曰：'所谓朝云者也。'王曰：'何谓朝云？'玉曰：'昔者先王尝游高唐，怠而昼寝，梦见一妇人曰：妾巫山之女也，为高唐之客，闻君游高唐，愿荐枕席。王因幸之。去而辞曰：妾在巫山之阳，高丘之岨，旦为朝云，暮为行雨。朝朝暮暮，阳台之下。'"

④**画帘**：有画饰的帘子。

⑤**楚王**：楚国的君王。文学作品中多指在阳台梦遇巫山神女的楚怀王或楚襄王。

⑥**金鸾**：金属制的鸾鸟，或指艺术品中的金色鸾鸟。

译　文

天外的十二座高峰，散发出阵阵寒意。竹梢轻轻拂过神女庙的祭坛。神女身着宝衣，行雨在云端。深殿中画帘垂下，香雾在冷风中消散。

要问如今楚王去了何方？只见翠色的屏风还掩着金色的鸾鸟。明月照向空滩，猿啼声惊醒了孤舟中行客的梦。前方的路，仍然充满艰难。

词　评

非深于行役者，不能为此言。即以《水仙调》当《行路难》可也。

——明·汤显祖《评花间集》

浣溪沙

寂寞流苏冷绣茵[①]，倚屏山枕惹香尘[②]。小庭花露泣浓春。

刘阮信非仙洞客[③]，嫦娥终是月中人[④]。此生无路访东邻[⑤]。

说　明

此词写男子相思怀人。上片着重描写清冷孤寂之景，以景衬情；下片直接抒发无缘相见的凄苦无奈之情。

注　释

①流苏：饰于车马、楼台、帷帐等上面的穗状垂饰物，常用彩色的羽毛或丝线等制成。**茵：**铺垫之物，毯子、垫子等的通称。

②山枕：枕头。古代的枕头多用木、瓷等制成，中间凹陷，两端突起，形状如山，故名山枕。

③“刘阮”句：语出南朝宋人刘义庆《幽冥录》，其文云：“汉明帝永平五年，剡县刘晨、阮肇共入天台山取谷皮，迷不得返。经十三日，粮食乏尽，饥馁殆死。遥望山上，有一桃树，大有子实；而绝岩邃涧，永无登路。攀援藤葛，乃得至上。各啖数枚，而饥止体充。复下山，持杯取水，欲盥漱。见芜菁叶从山腹流出，甚鲜新，复一杯流出，有胡麻饭糁，相谓曰：‘此知去人径不远。’便共没水，逆流二三里，得度山，出一大溪，溪边有二女子，姿质妙绝，见二人持杯出，便笑曰：‘刘阮二郎，捉向所失流杯来。’晨肇既不识之，缘二女便呼其姓，如似有旧，乃相见忻喜。问：‘来何晚邪？’因邀还家。其家筒瓦屋。南壁及东壁下各有一大床，皆施绛罗帐，帐角悬铃，金银交错，床头各有十侍婢，敕云：‘刘阮二郎，经涉山岨，向虽得琼实，犹尚虚弊，可速作食。’食胡麻饭、山羊脯、牛肉，甚甘美。食毕行酒，有一群女来，各持五三桃子，笑而言：‘贺汝婿来。’酒酣作乐，刘阮忻怖交并。至暮，令各就一帐宿，女往就之，言声清婉，令人忘忧。至十日后欲求还去，女云：‘君已来是，宿福所牵，何复欲还邪？’遂停半年。气候草木是春时，百鸟啼鸣，更怀悲思，求归甚苦。女曰：‘罪牵君，当可如何？’遂呼前来女子，有三四十人，集会奏乐，共送刘阮，指示还路。既出，亲旧零落，邑屋改异，无复相识。问讯得七世孙，传闻上世入山，迷不得归。至晋太元八年，忽复去，不知何所。”

④嫦娥：中国古代神话中的人物，相传她偷吃丈夫羿从西王母处得到的长生不死之药，遂成仙，飞入月宫，成为月中女神。一说嫦娥奔月后变为蟾蜍。

⑤东邻：美女的借称。宋玉《登徒子好色赋》：“楚国之丽者，莫若臣里，臣里之美者，莫若臣东家之子。”后因以“东邻”借指美女。

译　文

流苏帐子寂寞地垂下，绣饰的垫子生出冷意。只有倚着屏风的枕头依然带着芳香的气息。小庭中的花上，满是露水，好像是在浓浓春意中哭泣。

刘晨和阮肇确实不是仙洞之客，嫦娥终究是月中的人。恐怕这一生，我都无法探访东邻的美人。

词　评

“小庭”七字凄艳，下半阕已是元明一派。

——清·陈廷焯《词则·闲情集》

河　传

秋雨。秋雨。无昼无夜，滴滴霏(fēi)霏[①]。暗灯凉簟(diàn)怨分离[②]。妖姬[③]。不胜悲。　西风稍急喧窗竹[④]。停又续。腻脸悬双玉[⑤]。几回邀约雁来时。违期。雁归人不归。

说　明

此词写女子秋夜怀人。《河传》一调多短句，此词又多用重叠手法，读起来有抑扬顿挫之妙。

注　释

①**霏霏**：雨雪纷飞的样子。

②**凉簟**：即凉席。簟，多指竹席。

③**妖姬**：美女。多指妖艳的侍女、婢妾。

④**稍急**：渐急。稍，渐，逐渐。

⑤**腻脸**：指敷了脂粉的脸。**双玉**：喻指美女的两行泪。

译　文

秋雨，秋雨，没日没夜，滴滴答答，淅淅沥沥。昏暗的灯光中，冰凉的竹席上，妖艳的美人禁不住分离之悲。

西风渐急，吹动窗外竹枝。竹叶的喧闹声断断续续。尚未卸妆的脸上，悬着的两行泪痕如玉。好多次约定，雁来时，就是人归时，可他总是违期。雁归，人却不归。

词　评

起笔胜，结笔缓。

——清·陈廷焯《云韶集》

毛熙震（三首）

毛熙震（生卒年不详），蜀人。仕后蜀，曾任秘书监。故《花间集》称其“毛秘书”。毛熙震通音律，工于词，今存词二十九首。王国维辑有《毛秘书词》一卷。

临江仙

幽闺欲曙闻莺啭（zhuàn）①，红窗月影微明。好风频谢落花声。隔帏残烛，犹照绮屏筝②。　绣被锦茵眠玉暖③，炷香斜袅烟轻④。澹（dàn）蛾羞敛不胜情⑤。暗思闲梦，何处逐云行。

说　明

此词写女子幽闺怀人。上片从视觉、听觉两个角度，刻画了拂晓时分，女子深闺中的场景；下片着重描写女子睡梦中的状态，以及她梦醒时的相思之情。

注　释

①**幽闺**：深闺。多指女子的闺房、卧室。

②**绮屏**：绘饰精美的屏风。绮，原意为有花纹的丝织品，此处为美丽之意。

③**锦茵**：锦制的垫褥。锦，有彩色花纹的丝织品。**眠玉**：睡眠中的美人。

④**炷香**：燃香。

⑤**澹蛾**：淡眉。蚕蛾触须细长而弯曲，因用以比喻女子美丽的眉毛。澹，通“淡”，淡薄，不浓厚。**不胜**：不尽。

译　文

天将亮，深闺中听到黄莺娇啭。红窗上的月影还散发着微弱的光。好风频频将花吹落，簌簌有声。帐外烧残的蜡烛，还照着绮屏下的筝。

绣花的衾被，锦制的垫褥，温暖着睡眠中的美人。炷香上的轻烟袅袅斜旋。她醒来，羞敛起淡眉，眉间含着不尽的情意。她暗想方才的闲梦。梦中的心上人，四处漂泊，宛若踪迹无定的流云，不知他如今在何处？

词　评

月斜将曙，而残烛犹明，隐寓怀人不寐之意。结句梦逐行云，即己亦不知其处。上、下阕之结句，皆善用纡回之笔。

——俞陛云《唐五代两宋词选释》

更漏子

烟月寒[1]，秋夜静。漏转金壶初永[2]。罗幕下，绣屏空。灯花结碎红[3]。　　人悄悄。愁无了。思梦不成难晓。长忆得，与郎期。窃香私语时[4]。

说　明

此词写女子秋夜怀人。上片写景，秋夜寒静，滴漏声声，绣屏空寂，灯花结碎红，无涉情，但景中含情；下片由景及人，直接描写女子长夜难眠的相忆相思之苦。

注　释

①**烟月**：云雾笼罩的月亮。

②**金壶**：铜壶的美称。古代计时，在铜壶底部穿孔，壶中立标有刻度的箭形浮标，壶中的水滴漏渐少，箭上的度数则渐次显露，视之即可知时刻。

③**灯花**：灯芯余烬结成的花状物。

④**窃香**：指男女幽会。用西晋人贾午偷香给韩寿的典故。《晋书·贾充传》云："谧字长深。母贾午，充少女也。父韩寿，字德真，南阳堵阳人，魏司徒暨曾孙。美姿貌，善容止，贾充辟为司空掾。充每宴宾僚，其女辄于青琐中窥之，见寿而悦焉。问其左右识此人不，有一婢说寿姓字，云是故主人。女大感想，发于寤寐。婢后往寿家，具说女意，并言其女光丽艳逸，端美绝伦。寿闻而心动，便令为通殷勤。婢以白女，女遂潜修音好，厚相赠结，呼寿夕入。寿劲捷过人，逾垣而至，家中莫知，惟充觉其女悦畅异于常日。时西域有贡奇香，一著人则经月不歇，帝甚贵之，惟以赐充及大司马陈骞。其女密盗以遗寿，充僚属与寿燕处，闻其芬馥，称之于充。自是充意知女与寿通，而其门阁严峻，不知所由得入。乃夜中阳惊，托言有盗，因使循墙以观其变。左右白曰：'无余异，惟东北角如狐狸行处。'充乃考问女之左右，具以状对。充秘之，遂以女妻寿。寿官至散骑常侍、河南尹。元康初卒，赠骠骑将军。"

译　文

云雾笼罩的月亮散发着寒意，秋天的夜晚寂静无比。金壶滴漏之声绵绵不绝，转眼已是深夜。罗帐下的绣屏空空。灯花结成碎红。

人静悄悄。忧愁没有尽头。好梦难成，要等到天亮，每时每刻都那么难熬。常常想起与郎共赴佳期，低声私语之时。

词　评

词尾余情几许。

——明·卓人月汇选、徐士俊参评《古今词统》

后庭花[1]

莺啼燕语芳菲节。瑞庭花发[2]。昔时欢宴歌声揭[3]。管弦清越[4]。

自从陵谷追游歇[5]。画梁尘黦(yuè)[6]。伤心一片如珪(guī)月[7]。闲锁宫阙(què)。

说　明

此词吊古，咏陈后主事。上片回顾往事，写昔日欢宴之盛；下片伤今抒怀，写时移物换之慨。

注　释

①**后庭花**：乐府清商曲吴声歌曲名。唐为教坊曲名。本名《玉树后庭花》，南朝陈后主制。后用为词牌。双调四十四字或四十六字，仄韵。元人王恽词集有一体，又名《后庭花破子》，单调三十二字，平韵，字句格律与唐宋人作品不同，实系北曲。

②**瑞庭**：庭院的美称。

③**揭**：高亢。

④**清越**：清脆悠扬。

⑤**陵谷**：高山和深谷比喻自然界或世事的剧变。唐人韩偓《乱后春日途经野塘》诗："眼看朝市成陵谷，始信昆明是劫灰。" **追游**：追随游览。

⑥**画梁**：即有彩绘装饰的屋梁。**黦**：出现污迹，玷污。

⑦**珪**："圭"的古字。古代的一种玉器，上圆（或剑头形）下方，常作祭祀、朝聘之用。

⑧**宫阙**：古时帝王所居的宫殿，门前有双阙，故称为"宫阙"。阙，宫门或城门两边供瞭望的楼。

译　文

莺啼婉转，燕语呢喃，庭院花开，正是春光明媚的时节。昔时的欢宴中，歌声高亢，管弦声清脆悠扬。

自从世事剧变，当日追随游览的盛况已不复存在。画梁上布满了尘土和污迹。天边一片月，宛若瑞玉。最令人伤心的是，月光下的宫阙冷冷清清地锁闭着。这景象，着实令人伤心。

词评

不独意胜，即以调论，亦有俊上清越之致。

——王国维《人间词话·附录》

花蕊夫人（一首）

花蕊夫人，青城（今四川都江堰西）人。徐姓女，一说姓费。幼时便以才色闻名，后蜀主孟昶将她纳入宫中，称慧妃，赐号花蕊夫人。国亡入宋，但心不忘蜀，魂牵故国。今存词一首。

采桑子[①]

初离蜀道心将碎，离恨绵绵。春日如年，马上时时闻杜鹃[②]。

说明

此词为蜀亡后，花蕊夫人去汴京的途中，书于葭萌驿馆壁之作。

注释

①**采桑子：**唐教坊大曲有《采桑》，后截取一“遍”（段）单行，用为词牌。又名《丑奴儿令》《罗敷媚歌》《丑奴儿》《罗敷媚》等。

②**杜鹃：**鸟名。又名杜宇、子规。相传是蜀帝杜宇的魂魄所化。常在夜间鸣叫，声音凄切。春末夏初，常昼夜啼鸣。

译文

刚刚离开蜀地，心将碎。离别的愁苦绵绵。春日漫长得如同一年。在马上，时时能听见鹃声连连。

词评

二十二颗鲛人泪也。

——明·卓人月汇选、徐士俊参评《古今词统》

欧阳炯（五首）

欧阳炯（896—971），益州华阳（今属四川成都）人。年轻时在前蜀任职，为中书舍人。后蜀时，累迁门下侍郎，兼户部尚书同平章事。与鹿虔扆、韩琮、阎选、毛文锡以辞章供奉后主孟昶，时号“五鬼”。后随孟昶降宋，授左散骑常侍，充翰林学士。工诗文，尤长于词，是花间词派的重要作家，曾给《花间集》作序。《花间集》谓之“欧阳舍人”。今存词四十八首，王国维辑之为《欧阳平章词》一卷。

三字令①

春欲尽，日迟迟②。牡丹时。罗幌(huǎng)卷③，翠帘垂。彩笺(jiān)书④，红粉泪，两心知。　人不在，燕空归。负佳期⑤。香烬落⑥，枕函欹(qī)⑦。月分明，花澹薄，惹相思。

说　明

此词描写暮春时节女子的相思之情。从晨起，到夜眠，相思之情，一直萦绕在女子的心间。

注　释

①**三字令**：词牌名。因全调用三字句，故名三字令。创自欧阳炯。

②**迟迟**：形容春日气候和暖的样子。

③**罗幌**：丝罗制的床帐。

④**彩笺**：小幅彩色纸张，常供题咏或书信之用。借指诗笺或书信。

⑤**佳期**：指男女约会的日期。《楚辞·九歌·湘夫人》有“登白薠兮骋望，与佳期兮夕张”之语。

⑥**香烬**：焚香的余烬。

⑦**枕函**：中间可以藏物的枕头。**欹**：同“攲”，倾斜。

译　文

春天将要过去，白日变长。正是牡丹朵朵盛开之时。丝罗床帐卷起，翠色的帘幕依然低垂。我读着往昔的书信，红粉脸上泪流成行，个中滋味，你我彼此心知。

你不在我身边，燕子空自回归。你背弃了约定的日期。香炉中的余烬落下。我斜靠着枕头。明亮的月光，将繁盛的牡丹花映衬得雅淡素朴。如此良辰美景，我却孤身一人，更惹发我对你的无限相思。

词　评

十六句皆三字，短兵相接，一句一意，如以线贯珠，粒粒分明，仍一丝萦曳。

——俞陛云《唐五代两宋词选释》

南乡子

路入南中[1]。桄榔(guāng láng)叶暗蓼(liǎo)花红[2]。两岸人家微雨后。收红豆。树底纤(xiān)纤抬素手[3]。

说　明

此词描写南方水乡收获红豆的劳动场面，展现了当地的风土人情。

注　释

①**南中**：泛指南方。

②**桄榔**：亦作"桄桹"。生长在南方的一种常绿乔木。俗称砂糖椰子、糖树。**蓼**：一年生草本植物，生长在水边或水中，也称"水蓼"。

③**纤纤**：细长而柔美。

译　文

一路来到南中，只见桄榔树的叶子暗绿，蓼花正红。微雨过后，两岸的人家开始收红豆。姑娘们在树底抬起纤细柔白的手。

词　评

致极清丽，入宋不可复得。

——明·卓人月汇选、徐士俊参评《古今词统》

江城子

晚日金陵岸草平[1]。落霞明[2]。水无情。六代繁华[3]，暗逐逝波声。空有姑苏台上月[4]，如西子镜[5]，照江城[6]。

说　明

此词怀古，通过对六朝故都金陵的凭吊，抒发了盛衰无常的感慨。

注　释

①**金陵：**今南京市的别称。

②**落霞：**晚霞。

③**六代：**此指三国吴、东晋以及南朝的宋、齐、梁、陈。这六个朝代都曾定都金陵。

④**姑苏台：**也作“姑胥台”，在今苏州的姑苏山上，相传为吴王阖闾或吴王夫差所筑。

⑤**西子：**西施，春秋时代的越国美女。

⑥**江城：**临江之城。此指金陵，古属吴地。

译　文

夕阳映照着昔日的金陵，浓碧的春草与江岸齐平。晚霞灿烂。流水无情。当年六朝的繁华，已随流水逝去，悄然无踪。只有姑苏台上的月亮，宛若西子的妆镜，照着这千古江城。

词　评

此词妙处在“如西子镜”一句，横空牵入，遂尔推陈出新。

——李冰若《花间集评注·栩庄漫记》

定风波[1]

暖日闲窗映碧纱。小池清水浸晴霞[2]。数树海棠红欲尽。争忍[3]。玉闺深掩过年华[4]。　　独凭绣床方寸乱[5]。肠断。泪珠穿破脸边花。邻舍女郎相借问[6]。音信。教人羞道未还家。

说　明

此词写女子春日怀人。末三句通过描摹日常谈话情景，将人物的心理特征表现得活灵活现。

注　释

①**定风波：**唐教坊曲，后用作词牌，为双调小令。平仄韵转换格。一作《定风波令》，又名《卷春空》《定风流》。有云此调又名《醉琼枝》，误。《醉琼枝》实为《破阵子》之别名。宋人陈元龙《片玉集注》：“周武王渡孟津，波涌，逆流而上，瞑目而麾曰：‘余任天下，谁敢害吾意者。’于是风霁波罢。义当出此。”一说取自敦煌曲子词“问儒士，谁人敢去定风波”等句。

②**晴霞**：明霞。

③**争忍**：怎忍。

④**玉闺**：闺房的美称。

④**绣床**：装饰华丽的床，多指女子的睡床。

⑤**方寸乱**：即心绪烦乱。方寸，指心。《三国志·蜀书·诸葛亮传》："庶（徐庶）辞先主而指其心曰：'本欲与将军共图王霸之业者，以此方寸之地也。今已失老母，方寸乱矣。'"

⑥**借问**：敬辞，犹言请问。

●邻舍女郎相借问

译　文

暖洋洋的日光洒在窗的碧纱上。小池中清澈的水，倒映着天际的明霞。几树的海棠花儿快要红遍。怎能忍受深掩玉闺，虚过年华？

独自倚着绣床，心绪烦乱。伤心肠断。泪珠穿过了脸上的贴花。邻舍的女郎曾来过问："你那夫君有消息了吗？"我真是不好意思说他还没有还家。

词　评

欧阳炯词艳而质，质而愈艳，行间句里，却有清气往来。大概词家如炯，求之晚唐五代，亦不多觏。其《定风波》词如淡妆西子，肌骨倾城。

——清·况周颐《历代词人考略》

清平乐(yuè)[1]

春来阶砌[2]。春雨如丝细。春地满飘红杏蒂[3]。春燕舞随风势[4]。

春幡(fān)细缕春缯(zēng)[5]。春闺一点春灯。自是春心撩乱[6]，非干春梦无凭。

说　明

此词上片写春天的景色，下片写女子的春日幽思。八句中用了十个"春"字，读之却无累赘感，词人功力显见。

注　释

①**清平乐**：唐教坊曲名，后用为词牌。又名《忆萝月》《醉东风》等。另有《清平乐令》，为《望江怨》之别名，与此不同。

②**砌**：台阶。

③**蒂**：花或瓜果与枝茎相连的部分。

④**风势**：风的势头。此指风向。

⑤**春幡**：春旗。旧俗立春之日，或挂春幡于树梢，或剪缯绢成小幡，连缀簪之于首，以表达迎春之意。**细缕**：极细的线。**缯**：古代对丝织品的总称。

⑥**自是**：只是。**春心**：指春景所引发的兴致或情怀。**撩乱**：纷乱，同"缭乱"。

译　文

春色满阶。春雨如丝。春天的大地上，飘满了红色的杏蒂。春燕随着风势而舞。

春旗是用极细的丝织成。春闺中点起了一盏春灯。只是春心纷乱，与春梦不可凭信无关。

词　评

逐句用"春"字，亦见姿态，但非正格。

——清·陈廷焯《词则·别调集》

孙光宪（四首）

孙光宪（？—968），字孟文，自号葆光子，陵州贵平（今四川仁寿东北）人，少好学。后唐末曾为陵州判官。后唐天成元年（926），避地江陵，通过梁震举荐，成为荆南高季兴的掌书记。曾仕高从诲、保融、继冲三世，自支使、郎中，累官至荆南节度副使、检校秘书少监兼御史大夫。宋建隆四年（963），劝荆南节度使高继冲以三州之地降宋，宋太祖授其黄州刺史。颇有治声。乾德六年（968），宰相荐其为学士，未及召而卒。孙光宪博通经史，工诗词，好著书。有《荆台集》《北梦琐言》各三十卷，又有《巩湖编玩》《笔佣集》《桔斋集》《蚕书》《续通历》等，今唯存《北梦琐言》二十卷。孙光宪是花间派的重要词人，现存词八十四首，大都收于《花间集》中。

浣溪沙

蓼岸风多橘柚香[1]。江边一望楚天长[2]。片帆烟际闪孤光[3]。

目送征鸿飞杳杳[4]，思随流水去茫茫。兰红波碧忆潇湘[5]。

说明

此词写江边送别。上片应是送别之人的口吻，下片应是离去之人的口吻。以景达情，景中含情，堪称情景交融的佳作。

注释

①**蓼岸**：开满蓼花的江岸。蓼，一年生草本植物，生长在水边或水中。叶卵状披针形，花小，白色或浅红色，果实卵形、扁平。也称“水蓼”。

②**楚天**：南方楚地的天空。

③**片帆**：一叶帆，代指孤舟。**烟际**：烟云迷茫之处。**孤光**：此处指远处映射的光。

④**征鸿**：亦称“征雁”，迁徙的雁，多指秋天南飞的雁。

⑤**潇湘**：湘江在湖南零陵县西与潇水合流，称潇湘。另外，湘江别称潇湘，因湘江水清深，故名。

译文

蓼岸多风，风里飘来橘柚香。我在江边远眺，只见楚天寥廓。那远去的一叶帆影，在云烟迷茫之处闪烁着孤光。

目送着渐渐飞远的征鸿，思绪随流水茫茫奔逝。我怀念潇湘那红色的兰草，碧色的江波。

词评

昔在湘江泛舟，澄波一碧，映以遥山，时见点点白帆，明灭于夕阳烟霭间，风景绝胜。词中“帆闪孤光”句足以状之。“兰红波碧”殊令人回忆潇湘也。

——俞陛云《唐五代两宋词选释》

浣溪沙

半踏长裾宛约行[1]。晚帘疏处见分明。此时堪恨昧平生[2]。

早是销魂残烛影[3]，更愁闻着品弦声[4]。杳无消息若为情[5]。

说 明

此词写男子对心仪女子的思慕之情。上片写男子对女子一见钟情的场景，下片写男子的苦苦相思。

注 释

①**半踏**：小步。**长裾**：指长衣下摆、边缘。**宛约**：形容步态柔美的样子。

②**昧平生**：一向不相识。昧，暗，不明，此处指不了解。平生，往常，平素。

③**早是**：已是，已经是。**销魂**：也作“消魂”，形容悲伤、欢乐、惊惧到极点，好像灵魂离散。此处形容极度悲愁。

④**品弦**：弹奏弦乐器。品，指拨弄、弹奏乐器。

⑤**若为情**：何以为情，难以为情。形容感情上受不了。

●更愁闻着品弦声

译 文

她穿着长裙，步态柔美，缓缓而行。傍晚，垂帘的稀疏之处，我看得分明。此时只恨我与她素昧平生。

我哀伤地对着烧残的烛影。令我更添愁绪的是时时想起听她转轴拨弦的旧事。得不到她的一点消息，教我情难自抑。

词 评

相少情多，缠绵乃尔。

——李冰若《花间集评注·栩庄漫记》

后庭花

石城依旧空江国①。故宫春色。七尺青丝芳草碧②。绝世难得③。

玉英凋落尽④。更何人识。野棠如织。只是教人添怨忆。怅望无极。

说 明

此词怀古，咏陈后主亡国之事，寄寓对其不恤国事、沉湎酒色的伤悼和谴责。

注　释

①**石城**：石头城，又名石首城。故址在今江苏南京清凉山。本为楚金陵邑，东汉建安十六年（211），孙权徙治秣陵，重筑改名石头。吴时为土坞，晋义熙中始加砖累石。石头城当交通要冲，六朝时为军事重镇。唐以后，城废。**空**：广阔。**江国**：江河多的地区，一般多指江南。

②**七尺青丝**：七尺乌黑的秀发。《南史·后妃列传》记载："张贵妃发长七尺，鬒黑如漆，其光可鉴，特聪慧有神采，进止闲华，容色端丽。"青丝，喻指黑发。

③**绝世难得**：绝代难寻。《汉书·外戚传》描写李夫人有绝代倾城之美云："延年侍上起舞，歌曰：'北方有佳人，绝世而独立，一顾倾人城，再顾倾人国。宁不知倾城与倾国，佳人难再得！'"

④**玉英**：花的美称。

译　文

石头城依旧屹立在广阔的江南之地。陈后主的故宫依旧是一片春色。张贵妃的七尺乌发，已化作碧绿的芳草。绝世美人难再得。

花朵凋零已尽，它旧时的模样还有何人识得。野棠盛开如织。只是教人徒增愁怨和追忆。怅然望远，远方无边无际。

词　评

孙孟文词疏朗婉丽，近于韦相。其《后庭花》第二首吊张丽华，词意蕴藉凄怨，读之使人意消。

——李冰若《花间集评注·栩庄漫记》

风流子[①]

茅舍槿(jǐn)篱溪曲[②]。鸡犬自南自北。菰(gū)叶长[③]，水葓(hóng)开[④]，门外春波涨渌(lù)[⑤]。听织。声促。轧(yà)轧鸣梭穿屋[⑥]。

说　明

此词描绘了一幅春日水乡田家风光图，展现了农村的生活场景。清新自然，充满浓郁的生活气息。

注　释

①**风流子**：唐教坊曲名，后用为词牌。有单调、双调二体。单调三十四字，仄韵。双调又名《内家娇》，一百一十字，平韵。

②**槿篱**：木槿树围成的篱笆。木槿，落叶灌木或小乔木，夏秋开花，朝开暮落。

溪曲：溪流弯曲处。

③**菰**：多年生草本植物，生长在池沼里。地下茎白色，地上茎直立，开紫红色小花。嫩茎名“茭白”，可食用。果实狭圆柱形，名“菰米”，亦称“雕胡米”，可作饭。

④**水蘋**：即“蕹菜”，俗称“空心菜”。嫩的茎叶可作蔬菜，全草和根能入药，主要生长在长江以南地区。

⑤**渌**：清澈。一作“绿”。

⑥**轧轧**：此处为象声词。

译　文

茅舍槿篱，就靠近那溪水的弯曲处。鸡犬自在地往来嬉戏。菰叶变长，水蘋盛开，门外清澈的春波已经涨起。听，轧轧的鸣梭声穿过屋子，欢快而急促。那是有人正在织布。

词　评

《花间集》中忽有此淡朴咏田家耕织之词，诚为异采。盖词境至此，已扩放多矣。

——李冰若《花间集评注·栩庄漫记》

冯延巳（七首）

冯延巳（903—960），又名延嗣，字正中，广陵（今江苏扬州）人。少年时随父亲在南唐烈祖李昪军营，及长，为李璟帅府掌书记。元宗李璟保大四年（946）拜相。后因兵败、失地等原因，经历过四次罢免。建隆元年（960）卒，谥忠肃。冯延巳多才多艺，工诗善书，尤长于词，有《阳春集》，存词一百一十二首。其词风格清丽，多写离情别恨。王国维《人间词话》评曰：“冯正中词虽不失五代风格，而堂庑特大，开北宋一代风气。”

鹊踏枝

谁道闲情抛掷久[①]。每到春来，惆怅还依旧。日日花前常病酒[②]。不辞镜里朱颜瘦[③]。　河畔青芜堤上柳[④]。为问新愁[⑤]，何事年年有[⑥]。独立小楼风满袖[⑦]。平林新月人归后[⑧]。

●每到春来，惆怅还依旧。

说　明

此词是冯延巳最为成功的一首作品，描写无法排遣的、莫名其妙的闲愁，抒发郁结的惆怅和情思。

注　释

①**抛掷**：丢弃，弃置不管。

②**病酒**：饮酒沉醉。

③**不辞**：岂敢推辞，不敢推辞。又作“敢辞”。敢，谦辞，不敢之意。**朱颜**：红润美好的容颜。

④**青芜**：杂草丛生的草地。

⑤**为问**：借问，请问。

⑥**何事**：为何，因何。

⑦**小楼**：一作“小桥”。

⑧**平林**：平原上的林木。**新月**：阴历每月初出的弯形的月亮。

译　文

谁说我已把闲情抛掷许久？每到春天来临，我还是惆怅依旧。旧日里，我常常在花前饮酒沉醉。岂敢推辞镜子里红润美好的容颜日渐消瘦。

河畔杂草丛生，堤上柳枝摇曳。请问新添的忧愁，为什么年年都有？我在小楼上独自伫立，夜风吹起我的衣袖。在路上的行人都已回家之后，只有远处平原的林木上，一弯初升的新月陪伴着我。

词　评

起得风流跌宕。“为问”二句映起笔。“独立”二语，仙境、凡境？断非凡笔。

——清·陈廷焯《云韶集》

采桑子

花前失却游春侣，独自寻芳[1]。满目悲凉，纵有笙歌亦断肠[2]。

林间戏蝶帘间燕，各自双双。忍更思量[3]，绿树青苔半夕阳。

说　明

这首词以乐衬悲，抒写春日独游的感伤。

注　释

①**寻芳**：游赏美景。

②**笙歌**：泛指奏乐唱歌。笙，簧管乐器，一般用十三根长短不同的竹管制成。

③**忍**：怎忍，不忍。**思量**：仔细思考。

译　文

我失去了一起在花前游春的伴侣，只能独自来寻芳。谁知美景在我的眼中，都成了悲凉的景象。即使有欢快的笙歌，我也会感伤断肠。

林间嬉戏的蝴蝶，帘间的燕子，各自成对成双。我不忍再去思量。绿树和青苔，大半已被血色的夕阳笼罩。

词　评

江左自周师南侵，朝政日非，延巳匡救无从，怅疆宇之日蹙，第六首"夕阳"句寄慨良深，不得以绮语目之。

——俞陛云《唐五代两宋词选释》

清平乐

雨晴烟晚。绿水新池满。双燕飞来垂柳院。小阁画帘高卷[1]。

黄昏独倚朱阑[2]。西南新月眉弯[3]。砌下落花风起[4]，罗衣特地春寒[5]。

●双燕飞来垂柳院

说　明

此词写春日晚间的景色，景中暗含着孤独之感、伤春之情。

注　释

①**画帘**：有图案的帘子。

②**朱阑**：红色的栏杆。阑，通"栏"。

③**新月**：农历每月初出的弯形的月亮。

④**砌**：台阶。

⑤**特地**：格外，特别。

译　文

雨后天晴，晚烟弥漫。池中碧绿的水刚刚

涨满。一双燕子飞回柳树低垂的庭院。小小的楼阁中，画帘高高上卷。

黄昏时分，我独自倚靠着朱红色的栏杆。西南的一钩新月似眉弯。台阶下的落花被风纷纷吹起，令身穿单薄罗衣的我，更加感到这个春天格外严寒。

词　评

纯写春晚之景。“花落春寒”句，论词则秀韵珊珊，窥词意或有忧谗自警之思乎?

——俞陛云《唐五代两宋词选释》

谒金门

风乍起[①]。吹皱一池春水。闲引鸳鸯香径里[②]。手挼(ruó)红杏蕊[③]。

斗鸭阑干独倚[④]。碧玉搔头斜坠[⑤]。终日望君君不至。举头闻鹊喜[⑥]。

说　明

此词写闺中女子春日怀人。宋人马令《南唐书》:“元宗尝戏延巳曰:‘“吹皱一池春水”，干卿何事?’延巳曰:‘未如陛下“小楼吹彻玉笙寒”。’元宗悦。”

注　释

①**乍**:忽然。

②**闲引**:无聊地逗引。**香径**:花间小路，或指落花满地的小径。

③**挼**:揉搓。

④**“斗鸭”句**:此句意为女子独自倚靠着栏杆，看着鸭儿相斗。斗鸭，古时以鸭相斗来取乐的一种博戏。也有解释说“斗鸭阑干”乃是雕着斗鸭图案的栏杆。

⑤**碧玉搔头**:碧玉簪。古代女子的一种发簪。《西京杂记》:“武帝过李夫人，就取玉簪搔头。自此后宫人搔头皆用玉，玉价倍贵焉。”

⑥**鹊喜**:喜鹊的鸣叫声。旧传闻鹊声乃为兆喜，故称鹊喜。

译　文

忽然风起，吹皱了一池春水。花间小路上，她无聊地逗引着鸳鸯，用手揉搓着红杏的花蕊。

她独自倚靠着栏杆，看着鸭儿相斗。斜戴在鬓发间的碧玉簪，颤颤欲坠。整天盼望着郎君，郎君却迟迟不至。忽然听到了喜鹊的鸣叫声，于是她抬起头，不胜欣喜。

词　评

“无凭谙鹊语，犹得暂心宽。”韩偓语也。冯延巳去偓不多时，用其语曰:“终日望君君不至，举头闻鹊喜。”虽窃其意，而语加蕴藉。

——清·贺裳《皱水轩词筌》

归自谣[1]

寒山碧[2]。江上何人吹玉笛[3]。扁舟远送潇湘客[4]。　芦花千里霜月白[5]。伤行色[6]。来朝便是关山隔[7]。

说　明

此词写秋日江边送别。全词几乎只有白、青两种浅淡的冷色，衬得情调越发苍凉。

注　释

①**归自谣**：词牌名。又称《风光子》《思佳客》。双调三十四字，仄韵。《词律》列为《归国谣》之一体，注“国一作自，谣一作遥”，但两者实非一调。

②**寒山**：一作“江水”。寂静冷清的山。也指寒天的山。

③**玉笛**：笛子的美称。

④**潇湘**：湘江在湖南零陵县西与潇水合流，称潇湘。另外，湘江别称潇湘，因湘江水清深故名。此处借指今湖南地区。

⑤**芦花**：芦絮。芦苇花轴上密生的白毛。

⑥**行色**：出行前后的情状。

⑦**关山**：关隘山岭。

译　文

寒天中，碧色的山冷落寂静。江上，不知何人在吹笛。我乘着一叶扁舟，送别友人远去潇湘作客。

芦花遍布千里，月色如霜，一片白茫茫。临别时，我们都悲伤黯然。明朝，便是分处两地，关山阻隔。

词　评

挥毫直书，不用回折之笔，而情意自见。格高气盛，嗣响唐贤。

——俞陛云《唐五代两宋词选释》

南乡子

细雨湿流光[1]。芳草年年与恨长。烟锁凤楼无限事[2]，茫茫[3]。

鸾镜鸳衾两断肠[4]。魂梦任悠扬[5]。睡起杨花满绣床[6]。薄幸不来门半掩[7]，斜阳。负你残春泪几行。

说　明

此词写闺中女子春日怀人。词中景物，迷离优美；词中情调，悱恻缠绵。结句颇为幽怨。

注　释

①**流光**：流动、闪烁的光彩。一说“流光”指光阴、时光。

②**烟锁**：烟雾笼罩。**凤楼**：指女子的闺楼。

③**茫茫**：纷繁，众多。汉人蔡琰《胡笳十八拍》：“十六拍兮思茫茫，我与儿兮各一方。”

④**鸾镜**：指妆镜。也指装饰有鸾鸟图案的铜镜。南朝宋人范泰《鸾鸟诗》序：“昔罽（jì）宾王结罝（jū）峻卯之山，获一鸾鸟，王甚爱之，欲其鸣而不致也。乃饰以金樊，飨以珍羞。对之逾戚，三年不鸣。夫人曰：‘闻鸟见其类而后鸣，何不县镜以映之！’王从言。鸾睹影感契，慨焉悲鸣，哀响中霄，一奋而绝。”后即以“鸾镜”指代妆镜。**鸳衾**：绣有鸳鸯的被子。亦指夫妻共寝的被子。

⑤**梦**：梦魂。古人以为人的灵魂在睡梦中会离开肉体，故称“梦魂”。**悠扬**：飘忽不定貌。

⑥**杨花**：柳絮。**绣床**：装饰华丽的床。多指女子睡床。

⑦**薄幸**：薄情，此指薄情郎。**不来**：不归。《诗经·小雅·采薇》：“忧心孔疚，我行不来。”朱熹曰：“来，归也。”

译　文

细雨打湿芳草，草上流光闪烁。这芳草，年年都与愁恨一样长。烟雾笼罩着凤楼，心事无限，纷繁杂乱。早上对鸾镜梳妆，晚上拥鸳鸯被入眠，回想往事，思之断肠。

睡时一任梦魂悠扬。醒来只见杨花飘满绣床。户门半掩，直到落日西斜。可那薄情的夫君，还是没有归来，辜负了暮春的美景，一任我泪水千行！

词　评

此亦托为闺情以自抒己怨望之情。观“烟锁”句，所谓“无限事”，所谓“茫茫”，言外必有具体事在，特未明言耳。“鸾镜”指朝朝，“鸳衾”指夜夜，此言朝朝夜夜思之断肠也。后半阕即就闺思描写怨望之情事，“杨花满绣床”，是一片迷离景象，与“悠扬”之“魂梦”正相合，亦即前半“茫茫”二字之意，总之皆写心事之纷纭复杂也。末句则无可奈何之词，写得幽怨动人，与和凝、欧阳炯之纯作艳情词不同，不可并论。

——刘永济《唐五代两宋词简析》

长命女[1]

春日宴。绿酒一杯歌一遍[2]。再拜陈三愿[3]。一愿郎君千岁[4]，二愿妾身常健[5]。三愿如同梁上燕。岁岁长相见。

说　明

此词以女子的口吻，说出了夫妻恩爱天长地久的愿望，语言素朴清新，颇具民歌风味。语本唐人白居易的《赠梦得》:“为我尽一杯，与君发三愿。一愿世清平，二愿身强健。三愿临老头，数与君相见。”

注　释

①**长命女**：词牌名。原为唐教坊曲。又名《薄命女》《长命女令》。双调，三十九字，上片三句三仄韵，下片四句三仄韵。

②**绿酒**：古时米酒酿成未过滤时，上面漂浮的米渣，呈淡绿色，故名绿酒。

③**再拜**：古代的一种礼节，拜了又拜，以示敬意。

④**郎君**：古代妇女对丈夫或所爱人的尊称。**千岁**：古人祝寿常用的词汇，千年泛指时间长久。《诗经·鲁颂·閟宫》：“万有千岁，眉寿无有害。”

⑤**妾身**：旧时女子对自己的谦称。曹植《杂诗》之三：“妾身守空闺，良人行从军。”

译　文

明媚的春日，摆上丰盛的酒宴，宴席上，我为郎君斟酒一杯，又清歌一遍。我拜了又拜，陈说了三个心愿：一愿郎君长寿千岁，二愿妾身康康健健，三愿你我如同梁上双燕，岁岁年年长相见。

词　评

南唐宰相冯延巳有乐府一章，名《长命女》，云（词略）。其后有以其词意改为《雨中花》云：“我有五重深深愿。第一愿且图久远，二愿恰如雕梁双燕，岁岁得长相见。三愿薄情相顾恋。第四愿永不分散，五愿奴哥收因结果，做个大宅院。”味冯公之词，典雅丰容，虽置在古乐府，可以无愧。一遭俗子窜易，不惟句意重复，而鄙恶甚矣。

——宋·吴曾《能改斋漫录》

李璟（二首）

李璟（916—961），字伯玉，原名景通，徐州（今江苏徐州）人。升元七年（943）继南唐帝位，改元保大。在位时南唐疆土辽阔，曾发兵灭马楚及闽国。后来因受后周威胁，避后周信祖郭璟的讳，更名为李景，并削去帝号，改称国主，史称南唐中主，庙号元宗。好读书，多才艺。存词四首，绮艳中含深婉之致，不事雕琢。后人将其词与李煜词合编为《南唐二主词》。

山花子①

手卷真珠上玉钩②。依前春恨锁重楼③。风里落花谁是主，思悠悠。　青鸟不传云外信④，丁香空结雨中愁⑤。回首绿波三楚暮⑥，接天流。

说明

此词写伤春念远之情。对景抒情，情致深婉，字里行间饱含惆怅。

注释

①**山花子**：唐教坊曲名，后用为词牌。此调为杂言《浣溪沙》的别名，也就是在《浣溪沙》的上下阕中，各增添三个字的结句，因此又名《摊破浣溪沙》或《添字浣溪沙》，也有直称《浣溪沙》者。又因南唐中主李璟的词“细雨梦回”两句非常著名，因此又称《南唐浣溪沙》。双调四十八字，押平韵。唯敦煌曲子词中的一首押仄韵。

②**真珠**：珍珠。此处指珍珠穿成的帘子。**玉钩**：玉质的帘钩，一说指挂钩的美称。

③**依前**：依然，仍旧。

④**青鸟**：神话传说中为西王母取食传信的神鸟。《山海经·西山经》：“又西二百二十里，曰三危之山，三青鸟居之。”郭璞注：“三青鸟主为西王母取食者，别自栖息于此山也。”《艺文类聚》引《汉武故事》：“七月七日，上（汉武帝）于承华殿斋，正中，忽有一青鸟从西方来，集殿前。上问东方朔，朔曰：‘此西王母欲来也。’有顷，王母至，有两青鸟如乌，夹侍王母旁。”后遂以“青鸟”指代信使。

⑤**丁香空结**：丁香的花蕾。丁香的花簇生在茎顶，往往含苞不放，因此用来

比喻愁思难解。唐人李商隐《代赠》:“芭蕉不展丁香结，同向东风各自愁。”

⑥三楚： 战国时，楚地辽阔，秦汉时分为东楚、西楚、南楚，合称三楚。一作“三峡”。

译　文

卷起珍珠帘子，挂上玉钩。春恨依旧笼罩着幽闭的重楼。风里飘飞的落花，谁能主宰它们的命运？此情此景，令人思绪悠悠。

青鸟没有传来云外的音信。雨中的丁香空自凝结，好似含愁。回望绿波，暮色笼罩着三楚，江水接天而流。

词　评

按“手卷珠帘”，似可旷日抒怀矣，谁知依然“恨锁重楼”。所以恨者何也？见落花无主，不觉心共悠悠耳，且远信不来，幽愁空结。第见三峡波接天流，此恨何能自已乎！清和婉转，词旨秀颖。然以帝王为之，则非治世之音矣。

——清·黄苏《蓼园词评》

山花子

菡萏(hàn dàn)香销翠叶残①，西风愁起绿波间。还(huán)与容光共憔悴②，不堪看。　细雨梦回鸡塞远③，小楼吹彻玉笙寒④。多少泪珠何限恨⑤，倚阑干。

●菡萏香销翠叶残

说　明

此词写女子秋日怀人，上片着重写景，下片重在抒情。情景交融，似有所托。王国维《人间词话》云:“南唐中主词‘菡萏香销翠叶残，西风愁起绿波间’，大有众芳芜秽、美人迟暮之感。”

注　释

①菡萏： 荷花。

②容光： 仪容风采。元稹《莺莺传》

曾语："自从消瘦减容光，万转千回懒下床。不为旁人羞不起，为郎憔悴却羞郎。"

③梦回： 从梦中醒来。**鸡塞：** 鸡鹿塞的省称，出自《汉书·匈奴传下》，在今内蒙古巴彦淖尔。此以鸡鹿塞代指边关。

④玉笙： 饰玉的笙。也用作笙之美称。笙，簧管乐器。

⑤何限： 多少。

译　文

荷花香尽，翠叶凋残。绿波间西风吹起，惹人愁怨。荷花与我的容光共同憔悴，不忍再看。

从梦中醒来，只见细雨绵绵，梦见的边关又迢迢远去。伫立小楼，吹笙一曲，直到声咽笙寒。不管有多少泪珠、多少愁恨，都只能无奈地倚靠着栏杆。

词　评

此首秋思词。首两句，从景物凋残写起，中间已含有无穷悲秋之感。"还与"两句，触景伤情，拍合人物。"不堪看"三字，笔力千钧，沉郁之至，较之李易安"人比黄花瘦"句，诚觉有仙凡之别。换头，别开一境，似断实连，一句远，一句近，作法与前首同。梦回细雨，凝想人在塞外，怅惘已极，而独处小楼，惟有吹笙以寄恨，但风雨楼高，吹笙既久，致笙寒凝水，每不应律，两句对举，名隽高华，古今共传。陆龟蒙诗云"妾思正如簧，时时望君暖"，中主词意正用此；而少游"指冷玉笙寒"句，则又从中主翻出。或谓玉笙吹彻，小楼寒侵，则非是也。末两句承上，申述悲恨。"倚阑干"三字结束，含蓄不尽。

——唐圭璋《唐宋词简释》

李煜（七首）

李煜（937—978），初名从嘉，字重光，号钟隐，南唐中主李璟第六子。徐州（今江苏徐州）人。在位十五年，南唐最后一位君主，世称李后主、南唐后主。宋兵破金陵，降宋，后被毒死，年仅四十二岁。追封吴王，葬洛阳邙山。李煜能诗文，通音乐，工书画，尤以词闻名。前期词作主要描写宫廷生活，风格绮丽柔靡；后期多写亡国之痛，风格苍凉悲壮，意境深远，突破了花间派以写艳情为主的窠臼，且语言朴素清丽。后人把他与其父李璟的作品合刻为《南唐二主词》。

一斛(hú)珠[1]

晓妆初过。沉檀轻注些儿个[2]。向人微露丁香颗(kě)[3]。一曲清歌[4]，暂引樱桃破[5]。 罗袖裛(yì)残殷(yān)色可[6]。杯深旋被香醪(láo)涴(wò)[7]。绣床斜凭娇无那(nuò)[8]。烂嚼红茸[9]，笑向檀郎唾[10]。

●一曲清歌，暂引樱桃破

说 明

此词细腻描写了一歌女从化妆到赴宴的过程与情态，惟妙惟肖，具有极强的感染力。

注 释

①**一斛珠：**词牌名。又名《醉落魄（拓）》《章台月》《怨春风》等。双调五十七字，仄韵。据旧题晚唐曹邺传奇小说《梅妃传》，唐玄宗封珍珠一斛密赐梅妃。妃不受，以诗谢，有“长门自是无梳洗，何必珍珠慰寂寥”之句。玄宗览诗不乐，令乐府以新声度之，名《一斛珠》，曲名始于此。

②**沉檀：**指妆饰用的颜料。色深而带有润泽的叫“沉”，浅绛色叫“檀”。唐宋妇女闺妆常常使用，或用于眉端，或用在口唇上。一说指沉香、檀香。**轻注：**轻轻涂抹。**些儿个：**唐宋时的方言，一点儿的意思。

③**丁香颗：**常绿乔木，又名鸡舌香，丁子香。丁香的种仁由两片形似鸡舌的子叶抱合而成，因之借喻女子的舌头。

④**清歌：**此指不用乐器伴奏的歌唱。

⑤**樱桃：**果木名。此处喻指女子娇小而红润的嘴。

⑥**裛：**此同“浥”，沾湿。**殷色：**黑红色。**可：**意同“可可”，些微貌，少许貌。

⑦**香醪：**美酒。**涴：**污，弄脏。

⑧**绣床：**装饰华丽的床。多指女子睡床。**无那：**无限，非常。

⑨**红茸：**红色丝线。

⑩**檀郎：**据《晋书·潘岳传》《世说新语·容止》记载，晋代的潘岳姿容美好，曾乘车出洛阳道，路上妇女慕其丰仪，手挽手围之，掷果盈车。岳小字檀奴，后

世遂以“檀郎”作为妇女对丈夫或所爱男子的美称。

译　文

早上，她刚刚梳妆完毕，又轻轻涂抹了一点儿沉檀。她清歌一曲，向人微微露出丁香小舌，暂时引得樱桃小口张开。

酒过三巡，罗袖很快就被美酒弄脏。沾湿的罗袖上，残留着少许黑红色的酒痕。斜靠着绣床的她无限娇媚，口里嚼着红茸，笑着唾向檀郎。

词　评

此首咏佳人口。起两句，写佳人口注沉檀。“向人”三句，写佳人口引清歌。换头，写佳人口饮香醪。末三句，写佳人口唾红茸。通首自佳人之颜色服饰，以及声音笑貌，无不描画精细，如见如闻。

——唐圭璋《唐宋词简释》

渔　父

一棹春风一叶舟。一纶茧缕一轻钩①。花满渚(zhǔ)②，酒盈瓯(ōu)③。万顷波中得自由。

说　明

此为题画词，风格清幽。从中可见李煜的遁世之怀，以及他对自由的向往。宋人刘道醇《五代名画补遗》记载：“卫贤，京兆人，仕南唐为内供奉。……予尝于富商高氏家观贤画《盘车水磨图》，及故大丞相文懿张公第有《春江钓叟图》，上有南唐李后主金索书《渔父》词二首。”

注　释

①**纶**：钓鱼用的线。**茧缕**：丝线。

②**渚**：小洲，水中的小块陆地。

③**瓯**：杯、盆之类的器皿。

译　文

划动一双长桨，迎着春风，轻驾一叶扁舟。一条纶线上，挂着一个轻钩。欣赏这满洲花开，品尝着满瓯美酒。春江上的钓叟，在万顷水波中，得到了自由。

词　评

杜诗“丹霞一缕轻”，李后主《渔父》词“茧缕一轻钩”，胡少汲诗“隋堤烟雨一帆轻”；至若骚人于渔父则曰“一蓑烟雨”，于农夫则曰“一犁春雨”，于舟子则曰“一篙春水”，皆曲尽形容之妙也。

——宋·俞成《萤雪丛说》

清平乐

别来春半[1]。触目愁肠断[2]。砌下落梅如雪乱[3]。拂了一身还满。

雁来音信无凭[4]。路遥归梦难成。离恨恰如春草，更行更远还生[5]。

说明

此词描写伤春恨别之情，一说是李煜牵挂其弟从善入宋不得归，故触景生情而作。“落梅”“鸿雁”“春草”等意象的选取及“满”“乱”“断”等词语的运用，使得全篇情景交融，将别恨离愁描写得形象、动人。

注释

①**春半**：春天已过半。

②**触目**：目光所及。**愁肠断**：一作“柔肠断”。

③**砌**：台阶。

④**雁来音信无凭**：此句意谓鸿雁虽然来了，却没将书信传来。雁能传书，典出《汉书·苏武传》。其文记载：“（常惠）教使者谓单于言，天子射上林中，得雁，足有系帛书。”无凭，没有凭证，这里指没有书信。

⑤**更**：越。

译文

自从离别以来，春天已经过半。目光所及，无不令人愁肠欲断。台阶下的落梅像飘飞的白雪一样纷乱，我拂了又拂，但还是落得一身满满。

鸿雁已飞还，音信却依旧渺茫。路太遥远，回乡的梦难以实现。离恨恰如那无边的春草，越走越远，它越是蔓延生长。

词评

上段言愁之欲去仍来，犹雪花之拂了又满；下段言人之愈离愈远，犹草之更远还生，皆加倍写出离愁。且借花草取喻以渲染词句，更见婉妙。六一词之“行人更在青山外”，东坡诗之“但见乌帽出复没”，皆言极目征人，直至天尽处，与此词春草句，俱善状离情之深挚者。

——俞陛云《唐五代两宋词选释》

乌夜啼[1]

林花谢了春红[2]。太匆匆。无奈朝来寒雨、晚来风。　胭脂泪[3]，相留醉，几时重(chóng)。自是人生长恨、水长东[4]。

说　明

此为李煜入宋后所作，借写落花抒发人生失意的无限怅恨。全词即景抒情，语言质朴，却足以打动人心。

注　释

①**乌夜啼：**此为《相见欢》的别名。相见欢，唐教坊曲名，后用为词牌。又名《秋夜月》《上西楼》《乌夜啼》等。双调三十六字，上阕平韵，下阕两仄韵、两平韵，亦有通篇皆押平韵者，四十七或四十八字。

②**春红：**春天的花朵。

③**胭脂泪：**女子脸上经常涂抹胭脂，流泪时泪水会沾上胭脂的红色，因此称女子的流泪为"胭脂泪"。此处指落花被雨淋湿。

④**自是：**原本是，自然是。

译　文

林中的春花凋谢了。凋谢得太匆匆。无奈朝来寒雨，晚又来风。

落花就像美人的胭脂泪，令我沉醉。明媚的春景几时再来？人生原本太多遗憾，就像水长东流，没有尽头。

词　评

后主词，凄婉出飞卿之右，而骚意不及。

——清·陈廷焯《词则·大雅集》

望江南

多少恨，昨夜梦魂中[1]。还似旧时游上苑[2]，车如流水马如龙[3]。花月正春风。

说　明

此词写梦境，通过对昔日江南繁华的追忆，抒发作者的故国之思与亡国之痛。当是李煜亡国入宋后所作。

注　释

①**梦魂**：古人认为灵魂在睡梦时会离开人的肉体，故称“梦魂”。

②**上苑**：专供帝王游玩、打猎的园林。

③**车如流水马如龙**：典出《东观汉记·明德马皇后》，形容车马络绎不绝，一片繁华的景象。龙，此处指游动的蛟龙。

译　文

昨夜的梦，带给我多少愁恨。梦中，我好像又回到从前的上苑游览。车行如流水，马多若游龙。百花争艳，明月高悬，春风拂面。

词　评

此首忆旧词，一片神行，如骏马驰坂，无处可停。所谓“恨”，恨在昨夜一梦也。昨夜所梦者何？“还似”二字领起，直贯以下十七字，实写梦中旧时游盛况。正面不著一笔，但以旧乐反衬，则今之愁极恨深，自不待言。此类小词，纯任性灵，无迹可寻，后人亦不能规摹其万一。

——唐圭璋《唐宋词简释》

虞美人

春花秋月何时了[1]。往事知多少。小楼昨夜又东风。故国不堪回首月明中[2]。　雕栏玉砌应犹在[3]。只是朱颜改[4]。问君能有几多愁。恰似一江春水向东流。

说　明

此词描写了一个亡国之君对往事的苦苦追念，个人的悲哀与亡国的痛楚、人生的失意融合在一起，堪称用血泪凝成的佳作。此词是李煜最为著名的代表作，也是他的绝命词。据王铚《默记》记载：“后主在赐第，因七夕，命故妓作乐，声闻于外。太宗闻之，大怒。又传‘小楼昨夜又东风’及‘一江春水向东流’之句，并坐之。遂被祸云。”

注　释

①**春花秋月**：春天的花和秋天的月。泛指佳景或美好的时光。

②**不堪回首**：不忍回头再回忆过去的事。

③**雕栏玉砌**：此处指南唐的宫苑建筑。雕栏，有雕饰的栏杆，亦用为栏杆的美称。玉砌，用玉石砌的台阶，亦用为台阶的美称。

④**朱颜**：红润美好的容颜。

译文

春花秋月，什么时候才能了？往事不知有多少？小楼昨夜又吹起了东风，怎堪回首故国，在一片月明之中。

故国雕刻精细的栏杆、玉石砌成的台阶应该还在，只是主人曾经的容颜已改。问君能有多少忧愁？就像那一江春水滚滚东流！

词评

一声恸歌，如闻哀猿，呜咽缠绵，满纸血泪。

——清·陈廷焯《云韶集》

●问君能有几多愁

浪淘沙令①

帘外雨潺潺（chán）②。春意阑珊③。罗衾不耐五更寒④。梦里不知身是客，一晌（shǎng）贪欢⑤。　独自莫凭栏。无限江山⑥。别时容易见时难。流水落花春去也，天上人间⑦。

说明

此词通过梦境和现实、过往与如今的对比，抒发了内心无比凄楚的情怀。宋人胡仔《苕溪渔隐丛话》引蔡絛《西清诗话》："南唐李后主归朝后，每怀江国，且念嫔妾散落，郁郁不自聊。尝作长短句'帘外雨潺潺'云云，含思凄惋，未几下世。"

注释

①**浪淘沙令**:《浪淘沙》的别名。浪淘沙，唐教坊曲名，后用为词牌。又名《浪淘沙令》《卖花声》《过龙门》等。原为小曲，单调二十八字，四句三平韵，亦即七言绝句。刘禹锡、白居易所作，皆专咏调名本意。刘禹锡词九首为正格，白居易六首为拗体。李煜始作《浪淘沙令》，盖因旧曲名，另创新声，双调五十四字，平韵。宋人也有于前段或前后段起句增减一二字的，也有稍变音节而用仄韵的。另有《浪淘沙慢》，一百三十三字，入声韵。

②**潺潺**：这里形容雨声。

③**阑珊**：衰残，将尽，这里指春日将尽。

④**罗衾**：丝绸被。**不耐**：不能忍受。**五更**：旧时把从黄昏到拂晓的一夜时间，分为甲、乙、丙、丁、戊五段，谓之“五更”。又称五鼓、五夜。

⑤**一晌**：片刻。一作“饷”。

⑥**江山**：此指南唐的江山国土。

⑦**天上人间**：天上和人间对比。比喻境遇悬殊，相差很大。

译　文

帘外雨声潺潺，春意衰残。我盖着单薄的绸被，不能忍受五更的严寒。梦中，忘了自己是羁旅之客，贪恋着那片刻之欢。

不要独自倚靠栏杆。无限的江山，分别容易，再见时难。一如落花流水送走了春天。昔日与今天，何异于天上人间。

词　评

绵邈飘忽之音，最为感人深至。李后主之“梦里不知身是客，一晌贪欢”，所以独绝也。

——清·郭麐《灵芬馆词话》

琴精（一首）

琴精，唐代苏州刺史曹珪家女，后遇异人，得仙术。宋理宗嘉熙丁酉（1237），赠邓州金鹤云以百金。相传曾化为一古琴，故名“琴精”。

千金意①

音音音。音音你负心。你真负心。孤负我到如今。记得年时②，低低唱，浅浅斟。一曲值千金。　如今寂寞古墙阴③。秋风荒草白云深。断桥流水何处寻④。凄凄切切，冷冷清清，教奴怎禁⑤。

说　明

此词以琴精的口吻，诉说了一个被抛弃的女子的哀怨，语言质朴直白，情调凄婉动人。

注 释

①**千金意**：词牌名，词有"一曲值千金"句，故名千金意。本义为珍贵的情意。晋人孙绰《情人碧玉歌》："感郎千金意，惭无倾城色。"关于此词的来历，明人陈耀文《花草粹编》引《江湖纪闻》云："曹珪仕吴越，守嘉兴，后为苏州刺史。光启（885—888）中，舍宅为招提寺。宋嘉熙丁酉（1237），邓州金鹤云以琴书寓嘉兴富家，居近寺侧，每夜闻歌云云，甚习。一夕歌声甚近，窥之，乃一女子也。明夜推户至榻惜别，以百金为意。女子潸然曰：'妾曹刺史家女也，遇异人，得仙术，但凡心未除，累遭降谪，今方别后，未卜会期。君前程甚远，夹山之会，君其慎之。'金异之，明以告主人，皆不晓其故。后修寺墙，得石匣，藏一古琴，系百金焉。金后为县令，卒于峡州。"

②**年时**：当年。

③**墙阴**：墙的阴暗处。

④**断桥**：桥名。位于浙江省杭州市。本名宝祐桥，据传因从孤山开始的白堤到此而断，筑桥以通，故名"断桥"。

⑤**奴**：古代年轻女子的自称。

译 文

音音音！音音你负我心！你真负我心！你对不住我，直到如今。记得当年，我低低地把歌唱，你浅浅地把酒斟。你说我清歌一曲，价值千金。

如今，我寂寞地站在古墙的背阴处。这里只有凛冽的秋风，荒芜的野草，深浓的白云。你如断桥下的流水，去哪里把你找寻。凄凄切切，冷冷清清，教我怎么禁受得起。

词 评

甚凄恻。

——清·毛先舒《填词名解》

无名氏（二首）

鱼游春水[①]

秦楼东风里[②]。燕子还来寻旧垒。余寒犹峭，红日薄侵罗绮[③]。嫩草方抽碧玉茵[④]，细柳轻拂黄金缕[⑤]。莺啭上林[⑥]，鱼游春水。

屈曲阑干遍倚。又是一番新桃李。佳人应怪归迟。梅妆泪洗[7]。凤箫声绝沉孤雁[8]，望断清波无双鲤[9]。云山万重，寸心千里[10]。

说　明

此词从游子的角度，想象描摹闺中人春日里的相思之情。其实这也是游子念念不忘闺中人的表现。

注　释

①**鱼游春水：**词牌名。双调八十九字，前后段各八句、五仄韵。关于此词牌的由来，宋人胡仔的《苕溪渔隐丛话》引用了两种不同的说法："《复斋漫录》云：'政和中，一中贵人使越州回，得词于古碑阴，无名无谱，不知何人作也。录以进御，命大晟府填腔，因词中语赐名《鱼游春水》。'《古今词话》云：'东都防河卒，于汴河上掘地得石刻，有词一阕，不题其目。臣僚进上，上喜其藻思绚丽，欲命其名，遂摭词中四字名曰"鱼游春水"。今教坊倚声歌之。词凡九十四字，而风花莺燕动植之物曲尽之。此唐人语也。后之状物写情，不及之矣。'二说不同，未详孰是。"

②**秦楼：**秦穆公为女儿弄玉所建的楼，亦名凤楼。相传秦穆公的女儿弄玉喜欢音乐，萧史善吹箫作凤鸣。秦穆公把弄玉嫁给萧史为妻，并为她建了凤楼。二人吹箫，引来凤凰，后乘凤飞升而去。

③**罗绮：**罗和绮，都是丝绸衣裳，多为妇女所服，因此常用来比喻女子。

④**茵：**铺垫之物，如毯子、褥子、垫子等的通称。

⑤**金缕：**此指柳条。

⑥**上林：**旧时宫苑名。此指华贵的园林。

⑦**梅妆：**"梅花妆"的简称。"梅花妆"是古时女子的一种妆式，即描梅花状于额上为饰。相传此妆始于南朝宋寿阳公主。《太平御览》引《宋书》曰："武帝女寿阳公主人日卧于含章檐下，梅花落公主额上，成五出之华，拂之不去，皇后留之。自后有梅花妆，后人多效之。"

⑧**凤箫声绝：**指以往夫妻之间的欢乐不再。汉人刘向《列仙传·萧史》记载："萧史者，秦穆公时人也。善吹箫，能致孔雀、白鹤于庭。穆公有女字弄玉，好之，遂以女妻焉。日教弄玉作凤鸣。居数年，吹似凤声，凤凰来止其屋。公为作凤台，夫妇止其上，不下数年。一旦，皆随凤凰飞去。故秦人作凤女祠于雍宫中，时有箫声而已。"**沉孤雁：**指音信断绝。旧有鸿雁传书之说，典出《汉书·苏武传》："教使者谓单于言，天子射上林中，得雁，足有系帛书。"

⑨**双鲤：**书信的代称。《乐府诗集·相和歌辞·饮马长城窟行之一》："客从远方来，遗我双鲤鱼。呼儿烹鲤鱼，中有尺素书。"

⑩**寸心：**指心。旧时认为心的大小在方寸之间，故名寸心。

译文

秦楼上的阵阵东风里，燕子又飞回来寻觅旧日的巢垒。料峭的余寒仍在，红日将光洒上了薄薄的罗绮。嫩草刚刚萌芽，好像为大地铺上了碧玉毯。细细的柳条轻轻拂动。黄莺娇啭在园林，鱼儿畅游在春水。

曲折的阑干不知有几曲，想来她应是处处遍倚。又是一度新春，她那里又开了一番新桃李。佳人应该怪我归去得太迟，额上的梅妆，怕是已被她和着泪水冲洗。相和的凤箫声已经断绝，离群的孤雁不能把音讯传达，她久久地望着清澈的水波，又看不到送信的双鲤。远处的云山，不知有几万重，她的心，正牵挂着我远在千里。

词评

落落写来，词旨韶雅，无一纤巧语，自是秀色天成，风情和笃。《复斋漫录》以为唐人语，不为无见。

——清·黄苏《蓼园词评》

扑蝴蝶[1]

烟条雨叶[2]，绿遍江南岸。思归倦客[3]，寻芳来较晚[4]。岫边红日初斜，陌上飞花正满。凄凉数声羌管[5]。　怨春短。玉人应在[6]，明月楼中画眉懒。蛮笺锦字[7]，多时鱼雁断[8]。恨随去水东流，事与行云共远。罗衾旧香犹暖[9]。

说明

此词以游子的口吻，抒发了漂泊之苦和相思之情。上片主要描写暮春景致，兼写羁旅之愁和伤春之情。下片想象心上人思念自己的情状，其实也表达了自己对心上人的思念。

注释

①**扑蝴蝶**：词牌名。清人毛先舒《填词名解》云："唐东京二月为扑蝴蝶会。《杜阳杂编》曰：'穆宗时，禁中花开，夜有蛱蝶数万飞集，宫人或以罗巾扑之，并无所获。上令张网空中，得数百，迟明视之，皆库中金玉器也。'一名《扑蝴蝶近》。"

②**烟条雨叶**：湿润的繁枝密叶。

③**倦客**：厌倦旅居生活的客游之人。

④**寻芳**：出游赏花赏景。

⑤**羌管**：羌笛，古代的管乐器，因产于羌中，故名羌管。

⑥**玉人**：对亲人或所爱之人的爱称。

⑦**蛮笺**：产地遥远的笺纸，一说是高丽所产，一说是蜀地所产。

⑧**鱼雁**：形容书信。《乐府诗集·相和歌辞十三·饮马长城窟行之一》云："呼儿烹鲤鱼，中有尺素书。"《汉书·苏武传》记载："教使者谓单于言，天子射上林中，得雁，足有系帛书。"后因用"鱼雁"指代书信。

⑨**罗衾**：丝绸被。

译　文

湿润的繁枝密叶，绿遍了江南岸。思归的倦客，前来游赏美景，时间已晚。山边红日刚刚西斜，路上飞花铺得正满。忽然传来几声凄凉的羌管。

只能抱怨春光太短。我那明月楼中的心上人，想来应该连眉都懒得画。蛮笺上的锦字，很久没有鱼雁来替我送达，她那里已是音书绝断。愁恨随着东去的流水，绵绵无尽。往事与天上的流云，一起飘远。只有存留旧日余香的罗衾尚暖。

词　评

旧词高雅，非近世所及，如《扑蝴蝶》一词，不知谁作，非惟藻丽可喜，其腔调亦自婉美。

——宋·胡仔《苕溪渔隐丛话》

卷三　两宋

王禹偁（一首）

王禹偁（954—1001），字元之，济州巨野（今属山东）人。出身寒微，太平兴国八年（983）进士。历任右拾遗、左司谏、知制诰、翰林学士等职。直言敢谏，三次被贬官，久历州县，了解民生疾苦。曾出知黄州，世称“王黄州”。王禹偁鄙弃五代以来的浮靡文风，所作诗文大多平易清丽。他是宋初“白体”的代表诗人，同时又继承了杜甫、白居易的现实主义诗歌创作传统。有《小畜集》传世。

点绛唇[1]

感　兴[2]

雨恨云愁[3]，江南依旧称佳丽[4]。水村渔市[5]。一缕孤烟细[6]。天际征鸿[7]，遥认行如缀[8]。平生事。此时凝睇[9]。谁会凭阑意。

●谁会凭阑意

说　明

王禹偁出身农家，但胸怀大志，童年时曾作《磨诗》云：“但存心里正，无愁眼下迟。若人轻着力，便是转身时。”但他中进士后仅做了长洲（今江苏省苏州市西南）知县。这首词便是他在长洲任上所作，含蓄地表达了他壮志难酬的苦闷。词风清丽，别具一格。

注　释

①**点绛唇**：词牌名，取自南朝梁人江淹《咏美人春游》：“白雪凝琼貌，明珠点绛唇。”又名《一痕沙》《点樱桃》等。全词上下两片，

共九句，四十一个字。上片四句，从第二句起用三仄韵；下片五句，从第二句起用四仄韵。

②**感兴**：感物寄兴。

③**雨恨云愁**：形容易惹人愁怨的江南云雨。

④**佳丽**：指景色秀美。南朝齐人谢朓《入朝曲》："江南佳丽地，金陵帝王州。"

⑤**水村**：水边的村落。**渔市**：买卖鱼类的地方。

⑥**孤烟**：独起的炊烟。王禹偁主要以诗文名世，但前人赞赏此二句"清丽可爱，岂止以诗擅名"（清人王奕清《历代词话》引《词苑》）。

⑦**征鸿**：即征雁，迁徙的雁，多指秋天南飞的鸿雁。

⑧**缀**：联结，连缀。

⑨**凝睇**：注视。白居易《长恨歌》："含情凝睇谢君王，一别音容两渺茫。"

译文

细雨蒙蒙、云雾弥漫中的江南，尽管惹人万恨千愁，但仍然称得上风景秀丽。远处的水村渔市间，一缕细细的炊烟袅袅升起。

天际迁徙的雁群排成行，远远望去，一只接一只，如同缀在一起。回想平生，几多往事。此时此刻，我久久地注视着这一切。有谁能领会我凭栏远眺的心思。

词评

王元之《点绛唇》起调云："雨恨云愁，江南依旧称佳丽。"歇拍云："平生事。此时凝睇。谁会凭阑意。"寓沉着于清空之中，虽寥寥数十字，饶有无限感慨。《词苑》所称"水村渔市"二句，第工于写景耳。

——清·况周颐《历代词人考略》

寇准（一首）

寇准（961—1023），字平仲，华州下邽（今陕西渭南）人。太平兴国五年（980）进士。真宗时，官至宰相。秉性刚直，力主抗辽，签订澶渊之盟。后被丁谓排挤，贬雷州司户参军，卒于贬所。寇准与白居易、张仁愿并称渭南"三贤"。善诗，是宋初"晚唐体"诗人之一。有《巴东集》传世。

踏莎(suō)行[1]

春色将阑[2]，莺声渐老。红英落尽青梅小[3]。画堂人静雨濛濛[4]，屏山半掩余香袅[5]。　密约沉沉[6]，离情杳(yǎo)杳[7]。菱花尘满慵将照[8]。倚楼无语欲销魂[9]，长空黯淡连芳草。

说明

此词描写暮春时节，一位闺中女子的相思之苦，兼有韶华易逝、美人迟暮的感伤。语言平易晓畅，风格清丽柔婉。一说此词作于寇准被贬任青州知府之时，委婉地寄托了他心中难以割舍的忠君情怀，以及远离朝廷的落寞。

注释

①**踏莎行**：词牌名，取自唐人陈羽《过栎阳山溪》："众草穿沙芳色齐，踏莎行草过春溪。"又名《柳长春》《喜朝天》《踏雪行》等。双调五十八字，仄韵。

②**阑**：尽。

③**红英**：红花。

④**画堂**：指华丽的堂舍。

⑤**屏山**：指屏风。

⑥**沉沉**：此处形容音信杳无。

⑦**杳杳**：幽远深广的样子。

⑧**菱花**：指菱花镜，也泛指镜。古代铜镜，形状为六角形的，或背面刻有菱花图案的，均称为菱花镜。

⑨**销魂**：形容悲伤、欢乐、惊惧到极点，好像灵魂离散。这里形容极度哀愁。

译文

春光将尽，莺声也渐渐老去，不似从前婉转动听。红花落尽，梅树已经结出了青小的果实。窗外细雨蒙蒙，画堂中悄无人声，半掩的屏风后，只见那尚未燃尽的香，余烟袅袅。

私下里的诺言已是沉寂无音，别后的相思仍然又深又远。因为懒得梳洗打扮，菱花镜上已落满了灰尘。默默倚楼，悲伤不已，辽阔的天空阴沉昏暗，黯然地连接着无边无际的芳草。

词评

郁纡之思，无所发泄，惟借闺情以抒写。古人用意多如是。"春色"二句，喻年渐老也。"梅小"，喻职卑也。"屏山""香袅"，见香气徒郁结也。"密约"二句，比启纳之心也。"菱花"，喻心难照也。至末句则总而言，见离间者多也。文情郁勃，意致沉深。

——清·黄苏《蓼园词评》

钱惟演（一首）

钱惟演（977—1034），字希圣，临安（今浙江杭州）人。吴越王钱俶之子，随父归宋，为右屯卫将军，后改文职。仁宗时被劾落职，以崇信军节度使归镇。不久即卒。钱惟演博学多识，善文辞，曾参与纂修《册府元龟》。善诗，与杨亿、刘筠等唱和，是"西昆体"的代表诗人。喜欢结交文士，奖掖后进，对欧阳修、梅尧臣等一批青年才俊颇有提携之恩。钱惟演一生创作丰富，但多有散佚，今存《家王故事》《金坡遗事》《玉堂逢辰录》等。《全宋文》卷一百九十四录其文。《全宋词》录其词二首。《全宋诗》辑其诗二卷。

木兰花①

城上风光莺语乱。城下烟波春拍岸②。绿杨芳草几时休，泪眼愁肠先已断。　情怀渐变成衰晚。鸾鉴朱颜惊暗换③。昔年多病厌芳尊④，今日芳尊惟恐浅。

说　明

这首词作于景祐元年（1034），时钱惟演谪居汉东。汉东郡，即随州（今属湖北），太平兴国元年（976）改崇信军节度使。全词以乐景写哀情，词情凄婉，一个绝望的谪臣形象跃然纸上。据说，钱惟演作此词后，"每歌之，酒阑则垂涕"（宋·释文莹《湘山野录》）。不久，便卒于贬所。

注　释

①**木兰花**：此处为《玉楼春》的别名。玉楼春，词牌名，因五代时欧阳炯作"同在木兰花下醉"之句，故又名《木兰花》。此外，唐教坊曲有《木兰花》，后用作词牌。

②**烟波**：指烟雾苍茫的水面。

③**鸾鉴**：鸾镜。南朝宋人范泰《鸾鸟诗》序："昔罽宾王结罝峻卯之山，获一鸾鸟，王甚爱之，欲其鸣而不致也。乃饰以金樊，飨以珍羞。对之逾戚，三年不鸣。夫人曰：'闻鸟见其类而后鸣，何不县镜以映之！'王从言。鸾睹影感契，慨焉悲鸣，哀响中霄，一奋而绝。"后即以"鸾镜"指代妆镜。本句中"鉴"一作"镜"。

④**芳尊**：精致的酒杯。也作"芳樽""芳罇"。

译　文

城上风景秀丽，莺语纷乱。城下烟波浩渺，春水拍岸。绿柳摇曳，芳草茵茵，这般景致何时结束。我已是珠泪满眼，愁肠寸断。

迟暮之年，心境逐渐变得衰老。镜中的容颜也悄悄改变，令人心惊。往年多病，不喜欢饮酒，如今却唯恐酒杯太浅。

词　评

芳尊恐浅，正断肠处，情尤真笃。

——明·沈际飞《草堂诗余正集》

潘阆（一首）

潘阆（？—1009），字梦空，自号逍遥子，大名（今属河北）人，一说广陵（今江苏扬州）人。久居钱塘（今浙江杭州）。曾卖药京师，与名流交往较密。太宗至道元年（995），以能诗受召见，赐进士及第，授国子四门助教。后因狂妄被逐。真宗时得赦，任滁州参军。有《潘逍遥集》，词集有后人辑本《逍遥词》。

酒泉子[1]

长忆西湖[2]，尽日凭阑楼上望。三三两两钓鱼舟[3]。岛屿正清秋[4]。笛声依约芦花里[5]。白鸟成行忽惊起[6]。别来闲整钓鱼竿。思入水云寒[7]。

说　明

潘阆（làng）曾久居钱塘，有《忆余杭》十首，皆为回忆杭州风物之作。此词为其中之一，回忆西湖美景，风格清幽。宋人释文莹《湘山野录》卷下："阆有清才，尝作《忆余杭》一阕，曰：'长忆西湖，尽日凭栏楼上望（略）。'钱希白爱之，自写于玉堂后壁。"

注　释

①**酒泉子**：词牌名，潘阆共作十首，吟咏钱塘地区风物，是忆杭州的组词。

②**"长忆"句**：潘阆《忆余杭》十首，每首词均以"长忆"起句。长忆，即常常想起。

③**三三两两**：三个一群，两个一伙，聚集在一起。形容数量不多。

④**清秋**：明净爽朗的秋天。

⑤**依约**：仿佛，隐约。**芦花**：芦絮。芦苇花轴上密生的白毛。

⑥**白鸟**：白色羽毛的鸟。鹤、鸥、鹭之类。

⑦**水云**：水和云。多指水云相接之景。

译　文

时常想念西湖，那时我整天都在楼上倚靠着栏杆眺望。三三两两的钓鱼船正在划动。岛屿上，正是一派明净爽朗的秋日景象。

芦花中，隐隐约约有笛声在响。成行的白鸟，蓦然被笛声惊起。离别后，每逢闲暇，我便到水边垂钓。我的思绪，早已飘入了那清冷的水云相接之地。

词　评

潇洒出尘。结更清高闲远。

——清·陈廷焯《词则·别调集》

林逋（二首）

林逋（968—1028），字君复，钱塘（今浙江杭州）人。早岁浪游江淮间，后归杭州，隐居孤山二十年，种梅养鹤，终身不仕不娶，时称"梅妻鹤子"。卒谥"和靖先生"，后人称"林处士"。林逋擅诗，是宋初"晚唐体"的代表诗人，存诗三百余首，风格淡远。存词三首，"澄浃峭特，多奇句"（《宋史》）。

相思令[1]

吴山青[2]。越山青[3]。两岸青山相对迎。争忍有离情。　君泪盈。妾泪盈。罗带同心结未成[4]。江边潮已平[5]。

说　明

此词运用起兴和复沓的手法来抒发别恨离愁，清新活泼，具有浓郁的民歌风味。末句写潮水涨满，喻示船将起航，也就是这一对有情人终将离别。此刻，“罗带同心结未成”的他们将作何感想？全词至此戛然而止，真率之余又颇有含蓄不尽的意味。

注　释

①**相思令**：《长相思》的别名。长相思，唐教坊曲名，后用为词牌。因梁陈乐府《长相思》而得名。又名《双红豆》《忆多娇》等。双调三十六字，前后阕格式相同，各三平韵、一叠韵，一韵到底。

②**吴山**：泛指钱塘江北岸的山，这里古时归属吴国。

③**越山**：泛指钱塘江南岸的山，这里古时归属越国。

④**罗带**：丝织的衣带。**同心结**：指将衣带系成连环回文样式的结子，作为男女定情或坚贞爱情的象征。

⑤**江边潮已平**：指潮水已经涨到与岸相齐平。

译　文

吴山青青，越山青青。两岸青葱的山岭虽然隔着江水，却尚能迎面相对，我们这一对有情人又怎么忍心分离。

郎君你泪珠盈眶，妾身我泪水汪汪。用罗带编织的同心结尚未成形，潮水却已经涨到与岸齐平。

词　评

林处士梅妻鹤子，可称千古高风矣。乃其惜别词，如“吴山青，越山青”一阕，何等风致，《闲情》一赋，讵必玉瑕珠颣耶。

——清·彭孙遹《金粟词话》

点绛唇

草

金谷年年[1]，乱生春色谁为主。余花落处[2]。满地和烟雨[3]。

又是离歌[4]，一阕长亭暮[5]。王孙去[6]。萋（qī）萋无数[7]。南北东西路。

说　明

此词咏春草。上片赞美了春草甘于寂寞的品质和顽强的生命力，下片借春草来抒发离情。

注　释

①**金谷**：古地名。在今河南洛阳市。晋人石崇筑园于此，世称金谷园。代指豪门宴会、富家园林。当年征西将军祭酒王诩回长安时，石崇曾在此为其饯行，由此，金谷园同时成为送别的代称。北魏人郦道元《水经注·谷水》："谷水又东，左会金谷水，水出太白原，东南流历金谷，谓之金谷水。东南流经晋卫尉卿石崇之故居。"

②**余花**：残花。

③**烟雨**：烟雾般的蒙蒙细雨。

④**离歌**：伤别的歌。

⑤**一阕**：歌曲或词，一首为一阕。一首词的一段也称作"一阕"。

⑥**王孙**：泛指贵族子弟。淮南小山《招隐士》云："王孙游兮不归，春草生兮萋萋。"王夫之通释曰："王孙，隐士也。秦汉以上，士皆王侯之裔，故称王孙。"

⑦**萋萋**：草木茂盛的样子。

译　文

金谷的春草，年年都在春色中乱生，谁肯看它一眼？春残花落处，只有满地春草，伴着蒙蒙细雨。

又有人在唱伤别的歌，是一曲《长亭暮》。王孙离去。春草萋萋无数，遍布了南北东西路。

词　评

《诗话总龟》云：林和靖不特工于诗，尤工于词。如作《点绛唇》，乃咏草耳，终篇不出一"草"字，更得所以咏之情。按：罗邺诗"不似萋萋南浦见，晚来烟雨正相和"，"和"字咏草入细。"南北东西路"句，宜缓读，一字一读，恰是"无数"二字神味。

——清·黄苏《蓼园词评》

陈亚（一首）

陈亚（生卒年不详），字亚之，扬州（今属江苏）人。宋真宗咸平五年（1002）进士。尝任于潜令，后知湖州、越州、润州，仕至太常少卿。年七十卒。家中藏书甚丰。工诗文,好以药名为诗词。有《澄源集》《陈亚之文集》，已佚。

生查子

药名闺情

相思意已深①，白纸书难足②。字字苦参商③，故要檀郎读④。

分明记得约当归⑤，远至樱桃熟⑥。何事菊花时⑦，犹未回乡曲⑧。

说　明

这是一首描写闺情的药名词。词的上片描写闺中人写信向丈夫表达相思之情，下片回忆分别时的约定，表达约定没有兑现，所思之人仍未归乡的烦恼和怨思。

注　释

①**意已**：谐中药名“薏苡”。薏苡，一年生或多年生草本植物，籽粒（薏苡仁）可食用、酿酒，并入药。

②**白纸**：谐中药名“白芷”。白芷，香草名，根入药。

③**苦参商**：参商，参星在西，商星在东，二星此出彼没，无法相见。因用以比喻彼此隔绝。苦参，中药名，落叶亚灌木，根入药。

④**檀郎**：据《晋书·潘岳传》《世说新语·容止》记载，晋人潘岳姿容美好，曾乘车出洛阳道，路上妇女慕其丰仪，手挽手围之，掷果盈车。岳小字檀奴，后世遂以“檀郎”作为妇女对丈夫或所爱男子的美称。郎读，谐中药名“狼毒”。狼毒，植物名，根有毒。中医学上用其根祛痰、止痛等。

●相思意已深，白纸书难足

⑤当归：中药名。多年生草本植物，根入药。

⑥远至：谐中药名“远志”。远志，多年生草本植物，又名小草，根入药。**樱桃熟：**樱桃红熟之时，即初夏。樱桃，亦中药名，樱桃核可入药。

⑦何事：为何。**菊花时：**深秋，此时菊花盛开。菊花，亦中药名，菊花有的品种可入药。

⑧回乡：谐中药名“茴香”。茴香，多年生宿根草本，果实入药。**乡曲：**家乡，故里。

译　文

相思意已经很深，白纸难以写足。字字都在为离别而悲苦，所以要檀郎仔仔细细读。

分明记得，当初约定的应当归来的日期，最远到樱桃红熟时。为何菊花盛开时，还没有回来呢?

词　评

“记得”而言“分明”，语益沉挚。下文接言自春徂秋，何事未回，思愈切，怨愈深矣。

——清·丁绍仪《听秋声馆词话》

柳永（五首）

柳永（约987—1056？），字耆卿。初名三变，字景庄。排行第七，故称“柳七”。崇安（今福建武夷山）人。景祐元年（1034）进士。风流倜傥，久困科场，及第已老。官至屯田员外郎，世称“柳屯田”。与歌妓来往密切。有《乐章集》。其词多写男女恋情、城市风光及羁旅情怀，多为慢词，用语俚俗，但亦有雅词。

雨霖铃①

寒蝉凄切②。对长亭晚③，骤雨初歇。都门帐饮无绪④，留恋处、兰舟催发⑤。执手相看泪眼，竟无语凝噎（níng yē）⑥。念去去、千里烟波，暮霭沉沉楚天阔⑦。　多情自古伤离别，更那堪、冷落清秋节。今

宵酒醒何处，杨柳岸、晓风残月。此去经年[8]，应是良辰、好景虚设。便纵有、千种风情，更与何人说。

●执手相看泪眼，竟无语凝噎

说　明

此词写别情，同时又饱含着羁旅漂泊的身世之感。“杨柳岸、晓风残月”一句，描绘出了幽美而凄清的秋景，且又暗含着乍醒时分、伊人不见的怅惘之情，历来备受赞赏。全词声情哀怨，委婉凄恻，用白描手法将离别情景形容曲尽，体现了慢词铺叙展衍之长。

注　释

①**雨霖铃**：唐教坊曲，取以入词，首见于《乐章集》。宋人王灼《碧鸡漫志》引《明皇杂录》及《杨妃外传》云：“帝幸蜀，初入斜谷，霖雨弥旬，栈道中闻铃声。帝方悼念贵妃，采其声为《雨淋铃》曲以寄恨。时梨园弟子惟张野狐一人，善筚篥，因吹之，遂传于世。”也作《雨淋铃》。

②**寒蝉**：蝉的一种。又称寒蜇、寒蜩。

③**长亭**：古时候在道路旁边每隔十里设置一座长亭，供行旅停息。因此又称“十里长亭”。离城较近的十里长亭常为送别之处。

④**都门**：京都城门，此指汴京东南的东水门。**帐饮**：在郊外张设帷帐，宴饮送别。

⑤**兰舟**：用木兰树制成的小舟，也用为小舟的美称。

⑥**凝噎**：犹哽咽。想要言语却又说不出的样子。

⑦**楚天**：南方楚地的天空。

⑧**经年**：积年，多年。泛指历时久长。

译　文

寒蝉的叫声凄凉悲切，面对着傍晚的长亭，一阵急雨刚刚停住。都门的饯别宴上我们恋恋不舍，彼此都无心情畅饮，船夫又催促着出发。我们双手紧握泪眼相望，竟哽咽无言。想到在这日暮时分即将远去，烟雾苍茫的水面浩渺无边，云气沉沉的楚天辽阔无际。

自古以来多情的人总会为离别而悲伤，更何况是在这冷落的清秋时节。今夜酒醒时我将身处何方呢？大概是在那杨柳岸边，面对着清晨的寒风和拂晓的残月。这一去之后的许多年，好时光、好风景，应该都是徒然存在了。即便有千种风情，又与何人去诉说？

词评

东坡在玉堂，有幕士善讴，因问：“我词比柳词何如？”对曰：“柳郎中词，只好十七八女孩儿，执红牙拍板，唱‘杨柳岸、晓风残月’。学士词，须关西大汉执铁板，唱‘大江东去’。”公为之绝倒。

——宋·俞文豹《吹剑录·续录》

凤栖梧[1]

伫倚危楼风细细[2]。望极春愁，黯黯生天际[3]。草色烟光残照里[4]。无言谁会凭阑意。　拟把疏狂图一醉[5]。对酒当歌[6]，强乐还无味[7]。衣带渐宽终不悔。为伊消得人憔悴[8]。

说明

此词写羁旅之愁与怀人之情。末二句颇为痴情。

注释

①**凤栖梧**：词牌名，即《蝶恋花》。唐教坊曲名《鹊踏枝》，后用为词牌。北宋时改名为《蝶恋花》，取自南朝梁简文帝萧纲《东飞伯劳歌二首·其一》：“翻阶蛱蝶恋花情，容华飞燕相逢迎。”又名《凤栖梧》等。

②**伫**：长久地站立。**危楼**：高楼。

③**黯黯**：沮丧忧愁的样子。

④**烟光**：云霭雾气。**残照**：落日的余晖。

⑤**疏狂**：狂放，不受拘束。

⑥**对酒当歌**：语出曹操《短歌行》：“对酒当歌，人生几何！譬如朝露，去日苦多。”

⑦**无味**：没有兴味。

⑧**消得**：值得。

译文

我倚靠着危楼伫立，微风细细吹来。极目远望，春愁无限，溢出天际。夕阳的余晖中，只见春草被笼罩在云雾里。我默默无言，谁能领会我凭栏远眺的心意。

我打算持着狂放不羁的姿态，图个一醉方休。可是对酒听歌时，又觉得强颜欢笑没有兴味。衣带渐渐宽松，我终究不后悔。为了她，容颜憔悴也值得。

词评

长守尾生抱柱之信，拚减沈郎腰带之围，真情至语。

——俞陛云《唐五代两宋词选释》

忆帝京[1]

薄衾小枕天气[2]。乍觉别离滋味。展转数寒更(jīng)[3]，起了还重睡。毕竟不成眠，一夜长如岁。　也拟待、却回征辔(pèi)[4]；又争奈、已成行计。万种思量，多方开解，只恁寂寞厌厌地[5]。系我一生心，负你千行泪。

说明

柳永一生为了浮名而奔波，为此不得不经常与意中人分离。对浮名、对意中人，他哪一样都割舍不下，这矛盾的心情在此词中一览无余。末二句冲口而出，不假雕饰，但其中流露出的真情与诚挚，却感人至深。全词纯用口语白描。清人刘熙载《艺概》论柳词云："细密而妥溜，明白而家常。"此词可当之。

注释

①**忆帝京**：词牌名，首见于《乐章集》。唐人王维《晓行巴峡》："际晓投巴峡，余春忆帝京。"《乐章集》注"南吕调"。双调七十二字，上片六句四仄韵，下片七句四仄韵。

②**薄衾**：薄薄的被子。

③**展转**：同"辗转"，翻身的样子，多用来形容忧思不寐、卧不安席。**寒更**：寒夜的更点。古时候一夜分为五更，每更又分为五点，更则击鼓，点则击锣，用来报时。

④**拟待**：打算。**却**：回转。**征辔**：远行之马的缰绳，也用来指代远行的马。

⑤**厌厌**：虚弱，精神不振的样子，同"恹恹"。

译文

天气渐渐转凉。我拥着薄薄的被子，枕着小小的枕头，忽然感到别离的滋味难以忍受。辗转反侧地数着寒夜的更点，起来又重新躺下。终归是无法入眠，一夜长如一年。

也打算回转马缰，又怎奈已做好了出行的计划。万般地考虑忖度，用多种方法开导自己，都不管用，只是这样寂寞愁闷，百无聊赖。我这颗心，一生一世都系在你身上，却无法陪在你的身边，辜负了你那千行伤心的泪水。

词　评

孟郊《悼幼子》:"负我十年恩，欠尔千行泪。"又柳永《忆帝京》:"系我一生心，负你千行泪。"词章中言涕泪有逋债，如《红楼梦》第一回、第五回等所谓"还泪""欠泪的"，似始见此。

——钱锺书《管锥编》

定风波

自春来、惨绿愁红[①]，芳心是事可可[②]。日上花梢，莺穿柳带，犹压香衾卧。暖酥消[③]，腻云亸(duǒ)[④]。终日厌厌倦梳裹[⑤]。无那[⑥]。恨薄情一去，音书无个。　早知恁么。悔当初、不把雕鞍锁[⑦]。向鸡窗、只与蛮笺象管[⑧]，拘束教吟课[⑨]。镇相随[⑩]，莫抛躲。针线闲拈(niān)伴伊坐[⑪]。和我。免使年少，光阴虚过。

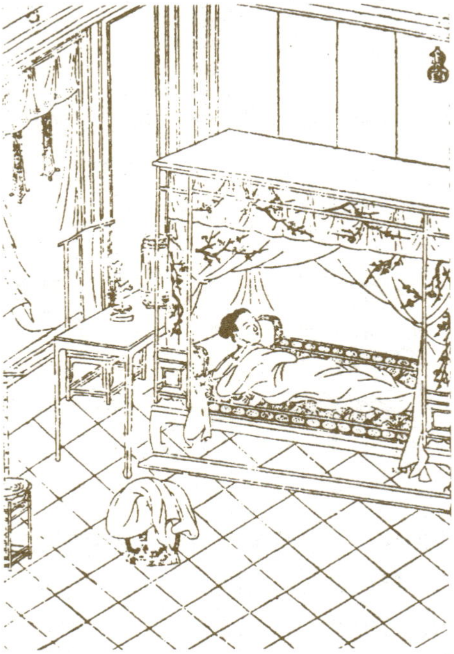

●终日厌厌倦梳裹

说　明

此词用泼辣直率的语言，将闺中女子的所做所想表现得淋漓尽致，带有浓郁的市民情调，为柳永俚俗词的代表作。

注　释

①**惨绿愁红**："一切景语皆情语"，此句意谓见花草树木而悲愁。

②**芳心**：指年轻女子的情怀。**是事**：凡事。**可可**：不在意，漫不经心的样子。

③**暖酥**：指女子酥软的肌肤。

④**腻云**：光泽的云髻。腻，滑泽，细腻。云，指高耸如云的发髻。**亸**：下垂。

⑤**厌厌**：精神不振的样子。

⑥**无那**：无奈。

⑦**雕鞍**：刻饰花纹的马鞍，华美的马鞍。

⑧**鸡窗**：指代书房。典出刘义庆《幽明录》，其文云："晋兖州刺史沛国宋处宗尝买

得一长鸣鸡，爱养甚至，恒笼著窗间。鸡遂作人语，与处宗谈论，极有言智，终日不辍。处宗因此言巧大进。”后因以“鸡窗”指代书房。**蛮笺象管**：高丽或蜀地所产的笺纸与象牙做的笔，泛指名贵的纸和笔。

⑨**吟课**：吟咏诵读。

⑩**镇**：总，时常。

⑪**拈**：用手指捏或拿。

译　文

自从春天来临，我见了花草树木都感到悲伤愁闷，对任何事情都漫不经心。日头爬上花木的枝梢，莺儿穿过细长如带的柳条，我却仍然压着被子躺在床上。酥软的肌肤消瘦，光泽的云髻下垂，整天精神不振，懒得梳妆。无奈啊，恨那薄情之人一去之后，音信全无，书信更没有一封。

早知如此，我真后悔当初没有锁住他的马鞍，把他关在书斋里，只给他纸笔，约束他吟咏诵读。我们要长久地相随，不要彼此抛弃和回避。我要安静地做着针线活，坐在他的身旁，陪伴着他。希望他和我在一起，免得使这年少的光阴白白度过。

词　评

柳三变既以词忤仁庙，吏部不放改官。三变不能堪，诣政府。晏公曰：“贤俊作曲子么？”三变曰：“只如相公亦作曲子。”公曰：“殊虽作曲子，不曾道‘针线闲拈伴伊坐’。”柳遂退。

——宋·张舜民《画墁录》

戚　氏[1]

晚秋天。一霎微雨洒庭轩[2]。槛菊萧疏[3]，井梧零乱惹残烟。凄然。望江关[4]。飞云黯淡夕阳间。当时宋玉悲感，向此临水与登山[5]。远道迢递(tiáo dì)[6]，行人凄楚，倦听陇水潺湲[7]。正蝉吟败叶，蛩响衰草，相应喧喧。　孤馆度日如年。风露渐变，悄悄至更阑。长天净，绛河清浅[8]，皓月婵娟。思绵绵。夜永对景，那堪屈指，暗想从前。未名未禄，绮陌红楼，往往经岁迁延[9]。　帝里风光好，当年少日，暮宴朝欢。况有狂朋怪侣[10]，遇当歌、对酒竞留连。别来迅景如梭，

旧游似梦，烟水程何限。念利名、憔悴长萦绊。追往事、空惨愁颜。漏箭移、稍觉轻寒⑪。渐呜咽、画角数声残⑫。对闲窗畔，停灯向晓，抱影无眠。

说　明

柳永的一生，是矛盾的一生，更是凄凉的一生。他一生都在浮名与绮陌之间徘徊夷犹，却只给自己赢来了满怀愁绪。这首词可以看成是柳永对自己一生的概括。全词凄怨动人，将身世之感刻画得入木三分，且章法一丝不乱。

注　释

①**戚氏**：词牌名，柳永首创，首见于《乐章集》。入“中吕调”，属长调慢词。全词共二百一十二字，是北宋最长的慢词。

②**一霎**：片刻，顷刻之间。**庭轩**：厅堂前屋檐下的平台。

③**槛菊**：栏杆内的菊花。槛，栏杆。

④**江关**：江指水，关指山。古代均依山而设置关隘，故称江关。

⑤**“当时”二句**：宋玉，战国时楚人，辞赋家。或称是屈原的弟子，曾为楚顷襄王大夫。其《九辩》云：“悲哉秋之为气也，萧瑟兮草木摇落而变衰。憭慄兮若在远行，登山临水兮送将归。”后人常把宋玉看成是悲秋悯志的代表人物。

⑥**迢递**：遥远貌。

⑦**陇水**：河流名，源出陇山。唐人李吉甫《元和郡县志》：“小陇山，一名陇坻，又名分水岭。……陇上有水，东西分流，因号驿为分水驿。行人歌曰：‘陇头流水，鸣声幽咽，遥望秦川，肝肠断绝。’”

⑧**绛河**：银河。又称天河、天汉。古代观天象者以北极为基准，天河在北极之南，南方属火，尚赤，因借南方之色，称之为“绛河”。

⑨**“未名未禄”三句**：明人沈际飞《草堂诗余正集》云：“‘未名未禄’一段，写我辈落魄时怅怅靡托，借一个红粉佳人作知己，将白日消磨，哭不得，笑不得，如是如是！”

⑩**狂朋怪侣**：行为狂放怪诞的朋友。

⑪**漏箭**：古代计时器漏壶上的部件，呈箭形，上刻时辰度数，随水浮沉以计时。

⑫**画角**：古代的一种管乐器，传自西羌。形如竹筒，本细末大，因表面有彩绘，故称画角。发声亢厉，常用于晨昏报时或报警。

译　文

深秋时节，一阵微雨洒在庭轩上。槛内菊花萧疏，井边梧桐零乱，沾染着残存的烟雾。凄凉悲伤地眺望远处的山水，只见夕阳间飘浮的云阴沉昏暗。当年宋玉悲痛伤感，对着此景临水又登山。道路是那么遥远，行人悲伤酸楚，厌于听闻陇头流水幽咽潺湲。正当此时，知了在败叶中悲吟，蟋蟀在衰草中哀鸣，它们互相应和，扰扰喧喧。

我在孤寂的客舍中度日如年。风露渐变，不知不觉中，已是更深夜残。长天澄澈，银河清浅，明媚的月光下，我不禁思绪绵绵。漫漫长夜中，面对如此景象，怎能忍受弯着指头一桩桩、一件件地暗自回想从前。未成名，未得禄，在花街柳巷、歌馆舞楼中，往往一滞留就是许多年。

京师里的风光真是好啊，想起那时正当年少，朝朝暮暮都去宴饮寻欢。何况还有那些狂放怪诞的朋友，我们相逢，便对酒听歌，争竞着在温柔乡里沉醉流连。别来日月如梭，昔日的场景好似梦幻，前方的路程如烟水般渺茫，无限无边。想那功名利禄，只会使忧戚长久地萦绕心头；追念往事，也只能令愁容更加凄惨。漏壶中浮箭的刻标移换着，稍稍感到有些微寒意；渐渐地，画角也发出了最后几声低沉凄切的悲鸣。我在幽寂的窗边，留着灯不熄，直到拂晓，守着自己的影子，一夜无眠。

词评

前辈云："《离骚》寂寞千年后，《戚氏》凄凉一曲终。"《戚氏》，柳所作也。柳何敢知世间有《离骚》，惟贺方回、周美成时时得之。

——宋·王灼《碧鸡漫志》

范仲淹（二首）

范仲淹（989—1052），字希文，吴县（今江苏苏州）人。幼年丧父，家贫，苦学及第。真宗大中祥符八年（1015）进士。守边多年，西夏称他"胸中自有数万甲兵"。政治上力主革新，主持"庆历新政"，但未获成功。卒谥文正，世称"范文正公"。范仲淹诗、文、词均工，著有《范文正公集》，词作名《范文正公诗余》。存词五首，题材、风格均多样。

苏幕遮[1]

怀旧

碧云天，黄叶地。秋色连波[2]，波上寒烟翠。山映斜阳天接水。

芳草无情，更在斜阳外。　黯乡魂[3]，追旅思[4]。夜夜除非，好梦留人睡。明月楼高休独倚。酒入愁肠，化作相思泪。

说　明

此词抒写羁旅愁思。词的上片用多彩笔墨勾勒出了一幅萧寥旷远的江野寒秋之景，境界阔大。下片纯写乡愁，笔法曲折。乡愁难遣，只有梦中才能暂时忘却；然好梦难成，只好起身倚楼远眺；月明之夜独倚高楼，徒增愁绪，故而借酒浇愁；然酒非但消愁不成，反而化成了思乡的泪水。末句颇有想象力，亦见真情流露。

注　释

①**苏幕遮：**唐教坊曲名，后用作词调名。原指西域少数民族乐舞。一说为梵语音译，意为“油帽”。又名《苏莫遮》《苏摩遮》《苏幙遮》《鬓云松令》等。双调，六十二字，上下片各五句、四仄韵。

②**连：**《诗词曲语辞辞典》（中华书局）云：“连：动词，满或遍。与通常接连、牵连义有所不同。”

③**黯：**心情沮丧的样子。**乡魂：**思乡的心。

④**追旅思：**纠缠在心头的羁旅之思。追，追随，引申为纠缠。

译　文

天空中飘满了青云，大地上铺满了黄叶。秋色遍布着水波，水波上烟雾弥漫，苍翠凄寒。夕阳的余晖映照着群山，天水相连。那无情的芳草，还在向夕阳西下的边际之外延展。

因思念故乡而黯然神伤，羁旅的愁思总是萦绕心头。每天夜里只有做个好梦才能使自己安稳入睡。月明之夜，休要独自倚着高楼远眺。本想借酒浇愁，可酒刚刚进入愁肠，便都化作了相思的泪。

词　评

“芳草更在斜阳外”“行人更在春山外”（欧阳修《踏莎行》）两句，不厌百回读。又云：人但言睡不得尔，“除非好梦”，反言愈切。又云：“欲解愁肠还是酒，奈酒至愁还又”，似此注脚。

——明 · 沈际飞《草堂诗余正集》

御街行[1]

秋日怀旧

纷纷堕叶飘香砌[2]。夜寂静、寒声碎[3]。真珠帘卷玉楼空[4]，天淡银河垂地。年年今夜，月华如练[5]，长是人千里。　愁肠已断无由醉[6]。酒未到、先成泪。残灯明灭枕头攲（yǐ）[7]，谙尽孤眠滋味[8]。都来此事[9]，眉间心上，无计相回避。

说明

此词写秋夜怀人。上片着重描写秋夜之景，下片抒发怀人的愁思。词中的主人公颇似闺中女子。

注释

①**御街行：**词牌名。又名《孤雁儿》。以七十六字及七十八字者较常见，双调，上下片各四仄韵。

②**砌：**台阶。

③**寒声：**此指落叶飘飞的凄凉之声。

④**真珠帘：**珍珠穿成的帘子。真珠，即“珍珠”。

⑤**月华：**月光，月色。**练：**白绢，白色的丝绸。

⑥**无由：**没有门径，没有办法。

⑦**攲：**通“倚”，斜靠。

⑧**谙：**此处意为经受。

⑨**都来：**算来。

译文

纷纷落叶飘坠香阶。寂静的夜里，越发觉得这凄凉的声音细碎。珍珠帘卷起，玉楼中空荡荡的。天色暗淡，银河垂地。年年今天的夜里，都能见到素绡般的皎月，而心上人却在千里之外。

愁肠已断，无法喝醉。酒还没有到达愁肠，就先化成了泪水。忽明忽暗的残灯下，我斜靠着枕头，尝尽了独自孤眠的滋味。算来，此事萦绕在眉间心上，没办法回避。

词评

此首从夜静叶落写起，因夜之愈觉寒声之碎。“真珠”五句，极写远空皓月澄澈之境。“年年今夜”与“夜夜除非”之语，并可见久羁之苦。“长是人千里”一句，说出因景怀人之情。下片即从此生发，步步深婉。《苏幕遮》末句，犹谓酒入愁肠始化泪，而此则谓酒未到已先成泪，情更凄切。"残灯"两句，写屋内黯淡情景，与前片月光映照，亦倍增伤感。末三句，复就上句申说。陈亦峰所谓"淋漓沉着"者，此类是也。

——唐圭璋《唐宋词简释》

张先（三首）

张先（990—1078），字子野，乌程（今浙江湖州）人。天圣八年（1030）进士。曾任宿州掾、吴江知县、嘉禾判官等职，累官至都官郎中。晚岁退居乡里。张先工诗词。其词多写士大夫的诗酒生活和男女恋情，贴近日常生活，长于炼句，以善于用"影"字闻名。《古今诗话》记载："有客谓子野曰：'人皆谓公张三中，即心中事、眼中泪、意中人也。'子野曰：'何不目之为张三影？'客不晓。公曰：'"云破月来花弄影""娇柔懒起，帘幕卷花影""柳径无人，堕絮飞无影"，此余生平所得意也。'"后人因谓之"张三影"。有《张子野词》。

天仙子[1]

时为嘉禾小倅（cuì）[2]，以病眠不赴府会。

《水调》数声持酒听[3]。午醉醒来愁未醒。送春春去几时回，临晚镜。伤流景[4]。往事后期空记省[5]。　沙上并禽池上暝[6]。云破月来花弄影。重重帘幕密遮灯，风不定。人初静。明日落红应满径。

●午醉醒来愁未醒

说明

此词为张先任秀州判官时所作，其时为宋仁

宗庆历三年（1043），张先五十四岁。全词悼惜春光流逝，同时又流露着年老位卑的感伤。“云破月来花弄影”句，于幽静之中颇具灵动之美，历来备受赞赏。

注　释

①**天仙子**：本名《万斯年》，来自西域，属龟兹部舞曲，后用为词牌。名取自唐人皇甫松词“懊恼天仙应有以”句。

②**嘉禾**：秀州，今浙江嘉兴。**小倅**：宋代州郡的副职官员称倅。小倅指判官等幕职官。

③**《水调》**：曲调名。唐人杜牧《扬州三首·其一》有诗句：“谁家唱《水调》，明月满扬州。”自注：“炀凿汴河，自造《水调》。”

④**流景**：流逝的光景，逝去的光阴。

⑤**记省**：记忆。

⑥**并禽**：成对的鸟，一般多指鸳鸯。

译　文

手持酒杯，听了几声《水调》歌曲，不觉醉眠。午后醉意已解，但内心的愁绪仍未消散。方才送春归去，不知春这一去，几时能回？傍晚，对着镜子，悲叹那飞逝的时光。从前的往事，空劳怀想；后来的期约，枉自牵肠。

沙岸上的鸳鸯成对成双，池上暮色渐起。云散月出，花儿轻轻摆弄着自己的姿影。我垂下重重帘幕，密密地遮住灯。风声不停，人声初静。待到明日，落花应该铺满了小径。

词　评

“云破月来”句，心与景会，落笔即是，着意即非，故当脍炙。

——明·沈际飞《草堂诗余正集》

一丛花令[①]

伤高怀远几时穷。无物似情浓。离愁正引千丝乱[②]，更东陌、飞絮濛濛。嘶骑渐遥[③]，征尘不断，何处认郎踪。　双鸳池沼水溶溶[④]。南北小桡（ráo）通[⑤]。梯横画阁黄昏后，又还是、斜月帘栊。沉恨细思，不如桃杏，犹解嫁东风[⑥]。

说　明

这首词写闺怨，风格细腻婉转。末三句构思新奇，尤为精警。宋人杨湜《古今词话》：“张先，字子野，尝与一尼私约。其老尼性严，每卧于池岛中一小阁上。俟夜深人静，其尼潜下梯，俾子野登阁相遇。临别，子野不胜惓惓，作《一丛花》词以道其怀。”

注释

①**一丛花令**：词牌名，首见于《张子野词》。双调，七十八字，四平韵。

②**千丝**：此指众多的柳条。

③**嘶骑**：嘶鸣的马。

④**溶溶**：水流动的样子。

⑤**桡**：划船的楫、桨，这里指代船。

⑥**解**：能，会。

译文

伤高怀远几时才有尽头？没有任何事物像感情一样浓。离别的愁思正使那千条柳丝凌乱，东边道路上飘飞的柳絮又纷杂迷蒙。嘶鸣的马儿渐渐远去，扬起绵绵不断的尘沙，到哪里去辨认郎君的行踪？

池水缓缓流动，鸳鸯成对成双，小船南北可通。黄昏后，扶梯横在画阁中，依旧是西斜的落月将余晖洒向帘栊。满怀幽恨，细细思量，真不如那桃杏，还可以嫁给东风。

词评

唐李益诗曰："嫁得瞿塘贾，朝朝误妾期。早知潮有信，嫁与弄潮儿。"宋张子野《一丛花》末句："沉恨细思，不如桃杏，犹解嫁东风。"此皆无理而妙。

——清·贺裳《皱水轩词筌》

系裙腰①

惜霜蟾(chán)照夜云天②。朦胧影、画勾阑③。人情纵似长情月④，算一年年。又能得，几番圆。　欲寄西江题叶字⑤，流不到、五亭前⑥。东池始有荷新绿，尚小如钱。问何日藕，几时莲。

说明

这是一首月下怀人的小词，以景起笔，由景及情，情景交融，运用谐音双关语委婉达情，意境优美。

注释

①**系裙腰**：词牌名。又名《芳草渡》等。

②**霜蟾**：指月亮。月光如霜，又传说月中有蟾蜍，故称霜蟾。《后汉书·天文志》刘昭注引张衡《灵宪》："羿请无死之药于西王母，姮娥窃之以奔月，将往，枚筮

之于有黄，有黄筮之曰：‘吉。翩翩归妹，独将西行，逢天晦芒，毋惊毋恐，后且大昌。’姮娥遂托身于月，是为蟾蜍。”

③勾阑：曲折如钩的栏杆。

④人情：人与人的情分。唐人韩愈《县齐有怀》诗：“人情忌殊异，世路多权诈。”

⑤题叶字：用红叶题诗之典。唐人范摅《云溪友议》卷十载：“中书舍人卢渥，应举之岁，偶临御沟，见一红叶，命仆搴来。叶上有一绝句，置于巾箱，或呈于同志。及宣宗既省宫人，初下诏，许从百官司吏，独不许贡举人。渥后亦一任范阳，独获其退宫人。睹红叶而吁怨久之曰：‘当时偶题随流，不谓郎君收藏巾箧。’验其书迹，无不讶焉。诗曰：‘流水何太急，深宫尽日闲。殷勤谢红叶，好去到人间。’”御沟流叶题诗传情的事，另有几种记载：一、唐人孟棨《本事诗·情感》记有顾况的故事，说的是梧叶题诗；二、五代人孙光宪《北梦琐言》卷九记有唐僖宗时李茵的故事；三、宋人王铚《侍儿小名录》记有唐德宗时贾全虚的故事；四、宋人刘斧《青琐高议》所载张实的《流红记》，是综合前几家而改造的于祐与韩夫人的故事。

⑥五亭：白苹亭、集芳亭、山光亭、朝霞亭、碧波亭的合称。故址在今浙江湖州白苹洲。唐开成三年（838）杨汉公为刺史时建。

译　文

如霜的月光照着夜云密布的天空，朦胧的影子映着有画饰的勾栏。这美景令人爱惜。人与人之间的情分，纵然像那有情的月亮一样长久，一年年算起来，又能得到几次团圆？

想把题在叶上的字，顺着西江水寄出。可是那片叶子甚至都流不到五亭前。东池刚刚有嫩绿的荷叶长出，还小如铜钱。问它何日会长出藕？几时会开出莲花？

词　评

（“问何日”二句）影射“偶”字、“联”字，极巧。“问”字衬。

——明·卓人月汇选、徐士俊参评《古今词统》

晏殊（四首）

晏殊（991—1055），字同叔，抚州临川（今江西抚州）人。景德二年（1005）以神童召试，赐同进士出身。仁宗时官至同中书门下平章事兼枢密使。先后出知应天、江宁、河南府，以及亳、陈、颍、许、永兴等州军。至和元年（1054）以疾归京。卒谥元献。晏殊以擅小令著名词坛，其词娴雅而有情思，总体风格圆融平静。有《珠玉词》。亦善诗文。晏殊与欧阳修并称“晏欧”。与其子晏几道并称“二晏”，晏殊称“大晏”，晏几道称“小晏”。

浣溪沙

一曲新词酒一杯。去年天气旧亭台[1]。夕阳西下几时回。　无可奈何花落去，似曾相识燕归来。小园香径独徘徊[2]。

说　明

此为晏殊名作。全词悼惜春残，感叹时光飞逝。花儿终要落去，人无法将其挽留，恰如那一去不返的年华；燕子逢春便归，年年如此，而人却在一年一年地老去，这样的春景尚能消受几番？末句小园香径，独自徘徊，娴雅中又颇含惆怅，言有尽而意无穷。

注　释

①**“去年”句**：语出唐人郑谷的诗《和知己秋日伤怀》：“流水歌声共不回，去年天气旧亭台。”

②**香径**：花间小路，或指落花满地的小径。

●小园香径独徘徊

译　文

听一支新填词的曲，喝一杯美酒。还是去年的天气，旧日的亭台。傍晚的太阳西沉，何时才能再回来？

无可奈何地看那花儿落去，似曾相识的燕子又飞了回来。小园花香馥郁的幽径上，我独自徘徊。

词　评

元献尚有《示张寺丞王校勘》七律一首：“元巳清明假未开，小园幽径独徘徊。春寒不定斑斑雨，宿醉难禁滟滟杯。无可奈何花落去，似曾相识燕归来。游梁赋客多风味，莫惜青钱万选才。”中三句与此词同，只易一字。细玩“无可奈何”一联，情致缠绵，音调谐婉，的是倚声家语。若作七律，未免软弱矣。

——清·张宗橚《词林纪事》

鹊踏枝

槛菊愁烟兰泣露[1]。罗幕轻寒，燕子双飞去。明月不谙离恨苦[2]。斜光到晓穿朱户[3]。　昨夜西风凋碧树。独上高楼，望尽天涯路[4]。欲寄彩笺兼尺素[5]。山长水阔知何处[6]。

说明

此词写秋日怀人。上片描写秋日景物，景中含情，“明月”二句，抒情委婉细腻。下片写登楼眺远，境界阔大，虽是写相思之情，却别有一种高远的风致。

注释

①**槛菊**：栏杆内的菊花。槛，栏杆。

②**谙**：熟悉，知道。

③**朱户**：泛指朱红色大门。

④**天涯**：犹天边。形容极远的地方。《古诗十九首·行行重行行》：“相去万余里，各在天一涯。”

⑤**彩笺**：小幅彩色纸张，常供题咏或书信之用。借指诗笺或书信。**尺素**：小幅的绢帛，古人多用其写信或文章，通常长一尺，故称尺素。《文选·古乐府〈饮马长城窟行〉》：“客从远方来，遗我双鲤鱼。呼儿烹鲤鱼，中有尺素书。”吕向注：“尺素，绢也。古人为书，多书于绢。”《文选·陆机〈文赋〉》：“函绵邈于尺素，吐滂沛乎寸心。”刘良注：“素，帛也。古人用以书也。”

⑥**山长水阔**：形容山水阻隔，道路遥远。

译文

栏杆内的菊花被蒙蒙烟雾笼罩，似乎在

●独上高楼，望尽天涯路

脉脉含愁；兰花上布满了露水，似乎在哭泣。罗幕微寒，燕子双双飞去。明月不知道人正被离恨苦苦折磨，斜光直到天亮还穿入朱户。

昨夜的西风，凋零了绿树的叶子。我独自登上高楼眺望，天涯之路尽收眼底。想寄出彩笺和尺素，可是山长水阔，不知要寄向何处。

词　评

古今之成大事业、大学问者，必经过三种之境界。“昨夜西风凋碧树，独上高楼，望尽天涯路”，此第一境也。“衣带渐宽终不悔，为伊消得人憔悴”，此第二境也。“众里寻他千百度，回头蓦见，那人正在，灯火阑珊处”，此第三境也。此等语皆非大词人不能道。

——王国维《人间词话》

木兰花

池塘水绿风微暖。记得玉真初见面①。重(chóng)头歌韵响铮琮(zhēngcóng)②，入破舞腰红乱旋(xuàn)③。　玉钩阑下香阶畔④。醉后不知斜日晚。当时共我赏花人，点检如今无一半⑤。

说　明

此词追怀旧游，感慨今昔。“玉钩阑”二句所叙当时之情景，迷离惝恍，引人遐想。末二句淡淡写来，却饱含沉痛，且又透着对人生的思考，颇耐咀嚼。

注　释

①**玉真**：此处或是晏殊所见舞女之名，也可能泛指美人。

②**重头**：词曲用语。词的上下片字句平仄完全相同的称重头；散曲中以同一曲调重复填写几遍、几十遍，甚至百遍的也称重头。**铮琮**：金属或玉器的碰击声。此处形容乐曲弹奏之声。

③**入破**：唐宋大曲的专用语。“破”是一个音乐段落的称谓，进入破段，称“入破”。入破以后节奏加快。**乱旋**：纷繁地旋转。

④**钩阑**：曲折如钩的栏杆。阑，同“栏”。

⑤**点检**：查核，清点，一个个地点数。

译　文

记得我与美人初次见面时，池塘中绿波荡漾，风儿带来丝丝暖意。她弹奏着重头的歌曲，韵律优美，清脆悦耳。入破后，她舞动着腰肢，红裙也跟着纷繁地旋转。

我醉倒在玉钩栏下的香阶之畔，竟不知日已西斜，天色渐晚。如今细细清点，当时与我一同赏花的人，健在的已不足一半。

词　评

东坡诗“尊前点检几人非”，与此词结句同意。往事关心，人生如梦。每读一过，不禁惘然。

——清·张宗橚《词林纪事》

玉楼春

绿杨芳草长亭路[①]。年少抛人容易去。楼头残梦五更钟[②]，花底离情三月雨。　无情不似多情苦。一寸还成千万缕[③]。天涯地角有穷时[④]，只有相思无尽处。

说　明

此词上片点明离情，下片围绕离情反复诉说，一气呵成，虽措辞典雅，却词意显豁。词中的女子独自承受着相思之苦，对抛人而去的“年少”却毫无怨怼之心。

注　释

①**长亭路**：送别的路。长亭，古时候在道路边上每隔十里设置一座长亭，供行旅停息。因此又称“十里长亭”。离城近者常为送别之处。

②**五更**：此处特指第五更的时候，即天快亮时。旧时把从黄昏到拂晓的一夜时间，分为甲、乙、丙、丁、戊五段，谓之“五更”。

③**一寸**：指心。古人把心称为方寸之地。

④**天涯地角**：指极远的地方。

译　文

长亭外的驿路旁，杨柳青青，芳草萋萋，我钟爱的少年轻易地抛下我远去。楼上五更的钟声，惊醒了我没有做完的梦。时值三月，花底的雨水滴落不尽，就像我的离情别绪绵绵不止。

●无情不似多情苦

无情人不像多情人这般愁苦，我的方寸之心已经乱成了千丝万缕。天涯地角也总能走到头，只有相思无穷，没有尽头。

词 评

言近而旨远者，善言也。“年少抛人”，凡罗雀之门，枯鱼之泣，皆可作如是观。“楼头”二语，意致凄然，激起多情苦来。末二句总见多情之苦耳。妙在意思忠厚，无怨怼口角。

——清·黄苏《蓼园词评》

宋祁（二首）

宋祁（998—1061），字子京，原籍安州安陆（今属湖北），后徙开封雍丘（今属河南），遂为雍丘人。天圣二年（1024）进士。累迁太常博士。历知制诰、翰林学士。任史馆修撰，与欧阳修同修《新唐书》。出知许、亳、成德、定、益等州军，除三司使。《新唐书》成，进工部尚书，拜翰林学士承旨。卒谥景文。工诗词。多写悠游闲适生活。其《玉楼春》中“红杏枝头春意闹”句为世人所称道，世称“红杏尚书”。与兄长宋庠并有文名，时称“二宋”。

玉楼春

春 景

东城渐觉风光好[1]。縠(hú)皱波纹迎客棹[2]。绿杨烟外晓寒轻，红杏枝头春意闹[3]。　浮生长恨欢娱少[4]。肯爱千金轻一笑[5]。为君持酒劝斜阳，且向花间留晚照[6]。

说 明

此词描写春日郊游。上片描绘了明媚春光，下片流露出对时光和生命的感慨，以及对闲适生活的珍惜与热爱之情。“红杏枝头春意闹”一句，足见春景之繁盛、春意之盎然，为千古流传的名句，宋祁因此获得“红杏尚书”的雅号。

注　释

①**东城**：此指汴京的东郊。

②**縠皱**：绉纱似的皱纹，常用来比喻水的波纹。縠，即绉纱，织出皱纹的丝织品。

③**闹**：生机勃勃，浓盛，旺盛。

④**浮生**：语本《庄子·刻意》："其生若浮，其死若休。"因人生在世，虚浮不定，故谓人生为"浮生"。

⑤**肯爱**：岂肯吝惜。爱，吝惜。

⑥**"且向"句**：语出唐人李商隐《写意》："日向花间留返照。"

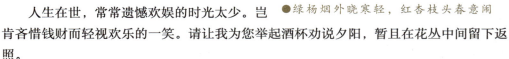

●绿杨烟外晓寒轻，红杏枝头春意闹

译　文

越来越感到东郊的风光美好。绉纱似的水波迎接着游客的船棹。绿杨如烟，尚笼着清晨的淡淡寒意，而红杏枝头已是春意喧闹。

人生在世，常常遗憾欢娱的时光太少。岂肯吝惜钱财而轻视欢乐的一笑。请让我为您举起酒杯劝说夕阳，暂且在花丛中间留下返照。

词　评

"红杏枝头春意闹"尚书，当时传为美谈。吾友公㦷极叹之，以为卓绝千古。然实本花间"暖觉杏梢红"，特有青蓝冰水之妙耳。

——清·王士禛《花草蒙拾》

浪淘沙近①

少年不管。流光如箭②。因循不觉韶光换③。至如今，始惜月满、花满、酒满。　扁舟欲解垂杨岸。尚同欢宴。日斜歌阕将分散④。倚兰桡(ráo)⑤，望水远、天远、人远。

说　明

此为赠别扬州知府刘敞之词，大约作于嘉祐元年（1056），时宋祁由定州改益州，路过扬州。

注　释

①**浪淘沙近**:《浪淘沙》的别名。浪淘沙，唐教坊曲名，后用为词牌。又名《浪淘沙令》《卖花声》《过龙门》等。原为小曲，单调二十八字，四句三平韵，亦即七言绝句。唐人刘禹锡、白居易所作，皆专咏调名本意。刘禹锡词九首为正格，白居易六首为拗体。南唐人李煜始作《浪淘沙令》，盖因旧曲名，另创新声，双调五十四字，平韵。宋人也有于前段或前后段起句增减一二字的，也有稍变音节而用仄韵的。另有《浪淘沙慢》，一百三十三字，入声韵。

②**流光**：流水般逝去的时光。

③**因循**：轻率，随随便便。**韶光**：美好的时光。泛指光阴。比喻青少年时期。

④**阕**：止息，终了。

⑤**兰桡**：桨，楫，用作小舟的美称。

译　文

少年时，不顾流光如箭。不知不觉中，韶光已轻易地改换。到如今，才珍惜这天边月满、园中花满、杯中酒满。

垂杨岸边的扁舟将要解缆。我们还在一同欢快地饮宴。太阳西斜，歌声终了，我们将要分散。我倚着小船眺望，只见水远、天远、人远。

词　评

此《浪淘沙》变调，绵丽中见凄戚。

——清·陈廷焯《词则·别调集》

叶清臣（一首）

叶清臣（1000—1049），字道卿，长洲（今江苏苏州）人。仁宗天圣二年（1024）进士，签书苏州观察判官事。累迁右正言、知制诰，龙图阁学士、权三司使公事。庆历年间，出知澶州、青州，为永兴军路都部署兼本路安抚使、知永兴军，擢翰林学士、权三司使。皇祐元年(1049)以侍读学士知河阳。未几卒，年五十。与宋庠、范仲淹等友好。作品多佚。今存词二首。

贺圣朝①

留别

满斟(xǔ)绿醑留君住②。莫匆匆归去。三分春色二分愁，更一分风雨。

花开花谢、都来几许。且高歌休诉。不知来岁牡丹时，再相逢何处。

说　明

此为酒筵前的留别之作，留恋感伤之中，又颇见豁达。

注　释

①**贺圣朝**：词牌名。原为唐教坊曲，后用作词调。又名《贺熙朝》。

②**绿醑**：绿色美酒。古时米酒酿成没有过滤时，上面浮的米渣，呈淡绿色，故名绿醑。

译　文

斟满绿酒，请君暂且停留。不要匆匆归去。三分的春色，二分是愁，剩下的一分，又化作了风雨。

花开花谢如此之快，算来还有多少时光？暂且高歌，不要去诉说。不知明年牡丹盛开时，我们又将相逢何处？

词　评

叶道卿《贺圣朝》云："不知来岁牡丹时，再相逢何处。"欧阳永叔《浪淘沙》云："可惜明年花更好，知与谁同。"皆有不尽之意，而道卿尤以质以淡胜。

——清·况周颐《历代词人考略》

梅尧臣（一首）

梅尧臣（1002—1060），字圣俞，宣州宣城（今属安徽）人。宣城古名宛陵，故世谓"梅宛陵"。少时应进士不第。皇祐三年（1051）赐同进士出身，授国子监直讲，官至尚书都官员外郎，故世称"梅直讲""梅都官"。曾预修《唐书》。擅诗词。反对西昆体，作诗主张写实，诗风平淡，反映生活面较宽。在当时，与苏舜钦齐名，时称"苏梅"；又和欧阳修是好朋友，同为诗歌革新运动的推动者，并称“欧梅”。被誉为宋诗的“开山祖师”。有《宛陵先生集》等。

苏幕遮

草

露堤平[1]，烟墅杳[2]。乱碧萋萋[3]，雨后江天晓[4]。独有庾郎年最少[5]。窣(sū)地春袍[6]，嫩色宜相照。 接长亭[7]，迷远道。堪怨王孙[8]，不记归期早。落尽梨花春又了[9]。满地残阳，翠色和烟老。

说 明

此为咏草词，通过咏草，抒发惜春、恨别的情怀。宋人吴曾《能改斋漫录》：“梅圣俞在欧阳公坐，有以林逋《草词》‘金谷年年，乱生青草谁为主’为美者，梅圣俞别为《苏幕遮》一阕云：‘（略）。’欧公击节赏之。”

注 释

①**堤**：用来挡水的高岸，用土石等材料筑成。

②**墅**：田庐，村舍。

③**萋萋**：形容草木茂盛的样子。

④**晓**：明亮。

⑤**庾郎**：原指北周诗人庾信。此处借指多愁善感的才子。

⑥**窣地**：拂地。

⑦**长亭**：古时候在道路边上每隔十里设置一座长亭，供行旅停息。因此又称“十里长亭”。离城近者常为送别之处。

⑧**王孙**：泛指贵族子弟。淮南小山《招隐士》云：“王孙游兮不归，春草生兮萋萋。”王夫之通释：“王孙，隐士也。秦汉以上，士皆王侯之裔，故称王孙。”

⑨**“落尽”句**：唐人李贺《河南府试十二月乐词·三月》：“曲水漂香去不归，梨花落尽成秋苑。”唐人郑谷《下第退居》：“落尽梨花春又了，破篱残雨晚莺啼。”梨花，梨树的花，一般为纯白色。

译 文

布满露水的堤岸，平平坦坦；烟雾笼罩的村舍，悠远迷茫。乱生的碧草萋萋，雨后江天明亮。出来游赏的人中，独有庾郎最为年少。多么相宜啊，他那拂地的春袍，映衬着嫩色的春草。

春草接连着长亭，迷失了远道。真是令人愁怨，王孙不记得当初约定早早归来。梨花落尽，春又终了。满地残阳中，翠色的春草，伴着烟雾，似乎也变得苍老。

词评

少游词有小晏之妍，其幽趣则过之。梅圣俞《苏幕遮》云："落尽梨花春又了，满地残阳，翠色和烟老。"此一种，似为少游开先。

——清·刘熙载《艺概》卷四

欧阳修（四首）

欧阳修（1007—1072），字永叔，号醉翁，晚号六一居士，庐陵（今江西吉安）人。天圣八年（1030）进士。初仕西京留守推官。景祐元年（1034），召试学士院，充馆阁校勘。官至翰林学士、枢密副使、参知政事。病逝颍州汝阴。谥文忠，世称欧阳文忠公。欧阳修是北宋诗文革新的领袖人物，他继承中唐古文运动的传统，同时吸收北宋初期诗文革新的成果，把诗文革新运动推向高潮。他主张文章应"明道""致用"，反对宋初以后绮靡、险怪的文风。散文说理畅达，抒情委婉，为"唐宋八大家"之一。诗风清新自然。词风委婉深致，亦有豪放旷达之作。有《欧阳文忠集》传世。

诉衷情

眉　意

清晨帘幕卷轻霜[1]。呵手试梅妆[2]。都缘自有离恨，故画作远山长[3]。　　思往事，惜流芳[4]。易成伤。拟歌先敛，欲笑还颦，最断人肠。

说明

此词通过写歌女清晨画眉，从环境到人物的动作及至内心世界，生动地展现了她的

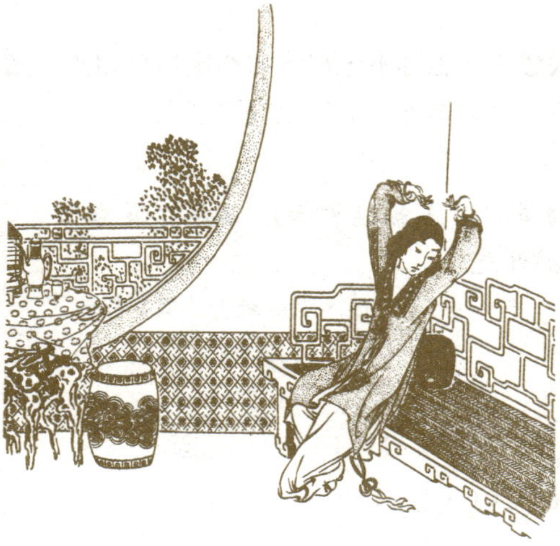

●清晨帘幕卷轻霜

不幸，以及她内心的痛苦。

注 释

①**轻霜**：薄霜。

②**呵手**：向手嘘气使之温暖。**梅妆**："梅花妆"的简称。"梅花妆"是古时女子的一种妆式，即描梅花状于额上为饰。相传此妆始于南朝宋寿阳公主。《太平御览》引《宋书》曰："武帝女寿阳公主人日卧于含章檐下，梅花落公主额上，成五出之华，拂之不去，皇后留之。自后有梅花妆，后人多效之。"

③**远山**：形容女子的眉毛画得又细又长，宛若远山的形状。典出《西京杂记》："文君姣好，眉色如望远山，脸际常若芙蓉。"

④**流芳**：犹流光，流逝的好时光。

译 文

清晨，卷起凝了一层薄霜的帘幕。她把手呵暖，准备描画梅花妆。都因为她心中有离恨，所以她把眉毛画得像远山一样长。

思念逝去的往事，惋惜美好的时光，容易悲伤。她打算唱歌，却先敛眉；她刚要笑，却又颦眉。此情此景，最令人断肠。

词 评

纵画长眉，能解离恨否？笔妙，能于无理中传出痴女子心肠。

——清·陈廷焯《词则·闲情集》

蝶恋花[①]

庭院深深深几许[②]。杨柳堆烟[③]，帘幕无重数[④]。玉勒雕鞍游冶(lè)处[⑤]。楼高不见章台路[⑥]。　雨横(hèng)风狂三月暮[⑦]。门掩黄昏，无计留春住。泪眼问花花不语[⑧]。乱红飞过秋千去[⑨]。

说 明

此词写闺怨。"庭院"三句，非独写出庭院之幽深，亦见院中人愁思之深重。"泪眼"

一联，尤为深婉曲折，耐人寻味。清人张惠言《词选》认为此词有政治寄托，清人黄苏《蓼园词评》也认为此词“必有所指”，但又说：“词旨浓丽，即不明所指，自是一首好词。”

注释

①**蝶恋花**：唐教坊曲名《鹊踏枝》，后用为词牌。北宋时改名为《蝶恋花》，取自南朝梁简文帝萧纲《东飞伯劳歌二首·其一》：“翻阶蛱蝶恋花情，容华飞燕相逢迎。”又名《凤栖梧》等。

②**几许**：多少。

③**堆烟**：柳枝重叠若烟。

④**“帘幕”句**：清人黄苏《蓼园词评》：“因杨柳烟多，若帘幕之重重者，庭院之深以此，即下句章台不见亦以此。”

⑤**玉勒**：玉饰的马衔。**雕鞍**：刻饰花纹的马鞍，华美的马鞍。此处借指宝马。

⑥**章台**：泛指妓院聚集之地。

⑦**横**：横暴，此处形容风雨猛烈。

⑧**“泪眼”句**：唐人严恽《落花》：“春光冉冉归何处，更向花前把一杯。尽日问花花不语，为谁零落为谁开。”

⑨**乱红**：凌乱飘落的花片。

译文

深深的庭院不知有多么深？庭中杨柳的枝条重叠若烟，形成了无数重帘幕。那人骑着骏马去章台游冶，我就算登上高楼也望不见他所在的路。

暮春三月，黄昏时分，风雨狂横。我掩上门，没有办法将春留住。含着眼泪向花儿询问，花儿默然无语，反而乱自飘零，飞过秋千而去。

词评

词家意欲层深，语欲浑成。作词者大抵意层深者，语便刻画；语浑成者，意便肤浅。两难兼也。或欲举其似，偶拈永叔词：“泪眼问花花不语，乱红飞过秋千去。”此可谓层深而浑成。何也？因花而有泪，此一层意也；因泪而问花，此一层意也；花竟不语，此一层意也；不但不语，且又乱落，飞过秋千，此一层意也。人愈伤心，花愈恼人，语愈浅而意愈入，而绝无刻画之迹，谓非层深而浑成耶？然作者初非措意，直如化工生物，笋未

●泪眼问花花不语

出而苞节已具，非寸寸为之也。若先措意，便刻画愈深愈堕恶境矣。

——清·毛先舒《词辨坻》

南歌子[1]

凤髻金泥带[2]，龙纹玉掌梳[3]。走来窗下笑相扶。爱道画眉深浅、入时无[4]。 弄笔偎人久，描花试手初[5]。等闲妨了绣功夫[6]。笑问双鸳鸯字、怎生书。

说 明

此词写新婚生活，刻画生动细腻，风格活泼轻灵。词中新嫁娘的娇憨情状宛如目前。李栖《欧阳修词研究及其校注》推测此词作于天圣九年（1031），欧阳修与胥氏夫人初婚时。

注 释

①**南歌子**：唐教坊曲名，后用为词牌。有单调、双调。单调二十三字或二十六字，平韵，又名《春宵曲》《水晶帘》《碧窗梦》。双调五十二字，又有平韵、仄韵两体。又名《南柯子》《望秦川》《风蝶令》。此词曲调本属南音，故名《南歌子》。唐人另有《南歌子词》，单调二十字，平韵，即五言绝句，与此调不同。

②**凤髻**：古代状如凤凰的一种发型。唐人段成式《髻鬟品》："髻始自燧人氏，以发相缠而无系缚。周文王加珠翠翘花，名曰凤髻，又名步摇髻。"唐人宇文氏《妆台记》："周文王于髻上加珠翠翘花，傅之铅粉，其髻高，名曰凤髻，又曰云髻。"**金泥带**：洒有金屑的饰带。

③**掌**：此处指梳子的柄。一说"掌"指如掌大小。

④**"爱道"句**：语出唐人朱庆余《近试上张水部》："妆罢低声问夫婿，画眉深浅入时无。"**入时无**：犹言"时尚不""时髦不"？

⑤**描花**：照着花样在绣布上勾画图案。

⑥**等闲**：平白，无端。

译 文

新娘梳着凤髻，凤髻上扎束着金泥带；插着一把玉柄梳，梳子上刻着龙纹。她走到窗下，新郎笑着扶住她。她亲昵地问道："我的眉画得深了还是浅了？样式时髦吗？"

新娘久久偎依着新郎，初次尝试着在绣布上勾画图案，平白地耽误了绣花的时间。她笑着问新郎："'鸳鸯'两个字怎样写呢？"

词　评

词家须使读者如身履其地，亲见其人，方为蓬山顶上。如和鲁公“几度试香纤手暖，一回尝酒绛唇光”，贺方回“约略整鬟钗影动，迟回顾步佩声微”，欧阳公“弄笔偎人久，描花试手初”，无名氏“照人无奈月华明，潜身却恨花阴浅”，孙光宪“翠袂半将遮粉臆，宝钗长欲坠香肩”，晏几道“溅酒滴残罗扇字，弄花薰得舞衣香”，真觉俨然如在目前，疑于化工之笔。

——清·贺裳《皱水轩词筌》

玉楼春

樽前拟把归期说①。未语春容先惨咽②。人生自是有情痴，此恨不关风与月③。　　离歌且莫翻新阕(què)④。一曲能教肠寸结。直须看尽洛城花⑤，始共春风容易别。

说　明

此词为景祐元年（1034）三月，欧阳修西京留守推官秩满，离别洛阳时所作。上片写临别之悲，下片虽以放达处之，但终究是要离别，故放达中又难掩沉痛。

注　释

①**樽**：古时盛酒的器具。

②**惨咽**：悲伤得说不出话来。

③**不关**：无关，不牵涉。

④**离歌**：送别的歌曲。**翻**：演唱，演奏。**阕**：歌曲或者词，一首为一阕。

⑤**直须**：应当。**洛城花**：牡丹的别称。因唐宋时洛阳牡丹最盛，故称牡丹为“洛城花”。

译　文

酒筵上，打算说出那遥远的归期。话还没出口，已是形容凄惨，喉间哽咽。人的痴情是与生俱来的，无关外在的风月。

请不要再演奏新谱的那阕离歌了，一支曲子就能教人愁肠百结。应当把洛城的牡丹看遍，才能痛快地向春风道别。

词　评

永叔“人间自是有情痴，此恨不关风与月”“直须看尽洛城花，始共春风容易别”，于豪放之中有沉着之致，所以尤高。

——王国维《人间词话》

司马光（一首）

司马光（1019—1086），字君实，晚号迂叟。陕州夏县（今属山西）人。仁宗宝元元年（1038）进士。神宗时任御史中丞，是王安石变法的反对者。哲宗即位，任尚书左仆射、门下侍郎，主持朝政，废新法，复旧制。当政八月即逝。谥文正。赠太师、温国公。精通百家，在史学、文学、经学等方面都有钻研。曾编著编年体通史《资治通鉴》。有《司马文正公集》传世。

西江月[1]

宝髻(ji)松松挽就[2]，铅华淡淡妆成[3]。青烟翠雾罩轻盈[4]。飞絮游丝无定[5]。　相见争如不见[6]，有情何似无情。笙歌散后酒初醒[7]。深院月斜人静。

说　明

此词写邂逅舞女的情境与感受。用语自然，不事雕琢。

注　释

①**西江月**：唐教坊曲名，后用作词调，名源自李白《苏台览古》："只今唯有西江月，曾照吴王宫里人。"又名《白蘋香》《江月令》《晚香时候》《步虚词》《玉炉三涧雪》等。

②**宝髻**：古时妇女发髻的一种。

③**铅华**：女子化妆用的铅粉。

④**轻盈**：形容女子行动轻快，姿态柔美。

⑤**游丝**：飘动着的蛛丝。

⑥**争如**：不如。

⑦**笙歌**：此泛指奏乐唱歌。笙，簧管乐器。

译　文

她的宝髻松松绾就，她用铅华淡淡妆成。她身上的舞衣，好似青烟翠雾，笼罩着她轻盈的舞姿。她如飘飞的柳絮、游动的蛛丝一般，踪迹无定。

相见怎么比得上不见，有情如何比得上无情。笙歌散后，我刚从醉中清醒。此时深院月斜，四周寂无人声。

词评

真情至语。《西厢》“多情总被无情恼”，浅矣。

——清·陈廷焯《词则·闲情集》

王安石（一首）

王安石（1021—1086），字介甫，晚号半山，临川（今属江西）人。仁宗庆历二年（1042）进士。历任签书淮南判官、知鄞县、通判舒州、群牧判官、提点江东刑狱等职。嘉祐三年（1058），入为度支判官，献万言书极陈当世之务。神宗熙宁二年（1069），任参知政事，次年拜相，主持变法。后因新法迭遭攻击，辞相位。一年后，宋神宗再次起用，旋又辞去，退居江宁。元丰元年（1078），封舒国公。后改封荆国公。世称“王荆公”。哲宗元祐元年（1086）卒，追赠太傅。绍圣元年（1094），获谥“文”，因称“王文公”。王安石是北宋时期的政治家，也是著名的思想家、文学家，文学成就颇高。他主张为文应“有补于世”，“以适用为本”。他的散文笔力矫健，文辞洗练，以识见高超、议论犀利、逻辑严密著称，是“唐宋八大家”之一。他的诗有较强的现实性和政论性，议论较多，有散文化的倾向。晚年多山水小诗。在北宋诗坛上，王安石自成一体，世称“王荆公体”。词风格高峻，也有恬淡闲适之作。著有《临川集》《唐百家诗选》《周官新义》（残）等。

渔家傲[1]

平岸小桥千嶂(zhàng)抱[2]。柔蓝一水萦花草[3]。茅屋数间窗窈窕(yǎo tiǎo)[4]。尘不到。时时自有春风扫。　午枕觉来闻语鸟[5]。敧(qī)眠似听朝鸡早[6]。忽忆故人今总老。贪梦好。茫然忘了邯郸道[7]。

说明

此为王安石暮年隐居金陵时所作，此时他已退出政治舞台。全词抒发了对仕途的厌倦和对闲适生活的热爱之情。

注　释

①**渔家傲**：词牌名。又名《荆溪咏》《吴门柳》等。《词谱》卷十四云："此调始自晏殊，因词有'神仙一曲渔家傲'句，取以为名。"双调六十二字，仄韵。也有上下阕各用二平韵、三仄韵之作。

②**嶂**：形容高险像屏障的山。

③**柔蓝**：柔和的蓝色。多用来形容水。

④**窈窕**：深远的样子。

⑤**午枕**：午睡的枕头。多指午睡。

⑥**攲**：斜，倾斜。**听朝鸡**：听鸡叫而上朝。喻指担任京官。

⑦**邯郸道**：指卢生黄粱幻梦的故事，喻求取功名的虚幻之路。唐人沈既济《枕中记》载：卢生在邯郸客店中遇道士吕翁，用其所授瓷枕，睡梦中历数十年富贵荣华。及醒，店主炊黄粱米未熟。

译　文

平坦的岸边，只见千座高山环抱着小桥。河水清洌，环绕着花草。数间茅屋静立，窗子深邃杳渺。尘土不会驻足，因为自有春风时时打扫。

午时斜卧着入眠，似乎听到了鸡鸣，又准备像从前担任京官之时，早早上朝。待到醒来才发现，原来是听到了几声鸟啼。忽然想起故人如今都已变老。贪恋着方才闲适的午梦，朦胧中，已然忘却了求取功名的幻梦。

词　评

此必荆公退居金陵时所作也。借渔家乐以自写其恬退。首阕笔笔清奇，令人神往。次阕似讥故人之恋位者，然亦不过反笔以写其幽居之乐耳。情词自超隽无匹，运用入化。

——清·黄苏《蓼园词评》

王安国（一首）

王安国（约1031—1077），字平甫，临川（今属江西）人。王安石的胞弟。神宗熙宁初召试，赐进士及第，除武昌军节度推官，西京国子教授。官满进京，神宗问外间对新法议论如何，答以"恨知人不明，聚敛太急"，遂仅授崇文院校书。后改秘阁校理。与王安石政见不合，非议新法，屡谏其兄。又深恶吕惠卿。及王安石罢相，安国因参与郑侠献《流民图》事，夺官放归田里。熙宁十年（1077）卒，年四十七。王安国自幼文思敏捷，文采出众，诗、文、词兼善，诗文多已佚，今仅存《王校理集》一卷，收入《两宋名贤小集》。《全宋诗》录其诗一卷。《全宋词》收其词三首。《全宋文》收其文二卷。

清平乐

春　晚

留春不住。费尽莺儿语。满地残红宫锦污[1]。昨夜南园风雨。

小怜初上琵琶[2]。晓来思绕天涯[3]。不肯画堂朱户[4]，春风自在梨花。

说　明

此词上片写惜春之情，下片写歌女对自由的向往。

注　释

①**宫锦**：宫中特制的锦缎，或仿造宫样所制的锦缎。

②**小怜**：北齐后主高纬的冯淑妃，名小怜，擅弹琵琶。《北史·后妃传下·齐后主冯淑妃》："冯淑妃名小怜，大穆后从婢也……慧黠能琵琶，工歌舞。"此处指擅弹琵琶的歌女。

③**天涯**：天边。形容极远的地方。《古诗十九首·行行重行行》："相去万余里，各在天一涯。"

④**画堂**：泛指华丽的堂舍。**朱户**：朱红色大门。借指富贵人家。

译　文

留不住春天。费尽了莺儿的娇啭。满地残红，玷污了宫样的锦缎。原来是昨夜南园，遭遇了风雨的侵凌。

小怜刚刚弹起琵琶。天亮时，她的思绪绕遍天涯。她不肯在画堂朱户中拘束，而只想自由自在，就像那春风中飘舞的梨花。

词　评

"满地"二句，倒装见笔力，末二句见其品格之高。

——清·谭献《谭评词辨》

王观（一首）

王观（约1035—1100），字通叟，海陵（今江苏泰州）人，一作如皋（今属江苏）人。仁宗嘉祐二年（1057）进士。授单州推官，试秘书省校书郎。神宗熙宁八年（1075）为大理寺丞、知江都县事。元丰二年（1079），坐枉法取财，除名，编管永州。后为翰林学士，曾奉诏作词《清平乐》，描写宫廷生活。宣仁太后以其亵渎了宋神宗为名，将他贬谪。自号"逐客"。著有《扬州赋》《芍药谱》等。词集名《冠柳集》。

卜算子①

送鲍浩然之浙东

水是眼波横②，山是眉峰聚③。欲问行人去那（nǎ）边，眉眼盈盈处④。

才始送春归⑤，又送君归去。若到江南赶上春，千万和（hé）春住⑥。

说　明

此词是一首送别词，写的是作者于暮春时节送别友人鲍浩然，表达了对好友鲍浩然的不舍与祝福。送别中流露出伤春之情，构思奇巧。

注　释

①**卜算子**：词牌名。唐人骆宾王作诗喜用数字，人称"卜算子"，词家遂取以为名。一说取义于卖卜算命之人。又名《百尺楼》《眉峰碧》《楚天遥》等。双调四十四字，上下片各两仄韵。

②**眼波**：形容流动似水波的目光。多用于女子。

③**眉峰**：眉毛，眉头。

④**盈盈**：仪态美好的样子。此处喻指山水秀丽之处。

⑤**才始**：方才，刚刚。

⑥**千万**：一定，务必。

译　文

水似眼波横流，山若眉峰攒聚。想问行人去哪里？就在那山水秀丽之处。

刚刚送春归去，又要送君归去。如果君到江南时，赶上了春天的脚步，千万要把春天留下来。

词评

山谷云:"春归何处,寂寞无行路。若有人知春去处,唤取归来同住。"通叟云:"若到江南赶上春，千万和春住。"碧山云:"怕此际春归，也过吴中路。君行到处，便快折河边千条翠柳,为我系春住。"三词同一意,山谷失之笨,通叟失之俗,碧山差胜。终不若元梁贡父云"拚一醉留春，留春不住，醉里春归"为洒脱有致。

——清·吴衡照《莲子居词话》

魏玩（一首）

魏玩（生卒年不详），字玉汝，襄阳（今属湖北）人，魏泰之姊，曾布之妻。徽宗朝,曾布拜相,因诏封魏玩为鲁国夫人,人称"魏夫人"。博览群书。工书法。以诗词见长,尤擅词。著有《魏夫人集》,已佚。《全宋词》辑录其词作十四首。周泳先辑为《鲁国夫人词》一卷。

菩萨蛮

溪山掩映斜阳里[1]。楼台影动鸳鸯起。隔岸两三家。出墙红杏花[2]。　绿杨堤下路。早晚溪边去[3]。三见柳绵飞[4]。离人犹未归[5]。

说明

此词写暮春怀人。借景抒情，风格委婉清新。

注释

①**掩映**：遮掩衬托。

②**出墙红杏花**：此句可能对南宋人叶绍翁有所启发。叶绍翁《游园不值》云:"春色满园关不住，一枝红杏出墙来。"

③**早晚**：时时，天天。

④**柳绵**：柳絮。

⑤**离人**：离别的人。此指离家之人。

译文

溪山相互掩映着，在一片斜阳里。水中楼台的影子晃动，原来是鸳鸯飞起。对岸只住着三两户人家，院墙外探出了红红的杏花。

堤岸下的小路上，遍植绿杨。我天天都要去溪边凝望。三次见到柳絮飘飞，离开家乡的那个人还没有回归。

词　评

魏夫人，曾子宣丞相内子，有《江城子》《卷珠帘》诸曲，脍炙人口。其尤雅正者，则有《菩萨蛮》云："（略）。"深得《国风·卷耳》之遗。

——清·王奕清《历代词话》引《雅编》

苏轼（五首）

苏轼（1037—1101），字子瞻，一字和仲，自号东坡居士，眉山（今属四川）人。仁宗嘉祐二年（1057）进士。六年，试制科，授签书凤翔府节度判官厅事。英宗治平二年（1065）起，任京官。神宗熙宁四年（1071），自请外任。元丰二年（1079）乌台诗案狱起，被贬黄州团练副使。哲宗即位后，迁中书舍人，改翰林学士。元祐四年（1089），知杭州。六年，除翰林学士承旨，寻知颍州。历知扬州、定州。因新党执政，绍圣元年（1094），被贬惠州。四年，贬儋州。徽宗即位，赦还。建中靖国元年（1101）七月，卒于常州。南宋孝宗时谥"文忠"。苏轼在诗、词、散文上都有很高造诣。散文自然畅达，随物赋形，如行云流水，为"唐宋八大家"之一。诗题材广泛，风格豪迈清新，并善用比喻、夸张等手法，与黄庭坚并称"苏黄"。词题材丰富，风格豪放清旷，是豪放派的代表，与辛弃疾并称"苏辛"。提出"诗词一体"的词学观念以及"自成一家"的词作主张，提高了词的地位，对词体进行了大胆的革新，在词史上具有重要的地位。

少年游[1]

润州作[2]，代人寄远。

去年相送，余杭门外[3]，飞雪似杨花。今年春尽，杨花似雪，犹不见还家。　对酒卷帘邀明月[4]，风露透窗纱。恰似姮(héng)娥怜

双燕[5]，分明照、画梁斜[6]。

说　明

神宗熙宁四年（1071），苏轼通判杭州。熙宁六年（1073）十一月，苏轼离杭去润州等地赈饥。此词作于熙宁七年（1074）四月，时苏轼在润州。词的上阕写离别之久，下阙抒发对月思人的惆怅和孤寂。

注　释

①**少年游**：词牌名。《词谱》卷八云："调见《珠玉词》，因词有'长似少年时'句，取以为名。"又名《小阑干》《玉腊梅枝》。双调五十字至五十二字，平韵。此调各家所作，前后段字数句法及用韵，颇有参差。

②**润州**：州名，隋开皇十五年（595）置，以州东有润浦得名。今江苏镇江。

③**余杭门**：宋代杭州城北三座城门之一。

④**"对酒"句**：写月下独酌。李白《月下独酌》云："举杯邀明月，对影成三人。"

⑤**姮娥**：嫦娥，中国古代神话中的月中女神。《淮南子·览冥训》载："羿请不死之药于西王母，姮娥窃以奔月。"高诱注："姮娥，羿妻。羿请不死之药于西王母，未及服之，姮娥盗食之，得仙，奔入月中，为月精也。"姮，本作"恒"，俗作"姮"。汉代因避汉文帝刘恒的讳，改称"常娥"，通作"嫦娥"。

⑥**画梁**：意谓有彩绘装饰的屋梁。

译　文

去年送别时，余杭门外，飞雪好似杨花。今年春意将尽，杨花好似飞雪，还不见人回家。

对着美酒，卷起帘子，邀来明月。风露透过窗纱。姮娥仿佛怜爱那成双的燕子，明亮的光，斜照着画梁。

词　评

李诗"举杯邀明月，对影成三人"，东坡喜其造句之工，屡用之。

——清·李家瑞《停云阁诗话》

江城子

乙卯正月二十日夜记梦[1]

十年生死两茫茫。不思量(wáng)。自难忘。千里孤坟、无处话凄凉[2]。纵使相逢应不识，尘满面，鬓如霜。　夜来幽梦忽还乡。小轩窗，

正梳妆。相顾无言，惟有泪千行。料得年年断肠处，明月夜，短松冈[3]。

说　明

此为苏轼的悼亡词，悼念已逝去十年的妻子王弗。风格凄怆，真挚感人。作于熙宁八年（1075）。苏轼因反对新法遭受排挤，自请外任杭州，后徙密州（今山东诸城）。此词即作于密州任上。

注　释

①乙卯： 北宋熙宁八年，即公元1075年。

②千里： 王弗葬于四川，而苏轼远在密州，相距遥远，故曰“千里”。

③“料得”三句： 语出唐人孔氏《赠夫诗三首·其三》：“欲知肠断处，明月照孤坟。”料得，料想，估计。

译　文

十年来，你我一死一生，两个世界相隔是那么遥远。不去想念，也从来难忘。你的孤坟远在千里之外，我无处诉说满心的凄凉。即使相逢，你应该也不认得我了。我已是灰尘满面，鬓发如霜。

夜间隐约的梦境中，我恍惚回到了故乡。只见小室的窗前，你正在梳妆。你我相看无言，只有泪水流下千行。我料想，那年年令人痛断肝肠的地方，就是月明之夜长着矮松的山冈。

词　评

此首为公悼亡之作。真情郁勃，句句沉痛，而音响凄厉，诚后山所谓“有声当彻天，有泪当彻泉”也。起言死别之久。“千里”两句，言相隔之远。“纵使”二句，设想相逢不识之状。下片，忽折到梦境，轩窗梳妆，犹是十年以前景象。“相顾”两句，写相逢之悲，与起句“生死两茫茫”相应。“料得”两句，结出“断肠”之意。“明月”“松冈”，即“千里孤坟”之所在也。

——唐圭璋《唐宋词简释》

卜算子

黄州定慧院寓居作

缺月挂疏桐[1]，漏断人初静[2]。谁见幽人独往来[3]，缥缈(piāo miǎo)孤鸿影[4]。

惊起却回头，有恨无人省。拣尽寒枝不肯栖，寂寞沙洲冷[5]。

●缺月挂疏桐，漏断人初静

说　明

此词作于元丰三年（1080），时苏轼初到黄州贬所。借“孤鸿”抒怀，寓意深婉。

注　释

①**缺月**：不圆之月。

②**漏断**：漏声已断。意谓夜深。漏，指漏壶，古代计时的器具。

③**幽人**：指幽居之人。

④**缥缈**：隐约貌，也作“缥眇”。

⑤**沙洲**：江河湖海里由泥沙淤积而成的陆地。

译　文

缺月挂在稀疏的梧桐上。漏声已断，夜深人静。有谁见幽居之人独自往来？只有那缥缈的孤鸿影。

孤鸿惊起后，回转过头。它心中有恨，无人知省。寒枝已被它挑拣尽了，它就是不肯在上面栖息。寒冷的沙洲上，只有那孤鸿寂寞的身影。

词　评

此词乃东坡自写在黄州之寂寞耳。初从人说起，言如孤鸿之冷落。第二阕专就鸿说，语语双关。格奇而语隽，斯为超诣神品。

——清·黄苏《蓼园词评》

西江月

顷在黄州，春夜行蕲(qí)水中[1]。过酒家饮。酒醉，乘月至一溪桥上，解鞍，曲肱(gōng)醉卧少休[2]。及觉已晓。乱山攒拥[3]，流水锵然[4]，疑非尘世也。书此语桥柱上。

照野弥弥(mí mí)浅浪[5]，横空暧暧(ài)微霄[6]。障泥未解玉骢(cōng)骄[7]。我欲醉眠芳草。　可惜一溪明月[8]，莫教踏破琼瑶[9]。解鞍欹(qī)枕绿杨桥[10]。

杜宇一声春晓[11]。

说明

此词作于元丰五年（1082）三月，时苏轼在黄州贬所。借空山月明的美景，传达超然物外的情怀。

注释

①**蕲水**：古县名，今在湖北浠水东。

②**曲肱**：弯着胳膊作枕头。《论语·述而》："饭疏食饮水，曲肱而枕之，乐在其中矣。"

③**攒拥**：丛聚，簇拥。

④**锵然**：形容声音清脆。

⑤**弥弥**：水流盛满的样子。

⑥**暧暧微霄**：语出陶渊明《时运》："山涤余霭，宇暧微霄。"暧暧，迷蒙隐约貌。霄，雨后的彩虹。

⑦**障泥**：用布或其他东西做成的、垫在马鞍下、垂于马腹两侧、用于遮挡尘土的东西。南朝宋人刘义庆《世说新语·术解》："王武子善解马性。尝乘一马，著连钱障泥，前有水，终日不肯渡。王云：'此必是惜障泥。'使人解去，便径渡。"**玉骢**：玉花骢，原为唐玄宗所乘骏马之名，后泛指骏马。

⑧**可惜**：可爱。

⑨**琼瑶**：美玉。语出《诗经·卫风·木瓜》："投我以木桃，报之以琼瑶。"此处喻溪中的月影。

⑩**欹**：斜靠着，通"倚"。**绿杨桥**：据光绪《黄州府志》卷三记载："绿杨桥，在（蕲水）县东里许，宋苏轼曾醉卧其上，作绿杨桥词，因名。"

⑪**杜宇**：杜鹃鸟。相传是古蜀王杜宇之魂所化，鸣声哀切。

译文

弥弥浅浪照亮旷野，雨后迷蒙的虹横在空中。障泥没有解下，玉骢不肯渡水。我想趁此时，醉眠在芳草。

一溪明月真是可爱，别让马儿踏碎了琼瑶般的月影。我解下马鞍，斜枕在绿杨下的桥边。只听得一声杜宇的啼鸣，已是春日的又一个拂晓。

词评

苏公词"照野弥弥浅浪，横空暧暧微霄"，乃用陶渊明"山涤余霭，宇暧微霄"之语也。填词虽于文为末，而非自《选》诗、乐府来，亦不能入妙。

——明·杨慎《词品》卷一

西江月

梅　花

玉骨那愁瘴(zhàng)雾①，冰姿自有仙风②。海仙时遣探芳丛。倒挂绿毛幺凤③。　素面翻嫌粉涴(wò)④，洗妆不褪唇红⑤。高情已逐晓云空。不与梨花同梦⑥。

说　明

此词明写梅花，实则悼念侍妾王朝云。作于绍圣三年（1096）十月。苏轼晚年遭新党诬陷，被贬惠州（今广东惠州）。此词即作于惠州贬所。苏轼《朝云诗·引》："予家有数妾，四五年相继辞去，独朝云者随予南迁。"宋人释惠洪《冷斋夜话》："东坡在惠州，作梅词云（略）。时侍儿朝云新亡，其寓意为朝云作也。"

注　释

①**玉骨**：梅花枝干的美称。**瘴雾**：瘴气，南部、西南部山区林间的湿热之气，能致病。朝云即死于瘴疫。苏轼《惠州荐朝云疏》："轼以罪责，迁于炎荒。有侍妾朝云，一生辛勤，万里随从。遭时之疫，遘病而亡。"

②**冰姿**：淡雅的姿态。**仙风**：神仙的风韵。

③**绿毛幺凤**：岭南的一种形似鹦鹉的珍禽。苏轼《再用前韵》（前韵指《十一月二十六日松风亭下梅花盛开》）云："蓬莱宫中花鸟使，绿衣倒挂扶桑暾。"自注："岭南珍禽有倒挂子，绿毛，红喙，如鹦鹉而小，自东海来，非尘埃中物。"宋人庄绰《鸡肋编》卷下："东坡在惠州，作梅词云：'玉骨那愁瘴雾……'广南有绿羽丹嘴禽，其大如雀，状类鹦鹉，栖集皆倒悬于枝上，士人呼为'倒挂子'。"一说"绿毛幺凤"即桐花凤。明人刘绩《霏雪录》："桐花凤即东坡词所谓'绿毛幺凤'，俗名倒挂者。"宋人李昉《太平广

●梅花

记》:“剑南彭蜀间，有鸟大如指，五色毕具，有冠似凤。食桐花，每桐结花即来，桐花落即去。不知何之。俗谓之桐花鸟。极驯善，止于妇人钗上，客终席不飞，人爱之，无所害也。”

④“素面”句：用虢国夫人素面朝天的典故。宋人乐史《杨太真外传》:“(天宝)七载，加钊御史大夫，权京兆尹，赐名国忠。封大姨为韩国夫人，三姨为虢国夫人，八姨为秦国夫人。同日拜命，皆月给钱十万，为脂粉之资。然虢国不施妆粉，自炫美艳，常素面朝天。当时杜甫（一作张祜）有诗云：‘虢国夫人承主恩，平明上马入宫门。却嫌脂粉污颜色，淡扫蛾眉朝至尊。’”翻，副词，反而。涴，弄脏。

⑤唇红：惠州梅花四周皆红，故曰“唇红”。宋人释惠洪《冷斋夜话》:“岭外梅花与中国异，其花几类桃花之色，而唇红香著。”宋人庄绰《鸡肋编》卷下:“东坡在惠州，作梅词云：‘玉骨那愁瘴雾……’梅花叶四周皆红，故有洗妆之句。”

⑥梨花同梦：宋人傅幹《注坡词》载：“公自跋云：‘诗人王昌龄，梦中作梅花诗。南海有珍禽，名倒挂子，绿色，如鹦鹉而小。惠州多梅花，故作此词。’《诗话》云：‘王昌龄梅诗曰：落落寞寞路不分，梦中唤作梨花云。’方知公引用此诗。”

译文

惠州梅花美丽的枝干，哪里会忧愁瘴气的侵袭；它姿态淡雅，自有神仙的风致。海上仙人时时派遣使者来探望花丛，那使者就是倒悬枝上的绿毛幺凤。

梅花天然的美貌，反而嫌弃脂粉会将其弄脏。梅花唇上的红色也是天然的，洗妆后也不会褪却。高雅的情致已随着“晓云”的消散而归于一空，再也不能做“梨花云”一样的梅花梦了。

词评

（晁）以道云：“初见东坡词云：‘素面翻嫌粉涴，洗妆不褪唇红’，便知此老须过海。”余问何邪？以道曰：“只为古今人不曾道到此，须罚教远去。”

——宋·王直方《王直方诗话》

晏几道（七首）

晏几道（1038—1110），字叔原，号小山，抚州临川（今江西抚州）人。晏殊之子，本为第八子，因三哥晏全节从小过继给叔叔晏颖，故为第七子。秉性天真，待人忠厚。孤高耿介，不苟求进。虽为宰相之子，但家道中落，一生坎坷。黄庭坚说他有“四痴”，即：“仕宦连蹇，而不能一傍贵人之门；论文自有体，不肯一作新进士语；费资千百万，家人寒饥，而面有孺子之色；人百负之而不恨，己信人，终不疑其欺己。”有《小山词》传世。其词多为小令，主要描写相思恋情，追怀往昔，情真意切，哀婉动人。与父亲晏殊并称“二晏”，晏殊称“大晏”，晏几道称“小晏”。

临江仙

梦后楼台高锁，酒醒帘幕低垂。去年春恨却来时[1]。落花人独立，微雨燕双飞[2]。　记得小蘋(pín)初见[3]，两重心字罗衣[4]。琵琶弦上说相思[5]。当时明月在，曾照彩云归[6]。

说　明

此为怀念小蘋之作（参见注释）。全词虽淡淡写来，却饱含着无尽的怅惘与深情。清人冯煦《蒿庵论词》评小山词“淡语皆有味，浅语皆有致”，此篇可当之。小山词中明确涉及小蘋的还有“小颦微笑尽妖娆，浅注轻匀长淡净”(《玉楼春》)、“小颦若解愁春暮，一笑留春春也住”(《木兰花》)。

注　释

①**却来**：重来。

②**“落花”二句**：语出五代人翁宏《春残》：“又是春残也，如何出翠帏。落花人独立，微雨燕双飞。寓目魂将断，经年梦亦非。那堪向愁夕，萧飒暮蝉辉。”

③**小蘋**：所忆的歌女名。晏几道《小山词自序》：“始时沈十二廉叔、陈十君龙家，有莲、鸿、蘋、云，品清讴娱客。每得一解，即以草授诸儿，吾三人持酒听之，为一笑乐。已而君龙疾废卧家，廉叔下世，昔之狂篇醉句，遂与两家歌儿酒使俱流转于人间。自尔邮传滋多，积有窜易。七月己巳，为高平公缀缉成编。追惟往昔过从饮酒之人，或垅木已长，或病不偶。考其篇中所记悲欢离合之事，如幻如电，如昨梦前尘。但能掩卷怃然，感光阴之易迁，叹境缘之无实也。”

④**心字罗衣**：指罗衣上绣有心字图案。一说“衣领屈曲像心字”。一说“用心字香熏过的罗衣”。

⑤**“琵琶”句**：唐人白居易《琵琶行》：“低眉信手续续弹，说尽心中无限事。”

⑥**彩云**：此处喻指小蘋。语本李白《宫中行乐词》：“只愁歌舞散，化作彩云飞。”

译　文

梦后酒醒，但见楼台紧紧幽闭，帘幕低低下垂。去年春天的愁恨又重新涌上心头。时节已是花落春残，我独自伫立；而蒙蒙细雨中，燕子却在成双成对地飞。

记得和小𬞟初次见面时，她穿着两重绣有心字图案的罗衣。她弹着琵琶，似在诉说着相思之意。当时的明月依然在，就是这轮月亮，曾经照着彩云一样的小𬞟归去。

词　评

小山词如“去年春恨却来时。落花人独立，微雨燕双飞”，又“当时明月在，曾照彩云归”，既闲婉，又沉着，当时更无敌手。

——清·陈廷焯《白雨斋词话》

鹧鸪天[1]

彩袖殷勤捧玉钟[2]。当年拚(pàn)却醉颜红[3]。舞低杨柳楼心月，歌尽桃花扇影风。　从别后，忆相逢。几回魂梦与君同[4]。今宵剩把银釭(gāng)照，犹恐相逢是梦中[5]。

●彩袖殷勤捧玉钟

说　明

此词上片叙述当年的欢乐，下片写别后的思念及久别重逢的惊喜。宋人黄庭坚《小山集序》评小山词“清壮顿挫，能动摇人心”，此篇可当之。

注　释

①**鹧鸪天**：词牌名。又名《思佳客》《醉梅花》《剪朝霞》《骊歌一叠》等。或说调名取自唐人郑嵎“春游鸡鹿塞，家在鹧鸪天”诗句。

②**彩袖**：此处指代身穿彩衣的歌女。**玉钟**：酒杯的美称。

③**拚却**：不惜，甘愿。犹言“豁出去”。

④**魂梦**：古人以为人的灵魂在睡梦中会离开肉体，故称“梦魂”。

⑤**“今宵”二句**：唐人杜甫《羌村三

首》之一："夜阑更秉烛，相对如梦寐。"剩把，尽把。**银釭：**银白色的灯盏、烛台。此处代指灯。

译　文

当年，你身着彩衣，手捧玉钟频频劝酒，我不惜饮得酒醉颜红。你纵情跳舞，直到杨柳楼心上的月亮渐渐低沉；你尽兴欢歌，直到无力摇动桃花扇，扇影间的风渐渐止息。

自从分别后，我总是回忆从前相逢的场景，多少次梦中和你在一起。今夜，我频频举起银灯照向你，生怕这次的相逢还是在梦中。

词　评

此首为别后相逢之词。上片，追溯当年之乐。"彩袖"一句，可见当年之浓情蜜意。"拚醉"一句，可见当年之豪情。换头，"从别后"三句，言别后相忆之深，常萦魂梦。"今宵"两句，始归到今日相逢。老杜云"夜阑更秉烛，相对如梦寐"，小晏用之，然有"剩把"与"犹恐"四字呼应，则惊喜俨然，变质直为宛转空灵矣。上言梦似真，今言真似梦，文心曲折微妙。

——唐圭璋《唐宋词简释》

玉楼春

当年信道情无价[1]。桃叶尊前论别夜[2]。脸红心绪学梅妆[3]，眉翠工夫如月画[4]。　来时醉倒旗亭下[5]。知是阿谁扶上马[6]。忆曾挑尽五更灯[7]，不记临分多少话。

说　明

此词回忆当年与一个歌女叙别的场景，从中可见小晏痴情与疏狂的个性。晏几道《小山词自序》云："考其篇中所记悲欢合离之事，如幻如电，如昨梦前尘。但能掩卷怃然，感光阴之易迁，叹境缘之无实也。"此篇足当之。

注　释

①**信道：**知道。

②**桃叶：**晋人王献之爱妾之名。相传王献之曾在渡口迎送桃叶，且作《桃叶歌》云："桃叶复桃叶，渡江不用揖，但渡无所苦，我自迎接汝。"此处借指所挚爱的女子。也有可能是晏几道所别女子之名。

③**梅妆：**"梅花妆"的简称。"梅花妆"是古时女子的一种妆式，即描梅花状于额上为饰。相传此妆始于南朝宋寿阳公主。《太平御览》引《宋书》曰："武帝

女寿阳公主人日卧于含章檐下，梅花落公主额上，成五出之华，拂之不去，皇后留之。自后有梅花妆，后人多效之。”

④**眉翠：**古代女子用青黛画眉，故曰眉翠、翠眉、翠黛。翠，青绿色。

⑤**旗亭：**酒楼。古代酒楼悬旗为标志，故称旗亭。

⑥**阿谁：**疑问代词。犹言谁、何人。

⑦**五更：**旧时把从黄昏到拂晓的一夜时间，分为甲、乙、丙、丁、戊五段，谓之“五更”。

译　文

当年就知道真情无价。那是我与桃叶在筵席之上叙别的夜晚。她特意去学梅花妆，因生怕学不好而羞红了脸颊；她用青黛细细画眉，花了好多工夫，画得如同两弯新月。

送别归来时，我醉倒在酒楼之下，不知是何人将我扶上马。只能忆起那夜的灯一直点到五更，临别时说了多少、说了什么，已经记不得了。

词　评

咏酒醉之诗，唐人有“不知谁送出深松”，宋人有“阿谁扶我上雕鞍”，皆善于描写。叔原《玉楼春》词云（略），真能委曲言情。

——清·郭麐《灵芬馆词话》

河满子①

绿绮琴中心事②，齐纨扇上时光③。五陵年少浑薄幸④，轻如曲水飘香⑤。夜夜魂消梦峡⑥，年年泪尽啼湘⑦。　归雁行边远字，惊鸾舞处离肠⑧。蕙楼多少铅华在⑨，从来错倚红妆⑩。可羡邻姬十五，金钗早嫁王昌⑪。

说　明

此词描写了歌伎沦落风尘的凄苦生涯，替她们诉出了痛苦的心声，对她们不幸的命运给予了深深的同情。

注　释

①**河满子：**《何满子》的别名。何满子，唐教坊曲名，后用为词牌。开元时沧州歌者何满子临刑哀歌一曲以自赎，竟不得免，后来此曲即以歌者何满子为名。此调在唐五代有五言四句、六言六句、七言四句三种。《花间集》所收即第二种，单调三十六字，或第三句多一字；又双调七十四字，均平韵。宋人又有双调仄韵体。

②**绿绮琴**：古琴名。相传汉人司马相如作《玉如意赋》，梁王悦之，赐以绿绮琴。后即用以指代琴。

③**齐纨扇**：齐地所产的细绢制成的团扇，后代称一般的绢扇。齐纨，齐地出产的白细绢。后也泛指名贵的丝织品。

④**五陵年少**：指京都的豪侠少年、贵族公子、富豪子弟。五陵，西汉元帝以前，每筑一个皇帝陵墓，即在陵侧置一县，迁徙四方富豪以及外戚等在此居住，供奉园陵，称为"陵县"。其中，高帝长陵、惠帝安陵、景帝阳陵、武帝茂陵、昭帝平陵五陵县，都在京都长安附近，合称"五陵"。

⑤**曲水**：旧时风俗，每年农历三月上巳日（上旬的巳日，魏晋以后固定为农历三月初三）于水滨宴饮，祓除不祥，后人因引水环曲成渠，流觞为乐，称为"曲水"。

⑥**梦峡**：梦中的巫峡，此用《高唐赋》巫山神女典故。宋玉《高唐赋·序》："昔者楚襄王与宋玉游于云梦之台，望高唐之观，其上独有云气……王问玉曰：'此何气也？'玉对曰：'所谓朝云者也。'王曰：'何谓朝云？'玉曰：'昔者先王尝游高唐，怠而昼寝，梦见一妇人曰：妾巫山之女也，为高唐之客，闻君游高唐，愿荐枕席。王因幸之。去而辞曰：妾在巫山之阳，高丘之岨，旦为朝云，暮为行雨。朝朝暮暮，阳台之下。'"这里暗用楚怀王梦遇巫山神女之事，暗喻欢爱之短暂。

⑦**啼湘**：据传，舜死后，他的两个妃子娥皇和女英到湘水边啼哭哀悼，泪染竹斑。此指经常哭泣。典出晋人张华《博物志》："尧之二女，舜之二妃，曰湘夫人，帝崩，二妃啼，以涕挥竹，竹尽斑。"

⑧**惊鸾舞**：形容舞姿轻盈美妙。

⑨**蕙楼**：楼房的美称。亦指女子居室。**铅华**：古时女子化妆用的铅粉。

⑩**红妆**：同"红装"，指女子的美貌。因为妇女的妆饰多用红色，所以称红妆。

⑪**王昌**：代指风流儒雅的男子、理想的丈夫或情人。南朝乐府与唐诗中屡见"王昌"，本事已不可考。南朝梁人萧衍《莫愁歌》："人生富贵何所望，恨不嫁与东家王。"唐人上官仪《和太尉戏赠高阳公》："南国自然胜掌上，东家复是忆王昌。"唐人崔颢《王家少妇》："十五嫁王昌，盈盈入画堂。自矜年正少，复倚婿为郎。舞爱前溪绿，歌怜子夜长。闲来斗百草，度日不成妆。"

译　文

她们弹奏绿绮琴，表达心事。她们用齐纨扇歌舞，来消磨时光。五陵年少，全都是薄幸郎。他们将感情看得那么轻，轻得就像曲水上漂动的花瓣。她们夜夜梦醒时，都悲痛欲绝；年复一年，洒尽了相思的泪水。

远处，归来的大雁组成字、排成行。她们在轻盈曼妙的舞姿中，诉说着离别的愁肠。蕙楼中，有多少女子在浓施铅华，她们向来都错误地倚恃美貌。可羡邻姬刚刚十五，就早早嫁给了富贵人家。

词 评

词言沦落风尘之苦。相逢者皆属薄幸，人但知其梦峡之欢，而不见其啼湘之泪。下阕“铅华”“红妆”二句言容华岂堪长恃，老大徒伤。其中亦有特秀者，盈盈十五，早嫁王昌，信乎命之不齐也。

——俞陛云《唐五代两宋词选释》

破阵子[1]

柳下笙歌庭院[2]，花间姊妹秋千。记得春楼当日事，写向红窗夜月前。凭谁寄小莲[3]。　绛蜡等闲陪泪[4]，吴蚕到了(liǎo)缠绵[5]。绿鬓(bìn)能供(gōng)多少恨[6]，未肯无情比断弦。今年老去年。

说 明

此为怀念小莲之作，同时也怀念所有逝去的美好（参见本词注释）。全词缠绵执着，深情一往。小山词中明确涉及小莲的还有“小莲未解论心素，狂似钿筝弦底柱”（《木兰花》）、“梅蕊新妆桂叶眉，小莲风韵出瑶池。云随绿水歌声转，雪绕红绡舞袖垂”（《鹧鸪天》）、“手捻香笺忆小莲，欲将遗恨倩谁传。归来独卧逍遥夜，梦里相逢酩酊天”（《鹧鸪天》）、“时候草绿花红。斜阳外、远水溶溶。浑似阿莲双枕畔，画屏中”（《愁倚阑令》）。描写之多，足见情意之浓、记忆之深刻。

注 释

①**破阵子**：词牌名。本唐教坊曲名，截取大型武舞曲《秦王破阵乐》中一段为之，一唱十拍，故又名《十拍子》。六十二字，上下片皆三平韵。

②**笙歌**：泛指奏乐唱歌。笙，簧管乐器。

③**小莲**：歌女名。晏几道《小山词自序》：“始时沈十二廉叔、陈十君龙家，有莲、鸿、蘋、云，品清讴娱客。每得一解，即以草授诸儿，吾三人持酒听之，为一笑乐。已而君龙疾废卧家，廉叔下世，昔之狂篇醉句，遂与两家歌儿酒使俱流转于人间。自尔邮传滋多，积有窜易。七月己巳，为高平公缀缉成编。追惟往昔过从饮酒之人，或垅木已长，或病不偶。考其篇中所记悲欢合离之事，如幻如电，如昨梦前尘。但能掩卷怃然，感光阴之易迁，叹境缘之无实也。”

④**“绛蜡”句**：唐人杜牧《赠别》：“蜡烛有心还惜别，替人垂泪到天明。”

⑤**吴蚕**：吴地的蚕。因吴地盛养蚕，故吴蚕被视作良蚕。**缠绵**：形容感情深厚，

像蚕儿吐丝那样绵绵不尽。“绛蜡等闲陪泪，吴蚕到了缠绵”化用唐人李商隐《无题》“春蚕到死丝方尽，蜡炬成灰泪始干”句意。

⑥**绿鬓**：指黑发。绿，此处指乌黑发亮的颜色。**供**：此处意犹“禁得起”。

译　文

柳荫下的庭院中，笙歌叠奏；花丛间的姊妹们，荡着秋千。当日春楼中的往事，至今我也没有忘记。夜里，我将其一一写出，在映照着红窗的明月前。可是，拜托谁寄给小莲？

红色的蜡烛平白地陪着我流泪，吴地的良蚕至死还倾吐着丝丝缠绵。唉，乌黑的鬓发，能禁得起多少愁恨的折磨？但无论如何，我也决不肯无情如断弦。今年，比去年又增苍老。

词　评

对法活泼，措辞亦婉媚。（“绿鬓”二句）凄咽芊绵。

——清·陈廷焯《词则·闲情集》

采桑子

西楼月下当时见，泪粉偷匀。歌罢还颦(pín)[1]。恨隔炉烟看未真[2]。

别来楼外垂杨缕，几换青春[3]。倦客红尘[4]。长记楼中粉泪人。

说　明

一个萍水相逢的歌女，又是“恨隔炉烟看未真”，只因她的匀泪颦眉，晏几道遂长记心间，足见其对女子的怜惜和对其不幸的同情。

注　释

①**颦**：皱眉。

②**炉烟**：熏炉或是香炉中的烟。

③**青春**：指春天。春天草木茂盛，呈青绿色，故称春天为青春。

④**倦客**：厌倦旅居生活的人。**红尘**：车马扬起的飞尘。一说指闹市的飞尘，暗喻繁华的人世。

译　文

当时相见，是在西楼的月下。她和着脂粉，偷偷地将泪水抹匀。一曲歌罢，双眉又颦。遗憾的是隔着炉烟，我看得不真切。

离别以来，西楼外垂杨的细缕，不知见证了几次春天的更换。我这个疲倦的客游之人，身上也布满了红尘。可我一直记得，那个在西楼中，和着脂粉，偷偷拭泪的人。

词　评

此词不过回忆从前；而能手写之，便觉当时凄怨之神，宛呈纸上。

——俞陛云《唐五代两宋词选释》

风入松[1]

心心念念忆相逢[2]。别恨谁浓。就中懊恼难拚处[3]，是擘(bò)钗(chāi)、分钿(diàn)匆匆[4]。却似桃源路失，落花空记前踪[5]。　彩笺书尽浣溪红[6]。深意难通。强欢殢(tì)酒图消遣[7]，到醒来、愁闷还重(chóng)。若是初心未改[8]，多应此意须同。

说　明

此词写相思之情，一气贯注，词人的深情与痴情毕现。

注　释

①**风入松：**古琴曲名，三国魏人嵇康所作。后用为词牌。又名《远山横》等。有双调七十二、七十三、七十四、七十六字四体，平韵。

②**心心念念：**犹言“念念不忘”，即心里老是想着。

③**难拚：**难以舍弃。拚，舍弃。

④**擘钗、分钿：**情侣离别时表情的信物。语出白居易《长恨歌》：“惟将旧物表深情，钿合金钗寄将去。钗留一股合一扇，钗擘黄金合分钿。但教心似金钿坚，天上人间会相见。”擘，分开。钗，古时女子的一种首饰，由两股簪子合成。钿，古代一种镶嵌金花的首饰。钗、钿都是爱情的信物，情侣分别时，将其分成两半，人各一半，以表达彼此的相思及忠贞不贰的情意。

⑤**“却似”二句：**用刘晨阮肇事。南朝宋人刘义庆《幽冥录》载：“汉明帝永平五年，剡县刘晨、阮肇共入天台山取谷皮，迷不得返。经十三日，粮食乏尽，饥馁殆死。遥望山上，有一桃树，大有子实；而绝岩邃涧，永无登路。攀援藤葛，乃得至上。各啖数枚，而饥止体充。复下山，持杯取水，欲盥漱。见芜菁叶从山腹流出，甚鲜新，复一杯流出，有胡麻饭糁，相谓曰：‘此知去人径不远。’便共没水，逆流二三里，得度山，出一大溪，溪边有二女子，姿质妙绝，见二人持杯出，便笑曰：‘刘阮二郎，捉向所失流杯来。’晨肇既不识之，缘二女便呼其姓，如似有旧，乃相见忻喜。问：‘来何晚邪？’因邀还家。其家筒瓦屋。南壁及东壁下各有一大床，皆施绛罗帐，帐角悬铃，金银交错，床头各有十侍婢，敕云：‘刘阮二郎，经涉山岨，

向虽得琼实，犹尚虚弊，可速作食。’食胡麻饭、山羊脯、牛肉，甚甘美。食毕行酒，有一群女来，各持五三桃子，笑而言：‘贺汝婿来。’酒酣作乐，刘阮忻怖交并。至暮，令各就一帐宿，女往就之，言声清婉，令人忘忧。至十日后欲求还去，女云：‘君已来是，宿福所牵，何复欲还邪？’遂停半年。气候草木是春时，百鸟啼鸣，更怀悲思，求归甚苦。女曰：‘罪牵君，当可如何？’遂呼前来女子，有三四十人，集会奏乐，共送刘阮，指示还路。既出，亲旧零落，邑屋改异，无复相识。问讯得七世孙，传闻上世入山，迷不得归。至晋太元八年，忽复去，不知何所。”

⑥**浣溪**：浣花溪，在成都西郊。唐人薛涛命匠人取浣花溪水造纸，为深红彩笺，名“浣花笺”，又名“薛涛笺”。

⑦**殢酒**：沉湎于酒。

⑧**初心**：本意，本愿。

译文

心里老是回忆当初的相逢。我们的别恨谁更浓？难以排除的烦恼，就是当初分别得太过匆匆。却像那刘阮迷失了桃源之路，看着落花，徒然追念着从前的行踪。

浣花溪水制造的深红彩笺，已被我写完。可心中深微的用意还是难传。强颜欢笑，沉湎于酒，想图个消遣。可等到醒来，愁闷又爬上我的心头。如果你初心未改，多半应该与我此意相同。

词评

写别后情怀，通首一气呵成，若明珠走盘，一丝萦曳。结句是其着眼处。

——俞陛云《唐五代两宋词选释》

黄庭坚（一首）

黄庭坚（1045—1105），洪州分宁（今江西修水）人，字鲁直，号山谷道人，晚号涪翁。英宗治平四年（1067）进士。仕英宗、神宗、哲宗、徽宗四朝。受教于苏轼，与张耒、晁补之、秦观并称“苏门四学士”。黄庭坚工诗词，擅书法。诗歌上，他是江西诗派的开山大师，诗中常用僻典，押险韵，作拗句，形成了一种生新瘦硬的诗风，与杜甫、陈师道、陈与义有“一祖三宗”之称。与苏轼并称“苏黄”。黄庭坚的词，风格疏宕，亦有俚俗之作。与秦观并称“秦七黄九”。书法上独具造诣，与苏轼、米芾、蔡襄并称“宋四家”。有《山谷词》。

清平乐

春归何处。寂寞无行路。若有人知春去处。唤取归来同住[1]。

春无踪迹谁知。除非问取黄鹂[2]。百啭(zhuàn)无人能解[3]，因风飞过蔷薇[4]。

说　明

此词写惜春之情，语浅情深。薛砺若《宋词通论》对此词评价极高，认为："通体无一句不俏丽，而结句'百啭无人能解，因风飞过蔷薇'，不独妙语如环，而意境尤觉清逸，不着色相。为《山谷词》中最上上之作，即在两宋一切作家中，亦找不着此等隽美的作品。"

注　释

①**唤取：**唤来。取，语气助词，无实义。

②**问取：**询问。取，语气助词，无实义。

③**百啭：**鸟的鸣叫声婉转多样。啭，鸟婉转地鸣叫。

④**因：**趁，乘。**蔷薇：**植物名。花白色或淡红色，有芳香。果实可以入药。

译　文

春天归去了。它去了何处？冷冷清清，找不到春归去的路。若有人知道春天的去处，一定要呼请春天归来，与我们同住。

春无踪无迹，谁能知晓它去了何方？除非去问黄鹂。黄鹂的鸣声婉转多样，却没有人能够理解。只见黄鹂趁着风，飞过了蔷薇。

词　评

"赶上和春住"，"唤取归来同住"，千古一对情痴，可思而不可解。

——明・沈际飞《草堂诗余四集・别集》

李之仪（一首）

李之仪（生卒年不详），字端叔，晚号姑溪居士、姑溪老农。沧州无棣（今属山东）人，一说为乐寿（今属河北）人。师事范纯仁。神宗熙宁六年（1073）进士。元丰六年（1083），辟祭奠高丽国使书状官。后从苏轼于定州幕府。仕神宗、哲宗、徽宗三朝，官终朝请大夫。诗、词、文并工，尤擅尺牍。有《姑溪居士集》。有《姑溪词》一卷，存词九十四首。

卜算子

我住长江头，君住长江尾。日日思君不见君，共饮长江水。

此水几时休，此恨何时已[1]。只愿君心似我心，定不负相思意。

说明

这是一首描写相思之情的小词，颇具民歌风味。

注释

①**已：**止，停止。《诗经·郑风·风雨》："风雨如晦，鸡鸣不已。"郑玄笺："已，止也。"

译文

我住在长江头，你住在长江尾。我日日思念你，却见不到你。我们共同饮着长江的水。

这江水几时能流尽？这愁恨何时能停息？只希望你的心像我的心一样，那样定不会辜负了我的相思之意。

词评

清雅芊绵，如读古乐府。结得又苦恼又温厚。

——清·陈廷焯《云韶集》

●日日思君不见君，共饮长江水

秦观（四首）

秦观（1049—1100），字少游，一字太虚，号淮海居士，高邮（今属江苏）人。少年豪俊，博览群籍，喜读兵家，慷慨溢于文辞。神宗元丰八年（1085）进士，授蔡州教授。哲宗元祐六年（1091），任秘书省正字，兼国史院编修官。与黄庭坚、张耒、晁补之同时供职史馆，人称“苏门四学士”。绍圣元年（1094），哲宗亲政后，“新党”执政，秦观与苏轼等“旧党”之人一同遭贬。秦观出为杭州通判，道贬处州，后徙郴州，编管横州，又徙雷州。贬谪生涯历时七年。哲宗驾崩，徽宗即位，谪臣多被召回。元符三年（1100），秦观放还，至藤州卒。秦观诗文词兼通。有《淮海居士长短句》。其词清丽和婉，多为描写恋情和感怀身世之作，情韵兼胜。

鹊桥仙①

纤云弄巧②，飞星传恨，银汉迢迢暗度③。金风玉露一相逢④，便胜却、人间无数。　柔情似水⑤，佳期如梦，忍顾鹊桥归路⑥。两情若是久长时，又岂在、朝朝暮暮。

说　明

此词歌颂纯洁永恒的爱情，末二句颇见新意，在七夕词中别具一格。

注　释

①**鹊桥仙**：词牌名，多咏牛郎、织女七夕相会事。又名《鹊桥仙令》《广寒秋》《金风玉露相逢曲》等。《风俗记》：“七夕，织女当渡河，使鹊为桥。”因取以为曲名。

②**纤云**：轻云，纤薄的云朵。**弄巧**：指云彩变幻成各种巧妙的花样。

③**银汉**：指银河。晴天的夜晚，大量恒星构成银白色的光带在天空呈现，故谓银河，古亦称云汉，又名天河、天汉、星河。**暗度**：即暗渡，悄悄渡过。南朝宋人东阳无疑《齐谐记》：“天河之东，有织女，天帝之孙也，勤习女工，容貌不暇整理。帝怜其独处，许嫁河西牵牛郎。嫁后竟废女工。帝怒，令归河东，惟七夕一会。”南朝梁人吴均《续齐谐记》：“桂阳成武丁，有仙道，常在人间。忽谓其弟曰：‘七月七日，织女当渡河，诸仙悉还宫。吾向已被召，不得停，与尔别矣。’弟问曰：‘织女何事渡河？兄何当还？’答曰：‘织女，天之真女也，暂诣牵牛。吾后三年当还。’明旦，失武丁所在。世人至今犹云：‘七月七日，织女嫁牵牛。’”

④**金风玉露**：秋风和白露。此处借指秋风和白露的时节，即秋天。

⑤**柔情似水**：温情似水一样。形容情意缠绵不断。化用寇准《夜度娘》：“日落汀洲一望时，柔情不断如春水。”

⑥**忍顾**：怎么忍心回头看。

译　文

纤薄的云朵变幻着巧妙的花样，飞驰的流星传递着相思的愁恨，牵牛织女悄悄渡过那遥远绵长的银河。他们在这秋风白露的时节一相逢，就胜过人世间无数次的会面。

柔情像流水一样绵长，但美好的相会却如梦一般短暂。怎么忍心回头看那归去的鹊桥路？两个人的情意若是久驻长存，又哪里在乎朝朝暮暮都在一起。

词　评

相逢胜人间，会心之语。两情不在朝暮，破格之谈。七夕歌以双星会少别多为恨，独少游此词谓“两情若是久长时”二句，最能醒人心目。

——明·李攀龙《草堂诗余隽》

●纤云弄巧，飞星传恨

满庭芳[1]

山抹微云，天连衰草，画角声断谯门[2]。暂停征棹，聊共引离罇(zūn)[3]。多少蓬莱旧事[4]，空回首、烟霭纷纷。斜阳外，寒鸦万点，流水绕孤村。　销魂[5]。当此际，香囊暗解[6]，罗带轻分[7]。谩(màn)赢得，青楼薄幸名存[8]。此去何时见也，襟袖上、空惹啼痕。伤情处，高城望断，灯火已黄昏[9]。

说　明

此词作于元丰二年（1079），虽为赠别之作，却隐含着身世之感。时秦观已年过而立，尚未及第，“谩赢得，青楼薄幸名存”二句，可见其感慨。宋人严有翼《艺苑雌黄》：“程公辟守会稽，少游客焉，馆之蓬莱阁。一日，席上有所悦，自尔眷眷不能忘情，因赋长短句。所谓‘多少蓬莱旧事，空回首、烟霭纷纷’是也。”

注　释

①**满庭芳**：词牌名，取自唐人柳宗元《赠江华长老》："偶地即安居，满庭芳草积。"有平韵、仄韵二体。平韵的，别名《满庭霜》《锁阳台》等。

②**画角**：古代的一种管乐器。传自西羌。形如竹筒，本细末大，因表面有彩绘，故称画角。发声亢厉，常用于晨昏报时或报警。**谯门**：建有瞭望楼的城门。

③**罇**：同"樽"。古代盛酒的器具。

④**蓬莱**：蓬莱阁，吴越王钱镠所建，在今浙江省绍兴市卧龙山下。宋人张淏《会稽续志》："蓬莱阁在设厅之后卧龙山下，吴越镠所建。淳熙元年其八世孙端礼重修。其名以蓬莱者，旧志云：'蓬莱山正偶会稽。'元微之诗云：'谪居犹得小蓬莱。'钱公辅诗云：'后人慷慨慕前修，高阁雄名由此起。'故云。"

⑤**销魂**：灵魂离开肉体，神情恍惚之状。这里形容极度悲伤哀愁。

⑥**香囊**：盛香料的小口袋，带在身上或悬于帐内以为饰物。

⑦**罗带**：丝织的衣带。

⑧**"谩赢得"二句**：用杜牧《遣怀》"十年一觉扬州梦，赢得青楼薄幸名"句意。谩，通"漫"。张相《诗词曲语辞汇释》卷二："漫，本为漫不经意之漫，为聊且义或胡乱义，转变而为徒义或空义。"谩赢得，空落得。

⑨**"高城"二句**：用唐人欧阳詹《初发太原途中寄太原所思》"高城已不见，况复城中人"句意。

译　文

山间飘荡着微薄的云，枯衰的草连到天边，城门上的画角声已不再响。暂时停下远行的船，姑且和你一同举起离别的酒杯。蓬莱阁中多少往事，枉自回想，仿佛云雾纷茫。夕阳西下的边际之外，只见寒鸦万点，还有一道流水，绕过孤寂的村庄。

多么令人悲伤。在此时，轻轻地解开罗带，悄悄地解下带间香囊。徒然落得青楼薄幸的名声传扬。这一去，何时才能再次相会啊，衣襟袖口上，枉自沾染了泪行。感伤之际，我久久地望着那高大的城墙，已是灯火初上，日落昏黄。

词　评

秦观少游亦善为乐府，语工而入律，知乐者谓之作家歌，元丰间盛行于淮、楚。"寒鸦千万点，流水绕孤村"，本隋炀帝诗也，少游取以为《满庭芳》词，而首言"山抹微云，天连衰草"，尤为当时所传。苏子瞻于四学士中最善少游，故他文未尝不极口称善，岂特乐府？然尤以气格为病，故尝戏云："山抹微云秦学士，露华倒影柳屯田。""露华倒影"，柳永《破阵子》语也。

——宋·叶梦得《避暑录话》

望海潮[1]

梅英疏淡[2]，冰澌(sī)溶泄[3]，东风暗换年华。金谷俊游[4]，铜驼巷陌[5]，新晴细履平沙。长记误随车[6]。正絮翻蝶舞，芳思交加。柳下桃蹊[7]，乱分春色到人家。　西园夜饮鸣笳[8]。有华灯碍月，飞盖妨花[9]。兰苑未空[10]，行人渐老，重来是事堪嗟(jiē)[11]。烟暝酒旗斜(xié)。但倚楼极目，时见栖鸦。无奈归心，暗随流水到天涯[12]。

说　明

此为感旧之作，作于绍圣元年（1094）春。当时哲宗亲政，新党复起，秦观以影附苏轼的罪名被贬，即将离京。

注　释

①**望海潮**：词牌名，柳永创制。

②**梅英**：梅花。

③**冰澌溶泄**：冰块溶解流动。冰澌，解冻时流动的冰。

④**金谷**：古地名。在今河南洛阳市。晋人石崇筑园于此，世称金谷园。北魏人郦道元《水经注·谷水》："谷水又东，左会金谷水，水出太白原，东南流历金谷，谓之金谷水。东南流经晋卫尉卿石崇之故居。"这里用以借指汴京风物。**俊游**：快意地游赏。

⑤**铜驼巷**：汉时洛阳宫门南四会道口，曾有两只铜铸的骆驼夹道相对，因而得名铜驼巷。此处用以借指汴京风物。

⑥**误随车**：不知不觉跟错了他人的车子。语出韩愈《嘲少年》："只知闲信马，不觉误随车。"

⑦**桃蹊**：桃树下的小路。典出《史记·李广列传》："谚曰：'桃李不言，下自成蹊。'"

⑧**西园**：北宋驸马都尉王诜之园第。元祐间，王诜曾邀诸名士游园，秦观即在其中。**鸣笳**：即笳笛，古管乐器名。

⑨**飞盖**：车盖，高高的车篷。

⑩**兰苑**：美丽的园林，这里指西园。

⑪**是事**：凡事，事事。

⑫**天涯**：犹言天边。形容极远的地方。《古诗十九首·行行重行行》："相去万

余里，各在天一涯。”

译　文

梅花疏疏淡淡，冰块溶解流泄，东风悄悄地改换了年华。当年，我曾在金谷快意地游赏。铜驼巷陌，天刚刚放晴，我轻轻地踏着地上那平坦的沙。我一直记得跟错车子的事。那时正是絮翻蝶舞的时节，美妙的情思在我的心头错杂交加。柳荫和桃蹊，胡乱地将春色分给周边人家。

西园夜饮时，我们听着鸣笳。当时，有华丽的灯遮住了月光，高高的车篷挡住了繁花。美丽的西园还没有空，行人却渐渐老去。我再次来到，凡事都足以令我叹嗟。黄昏的烟霭中，酒旗斜招。我倚着楼，极目远眺，时时见到归来栖息的乌鸦。万般无奈中，我的思归之心，悄悄随着流水到天涯。

词　评

此首述游踪，情韵极胜。起三句，点明时令景物。初言梅落，继言冰泮。“东风”一句，略束。“暗换”二字，已有惊叹之意。“金谷”三句，叙出游。“新晴细履平沙”，可见天气之佳，与人之闲适。“长记”一句，触景陡忆。自此至“飞盖妨花”，皆回忆当日之盛况。“正絮翻”四句总束，设想奇绝。“西园”三句，写当日夜饮之乐。“华灯碍月”，是灯光如昼也；“飞盖妨花”，是嘉宾如云也；“夜饮鸣笳”，是鼓吹沸天也，炼字琢句，精美绝伦。信乎谭复堂称其似“陈、隋小赋”也。“兰苑”以下，转笔伤今，化密为疏，又觉空灵荡漾，余韵不尽。今者名园犹昔，而人来已老，追想当日风流，能无嗟叹。“烟暝”三句，是目前冷落景象，正与当日西园盛况对照。所见酒旗、栖鸦、流水，皆在堪嗟之事。末以思归之意作结，颇有四顾苍茫之感。读此词令人怅惘无家。盖少游纯以温婉和平之音，荡人心魄，与屯田、东坡之使气者又不同也。

——唐圭璋《唐宋词简释》

踏莎(suō)行

雾失楼台，月迷津渡。桃源望断无寻处[1]。可堪孤馆闭春寒，杜鹃声里斜阳暮[2]。　驿寄梅花[3]，鱼传尺素[4]。砌成此恨无重数。郴(chēn)江幸自绕郴山，为谁流下潇湘去[5]。

说　明

此为秦观名作，于绍圣四年（1097）暮春作于郴州（今湖南郴州）贬所。抒写贬谪心情，沉痛无比。

注释

①**桃源**：即桃花源，典出晋人陶潜《桃花源记》。指避世隐居的地方，也指理想的生活场所。

②**杜鹃**：鸟名。又名杜宇、子规，相传是蜀帝杜宇的魂魄所化。常在夜间鸣叫，声音凄切。春末夏初，常昼夜啼鸣。

③**驿寄梅花**：即寄送梅花表达情意。南朝宋人陆凯《赠范晔》云："折梅逢驿使，寄与陇头人。江南无所有，聊赠一枝春。"

④**鱼传尺素**：传递书信或收到朋友问候之意。汉人无名氏《饮马长城窟行》："客从远方来，遗我双鲤鱼。呼儿烹鲤鱼，中有尺素书。"

●雾失楼台，月迷津渡

⑤**"郴江"二句**：郴江，即郴水。清人顾祖禹《读史方舆纪要》谓郴水在"州东一里，一名郴江，源发黄岑山，北流经此……下流会耒水及白豹水入湘江"。幸自，本来是。潇湘，湘江在湖南零陵县西与潇水合流，称潇湘。另外，湘江别称潇湘，因湘江水清深故名。关于"郴江"二句的含义，历来众说纷纭，莫衷一是。有说是秦观后悔当年不该背井离乡走入仕途，走入仕途后又不该莫名其妙地被卷入党争的旋涡；也有说是秦观以郴江自喻、以郴山喻朝廷，表达对朝廷是非不分的愤懑；还有说是秦观感叹郴江的水都耐不住寂寞，流下潇湘去了，而自己却仍然在孤馆中承受着料峭春寒；也有说是秦观感叹郴江的水都能北上潇湘而流，而自己却要被贬到南方更远的横州去；也有说是秦观因自己忠而见疑，信而被谤，故对无情之天地造物，发出究诘与呼号；也有说是秦观以不合常理的方式，以"郴江""郴山"喻人之分别，表达自己与亲人离别无穷之恨；也有说"郴江""郴山"是秦观以贬地景物借喻自己和恋人相恋的无奈，还包含着世上事不尽如人意之哲理意味，具有多义性；也有说是秦观以郴江自喻、以郴山喻苏轼，表达虽遭贬谪仍无怨无悔的师生情……据说苏轼极喜这两句，书之于扇。秦观死后，苏轼长叹道："少游已矣，虽万人何赎！"（宋人释惠洪《冷斋夜话》）

译文

雾气迷蒙，望不见楼台；月色昏暗，看不清渡口。我久久地向远处眺望，却找不到桃源在何方。怎能忍受在春寒料峭中独居孤馆？杜鹃声中，夕阳西下，天色已晚。

远方友人的来信，堆砌成了我无数重的愁恨。郴江本来是绕着郴山流的，它是为了谁流下潇湘去呢？

词 评

少游坐党籍，安置郴州。首一阕是写在郴，望想玉堂天上，如桃源不可寻，而自己意绪无聊也。次阕言书难达意，自己同郴水自绕郴山，不能下潇湘以向北流也。语意凄切，亦自蕴藉，玩味不尽。“雾失”“月迷”，总是被谗写照。

——清·黄苏《蓼园词评》

贺铸（三首）

贺铸（1052—1125），字方回，祖籍越州山阴（今浙江绍兴），出生于卫州（今河南卫辉）。宋太祖孝惠皇后五代族孙。以唐人贺知章为远祖，因知章居庆湖（即镜湖），故自号“庆湖遗老”。初以外戚恩为右班殿直，官监军器库门、临城酒税、徐州宝丰监等。哲宗元祐六年（1091），以李清臣、苏轼等荐，转文职。徽宗时，曾任泗州、太平州通判。晚年退居苏州，杜门校书。宣和七年（1125），卒于常州。长于诗文，自编《庆湖遗老诗集》（前后集），前集九卷传世。词集有《东山词》。长相奇丑，人称“贺鬼头”，但其词却“雍容妙丽，极幽闲思怨之情”（宋人程俱《北山小集·贺方回诗序》），内容多刻画闺情离思，亦有感怀身世之作。风格多样，或缠绵，或悲壮，兼豪放、婉约之长。

横塘路①

凌波不过横塘路②。但目送、芳尘去。锦瑟华年谁与度③。月桥花院，琐窗朱户④。只有春知处。　飞云冉冉蘅皋(héng gāo)暮⑤。彩笔新题断肠句⑥。若问闲情都几许⑦。一川烟草⑧，满城风絮。梅子黄时雨⑨。

说 明

此词表面上写相思，实写悒悒不得志的心情。末三句尤为人传诵，贺铸因此博得了“贺梅子”的雅号。大概作于徽宗建中靖国元年（1101），时贺铸为母亲服丧，停官寓居苏州。宋人龚明之《中吴纪闻》：“贺铸……徙姑苏之醋坊桥……有小筑在盘门之南十余里，地名横塘，方回往来其间，尝作《青玉案》词。”

注释

①**横塘路**：即《青玉案》。青玉案，词牌名，取自汉人张衡《四愁诗》：“美人赠我锦绣段，何以报之青玉案。”又名《横塘路》《西湖路》，双调六十七字，前后阕各五仄韵，上去通押。横塘，地名，在江苏省吴县西南。一说在苏州盘门外。

②**凌波**：比喻美人步履轻盈飘逸，如乘碧波而行。语出曹植《洛神赋》：“凌波微步，罗袜生尘。”

③**锦瑟华年谁与度**：意谓与谁共同度过这美好的时期。锦瑟华年，指美好的青春时期。锦瑟，装饰华美的瑟。唐人李商隐《锦瑟》：“锦瑟无端五十弦，一弦一柱思华年。”谁与度，与谁相伴度过。杜甫《有怀台州郑十八司户》云：“呼号傍孤城，岁月谁与度。”

④**琐窗**：刻有连续图案的窗棂。连琐，玉制小连环，动则声音清澈而细碎。琐，一作“锁”。

⑤**蘅皋**：长有香草的沼泽。曹植《洛神赋》：“尔乃税驾乎蘅皋，秣驷乎芝田。”

⑥**彩笔**：指辞藻富艳的文笔。南朝梁人钟嵘《诗品》：“初，（江）淹罢宣城郡，遂宿冶亭，梦一美丈夫，自称郭璞，谓淹曰：‘我有笔在卿处多年矣，可以见还。’淹探怀中，得五色笔以授之。尔后为诗，不复成语，故世传‘江淹才尽’。”

⑦**若问**：一作“试问”。**都**：算来。

⑧**一川**：一片，满地。

⑨**梅子黄时雨**：江浙一带四五月间梅子成熟时常多连绵之雨，俗称“梅雨”。宋人陆佃《埤雅》云：“今江湘二浙四五月之间，梅欲黄落则水润土溽，础壁皆汗，蒸郁成雨，其霏如雾，谓之梅雨。”

飞云冉冉蘅皋暮

译文

她轻盈的步履没有越过横塘路，我只能目送她芬芳的踪迹远去。美好的年华与谁共度？月下桥边的花院里，琐窗红门的小室中，只有春天才知道这些去处。

飞动的云朵变幻迷离，长有香草的沼泽上暮色渐起。我用辞藻富丽的文笔，刚刚写下断肠的词句。若问我的闲情算来有多少，就像那烟雾笼罩的遍地的草丛，飞舞于风中的满城的柳絮，梅子黄时霏霏如雾的细雨。

词评

贺方回《青玉案》词收四句云："若问闲情都几许？一川烟草，满城风絮。梅子黄时雨。"其末句好处全在"若问"句呼起，及与上"一川"二句并用耳。或以方回有"贺梅子"之称，专赏此句误矣。且此句原本寇莱公"梅子黄时雨如雾"诗句，然则何不目莱公为"寇梅子"耶？

——清·刘熙载《艺概》

半死桐[1]

重过阊(chāng)门万事非[2]。同来何事不同归[3]。梧桐半死清霜后[4]，头白鸳鸯失伴飞。　原上草，露初晞(xī)[5]。旧栖新垅两依依[6]。空床卧听(tìng)南窗雨，谁复挑灯夜补衣。

说明

此为旧地重游悼念亡妻之作，哀婉凄绝，催人泪下。大概作于宋徽宗建中靖国元年（1101），时贺铸年五十。哲宗元符元年（1098）六月后，至徽宗建中靖国元年九月前，贺铸为母亲服丧，停官寓居苏州，其间曾北行。其夫人赵氏可能去世于北行前，本篇当作于北行返归后。

注释

①**半死桐**：即《鹧鸪天》。鹧鸪天，词牌名。又名《思佳客》《醉梅花》《剪朝霞》《骊歌一叠》等。或说调名取自唐人郑嵎"春游鸡鹿塞，家在鹧鸪天"诗句。

②**阊门**：城门名，即苏州城西门。

③**"同来"句**：唐人徐月英《送人》："惆怅人间万事违，两人同去一人归。生憎平望亭前水，忍照鸳鸯相背飞。"宋人蔡确《悼侍儿》："鹦鹉言犹在，琵琶事已非。伤心瘴江水，同渡不同归。"贺铸的夫人赵氏卒于苏州，故云"同来何事不同归"。何事，为何，为什么。

④**梧桐半死**：比喻丧偶。汉人枚乘《七发》："龙门之桐……其根半死半生……斫斩以为琴……飞鸟闻之，翕翼而不能去；野兽闻之，垂耳而不能行……此亦天下之至悲也。"

⑤**露初晞**：草上露水易干，比喻生命短暂。汉乐府《薤露》："薤上露，何易晞！露晞明朝更复落，人死一去何时归？"晞，干。

⑥**旧栖新垅：**旧居新坟。

译　文

再次走过苏州城门，一切事物都已不是从前的样子。你与我一同来到这里，为什么不一同归去？寒霜过后，梧桐死了一半；头白的鸳鸯，失去了同飞的伴侣。

原上的草，露水初干。我与你，一在旧居，一在新坟，彼此依恋。躺在空荡荡的床上，听着雨打南窗的声音。谁还会点起灯盏，在夜里为我缝补衣衫？

词　评

此在悼亡词中，情文相生，等于孙楚。“鸳鸯”句，与潘安仁诗“如彼翰林鸟，双飞一朝只”正同。下阕从“新垅”“旧栖”见意。“原上草”二句，悲“新垅”也。“空床”二句，悲“旧栖”也。郭频枷词“挑灯影里，还认那人无睡”，宜其抚寒衣而陨涕矣。

——俞陛云《唐五代两宋词选释》

芳心苦①

杨柳回塘②，鸳鸯别浦③。绿萍涨断莲舟路④。断无蜂蝶慕幽香⑤，红衣脱尽芳心苦⑥。　返照迎潮，行云带雨。依依似与骚人语⑦。当年不肯嫁春风⑧，无端却被秋风误⑨。

说　明

此词借咏荷，写出了自己孤高的品格、年华虚度的感伤以及才不见用的苦衷。

注　释

①**芳心苦：**即《踏莎行》。踏莎行，词牌名，取自唐人陈羽《过栎阳山溪》：“众草穿沙芳色齐，踏莎行草过春溪。”又名《柳长春》《喜朝天》《踏雪行》等。

②**回塘：**此处指曲折的堤岸。

③**别浦：**河流入江海之处。

④**绿萍：**绿色的浮萍。浮萍，浮生在水面上的一种草本植物。**莲舟：**采莲的船。

⑤**断无：**绝无。唐人李商隐《无题》：“曾是寂寥金烬暗，断无消息石榴红。”**幽香：**清淡的香气。

⑥**红衣：**此指荷花的红色花瓣。唐人赵嘏《长安晚秋》：“紫艳半开篱菊静，红衣落尽渚莲愁。”**芳心苦：**指莲子心味苦。

⑦**依依：**依稀、隐约貌。**骚人：**屈原作《离骚》，因称屈原或《楚辞》作者为“骚

人”。此处指失意的文人。

⑧“当年”句：化用自唐人韩偓《寄恨》云：“莲花不肯嫁春风。”

⑨无端：无缘无故。

译　文

曲折的堤岸上，遍植杨柳。鸳鸯嬉戏在别浦。绿色的浮萍涨起，阻断了采莲小舟的来路。这里绝没有爱慕荷花幽香的蜂蝶。荷花瓣褪尽，结出的莲子是那样苦。

夕阳的余晖，似在迎接着晚潮。流动的云，带来了一阵雨。凋零的荷花，仿佛在对我这个失意文人说：“当年我不肯在春风中绽放，如今却无缘无故地被秋风所误！”

词　评

此词应有所指，《骚》情《雅》意，哀怨无端，读者亦不自知何以心醉也。

——清·陈廷焯《词则·大雅集》

仲殊（二首）

仲殊（生卒年不详），俗姓张，名挥，字师利，仲殊为法号。安州（今湖北安陆）人。初为士人，其妻以药毒之，他几乎丧命，遂弃家为僧。住苏州承天寺、杭州宝月寺。食蜜解毒，自云嗜蜜，人称“蜜殊”。与苏轼友善。徽宗崇宁（1102—1106）中自缢而亡。有《宝月集》，已佚，今有赵万里辑本。

南歌子[①]

十里青山远，潮平路带沙[②]。数声啼鸟怨年华。又是凄凉时候、在天涯[③]。　白露收残暑，清风衬晚霞。绿杨堤畔闹荷花。记得年时沽(gū)酒[④]、那人家。

说　明

此词于羁旅之愁中，流露出怀旧之思。

注　释

①南歌子：唐教坊曲名，后用为词牌。有单调、双调。单调二十三字或二十六字，

平韵，又名《春宵曲》《水晶帘》《碧窗梦》。双调五十二字，又有平韵、仄韵两体。又名《南柯子》《望秦川》《风蝶令》。此词曲调本属南音，故名《南歌子》。唐人另有《南歌子词》，单调二十字，平韵，即五言绝句，与此调不同。

②**潮平**：满潮。

③**天涯**：犹云天边。形容极远的地方。《古诗十九首·行行重行行》："相去万余里，各在天一涯。"

④**年时**：当年，往年时节。**沽酒**：买酒。

●十里青山远，潮平路带沙

译　文

远处的青山绵延十里。潮水涨平，路上带着薄沙。啼鸟数声，似在哀叹着流逝的年华。又是凄凉的时候，我远在天涯。

白露收尽残暑，清风衬着晚霞。绿杨堤畔，满眼都是盛开的荷花。我还记得当年买酒的那户人家。

词　评

"白露"两句，初唐律诗。"沽酒那人家"，情思都在那里面。

——明·沈际飞《草堂诗余正集》

柳梢青[1]

吴　中

岸草平沙。吴王故苑[2]，柳袅(niǎo)烟斜[3]。雨后寒轻，风前香软，春在梨花。　行人一棹(zhào)天涯[4]。酒醒处、残阳乱鸦。门外秋千，墙头红粉[5]，深院谁家。

说　明

此词写江南春景，其中透着羁旅之愁、怀古之思。

注释

①**柳梢青**：词牌名。又名《陇头月》《早春怨》等。双调四十九字或五十字，有平韵、仄韵两体。

②**吴王**：指春秋吴国之主。亦特指吴王夫差。

③**袅**：柔美，随风摆动的样子。

④**棹**：划船的工具，形状似桨。也泛指船桨。此处指代船。**天涯**：犹天边。形容极远的地方。《古诗十九首·行行重行行》："相去万余里，各在天一涯。"

⑤**红粉**：女子化妆用的胭脂和铅粉。借指女子。

译文

岸边平坦的沙地上，芳草绵延。旧时吴王的宫苑里，柳枝婀娜，烟雾斜飘。雨后微微的寒意中，风送来一股柔和的香。原来春意，在那梨花上。

行人孤棹，远泊天涯。酒醒之处，只见夕阳余晖中，有几点零乱的栖鸦。有架秋千荡出了门外，墙头上露出了女孩子的倩影。那是谁家的深院？

词评

"残阳乱鸦"，着色疑有化工。

——明·沈际飞《草堂诗余正集》

晁补之（一首）

晁补之（1053—1110），字无咎，号济北，自号"归来子"。济州巨野（今属山东）人。十七岁随父至杭州，著《七述》以谒苏轼，苏轼自叹不如，由是知名并受学于苏轼。神宗元丰二年（1079）进士，授澶州司户参军。哲宗元祐元年（1086），召试学士院，以秘阁校理通判扬州，迁知齐州。后坐元祐党籍，先后被贬降通判应天府、亳州，又贬监处、信二州酒税。徽宗即位，召拜吏部员外郎，迁礼部郎中兼国史编修、实录检讨官。党论起，出知河中府，徙湖州、密州、果州，遂主管鸿庆宫，还家修建归来园，自号"归来子"。大观四年（1110）起知达州，改泗州，卒于任，年五十八。诗文词兼擅。与黄庭坚、秦观、张耒并称"苏门四学士"。有《鸡肋集》《晁氏琴趣外编》。

盐角儿[1]

亳(bó)社观梅[2]

开时似雪。谢时似雪。花中奇绝[3]。香非在蕊，香非在萼(è)[4]，骨中香彻。　　占溪风，留溪月。堪羞损、山桃如血[5]。直饶更(gèng)[6]、疏疏淡淡，终有一般情别。

说　明

此词通过咏梅，寄寓了自己高洁的品格。作于绍圣三年（1096）初春，时晁补之任亳州（今安徽亳州）通判。

注　释

①**盐角儿：**词牌名。北宋人据包盐纸角中曲谱填词，故名。双调五十字，仄韵。宋人王灼《碧鸡漫志·盐角儿》："盐角儿，《嘉祐杂志》云：梅圣俞说，始教坊家人市盐，于纸角中得一曲谱，翻之，遂以名，今双调《盐角儿令》是也。欧阳永叔尝制词。"

②**亳社：**此处指亳州（今安徽亳州）的社日。社日，即古时春、秋两次祭祀土神的日子，一般在立春、立秋后第五个戊日。此处指春社。

③**奇绝：**奇妙非常。

④**萼：**环列在花的最外面一轮的叶状薄片，有保护花芽的作用。

⑤**山桃：**野生桃树。

⑥**直饶：**纵使，即使。

译　文

开时像雪，谢时像雪，在花中，它奇妙非常。香不在花蕊，香不在花萼，香在骨子里。

它的清香，飘满了溪边的风，留住了溪上的月。足以令血红的山桃花羞煞。纵使它枝叶稀疏、花色轻淡，也终究有一种特别的情味。

词　评

各家梅花词，不下千阕，然皆互用梅花故事缀成，独晁无咎补之不持寸铁，别开生面，当为梅花第一词。《盐角儿》云（略）。

——清·李调元《雨村词话》

周邦彦（六首）

周邦彦（1056—1121），字美成，号清真居士，钱塘（今浙江杭州）人。神宗元丰六年（1083），献《汴都赋》赞颂新法，神宗异之。元丰七年（1084），为太学正。哲宗元祐二年（1087）出为庐州教授。元祐八年（1093），知溧水县。还为国子监主簿。元符元年（1098），除秘书省正字。徽宗即位，为校书郎，迁考功员外郎，卫尉、宗正少卿，兼议礼局检讨。后提举大晟府。出知顺昌府，徙处州。提举南京鸿庆宫。宣和三年（1121）卒。周邦彦精通音律，能自度曲。工诗擅词，其词格律谨严，多写闺情旅思，词风典丽精工。所著《清真先生文集》《清真杂著》等皆佚，有《清真集》（又名《片玉词》）传世。

玉楼春

桃溪不作从容住[1]。秋藕绝来无续处。当时相候赤阑桥[2]，今日独寻黄叶路。　烟中列岫青无数[3]。雁背夕阳红欲暮[4]。人如风后入江云，情似雨余黏地絮。

说　明

此为重游旧地，怅触前情之作。全词多用对偶，凝重之中不失流动之姿。一说为元祐四年（1089）庐州（今安徽合肥）任满，临别时所作。一说为怀念少年情事之作。

注　释

①**“桃溪”句**：用刘晨阮肇事。东汉刘晨、阮肇入天台采药，于桃花溪边遇仙女，留居半年而返。见南朝宋人刘义庆《幽冥录》：“汉明帝永平五年，剡县刘晨、阮肇共入天台山取谷皮，迷不得返。经十三日，粮食乏尽，饥馁殆死。遥望山上，有一桃树，大有子实；而绝岩邃涧，永无登路。攀援藤葛，乃得至上。各啖数枚，而饥止体充。复下山，持杯取水，欲盥漱。见芜菁叶从山腹流出，甚鲜新，复一杯流出，有胡麻饭糁，相谓曰：‘此知去人径不远。’便共没水，逆流二三里，得度山，出一大溪，溪边有二女子，姿质妙绝，见二人持杯出，便笑曰：‘刘阮二郎，捉向所失流杯来。’晨肇既不识之，缘二女便呼其姓，如似有旧，乃相见忻喜。问：‘来何晚邪？’因邀还家。其家筒瓦屋。南壁及东壁下各有一大床，皆施

绛罗帐，帐角悬铃，金银交错，床头各有十侍婢，敕云：'刘阮二郎，经涉山岨，向虽得琼实，犹尚虚弊，可速作食。'食胡麻饭、山羊脯、牛肉，甚甘美。食毕行酒，有一群女来，各持五三桃子，笑而言：'贺汝婿来。'酒酣作乐，刘阮忻怖交并。至暮，令各就一帐宿，女往就之，言声清婉，令人忘忧。至十日后欲求还去，女云：'君已来是，宿福所牵，何复欲还邪？'遂停半年。气候草木是春时，百鸟啼鸣，更怀悲思，求归甚苦。女曰：'罪牵君，当可如何？'遂呼前来女子，有三四十人，集会奏乐，共送刘阮，指示还路。既出，亲旧零落，邑屋改异，无复相识。问讯得七世孙，传闻上世入山，迷不得归。至晋太元八年，忽复去，不知何所。"桃溪，一说为合肥地名。《大明一统志》："桃溪在庐州府舒城县北二十五里，发源自六安州界河，流入巢湖。"一说为杭州地名。《万历杭州志》："栖霞岭有水一道，名桃溪。"

②**赤阑桥：**红色栏杆的桥。阑，同"栏"。

③**岫：**山峰，峰峦。

④**"雁背"句：**语本温庭筠《春日野行》："蝶翎胡粉尽，鸦背夕阳多。"

译 文

桃溪这个地方，我没有安闲地居住下来；秋藕折断以后，无法再接续到一起。当时我们在赤阑桥上，相互等候着对方；今天我独自一人，在落满黄叶的路上徘徊寻觅。

烟霭中，青翠的山峰成列，连绵无数；雁背上，血红的夕阳绚丽，天色将暮。人如风后飘入江中的云朵，情似雨后粘在地上的柳絮。

词 评

风云入江散难聚，雨絮沾地牢不解，即"秋藕"句意，而味之有无迥别。

——明·沈际飞《草堂诗余正集》

满庭芳

夏日溧(lì)水无想山作①

风老莺雏②，雨肥梅子③，午阴嘉树清圆。地卑山近，衣润费炉烟④。人静乌鸢(yuān)自乐⑤，小桥外、新绿溅溅⑥。凭阑久，黄芦苦竹⑦，拟泛九江船⑧。　　年年。如社燕⑨，漂流瀚海⑩，来寄修椽(chuán)⑪。且莫思身外，长近尊前⑫。憔悴江南倦客，不堪听、急管繁弦⑬。歌筵畔，先安簟(diàn)枕⑭，容我醉时眠。

说 明

哲宗元祐八年（1093），周邦彦被贬任溧水令，时年三十八岁。溧水县背靠无想山，此词于游无想山时所作。全词表达了自己的宦游失意之感，却以温柔敦厚之笔写之。

注 释

①**溧水**：今南京市东南之溧水区，宋代与上元、江宁、句容、溧阳同属江宁府。江宁为古金陵，又称建康。**无想山**：在溧水县南十八里，上有无想寺，一名禅寂院，院有韩熙载读书堂。

②**风老莺雏**：语本唐人司空图《偶书五首》“色变莺雏长”，杜牧《赴京初入汴口晓景即事先寄兵部李郎中》“露蔓虫丝多，风蒲燕雏老”。

③**雨肥梅子**：语本杜甫《陪郑广文游何将军山林》：“绿垂风折笋，红绽雨肥梅。”

④**炉烟**：熏炉或香炉中的烟。

⑤**乌鸢**：乌鸦和老鹰。这里泛指鸟类。

⑥**溅溅**：流水声。

⑦**黄芦苦竹**：唐人白居易《琵琶行》：“住近湓江地低湿，黄芦苦竹绕宅生。”黄芦，枯黄的芦苇。苦竹，又名伞柄竹。笋有苦味，不能食用。

⑧**拟**：类似。**泛**：乘船浮行。**九江船**：白居易《琵琶行·序》：“元和十年，予左迁九江郡司马。明年秋，送客湓浦口，闻船中夜弹琵琶者。听其音，铮铮然有京都声。”

⑨**社燕**：燕以春社前后往北飞，秋社前后往南飞，故称社燕。春社是立春后第五戊日，秋社是立秋后第五戊日。

⑩**瀚海**：泛指边远荒寒之地。

⑪**修椽**：长椽子，即屋顶用来承瓦之长木。

⑫**“且莫思”二句**：语出杜甫《绝句漫兴九首》：“莫思身外无穷事，且尽生前有限杯。”

⑬**急管繁弦**：急促、热闹的乐器声。管、弦，管乐器与弦乐器。亦泛指乐器。

⑭**簟**：竹席或苇席。

译 文

风中，莺雏渐渐长大；雨后，梅子变肥。正午，嘉树的阴影又清又圆。这里地势低洼，又靠近山丘，所以衣衫潮湿，要花费炉烟来熏干。人静悄悄的，乌鸢自得其乐。小桥外新涨的绿水，水流溅溅。我久久地倚靠着栏杆，遍地都是黄芦苦竹，这情景好似白乐天当年泛舟于九江上。

年复一年，我如同社燕，漂流在边远荒寒之地，来寄居在长椽。暂且不要寻思身外之事，而要常常靠近酒杯前。我这个憔悴的江南倦客，不能忍受听到那急管繁弦。歌筵之畔，先安放枕席，容我酒醉时入眠。

词评

方喜“嘉树”，旋苦“地卑”；正羡“乌鸢”，又怀“芦竹”。人生苦乐万变，年年为客，何时了乎！“且莫思身外”，则一齐放下。“急管繁弦”，徒增烦恼，固不如醉眠之自在耳。词境静穆，想见襟度，柳七所不能为也。

——陈洵《海绡说词》

六丑[1]

蔷薇谢后作

正单衣试酒[2]，恨客里、光阴虚掷。愿春暂留，春归如过翼[3]，一去无迹。为(wèi)问花何在，夜来风雨，葬楚宫倾国[4]。钗钿堕处遗香泽[5]。乱点桃蹊，轻翻柳陌，多情为谁追惜。但蜂媒蝶使，时叩窗隔[6]。　东园岑寂[7]。渐蒙笼暗碧。静绕珍丛底，成叹息。长条故惹行客。似牵衣待话，别情无极。残英小、强簪(zé)巾帻[8]。终不似一朵，钗头颤袅，向人欹侧[9]。漂流处、莫趁潮汐[10]。恐断红、尚有相思字[11]，何由见得。

说明

此词名为咏物，实则借惜花自叹远宦飘零。罗忼烈《清真集笺注》：“黄蓼园谓此词盖‘自叹年老远宦，意境落寞’，庶几近是。然词中未见老年怀抱，飘零之感则满纸尽是。”

注释

①**六丑**：词牌名，周邦彦创制。宋人周密《浩然斋雅谈》：“问《六丑》之义，莫能对。急召邦彦问之，对曰：‘此犯六调，皆声之美者，然绝难歌。昔高阳氏有子六人，才而丑，故以比之。’”

②**试酒**：品尝新酿成的酒。

③**过翼**：飞鸟。

④**“为问”三句**：语本唐人韩偓《哭花》：“若是有情争不哭，夜来风雨葬西施。”楚宫倾国，此以美人喻蔷薇花。楚宫，语出《后汉书·马廖传》：“传曰：‘吴王好剑客，百姓多创瘢；楚王好细腰，宫中多饿死。’”南朝陈人徐陵《〈玉台新咏〉序》：

“楚王宫内无不推其细腰。”倾国，语出《汉书·外戚传·李夫人》：“延年侍上起舞，歌曰：‘北方有佳人，绝世而独立，一顾倾人城，再顾倾人国。宁不知倾城与倾国，佳人难再得！’”

⑤钗钿堕处：喻花落处。《新唐书·杨贵妃传》云：“遗钿堕舄，瑟瑟玑琲，狼藉于道，香闻数十里。”白居易《长恨歌》：“花钿委地无人收，翠翘金雀玉搔头。”

⑥窗隔：亦称“窗槅”。即窗上的格子。古时在上面糊纸或纱以挡风。

⑦岑寂：寂寞，孤独冷清。

⑧巾帻：头巾。

⑨欹：倾斜。

⑩潮汐：水面周期性的涨落现象。白昼的称“潮”，夜间的称“汐”，总称“潮汐”。

⑪“恐断红”句：此处用了红叶题诗之典。唐人范摅《云溪友议》卷十：“中书舍人卢渥，应举之岁，偶临御沟，见一红叶，命仆搴来。叶上有一绝句，置于巾箱，或呈于同志。及宣宗既省宫人，初下诏，许从百官司吏，独不许贡举人。渥后亦一任范阳，独获其退宫人。睹红叶而吁怨久之曰：‘当时偶题随流，不谓郎君收藏巾箧。’验其书迹，无不讶焉。诗曰：‘流水何太急，深宫尽日闲。殷勤谢红叶，好去到人间。’”御沟流叶题诗传情的事，另有几种记载：一、唐人孟棨《本事诗·情感》记有顾况的故事，说的是梧叶题诗；二、五代人孙光宪《北梦琐言》卷九记有唐僖宗时李茵的故事；三、宋人王铚《侍儿小名录》记有唐德宗时贾全虚的故事；四、宋人刘斧《青琐高议》所载张实的《流红记》，是综合前几家而改造的于祐与韩夫人的故事。

译　文

正是身穿单衣、品尝新酒的时节，遗憾离乡在外，光阴虚掷。希望春天暂且留下，春天却如同飞鸟，一去无踪迹。请问蔷薇花在哪里？夜间的一番风雨，埋葬了这楚宫内倾国倾城的美人。花瓣散落之处遗留着芳泽。一些纷乱地点缀在桃下小径，一些轻轻地翻卷在柳边小路上。哪个多情的会来追思往事而叹惜呢？只有花的媒人和使者——蜂和蝶，时时敲打着窗槅。

东园寂寞冷清，渐渐只剩下葱茏的深绿枝叶。我静静地绕着蔷薇花丛叹息。蔷薇枝条故意招惹着我这位羁旅之客，牵着我的衣衫，好像要诉说无穷的离情别意。凋残的花是那样小，我勉强簪在头巾上，但终究比不上美人钗头那一朵，颤动着向人倾斜。落花啊，你随水漂流的时候，不要趁着潮汐。恐怕零落的花瓣上还写有相思的字句，若是趁着潮汐而去，将从何处见得。

词评

美成词极其感慨，而无处不郁，令人不能窥其旨。……《六丑》"蔷薇谢后作"云："为问花何在。"上文有"恨客里、光阴虚掷"之句，此处点醒题旨，既突兀，又绵密，妙只五字束住。下文反复缠绵，更不纠缠一笔，却满纸是羁愁抑郁，且有许多不敢说处，言中有物，吞吐尽致。大抵美成词一篇皆有一篇之旨，寻得其旨，不难迎刃而解，否则病其繁碎重复，何足以知清真也。

——清·陈廷焯《白雨斋词话》

瑞龙吟[1]

章台路[2]。还见褪粉梅梢，试花桃树。愔(yīn)愔坊陌人家[3]，定巢燕子，归来旧处。　黯凝伫。因念个人痴小[4]，乍窥门户[5]。侵晨浅约宫黄[6]，障风映袖，盈盈笑语。　前度刘郎重到[7]，访邻寻里，同时歌舞。唯有旧家秋娘，声价如故。吟笺赋笔，犹记燕台句[8]。知谁伴、名园露饮，东城闲步。事与孤鸿去[9]。探春尽是，伤离意绪。官柳低金缕[10]。归骑晚，纤纤池塘飞雨。断肠院落，一帘风絮。

说明

此词写章台感旧，笔法回环，情思缠绵。其中可能寓有身世之感，以及政局变幻的沧桑。作于绍圣四年（1097），时周邦彦四十二岁，还京任国子主簿。

注释

①**瑞龙吟**：词牌名，周邦彦创制。

②**章台路**：此处代指妓院聚集之地。

③**愔愔**：幽深、悄寂貌。**坊陌**：指妓女居处。

④**个人**：那人。此指所爱的人。

⑤**门户**：指妓院。

⑥**浅约宫黄**：即淡施脂粉。古时女子涂黄色脂粉于额上作妆饰，称额黄。宫中所用者为最上，故称宫黄。

⑦**前度刘郎**：用刘晨事。南朝宋人刘义庆《幽冥录》："汉明帝永平五年，剡县刘晨、阮肇共入天台山取谷皮，迷不得返。经十三日，粮食乏尽，饥馁殆死。遥望山上，有一桃树，大有子实；而绝岩邃涧，永无登路。攀援藤葛，乃得至上。

各啖数枚，而饥止体充。复下山，持杯取水，欲盥漱。见芜菁叶从山腹流出，甚鲜新，复一杯流出，有胡麻饭糁，相谓曰：'此知去人径不远。'便共没水，逆流二三里，得度山，出一大溪，溪边有二女子，姿质妙绝，见二人持杯出，便笑曰：'刘阮二郎，捉向所失流杯来。'晨肇既不识之，缘二女便呼其姓，如似有旧，乃相见忻喜。问：'来何晚邪？'因邀还家。其家筒瓦屋。南壁及东壁下各有一大床，皆施绛罗帐，帐角悬铃，金银交错，床头各有十侍婢，敕云：'刘阮二郎，经涉山岨，向虽得琼实，犹尚虚弊，可速作食。'食胡麻饭、山羊脯、牛肉，甚甘美。食毕行酒，有一群女来，各持五三桃子，笑而言：'贺汝婿来。'酒酣作乐，刘阮忻怖交并。至暮，令各就一帐宿，女往就之，言声清婉，令人忘忧。至十日后欲求还去，女云：'君已来是，宿福所牵，何复欲还邪？'遂停半年。气候草木是春时，百鸟啼鸣，更怀悲思，求归甚苦。女曰：'罪牵君，当可如何？'遂呼前来女子，有三四十人，集会奏乐，共送刘阮，指示还路。既出，亲旧零落，邑屋改异，无复相识。问讯得七世孙，传闻上世入山，迷不得归。至晋太元八年，忽复去，不知何所。"

⑧**燕台句：**李商隐曾作《燕台》诗四首，描情摹怨、忆旧伤别，备极工细。后因以"燕台句"指工于言情的诗词佳作。李商隐《柳枝五首·序》："柳枝，洛中里娘也。父饶好贾，风波死湖上。其母不念他儿子，独念柳枝。生十七年，涂妆绾髻，未尝竟，已复起去，吹叶嚼蕊，调丝擫管，作天海风涛之曲，幽忆怨断之音。居其旁，与其家接故往来者，闻十年尚相与，疑其醉眠梦物断不娉。余从昆让山，与柳枝居为近。他日春曾阴，让山下马柳枝南柳下，咏余《燕台》诗。柳枝惊问：'谁人有此？谁人为是？'让山谓曰：'此吾里中少年叔耳。'柳枝手断长带，结让山为赠叔乞诗。明日，余比马出其巷，柳枝丫鬟毕妆，抱立扇下，风障一袖，指曰：'若叔是？后三日，邻当去溅裙水上，以博山香待，与郎俱过。'余诺之。会所友有偕当诣京师者，戏盗余卧装以先，不果留。雪中让山至，且曰：'为东诸侯取去矣。'明年，让山复东，相背于戏上，因寓诗以墨其故处云。"此处用典，意在表明昔日的恋人已归属他人。又李商隐《梓州罢吟寄同舍》云："长吟远下燕台去，惟有衣香染未销。"

⑨**事与孤鸿去：**语本杜牧《题安州浮云寺楼寄湖州张郎中》"恨如春草多，事与孤鸿去"句意。

⑩**官柳：**官府种植的柳树。**金缕：**指柳条。

译　文

章台路上，又见褪粉的梢头梅花，和刚刚开花的桃树。坊陌人家幽深悄寂。忙着安巢的燕子，又回到旧时的居处。

我黯然地伫立凝望。于是想起那人天真娇小，刚刚倚门迎客。拂晓时，她抹着淡淡的宫黄，用衣袖遮风挡脸，仪态美好地说说笑笑。

我再次来到，探访她的左邻右舍，寻找和她同时歌舞的姐妹。只有从前的秋娘，名誉身价依旧。还记得当年吟诗作赋，曾写下工于言情的佳句。不知谁能陪伴我在名园中露天而饮，在东城内闲游散步？往事已随孤鸿远去。本想探访春光，探访到的却尽是令人伤怀的离愁别绪。官道旁的柳树嫩枝低垂。骑马归去时天色已晚，池塘上飘洒着丝丝细雨。回望那令人断肠的院落，只见风中的柳絮，扑满了门帘。

词　评

笔笔回顾，情味隽永。

——清·陈廷焯《词则·别调集》

少年游

朝云漠漠散轻丝[1]。楼阁淡春姿[2]。柳泣花啼，九街泥重[3]，门外燕飞迟[4]。　而今丽日明金屋[5]，春色在桃枝。不似当时，小桥冲雨[6]，幽恨两人知[7]。

说　明

此词写了两种境界的鲜明对照，结尾三句耐人寻味。

注　释

①**漠漠：**迷蒙貌。**轻丝：**指细雨。
②**楼阁：**泛指楼。
③**九街：**泛指京城的大道。
④**迟：**慢，徐行。
⑤**金屋：**指华美之屋。多指女子所住。
⑥**冲雨：**冒雨。
⑦**幽恨：**藏于心底的怨恨。

译　文

早晨云雾迷蒙，如丝细雨轻轻飘散。楼阁上春色黯淡。花柳被雨淋湿，十分憔悴，仿佛在哭泣。都城的大道十分泥泞，门外的燕子飞得很吃力。

如今，明媚的太阳照亮了华美的屋子，春色遍布桃枝。不像当时，我们在小桥上冒着雨，心中的怨恨彼此深知。

词　评

此在荆州听雨怀旧之作。“不似当时”句，淡语也，而得力全在此句，使通篇筋骨俱动。

——俞陛云《唐五代两宋词选释》

蝶恋花

月皎惊乌栖不定[1]。更漏将残[2]，辘轳（lì lù）牵金井[3]。唤起两眸清炯炯[4]。泪花落枕红棉冷。　执手霜风吹鬓影[5]。去意徊徨[6]，别语愁难听。楼上阑干横斗柄[7]。露寒人远鸡相应。

说　明

此词写清晨时恋人离别的场景。

注　释

①**“月皎”句：** 化用曹操《短歌行》“月明星稀，乌鹊南飞”句意。不定，不安稳，不稳定。

②**更漏：** 即漏壶。古代用滴漏计时，夜间凭漏刻传更，故称更漏。

③**辘轳：** 汲水时辘轳的转动声。**金井：** 井栏上有雕饰的井。

●执手霜风吹鬓影

④**炯炯：** 明亮的样子。

⑤**霜风：** 刺骨寒风。

⑥**徊徨：** 徘徊彷徨，形容惊悸不安或心神不定。

⑦**阑干：** 横斜貌。三国魏人曹植《善哉行》：“月没参横，北斗阑干。”**横斗柄：** 意谓北斗星的柄横斜，指拂晓时分。北斗七星，四星像斗，三星像柄，因称“斗柄”。

译　文

月光皎洁，惊起的栖鸦很不安定。更漏声将尽，辘轳在金井旁转动着，辘轳声将我们唤醒。她两眸清澈，目光炯炯。泪花落在枕上，枕中红棉变冷。

我们拉着手，刺骨的寒风，吹动着鬓发的影。临别之际，心神不定，惜别的话语牵动愁绪，不忍再听。拂晓时只见楼上横斜的斗柄，天已明。露水寒冷，人已去远，只听晨鸡的报晓之声相应。

词　评

美成能作景语，不能作情语；能入丽字，不能入雅字。以故价微劣于柳。然至“枕痕一线红生玉”，又“唤起两眸清炯炯，泪花落枕红棉冷”，其形容睡起之妙，真能动人。

——明·王世贞《艺苑卮言》

阮阅（一首）

阮阅（生卒年不详），字闳休，自号散翁，又号松菊道人，舒城（今属安徽）人。神宗元丰八年（1085）进士，榜名美成。初为钱塘幕官。曾以户部郎责知巢县。徽宗崇宁二年（1103）知晋陵县。宣和间知郴州。高宗建炎初年以中奉大夫知袁州，以本分教民，有治绩。喜为诗，因擅长绝句，时谓“阮绝句”。亦以能词见称。著有《巢令君阮户部词》一卷，《总龟先生松菊集》五卷，均佚。《诗话总龟》《郴江百咏》行于世。

眼儿媚[1]

楼上黄昏杏花寒。斜月小栏干。一双燕子，两行征雁[2]，画角声残[3]。　绮窗人在东风里[4]，洒泪对春闲。也应似旧，盈盈秋水[5]，淡淡春山[6]。

说　明

此词从游子的角度，写女子春闺怀人。情景交融，形神兼备。宋人胡仔《苕溪渔隐丛话》：“闳休尝为钱塘幕官，眷一营妓，罢官去后，作此词寄之。”

注　释

①**眼儿媚**：词牌名。又名《秋波媚》《小阑干》《东风寒》等。双调，四十八字。上阕五句，三平韵；下阕五句，两平韵。

②**征雁**：迁徙的雁。

③**画角**：古代的一种管乐器。传自西羌。形如竹筒，本细末大，因表面有彩绘，故称画角。发声亢厉，常用于晨昏报时或报警。

④**绮窗**：雕刻或绘饰精美的窗户。绮，有文采的丝织品。

⑤**盈盈秋水**：形容女子双眸含泪的眼神。秋水，比喻明澈的眼波。

⑥**春山**：春日远山呈黛青色，因喻女子眉色姣好，如望远山。

译 文

楼上已是黄昏，杏花发出阵阵寒意。月光斜照着小栏杆。一双燕子归巢，两行征雁飞过，画角声渐渐衰残。

想我那心上人，伫立在窗边，拂面的东风中，洒泪迎接寂寞的春天。想来也应该像旧时一样——她含泪的目光，如盈盈秋水；她翠色的黛眉，如淡淡春山。

词 评

此久别忆内词耳。语语是意中摹想而得，意致缠绵中绘出，尽是镜花水月，与杜少陵"今夜鄜州月"一律同看。

——清·黄苏《蓼园词评》

毛滂（pāng）（一首）

毛滂（1060—1124？），字泽民，衢州江山（今属浙江）人。以父荫入仕。哲宗元祐（1086—1094）间，任杭州法曹，深得苏轼器重。后知武康县，修葺县官舍"尽心堂"，改为"东堂"，因号"东堂居士"。晚年依附蔡京兄弟而得进用，为士人所薄。毛滂生于书香世家，自幼喜欢诗文辞赋，长而不倦，著有《东堂集》六卷，诗四卷，书简二卷，乐府二卷及《东堂词》一卷，已佚。清四库馆臣据《永乐大典》辑成《东堂集》十卷。

惜分飞①

富阳僧舍代作别语

泪湿阑干花著（zhuó）露②。愁到眉峰碧聚③。此恨平分取。更无言语空相觑（qù）④。　短雨残云无意绪⑤。寂寞朝朝暮暮。今夜山深处。断魂分付潮回去⑥。

说明

此词作于元祐（1086—1094）年间毛滂为杭州法曹时。富阳，在今浙江杭州西南部。秦时置富春县，东晋时改为富阳县。以位居富春江之阳得名。

注释

①**惜分飞：**词牌名。又名《惜芳菲》《惜双双》等，双调五十字，仄韵。

②**“泪湿”句：**用白居易《长恨歌》“玉容寂寞泪阑干，梨花一枝春带雨”意，形容女子伤痛流泪的样子，如梨花带雨。阑干，纵横交错貌。一说“阑干”指眼眶。

③**眉峰碧聚：**双眉紧蹙的样子。古人用青黛画眉，眉呈青色，双眉紧锁，则宛如碧聚。碧，青绿色。

④**相觑：**相看。

⑤**短雨残云：**一作“断雨残云”。雨消云散。比喻男女欢情中绝。

⑥**断魂：**离开躯体的灵魂。**分付：**交付，托付。

译文

泪水打湿你的面庞，纵横交错，仿佛花上沾露。愁恨令你碧色的眉峰凝聚。这愁恨不独你有，而是我们平均分担。再也没有什么话可说，只是空自相看。

缘分太过短暂，我们彼此都没有心绪。此后我们将在寂寞中度过朝朝暮暮。今夜，我将会走到山的深处。那时，我要把离开躯体的灵魂，付托给潮水，让它带我回到你的身边去。

●今夜山深处。断魂分付潮回去

词评

此首别词。起两句，即言别离之哀。“泪湿”句，用白居易“玉容寂寞泪阑干，梨花一枝春带雨”诗意，花著露犹春带雨也。“此恨”两句，写别时情态，送行者与被送者，俱有离恨，故曰“平分取”。“无言”“相觑”，形容亦妙。“断雨”二句，言别后之寂寞。以上皆追述前事。“今夜”两句，始说出现时现地之思念，人不得去，惟有魂随潮去，情韵特胜。

——唐圭璋《唐宋词简释》

叶梦得（一首）

叶梦得（1077—1148），字少蕴，吴县（今江苏苏州）人。哲宗绍圣四年（1097）进士。为丹徒尉。历任翰林学士、户部尚书、尚书左丞、江东安抚制置大使、福建安抚使等职。高宗绍兴十四年（1144）上疏告老。长期居住吴兴弁山石林，因号“石林居士”。平生嗜学博洽，长于诗文，尤工于词。有《石林词》。词风早年婉丽，中年学苏轼，晚年简淡而时出雄杰。以气入词，是两宋之际词风转变的关键人物。

虞美人

雨后同干誉、才卿置酒来禽花下作①

落花已作风前舞。又送黄昏雨。晓来庭院半残红。惟有游丝千丈、罥(juàn)晴空②。　殷勤花下同携手。更尽杯中酒。美人不用敛蛾眉③。我亦多情无奈、酒阑时④。

说　明

此词约作于绍兴四年（1134）或五年（1135）的暮春，当时叶梦得居弁山石林。干誉，叶梦得妹婿许亢宗的字。才卿，不详。此词写惜花之情，风格柔婉，却不低沉。

注　释

①**来禽：**植物名。南方称“林檎”，北方又名“沙果”。据传此果味甘，能招众禽，故名“来禽”。

②**游丝：**飘动着的蛛丝。**罥：**此处意为缠绕。

③**蛾眉：**蚕蛾的触须细长而弯曲，故用来比喻女子美丽的眉毛。

④**酒阑：**酒筵将尽。阑，尽，晚。

译　文

落花在风前起舞。黄昏时，又送走了一阵雨。天亮时，庭院中半是残红。只有蛛丝千丈，缭绕在晴朗的天空。

我们情意恳切地在花下一同携手，又饮尽了杯中的酒。美人啊，你不要敛起蛾眉。我也是个多情的人。无可奈何酒筵又到了将尽之时。

词　评

此首风格高骞，极似东坡。起言昨晚风雨交加，花已零落。“晓来”两句，言今晓花落之多，与游丝之长。下片，言花下携手饮酒之乐。末句，慰人慰己，一往情深。盖美人若乐，我亦自乐；若美人蛾眉不展，我亦因之无欢意矣。

——唐圭璋《唐宋词简释》

汪藻（一首）

汪藻（1079—1154），字彦章，号浮溪，又号龙溪，饶州德兴（今属江西）人。徽宗崇宁二年（1103）进士。曾任著作佐郎、太常少卿、中书舍人、翰林学士、兵部侍郎、显谟阁学士等职，知湖州、抚州、徽州、泉州、宣州等地。因曾为蔡京、王黼门客，后夺职居永州。绍兴二十四年（1154）卒，年七十六。汪藻自幼聪颖，博览群书，擅四六文。其诗先学徐俯，又学韩驹，然不袭江西诗派习气，而受苏轼影响较深。汪藻撰著较多，但多已散佚。今传《浮溪集》三十二卷，是从《永乐大典》中辑出的。

点绛唇

新月娟娟①，夜寒江静山衔斗②。起来搔首③。梅影横窗瘦。

好个霜天④，闲却传杯手⑤。君知否。乱鸦啼后。归兴浓于酒⑥。

说　明

此词写词人在月夜心生归隐之思。一说为在京时作，一说为出知外郡时作。

注　释

①**新月**：农历每月月初出的弯月。**娟娟**：明媚的样子。

②**斗**：星宿名。因形状像斗，故以为名。也泛指星辰。

③**搔首**：以手搔头。焦急或有所思的样子。

④**霜天**：寒冷的天气。

⑤**传杯**：指宴饮中传递酒杯劝酒。

⑥**归兴**：归乡的兴致。

译文

一弯明媚的新月挂在空中。夜寒江静，山衔着星斗。起来以手搔头，只见横在窗前的梅影清清瘦瘦。

好个严寒的天气，我却闲置了传递酒杯的手。你知道吗？乌鸦乱啼后，我归乡的兴致浓得胜过酒。

词评

此首写在外栖栖不得意，思家之作耳。“霜天”无酒，落寞可知，写来却蕴藉。

——清·黄苏《蓼园词评》

朱敦儒（一首）

朱敦儒（1081—1159），字希真，号岩壑，洛阳（今属河南）人。早岁隐居，屡辞征召。高宗绍兴三年（1133）应召补右迪功郎，五年（1135）赐同进士出身，为秘书省正字，擢兵部郎中，迁两浙东路提点刑狱。因与主战派人士李光来往，被罢官，寓居嘉禾。秦桧当政，除鸿胪少卿，为时论所讥。桧死，废黜。朱敦儒精于书画器乐，尤工诗词。曾编撰最早的词韵著作《应制词韵十六条》。有《樵歌》三卷。词风旷达，多述隐逸生活，也有感喟国事之作，有“词俊”之名，时人谓其词为“樵歌体”。

西江月

世事短如春梦[1]，人情薄似秋云[2]。不须计较苦劳心。万事原来有命[3]。　幸遇三杯酒好，况逢一朵花新。片时欢笑且相亲。明日阴晴未定[4]。

说明

此词上片于叹世中寓有警世之意，下片主张及时行乐。

注　释

①**春梦**：本义是春天的梦，喻指如春梦一样容易消逝的人世繁华。

②**人情**：人与人的情分。

③**有命**：意谓由命运主宰。语出《论语·颜渊》："死生有命，富贵在天。"

④**阴晴**：此处比喻得意和失意。

译　文

世事短暂如春梦，人情淡薄似秋云。不必斤斤计较、劳心劳力，万事原来都是由命运主宰。

很荣幸饮到了三杯美酒，而且又逢着了一朵新花。且与酒和花亲近，博得片刻的欢笑。明日是阴是晴，尚未定。

词　评

词虽浅率，正可砭世。

——明·潘游龙《精选古今诗余醉》

李清照（六首）

李清照（1084—1155？），号易安居士，济南章丘（今属山东）人。父亲李格非，为元祐后四学士之一、苏轼的学生，官至提点刑狱、礼部员外郎。母亲王氏，乃王拱辰之孙女。十八岁，嫁给吏部侍郎赵挺之之子赵明诚。赵明诚时为太学生，夫妻二人共同从事金石研究。高宗建炎元年（1127），赵明诚知江宁府，时金兵南侵，清照遂载书赴江宁。建炎三年，明诚改知湖州，途中病卒，李清照不幸流离浙东各地，所携的金石书籍尽散。绍兴二年（1132），再嫁张汝舟，不久即离异。晚年表上《金石录》于朝，卒年七十余。有《易安居士文集》《易安词》，皆已散佚。后人辑有《漱玉词》。李清照出身书香之家，家中藏书甚多，受家庭文化氛围的熏陶，再加上自身聪慧过人，少年即能诗擅词，富有才名。李清照是宋代婉约词派的重要代表，其词前期多写少女时无忧无虑的生活和婚后夫妻离别的相思之情，后期于身世悲慨中寄寓亡国之痛。词风婉约，语言清丽，善白描，号称"易安体"。论词强调协律、典雅，提倡"词别是一家"。

点绛唇

蹴(cù)罢秋千[1]，起来慵(yōng)整纤纤手[2]。露浓花瘦。薄汗轻衣透。见客人来，袜刬(chǎn)金钗溜[3]。和(hé)羞走。倚门回首。却把青梅嗅。

说　明

此词为少年时作，语本唐人韩偓《偶见》：“秋千打困解罗裙，指点醍醐索一尊。见客人来和笑走，手搓梅子映中门。”词中少女的娇羞与顽皮跃然纸上。

注　释

①**蹴：**踏。

②**慵：**懒散。

③**袜刬：**穿袜行走。

译　文

荡完秋千，起来慵懒地活动一下柔细的手。瘦瘦的花上露水正浓。薄汗渗透了轻衣。

看到有客人门来，慌得含羞跑开，顾不上穿鞋，只穿着袜子。跑得太急，金钗从头上溜了下来。靠着门回头看时，却嗅了嗅那青青的梅子。

词　评

“和羞走”下，如画。

——明·潘游龙《精选古今诗余醉》

一剪梅[1]

红藕香残玉簟(diàn)秋[2]。轻解罗裳[3]，独上兰舟[4]。云中谁寄锦书来[5]，雁字回时[6]，月满西楼。　花自飘零水自流。一种相思，两处闲愁。此情无计可消除，才下眉头，却上心头[7]。

说　明

此词写相思之情，意境优美，飘逸轻灵。当作于崇宁二年（1103），时李清照二十岁，在汴京。李清照《金石录后序》：“余建中辛巳（1101），始归赵氏。……后二年，出仕宦，便有饭疏衣綀，穷遐方绝域，尽天下古文奇字之志。”

注　释

①**一剪梅：**词牌名。周邦彦词有“一剪梅花万样娇”句，故名“一剪梅”。

②**红藕**：红莲。**玉簟**：竹席的美称。

③**轻解**：此处是轻挽、轻提之意。

④**兰舟**：用木兰树制成的小舟，也用为小舟的美称。

⑤**锦书**：前秦苏蕙，曾织锦为回文诗，寄给丈夫窦滔，以表相思之情。《晋书·列女传》载："窦滔妻苏氏，始平人也，名蕙，字若兰。善属文。滔，苻坚时为秦州刺史，被徙流沙，苏氏思之，织锦为回文旋图诗以赠滔。"后多用"锦书"指夫妇、情侣间的书信。

⑥**雁字**：群雁飞行时经常排成"一"或"人"字形，故称雁字。雁能传书，典出《汉书·苏武传》："教使者谓单于言，天子射上林中，得雁，足有系帛书。"

⑦**"才下"二句**：范仲淹《御街行》："都来此事，眉间心上，无计相回避。"

●一种相思，两处闲愁

译　文

刚刚入秋，红莲香尽，竹席已生些许凉意。轻轻提起罗裙，独自踏上兰舟。望向云中，谁会将锦书寄来？雁群飞回时，月光洒满了西楼。

花自飘零，水自流淌。一种相思，牵动两处的闲愁。这情思没有办法可以消除，眉头刚刚舒展开，它又涌上了心头。

词　评

易安《一剪梅》词起句"红藕香残玉簟秋"七字，便有吞梅嚼雪、不食人间烟火气象，其实寻常不经意语也。

——清·梁绍壬《两般秋雨庵随笔》

凤凰台上忆吹箫[1]

香冷金猊(ní)[2]，被翻红浪，起来慵自梳头。任宝奁(lián)尘满[3]，日上帘钩。生怕离怀别苦[4]，多少事、欲说还休。新来瘦[5]，非干病酒[6]，不是悲秋。　休休，这回去也，千万遍《阳关》[7]，也则难留。念武陵

人远⑧，烟锁秦楼⑨。惟有楼前流水，应念我、终日凝眸（móu）⑩。凝眸处，从今又添，一段新愁。

说 明

此词作于大观三年（1109）九月，当时李清照二十六岁，在青州（今属山东潍坊）。赵明诚出游长清（今属山东济南）寻访金石碑刻。全词通过对自己举止、神情及心理的刻画，生动地表现了自己的相思之苦。用语明快，层次井然。

注 释

①凤凰台上忆吹箫：词牌名。又名《忆吹箫》。取传说中萧史与弄玉吹箫引凤的故事为名。双调，九十五字至九十七字。共有六体。前段皆十句，四平韵；后段九至十一句，四或五平韵。

②金猊：古代香炉的一种。炉盖作狻猊形，空腹，焚香时，烟从口出。狻猊，古代神话中龙生的九子之一。形如狮，喜烟好坐，所以形象一般出现在香炉上。

③奁：古代女子梳妆用的镜匣。

④生怕：只怕，唯恐。

⑤新来：近来。

⑥病酒：饮酒过量而生病。

⑦阳关：本为关名，在今甘肃敦煌西南。此指送别的乐曲。唐人王维《送元二使安西》："渭城朝雨浥轻尘，客舍青青柳色新。劝君更尽一杯酒，西出阳关无故人。"诗谱入乐府，又称《渭城曲》，因反复吟唱，又称《阳关三叠》，成为送别名曲。

⑧武陵人远：兼用《桃花源记》武陵渔人入桃花源事及《幽冥录》刘晨阮肇事，指远行未归之人，此处借指丈夫远出未归。晋人陶渊明《桃花源记》载："晋太元中，武陵人捕鱼为业。缘溪行，忘路之远近。忽逢桃花林，夹岸数百步，中无杂树，芳草鲜美，落英缤纷。渔人甚异之，复前行，欲穷其林。林尽水源，便得一山。山有小口，仿佛若有光。便舍船，从口入。初极狭，才通人，复行数十步，豁然开朗。土地平旷，屋舍俨然，有良田、美池、桑竹之属。阡陌交通，鸡犬相闻。其中往来种作，男女衣著，悉如外人。黄发垂髫，并怡然自乐。"南朝宋人刘义庆《幽冥录》："汉明帝永平五年，剡县刘晨、阮肇共入天台山取谷皮，迷不得返。经十三日，粮食乏尽，饥馁殆死。遥望山上，有一桃树，大有子实；而绝岩邃涧，永无登路。攀援藤葛，乃得至上。各啖数枚，而饥止体充。复下山，持杯取水，欲盥漱。见芜菁叶从山腹流出，甚鲜新，复一杯流出，有胡麻饭糁，相谓曰：'此知去人径不远。'便共没水，逆流二三里，得度山，出一大溪，溪边有二女子，姿质妙绝，见二人持杯出，便笑曰：'刘阮二郎，捉向所失流杯来。'晨

肇既不识之，缘二女便呼其姓，如似有旧，乃相见忻喜。问：'来何晚邪？'因邀还家。其家筒瓦屋。南壁及东壁下各有一大床，皆施绛罗帐，帐角悬铃，金银交错，床头各有十侍婢，敕云：'刘阮二郎，经涉山岨，向虽得琼实，犹尚虚弊，可速作食。'食胡麻饭、山羊脯、牛肉，甚甘美。食毕行酒，有一群女来，各持五三桃子，笑而言：'贺汝婿来。'酒酣作乐，刘阮忻怖交并。至暮，令各就一帐宿，女往就之，言声清婉，令人忘忧。至十日后欲求还去，女云：'君已来是，宿福所牵，何复欲还邪？'遂停半年。气候草木是春时，百鸟啼鸣，更怀悲思，求归甚苦。女曰：'罪牵君，当可如何？'遂呼前来女子，有三四十人，集会奏乐，共送刘阮，指示还路。既出，亲旧零落，邑屋改异，无复相识。问讯得七世孙，传闻上世入山，迷不得归。至晋太元八年，忽复去，不知何所。"

⑨**烟锁**：烟雾笼罩。**秦楼**：秦穆公为女儿弄玉所建的楼。亦名凤楼。相传秦穆公的女儿弄玉，喜欢音乐。萧史善吹箫作凤鸣。秦穆公把弄玉嫁给萧史为妻，并为她建了凤楼。二人吹箫，引来凤凰，后乘凤飞升而去。

⑩**念**：此处意为可怜。唐人杜甫《述古》："竹花不结实，念子忍朝饥。"**凝眸**：目不转睛地看。

译　文

金猊中的香已经冷却。被子翻卷着，宛如红色的波浪。起来后懒得梳头。任由宝奁布满尘土，日头爬上帘钩。生怕被离情别恨所苦，多少事想说又没说。近来瘦损，不是因为饮酒过量而生病，也不是因为悲秋。

算了吧，算了吧。他这次一走，千万遍《阳关》，也难以将他挽留。我思念远去的夫君，在这烟雾笼罩的秦楼。唯有楼前的流水，应可怜我整天凝眸。凝眸之处，从今又新添了一段忧愁。

词　评

懒说出，妙。瘦为甚的，尤妙。"千万遍"，痛甚。转转折折，忤合万状。清风朗月，陡化为楚雨巫云；阿阁洞房，立变成离亭别墅，至文也。

——明·沈际飞《草堂诗余正集》

念奴娇[1]

萧条庭院，又斜风细雨，重(chóng)门须闭[2]。宠柳娇花寒食近，种种恼人天气。险韵诗成[3]，扶头酒醒[4]，别是闲滋味。征鸿过尽，万千心事难寄。　楼上几日春寒，帘垂四面，玉栏干慵倚。被冷

香消新梦觉，不许愁人不起。清露晨流，新桐初引[5]，多少游春意。日高烟敛，更看今日晴未。

说明

此词用铺叙手法，侧面描写相思之情。措辞新奇优美。当作于政和六年（1116），时李清照三十三岁，在青州（今属山东）。赵明诚出游灵岩寺（在今山东济南）。

注释

①**念奴娇：**词牌名，其调高亢。唐代天宝歌伎念奴“善歌唱……声出于朝霞之上，虽钟鼓笙竽，嘈杂而莫能遏”（五代人王仁裕《开元天宝遗事》），调名本此。

②**重门：**层层门。

③**险韵：**用不常见且难押的字作为诗韵。

④**扶头酒：**易醉之酒。

⑤**“清露”二句：**语出刘义庆《世说新语·赏誉》：“王恭始与王建武（王忱）甚有情，后遇袁悦之间，遂致疑隙。然每至兴会，故有相思时。恭尝行散至京口射堂，于时清露晨流，新桐初引。恭目之曰：‘王大（王忱）故自濯濯。’”初引，初生、初长。

译文

庭院寂寞冷落，又有斜风细雨的侵袭，重重门户应当关闭。柳色惹人宠爱，花枝娇艳，寒食节临近，有各种各样令人烦恼的天气。作了险韵的诗，又从易醉的酒中清醒，别有一番无聊的滋味。迁徙的大雁全都飞走了，万千种心事难以托寄。

连日来楼上春寒料峭，四面帷帘都垂了下来，玉栏杆也懒得去倚。被子已冷，炉香已消，新做的梦已醒，不允许忧愁的人不起。早晨，清凉的露水正在流动，梧桐树刚刚生长，引发了多少游春的渴望。旭日高升，烟消雾散，再看看今天晴朗不晴朗？

词评

李易安《春情》“清露晨流，新桐初引”，用《世说新语》全句，浑妙。尝论词贵开拓，不欲沾滞，忽悲忽喜，乍近乍远，所为妙耳。如游乐词，须微著愁思，方不痴肥。李《春情》词本闺怨，结云“多少游春意”“更看今日晴未”，忽而开拓，不但不为题束，并不为本意所苦。直如行云，舒卷自如，人不觉耳。

——清·毛先舒《诗辨坻》

临江仙

欧阳公作《蝶恋花》，有“庭院深深深几许”之句，予酷爱之。用其语作“庭院深深”数阕，其声即旧《临江仙》也。

庭院深深深几许，云窗雾阁常扃(jiōng)[1]。柳梢梅萼(è)渐分明[2]。春归秣(mò)陵树[3]，人老建康城[4]。　感月吟风多少事，如今老去无成。谁怜憔悴更凋零[5]。试灯无意思[6]，踏雪没心情[7]。

说　明

此词作于建炎三年（1129）南渡初期，时李清照四十六岁。词写流离迁徙的悲叹，用语沉痛。

注　释

①**云窗雾阁**：云雾缭绕的窗户和居室。借指高耸入云的楼阁。亦指建于极高处的楼阁。**扃**：门环、门闩等。此是门窗关闭之意。

②**梅萼**：梅花的花萼。萼是环列在花的最外面一轮的叶状薄片，一般呈绿色，在花芽期有保护花芽的作用。一说梅萼指梅花的蓓蕾。

③**春归**：春天来临。**秣陵**：地名。约为今南京市地。

④**建康**：地名。位于今江苏江宁南。此句一作“人客建安城”，或作“人客远安城”。

⑤**凋零**：形容事物衰败或耗减。

⑥**试灯**：旧俗农历正月十五元宵节晚上张灯，以祈丰年。未到元宵节而张灯预赏，称为“试灯”。

⑦**踏雪**：在雪地行走，欣赏雪景。

译　文

深深的庭院究竟有多么深邃？云雾缭绕的窗户和居室，一直关闭着。柳梢梅萼的颜色，渐渐分明。秣陵城中的树木已宣告春天的来临，但我却似乎要在建康城衰老至死。

感月吟风的往事，不知有多少。如今老去，一无所成。谁能可怜我形容憔悴，事事几渐凋零？试灯没有兴致，踏雪也没有心情。

词　评

欧阳文忠《蝶恋花》“庭院深深”阕，柔情回肠，寄艳醉魄。非文忠不能作，非易安不许爱。

——清·况周颐《漱玉词笺》

声声慢[1]

寻寻觅觅，冷冷清清，凄凄惨惨戚戚。乍暖还寒时候，最难将

息[②]。三杯两盏淡酒，怎敌他、晚来风急。雁过也，正伤心，却是旧时相识。　满地黄花堆积。憔悴损，如今有谁忺(xiān)摘[③]。守着窗儿，独自怎生得黑。梧桐更兼细雨，到黄昏、点点滴滴。这次第[④]，怎一个、愁字了得[⑤]。

说　明

此为李清照晚年之作，写国破家亡、家徒四壁、晚年孀居的凄惨心情。大约作于绍兴十七年（1147），时李清照六十四岁，在临安（今杭州）。

●守着窗儿，独自怎生得黑

注　释

①**声声慢**：词牌名，又名《胜胜慢》等。

②**将息**：调养休息。犹“保养”。

③**忺摘**：想摘。“忺”，一作“堪”。

④**次第**：此处指情形、光景。

⑤**了得**：了结。

译　文

寻寻觅觅，却只见冷冷清清，令人凄惨悲戚。乍暖还寒的时候，最难调养休息。喝三两杯淡酒，怎么抵得住晚来的风力？正伤心时，有雁飞过，却是从前的老相识。

满地的菊花堆积成片，我憔悴不堪，如今有谁想采摘它呢？守着窗儿，独自一人怎样挨到天黑。风中梧桐摇曳，哗哗作响；再加上细雨连绵，点点滴滴一直到黄昏。此情此景，怎是一个愁字能够了结！

词　评

须戒重叠。字面前后相犯，虽绝妙好词，毕竟不妥，万不得已用之。如李易安《声声慢》，叠用三“怎”字，虽曰读者全然不觉，究竟敲打出来，终成白璧微瑕，况未能尽如易安之善运用。慎之是也。

——清·孙致弥《词鹄·凡例》

吕本中（一首）

吕本中（1084—1145），字居仁，号紫微，世称东莱先生，寿州（今安徽凤台）人。幼以荫授承务郎。绍兴六年（1136）赐进士出身，官至中书舍人兼直学士院。后因得罪秦桧而罢官，闲居在家，从事著述和讲学。曾作《江西诗社宗派图》，自己也被后人列入“江西诗派”。诗学黄庭坚、陈师道，论诗强调“活法”，曾说：“所谓活法者，规矩备具，而能出于规矩之外；变幻不测，而亦不背于规矩也。是道也，盖有定法而无定法，无定法而有定法。”（《夏均父集序》）前期的诗主要写景抒情，南渡后写了一些悲慨国事的作品。有《东莱先生诗集》。词不传，今人赵万里《校辑宋金元人词》辑有《紫微词》。

采桑子

恨君不似江楼月[1]，南北东西。南北东西。只有相随无别离。

恨君却似江楼月，暂满还亏[2]。暂满还亏。待得团团是几时[3]。

说　明

此词构思精巧，通过对月亮“南北东西”“暂满还亏”两个特点的捕捉，生动形象地表达了别离之情。

注　释

①**恨**：遗憾。

②**暂**：副词，刚刚。

③**团团**：圆貌。此处指月圆。

译　文

很遗憾，你不像那江楼上的月亮，南北东西跟着我。南北东西跟着我，只有相随，没有别离。

很遗憾，你却像那江楼上的月亮，刚刚满了又亏缺。刚刚满了又亏缺，等到圆月是何时？

词 评

章法妙。叠句法尤妙。似女子口授，不由笔写者。情不在艳，而在真也。

——明·卓人月汇选、徐士俊参评《古今词统》

蒋氏女（一首）

蒋氏女（生卒年不详），父亲蒋兴祖，宜兴（今属江苏）人。靖康间为阳武（今河南原阳）令。金人入侵，死之。蒋氏女被掳北去。蒋氏女“美颜色，能诗词”（元人韦居安《梅磵诗话》）。存词《减字木兰花》。

减字木兰花[1]

题雄州驿

朝云横度。辘（lù）辘车声如水去[2]。白草黄沙。月照孤村三两家。

飞鸿过也。万结愁肠无昼夜。渐近燕山[3]。回首乡关归路难。

说 明

此词为蒋氏女被掳北行途中所作。雄州，今河北雄县一带。

注 释

①**减字木兰花**：词牌名。简称《减兰》。双调四十四字，即就《木兰花》词的一、三、五、七句各减三字。上下阕各二句仄韵转二句平韵。又有《偷声木兰花》，即就宋词《木兰花》的第三、第七句各减三字，平仄转韵和《减字木兰花》同。

②**辘辘**：象声词，车行的声音。

③**燕山**：指自天津蓟县东南绵延而东直至海滨的燕山山脉。此处指代燕山脚下的燕京。

译 文

早晨的云，在眼前横越。车声辘辘，像水一样流去。触目所及，尽是白草黄沙。月亮照着孤村里的三两户人家。

看到大雁飞过，我不论昼夜都愁肠百结。渐渐接近燕京。回望乡关，想踏上归路是那么的难。

词评

词寥寥数十字，写出步步留恋，步步凄恻。当戎马流离之际，不难于慷慨，而难于从容。偶然揽景兴怀，非平日学养醇至不办。兴祖以一官一邑，成仁取义，得力于义方之训深矣。

——清·况周颐《蕙风词话续编》

幼卿（一首）

幼卿，宋徽宗时人，嫁一武官。

浪淘沙[1]

幼卿少与表兄同研席[2]，雅有文字之好。未笄(jī)[3]，兄欲缔(dì)姻[4]。父以兄未禄，难其请，遂适武弁(biàn)[5]。明年，兄登甲科[6]，职教洮(táo)房[7]，而良人统兵陕右[8]，相与邂逅于此[9]。兄鞭马略不相顾，岂前憾未平耶。因作《浪淘沙》以寄情云。

目送楚云空[10]。前事无踪。谩留遗恨锁眉峰。自是荷花开较晚，孤负东风[11]。　客馆叹飘蓬[12]。聚散匆匆。扬鞭那忍骤花骢[13]。望断斜阳人不见，满袖啼红。

说明

此词写了包办婚姻下的一个爱情悲剧。

注释

①浪淘沙：唐教坊曲名，后用为词牌。又名《浪淘沙令》《卖花声》《过龙门》等。原为小曲，单调二十八字，四句三平韵，亦即七言绝句。唐人刘禹锡、白居易所作，皆专咏调名本意。刘禹锡词九首为正格，白居易六首为拗体。南唐人李煜始作《浪淘沙令》，盖因旧曲名，另创新声，双调五十四字，平韵。宋人也有于前段或前后段起句增减一二字的，也有稍变音节而用仄韵的。另有《浪淘沙慢》，

一百三十三字，入声韵。

②**研席**：砚台与座席。借指学习。

③**未笄**：旧指女子未成年。《礼记·内则》云："(女子)十有五年而笄。"郑玄注："谓应年许嫁者。女子许嫁，笄而字之，其未许嫁，二十则笄。"笄，古代的一种发簪，用来别住绾起的头发。后因称女子年满十五为及笄。

④**缔姻**：联姻，结为姻亲。

⑤**武弁**：武官。武官服皮弁，因称武官为"弁"。弁，古代贵族的一种帽子，通常穿礼服时用之。赤黑色的布做的叫爵弁，是文冠；白鹿皮做的叫皮弁，是武冠。

⑥**甲科**：唐宋进士分甲、乙科。

⑦**洮**：洮州。今甘肃临洮。

⑧**良人**：古代女子称丈夫为良人。

⑨**邂逅**：不期而遇。

⑩**楚云**：此处用巫山神女典，指从前的恋情。宋玉《高唐赋·序》："昔者楚襄王与宋玉游于云梦之台，望高唐之观，其上独有云气……王问玉曰：'此何气也？'玉对曰：'所谓朝云者也。'王曰：'何谓朝云？'玉曰：'昔者先王尝游高唐，怠而昼寝，梦见一妇人曰：妾巫山之女也，为高唐之客，闻君游高唐，愿荐枕席。王因幸之。去而辞曰：妾在巫山之阳，高丘之岨，旦为朝云，暮为行雨。朝朝暮暮，阳台之下。'"

⑪**孤负**：此处指徒然错过。

⑫**飘蓬**：随风飘飞的蓬草，比喻漂泊无定。

⑬**花骢**：即五花马。唐人喜欢将骏马的鬃毛修剪成瓣以为饰，分成五瓣者，称"五花马"，亦称"五花"。此处泛指马。

译　文

目送着表兄远去，从前的恋情已成空。往事一去无踪。徒然留下遗恨，锁着我的眉峰。自是荷花开得较晚，白白错过了东风。

我在客馆中，感叹命运如飘蓬。聚与散，都太过匆匆。怎么忍心扬鞭纵马疾驰而去呢？我绝情的表哥。我在斜阳中久久地望着他的背影，直到望不见一点影踪。这时，我已是满袖啼红。

词　评

轻快之笔仍有留顿，却不似女郎语。

——清·陆昶《历朝名媛诗词》

李重元（一首）

李重元，生平不详。《唐宋诸贤绝妙词选》存其词四首。

忆王孙[1]

春　词

萋萋芳草忆王孙[2]。柳外楼高空断魂[3]。杜宇声声不忍闻[4]。欲黄昏。雨打梨花深闭门。

说　明

李重元有四首《忆王孙》，分别为“春词”“夏词”“秋词”“冬词”。此词为“春词”，写女子春闺怀人。

注　释

①**忆王孙：**词牌名。又名《豆叶黄》《忆君王》等。单调三十一字，平韵。另一体又名《怨王孙》，双调五十四字，仄韵。

②**“萋萋”句：**语出淮南小山《招隐士》：“王孙游兮不归，春草生兮萋萋。”萋萋，草木生长茂盛。

③**断魂：**销魂。形容一往情深或哀伤，好像失去魂魄的样子。

④**杜宇：**杜鹃鸟。相传为古蜀王杜宇之魂所化。春末夏初，常昼夜啼鸣，其声哀切。

译　文

芳草萋萋，令人忆念王孙。我在柳外的高楼上远望，空自断魂。声声杜宇，令人不忍听闻。天欲黄昏。雨打梨花，我深深地关闭闺门。

词　评

高楼远望，“空”字已凄恻，况闻杜宇乎？末句尤比兴深远，言有尽而意无穷。

——清·黄苏《蓼园词评》

聂胜琼（一首）

聂胜琼（生卒年不详），汴京名妓。与李之问结好。后离别，胜琼作《鹧鸪天》词寄之。之问妻于箧中搜得之，爱其词，遂出妆奁，助之问娶回为妾，二人相处和好无间。胜琼聪慧能文，现存词一首，即《鹧鸪天》。

鹧鸪天

寄李之问

玉惨花愁出凤城[1]。莲花楼下柳青青。尊前一唱阳关后[2]，别个人人第五程[3]。　寻好梦，梦难成。况谁知我此时情。枕前泪共帘前雨，隔个窗儿滴到明。

说　明

此为聂胜琼与李之问别后不到旬日，寄给李之问的词作。上片写送别场景，下片写别后情怀。

注　释

①**玉惨花愁：**形容女子忧愁貌。**凤城：**京都的美称。

②**阳关：**本为关名，在今甘肃敦煌西南。此指送别的乐曲。唐人王维《送元二使安西》："渭城朝雨浥轻尘，客舍青青柳色新。劝君更尽一杯酒，西出阳关无故人。"诗谱入乐府，又称《渭城曲》，因反复吟唱，又称《阳关三叠》，成为送别名作。

③**人人：**用以称亲昵者。**第五程：**指远送了一程又一程。

译　文

送你出京城时，我满面愁容。莲花楼下，杨柳青青。酒筵前，我唱一遍《阳关》后，就要将你这个别我而去的人儿，远送一程又一程。

我欲寻好梦，好梦却难以做成。更何况，有谁了解我此时的心情？枕前的泪水，与帘前的雨水，隔着一扇窗儿，滴到天明。

词　评

纯是至情语，自然妙造，不假造琢，愈浑成，愈秾粹。于北宋名家中，颇近

六一、东山。方之闺帏之彦，虽幽栖、漱玉，未遑多让，诚坤灵间气（旧谓英雄豪杰上应星象，禀天地特殊之气，间世而出，称为“间气”）矣。

——清·况周颐《蕙风词话续编》

朱淑真（三首）

朱淑真（生卒年不详），号幽栖居士，钱塘（今浙江杭州）人。出身仕宦之家。喜读书，工绘事，晓音律。所嫁非人，抑郁而终。生前曾自编诗词集，死后散佚。孝宗淳熙九年（1182）魏仲恭（端礼）辑为《断肠集》十卷。此外尚有《断肠词》一卷行世。

清平乐

夏日游湖

恼烟撩露。留我须臾住。携手藕花湖上路。一霎(shà)黄梅细雨[1]。

娇痴不怕人猜[2]。和衣睡倒人怀。最是分携时候[3]，归来懒傍妆台。

说　明

此词写与恋人夏日游湖。“和衣睡倒人怀”句，体现了朱淑真对爱情的大胆追求。

注　释

①**黄梅细雨**：江浙一带四五月间梅子成熟时常多连绵之雨，俗称“梅雨”。宋人陆佃《埤雅》云：“今江湘二浙四五月之间，梅欲黄落则水润土溽，础壁皆汗，蒸郁成雨，其霏如雾，谓之梅雨。”

②**娇痴**：天真可爱而不解事。此处指撒娇装傻。

③**分携**：离别。

译　文

恼人的烟雾，撩人的露珠，留我们片刻停住脚步。我们携手，走在藕花湖上的小路。突然，下了一阵黄梅细雨。

撒娇装傻，不怕人猜。和着衣裳，睡倒他怀。最令人伤感的，是分别的时候。回来后，懒得傍着妆台。

词 评

易安“眼波才动被人猜”，矜持得妙；淑真“娇痴不怕人猜”，放诞得妙。均善于言情。

——清·吴衡照《莲子居词话》

蝶恋花

送 春

楼外垂杨千万缕。欲系青春[1]，少住春还去。犹自风前飘柳絮。随春且看归何处。　绿满山川闻杜宇。便做无情，莫也愁人苦。把酒送春春不语。黄昏却下潇潇雨。

说 明

此词以拟人手法写惜春之情，词中的“垂杨”“杜宇”都已被人格化。

注 释

①**青春**：指春天。春天草木茂盛，其色青绿，故称春天为青春。

译 文

楼外垂杨的千万丝缕，想将春系住。可春天暂时停留了一会儿，就又离去。垂杨不甘心，还让柳絮在风前飘舞，跟随着春天，姑且看看春天归向何处。

一片绿色中，只听得杜鹃啼鸣。即便是那无情的杜鹃鸟，不也是愁苦着人所愁苦。我手持酒杯送春，春默默不语。黄昏时，又下起了潇潇的雨。

词 评

满怀妙趣，成片里出。体物无间之言。淡情深感。

——明·沈际飞《草堂诗余续集》

菩萨蛮

咏梅

湿云不渡溪桥冷。嫩寒初破东风影[1]。溪下水声长。一枝和月香。

人怜花似旧。花不知人瘦[2]。独自倚阑干[3]。夜深花正寒。

说　明

此词借咏梅，表达了词人对梅花高洁品格及其幽居生活的热爱。

注　释

①**嫩寒**：微寒。

②**花不知人瘦**：李清照《醉花阴》云："帘卷西风，人比黄花瘦。"

③**独自倚阑干**：本南唐人冯延巳《临江仙》词"酒余人散后，独自凭阑干"。

译　文

天际的湿云聚结不动。我立在溪桥上，感到丝丝轻寒。一枝梅花，刚刚在这轻寒中绽放。溪下水声绵长。如钩的霜月下，瘦影婆娑的梅花散发着清香。

我爱惜梅花，它依然如旧，花却不知道，我已经消瘦。我独自倚靠着栏杆，夜已深，花正寒。

词　评

"湿云""嫩寒"，词中佳语。

——明·董其昌《便读草堂诗余续集》

岳飞（一首）

岳飞（1103—1141），字鹏举，相州汤阴（今属河南）人。徽宗宣和四年（1122）应募从军，屡立战功，为承信郎。高宗即位，因上言北伐夺官。后投河北招讨使张所，为中军统领，以战功累迁枢密副使。为主和派秦桧所忌害，绍兴十一年（1141）以"莫须有"的"谋反"罪被害于大理寺狱中，年仅三十九岁。岳飞为抗金名将，孝宗淳熙六年（1179）追谥武穆，宁宗嘉定四年（1211）追封鄂王。岳飞擅词，遗著后人辑为《岳武穆集》。

小重山

昨夜寒蛩（qióng）不住鸣[1]。惊回千里梦，已三更（gēng）[2]。起来独自绕阶行。人悄悄，帘外月胧（lóng）明[3]。　白首为功名。旧山松竹老，阻归程[4]。欲将心事付瑶琴[5]。知音少，弦断有谁听[6]。

说　明

岳飞的抗金主张一再受到阻挠，此词抒发了他壮志难酬、知音不遇的苦闷心情。

注　释

①**寒蛩**：深秋的蟋蟀。

②**三更**：即第三更，约在半夜十一时至翌晨一时。更，量词，旧指夜间的计时单位，一夜分为五更，每更大约两小时。

③**胧明**：微明。

④**"旧山"二句**：意指故乡被金人占领，归路被阻断。

⑤**瑶琴**：用玉装饰的琴。

⑥**"知音"二句**：指俞伯牙与钟子期之事。《吕氏春秋·本味》载："伯牙鼓琴，钟子期听之。方鼓琴而志在太山，钟子期曰：'善哉乎鼓琴，巍巍乎若太山。'少选之间，而志在流水，钟子期又曰：'善哉乎鼓琴，汤汤乎若流水。'钟子期死，伯牙破琴绝弦，终身不复鼓琴，以为世无足复为鼓琴者。"

译　文

昨夜深秋的蟋蟀不停地鸣叫。惊醒我千里之外的故乡梦，已经三更。起来独自绕着台阶徘徊。四下寂无人声，帘外月色微明。

为了建功立业而生出白发。故乡的松竹老去，回归的路被阻断。想把心事寄托于瑶琴。无奈知音稀少，就是弹断了弦，又有谁来聆听？

词　评

怒发冲冠之词，固足以见忠愤激烈之气，律以依永之道，征是非体，不若《小重山》托物寓怀，悠然有余味，得风人讽咏之义焉。

——明·张綖《草堂诗余别录》

陆游（一首）

陆游（1125—1210），字务观，越州山阴（今浙江绍兴）人。年十二能诗文，以荫补登仕郎。高宗绍兴二十三年（1153）两浙转运司锁厅试，陆游为第一，以秦桧孙秦埙居其次，被抑置为末。第二年礼部试，主司复置陆游于前列，被秦桧黜落。秦桧死后，始为福州宁德主簿。孝宗即位，迁枢密院编修官兼编类圣政所检讨官，赐进士出身。因坚持抗金，屡遭主和派排斥。淳熙二年（1175），范成大帅蜀，为成都路安抚司参议官。三年，被劾摄知嘉州时燕饮颓放，罢职奉祠，因自号“放翁”。宁宗时官至宝章阁待制。晚年居山阴。陆游工诗、词、散文，亦长于史学。其诗多抒发爱国情怀和以身报国的壮志，也有一些闲适之作和反映爱情的诗篇。与尤袤、杨万里、范成大并称为“南渡后四大诗人”。有《剑南诗稿》《渭南文集》《南唐书》《老学庵笔记》《放翁词》。存词一百四十余首，是“辛派词人”的中坚。杨慎称其词纤丽处似秦观，雄慨处似苏轼。

卜算子

咏 梅

驿(yì)外断桥边①，寂寞开无主②。已是黄昏独自愁，更著(zhuó)风和雨③。　无意苦争春④，一任群芳妒⑤。零落成泥碾作尘，只有香如故。

说　明

此词以梅自喻，表达了作者孤高的志节和不被人理解的苦闷。

注　释

①**驿**：驿站，驿馆，古时用于公差或行人住宿、换马等临时休息之处。

②**无主**：没有主人，没人照顾、照管之意。

③**著**：同“着”，附着，此为遭受、经受之意。

●驿外断桥边，寂寞开无主

④**争春**：即争艳于春日，争奇斗艳之意。

⑤**一任**：任凭，听凭。

译　文

驿站外的断桥边，梅花寂寞地开放，无人理睬。已是黄昏时分，它独自哀愁，又遭受风和雨的摧残。

不想争艳于春日，也任凭百花嫉妒。梅花凋零后，将化作泥土，或是被碾作灰尘，但清香却依然如故。

词　评

言梅虽零落，而香不替如初，岂群芳所能妒乎？

——明·钱允治《类编笺释续选草堂诗余》

范成大（一首）

范成大（1126—1193），字致能，晚号石湖居士，吴县（今江苏苏州市）人。高宗绍兴二十四年（1154）进士，先为地方官，后入京任秘书省正字、吏部员外郎等职。孝宗乾道六年（1170）出使金国。后历任桂林、成都、宁波、南京等地地方官，在任期间曾兴修水利，减轻赋税。晚年居石湖。光宗绍熙四年（1193）卒，谥号文穆，因称“范文穆”。范成大善文，尤工于诗，出使金国时写有绝句七十二首，反映了沦陷区人民的生活与愿望；居乡期间，写了《四时田园杂兴》六十首，不仅反映了农村生活的各方面，也揭露了封建剥削的残酷。其诗风格多样，而以清丽温润为主。与杨万里、陆游、尤袤合称南宋“中兴四大诗人”。词有《石湖词》一卷，存词百余首。

南柯子[1]

怅望梅花驿[2]，凝情杜若洲[3]。香云低处有高楼[4]。可惜高楼、

不近木兰舟。　　缄（jiān）素双鱼远⑤，题红片叶秋⑥。欲凭江水寄离愁。江已东流、那（nǎ）肯更西流。

说明

此词作于范成大任四川制置使期间（1174—1176）。全篇用一连串的典故，抒写怀人念远之情。上片应为男子口吻，下片应为女子口吻。

注释

①南柯子：《南歌子》的别名。南歌子，唐教坊曲名，后用为词牌。有单调、双调。单调二十三字或二十六字，平韵，又名《春宵曲》《水晶帘》《碧窗梦》。双调五十二字，又有平韵、仄韵两体。又名《南柯子》《望秦川》《风蝶令》。此词曲调本属南音，故名《南歌子》。唐人另有《南歌子词》，单调二十字，平韵，即五言绝句，与此调不同。

②梅花驿：驿站的美称。《太平御览》引南朝宋人盛弘之《荆州记》："陆凯与范晔友善，自江南寄梅花一枝诣长安与晔，并赠诗曰：'折梅逢驿使，寄与陇头人。江南无所有，聊赠一枝春。'"

③杜若洲：语本《楚辞·九歌·湘夫人》："搴汀洲兮杜若，将以遗兮远者。"杜若，香草名。

④香云：祥云。

⑤缄素双鱼：指代书信。汉乐府《饮马长城窟行》："客从远方来，遗我双鲤鱼。呼儿烹鲤鱼，中有尺素书。"缄素，古人用缣帛作书，后因称书信为"缄素"。

⑥题红片叶秋：用红叶题诗的典故，意谓书信传情。唐人范摅《云溪友议》卷十："中书舍人卢渥，应举之岁，偶临御沟，见一红叶，命仆搴来。叶上有一绝句，置于巾箱，或呈于同志。及宣宗既省宫人，初下诏，许从百官司吏，独不许贡举人。渥后亦一任范阳，独获其退宫人。睹红叶而吁怨久之曰：'当时偶题随流，不谓郎君收藏巾箧。'验其书迹，无不讶焉。诗曰：'流水何太急，深宫尽日闲。殷勤谢红叶，好去到人间。'"御沟流叶题诗传情的事，另有几种记载：一、唐人孟棨《本事诗·情感》记有顾况的故事，说的是梧叶题诗；二、五代人孙光宪《北梦琐言》卷九记有唐僖宗时李茵的故事；三、宋人王铚《侍儿小名录》记有唐德宗时贾全虚的故事；四、宋人刘斧《青琐高议》所载张实的《流红记》，是综合前几家而改造的于祐与韩夫人的故事。

译文

惆怅地望着梅花驿，深情地凝视着杜若洲。在那香云低处，有一座高楼。可惜那座高楼，远离我的木兰舟。

传递尺素的双鱼杳无踪影。我在秋日的红叶上题写着相思字。想要凭借江水寄出叶上的离愁。可是江水已东流，哪里肯再西流。

词评

上下阕之后二句，高楼而移傍兰舟，东流而挽使西注，皆事理所必无者，借以为喻，见虚愿之难偿。

——俞陛云《唐五代两宋词选释》

杨万里（一首）

杨万里（1127—1206），字廷秀，号诚斋，吉州吉水（今属江西）人。高宗绍兴二十四年（1154）进士。高宗、孝宗、光宗三朝曾任太常丞、广东提点刑狱、尚书左司郎中兼太子侍读、秘书监、江东转运副使等职。宁宗朝韩侂胄当权，杨万里因与其政见不合，辞官居家，隐居十五年不出。后因忧愤国事而卒。谥文节。杨万里是南宋著名诗人，初学江西诗派，后转学王安石与晚唐诗，最终形成清新活泼而富有理趣的风格，时称“诚斋体”。一生作诗两万余首，传世四千二百首，与陆游、尤袤、范成大并称“南宋四大家”（亦称“中兴四大诗人”）。有《诚斋集》传世。词作不多，风格近其诗。

好事近[1]

七月十三日夜登万花川谷望月作

月未到诚斋[2]，先到万花川谷。不是诚斋无月，隔一林修竹。

如今才是十三夜，月色已如玉。未是秋光奇绝[3]，看十五十六。

说明

此词作于光宗绍熙四年至五年（1193—1194）间。万花川谷是杨万里吉水（今属江西）故乡的一座园林。词咏月色，也隐含着对自身气节的称许。

注　释

①**好事近**：词牌名。又名《钓船笛》《翠圆枝》等。双调四十五字，仄韵。

②**诚斋**：杨万里书斋名。关于"诚斋"的得来，据《宋史》记载，杨万里任永州零陵丞时，南宋力主抗金的重臣张浚正谪居于此，杨万里有幸得见。张浚勉之以"正心诚意"之学，万里服教终身，乃名其书室曰"诚斋"。

③**未是**：还不是。**奇绝**：奇妙非常。

译　文

月光没有照到诚斋，先照到了万花川谷。不是诚斋没有月亮，而是隔着一林修竹。

如今才是十三的夜晚，月色已经如玉一般。这还不是秋光最为奇妙的时候。且看十五、十六夜晚的月光。

●如今才是十三夜，月色已如玉

词　评

杨万里不特诗有别才，即词亦有奇致。其《好事近》云："（略）。"昔人谓东坡词是曲子中缚不住者，廷秀词又何多让，乃知有气节人，笔墨自然不同。

——清·王奕清《历代词话》引《续清言》

辛弃疾（四首）

辛弃疾（1140—1207），字坦夫，改字幼安，号稼轩，历城（今山东济南）人。靖康末中原沦陷，青年的辛弃疾即率众抗金。高宗绍兴三十一年（1161），投忠义军耿京部，为掌书记。次年奉表归宋。耿京部将张安国杀耿京降金，辛弃疾率将直趋金营，缚张安国以归。辛弃疾惊人的勇敢和果断，使他名噪一时，高宗因授他江阴签判。辛弃疾担任过多地的地方官，颇有治绩。后因主和派的忌恨，赋闲多年。宁宗嘉泰三年（1203），起知绍兴府兼浙东安抚。四年迁知镇江府，旋坐谬举落职。开禧三年（1207）召赴行在奏事，未受命而卒。恭帝德祐元年（1275）追谥“忠敏”。辛弃疾一生以抗金、恢复中原为志，但备受排挤，壮志难酬。辛弃疾工词，以词著称，有“词中之龙”（清人陈廷焯《白雨斋词话》）的美誉。他的词风格多样，以豪放为主，是豪放词派的代表，与苏轼合称“苏辛”，与李清照并称“济南二安”。有词集《稼轩长短句》。

青玉案[1]

元　夕

东风夜放花千树。更吹落、星如雨。宝马雕车香满路[2]。凤箫声动[3]，玉壶光转[4]，一夜鱼龙舞[5]。　蛾儿雪柳黄金缕[6]。笑语盈盈暗香去。众里寻他千百度。蓦（mò）然回首[7]，那人却在，灯火阑珊处。

说　明

此词写元夕景象。旧称农历正月十五为上元节，此夜称“元夕”，与“元夜”“元宵”同。

注　释

①**青玉案：**词牌名，取自汉人张衡《四愁诗》：“美人赠我锦绣段，何以报之青玉案。”又名《横塘路》《西湖路》，双调六十七字，前后阕各五仄韵，上去通押。

②**宝马：**名贵的马。**雕车：**装饰华丽的车。

③**凤箫：**即排箫的美称。以竹为之，参差如凤翼，故名凤箫。

④**玉壶：**喻明月。

⑤**鱼龙：**古代百戏杂耍的一种。一说此处指扎成鱼龙形状的灯。

⑥**蛾儿雪柳：**都是宋代元夕节妇女的装饰。《宣和遗事》前集载：“少刻，京师民有似雪浪，尽头上戴着玉梅、雪柳、闹蛾儿。”

⑦**蓦然：**猛然间，不经意地。

译　文

元夕灯火辉煌，仿佛是东风在夜间吹绽了千树的花，又吹落星星如雨下。名贵的马、华丽的车，一路上香气飘洒。凤箫声响起，皎洁的月光转动着，鱼龙百戏彻夜地舞弄着。

女孩子头上的蛾儿雪柳，垂下金色的丝缕。她们仪态美好，说说笑笑着走过。我在众人中寻找她不下千次百次，都没有找到。不经意间一回头，原来她却在灯火将尽之处。

词评

艳体亦以气行之，是稼轩本色。

——清·陈廷焯《词则·闲情集》

摸鱼儿[1]

淳熙己亥[2]，自湖北漕（cáo）移湖南[3]，同官王正之置酒小山亭[4]，为赋。

更能消[5]、几番风雨。匆匆春又归去。惜春长怕花开早，何况落红无数。春且住。见说道、天涯芳草无归路[6]。怨春不语。算只有殷勤，画檐蛛网，尽日惹飞絮。　长门事[7]，准拟佳期又误。蛾眉曾有人妒[8]。千金纵买相如赋。脉脉此情谁诉。君莫舞。君不见、玉环飞燕皆尘土[9]。闲愁最苦。休去倚危栏，斜阳正在，烟柳断肠处。

说明

此词作于宋孝宗淳熙六年（1179）暮春。当时是辛弃疾南渡之后的第十七年，时年四十岁。十七年中，他一直不受重用，只做过一些散职。词中表面写惜春之情和蛾眉遭妒，实际上是作者借此抒发自己年华空逝、壮志难酬的愤慨。末句流露出了对国家命运的关切之情。夏承焘《唐宋词欣赏》评此词“肝肠似火，色貌如花”。

注释

①**摸鱼儿：**唐教坊曲名，后用为词牌。本名《摸鱼子》，又名《陂塘柳》《山鬼谣》等。

②**淳熙己亥：**即公元1179年。淳熙，宋孝宗的年号。己亥，干支之一。

③**漕：**本指用水道转运粮食，这里是漕运司或漕司的简称。

④**“同官”句：**辛弃疾调离湖北转运副使后，由王正之接任，故称“同官”。小山亭，宋人王象之《舆地纪胜》：“绍兴二年复置荆湖北路转运副使，治鄂州。有副使、判官东西二衙。……小山在东漕衙之乖崖堂。”

⑤**消：**经受。

⑥**天涯：**犹天边。形容极远的地方。《古诗十九首·行行重行行》：“相去万余里，各在天一涯。”

⑦**长门事：**用武帝陈皇后典。司马相如《长门赋序》：“孝武皇帝陈皇后，时得幸，颇妒。别在长门宫，愁闷悲思，闻蜀郡成都司马相如天下工为文，奉黄金百斤，

为相如、文君取酒，因于解悲愁之辞，而相如为文以悟主上，陈皇后复得亲幸。”陈皇后复得幸事史传不载。长门，汉代宫殿名，武帝陈皇后失宠后被幽闭于此。

⑧蛾眉曾有人妒：语出屈原《离骚》：“众女嫉余之蛾眉兮，谣诼谓余以善淫。”蛾眉，蚕蛾的触须细长而弯曲，因以比喻女子美丽的眉毛。

⑨玉环：指唐玄宗的贵妃杨玉环。**飞燕**：指汉成帝的皇后赵飞燕。两人都得宠且善妒。《赵飞燕外传》附《伶玄自叙》：“哀帝时，子于（伶玄字）老休，买妾樊通德，有才色，知书，颇能言赵飞燕姊弟故事。子于闲居命言，厌厌不倦。子于语通德曰：‘斯人俱灰灭矣！当时疲精力驰骛嗜欲蛊惑之事，宁知终归荒田野草乎！’”

译　文

还能经受几次风雨？春天又匆匆地归去。爱惜春光，常怕花开太早，何况已是落红无数。春天啊，请你暂且停驻。听说芳草萋萋遍布天涯，使你迷失了归路。可怨的是春天不言不语。算来，只有那画檐下的蜘蛛网犹自多情，整天黏着飘飞的柳絮。

陈皇后在长门宫等待恩遇，无奈预想的佳期又白白辜负。她的美貌曾经有人嫉妒。就算花费千金去买司马相如的《长门赋》，内心的感情又能向谁去倾诉？请你不要再得意。难道你看不见，杨玉环、赵飞燕全都化作了尘土！无端无谓的忧愁最令人悲苦。不要去倚靠高处的栏杆。因为斜阳正映照着如烟的柳树，那正是令人断肠之处。

词　评

稼轩“更能消、几番风雨”一章，词意殊怨，然姿态飞动，极沉郁顿挫之致。起处“更能消”三字，是从千回万转后倒折出来，真是有力如虎。又云：怨而怒矣！然沉郁顿宕，笔势飞舞，千古所无。“春且住”三字一喝，怒甚。结得愈凄凉、愈悲郁。

——清·陈廷焯《白雨斋词话》

丑奴儿[1]

书博山道中壁

少年不识愁滋味，爱上层楼[2]。爱上层楼。为赋新词强说愁。

而今识尽愁滋味，欲说还休。欲说还休。却道天凉好个秋。

说　明

此词作于淳熙九年（1182）至十四年（1187）间，时辛弃疾闲居上饶。博山，在今江西上饶市东、广丰县西。古名通元峰，因形似庐山香炉峰，故改名博山（博山为香炉名）。有博山寺、雨岩等名胜。

注　释

①**丑奴儿**：即《采桑子》。采桑子，唐教坊大曲有《采桑》，后截取一“遍”单行，用为词牌。又名《丑奴儿令》《罗敷媚》等。

②**层楼**：高楼。

译　文

少年时，不知道愁是什么滋味，爱上高楼。爱上高楼，为赋新词，勉强说愁。

如今尝尽愁的滋味，想说却没说。想说却没说，却道：“好个清凉的秋天啊！”

词　评

前是强说，后是强不说。

——明·卓人月汇选、徐士俊参评《古今词统》

鹧鸪天

鹅湖归[1]，病起作。

枕簟溪堂冷欲秋[2]。断云依水晚来收。红莲相倚浑如醉，白鸟无言定自愁。　书咄咄（duō）[3]，且休休[4]。一丘一壑也风流[5]。不知筋力衰多少，但觉新来懒上楼[6]。

说　明

此篇约作于淳熙十三年（1186）辛弃疾闲居上饶时。全词虽信笔写来，却饱含着壮志难酬的无尽悲愤。所谓“一丘一壑也风流”其实是反语。

注　释

①**鹅湖**：山名，在今江西铅山县东北。《铅山县志》载：“鹅湖山在县东北，周回四十余里。其影入于县南西湖。诸峰联络，若狮象犀猊，最高者峰顶三峰挺秀。《鄱阳记》云：‘山上有湖多生荷，故名荷湖。’东晋人龚氏居山蓄鹅，其双鹅育子数百，羽翮成乃去，更名鹅湖。唐大历中大义智孚禅师植锡山中，双鹅复还。山麓有仁寿院，禅师所建，今名鹅湖寺。”

②**簟**：竹席或苇席。

③**咄咄**：表示失意的感叹，用殷浩事。刘义庆《世说新语·黜免》载：“殷中军（浩）被废，在信安，终日恒书空作字。扬州吏民寻义逐之，窃视，唯作‘咄

咄怪事'四字而已。"

④休休：悠闲的样子，用司空图事。《新唐书·卓行传》载："（司空图）本居中条山王官谷，有先人田，遂隐不出。作亭观素室……名亭曰休休，作文以见志曰：'休，美也，既休而美具。故量才，一宜休；揣分，二宜休；耄而聩，三宜休。又少也堕，长也率，老也迂，三者非济时用，则又宜休。'"

⑤一丘一壑：指退隐在野，放情山水。《汉书·叙传》载："渔钓于一壑，则万物不奸其志；栖迟于一丘，则天下不易其乐。"刘义庆《世说新语·品藻》："明帝问谢鲲：'君自谓何如庾亮？'答曰：'端委庙堂，使百僚准则，臣不如亮；一丘一壑，自谓过之。'"

⑥"不知"二句：唐人刘禹锡《秋日书怀寄白宾客》："兴情逢酒在，筋力上楼知。"筋力，体力、精力。

译　文

躺在临溪堂舍的枕席上，觉出丝丝冷意，好像秋天即将来到。片片云彩倒映在水中，暮色降临才渐渐敛收。红色的莲花互相倚靠，完全像喝醉了酒；白色的水鸟不言不语，一定是在独自发愁。

与其学殷浩写"咄咄怪事"发泄怨气，还不如像司空图一样退隐休休亭。退隐在野，放情山水，也堪称潇洒风流。不知体力衰减了多少，只觉近来懒得上楼。

词　评

壮心不已。稼轩胸中有如许不平之气。

——清·陈廷焯《词则·放歌集》

程垓（一首）

程垓（生卒年不详），字正伯。眉州眉山（今属四川）人。程正辅之孙。曾与尤袤、陆游等游。光宗绍熙三年（1192），已年过五十，杨万里荐以贤良方正科。工诗文及词。家有拟舫号"书舟"，词集因名《书舟词》。

愁倚阑[1]

春犹浅，柳初芽。杏初花。杨柳杏花交影处，有人家。　玉窗明[2]暖烘霞[3]。小屏上、水远山斜。昨夜酒多春睡重，莫惊他。

说　明

此词写夫妻日常生活中的一个温馨的场景。

注　释

①**愁倚阑**：词牌名。即《春光好》。春光好，唐教坊曲名，后用为词牌。《羯鼓录》载唐玄宗临轩击鼓，见春色明丽，因取为曲名。又名《愁倚阑令》等。

②**玉窗**：窗的美称。

③**烘**：衬托，渲染。

译　文

春色尚浅，柳才发芽，杏刚开花。杨柳和杏花的影子相交处，有一户人家。

明亮的日光透过窗子，将屋内烘托得温暖如霞。小屏风上，流水绵远，山势横斜。我那夫君昨夜喝多了酒，春睡正浓，可不要惊醒他。

词　评

此词甚别致，不言情而情胜。

——清·陈廷焯《词则·闲情集》

姜夔（五首）

姜夔（1155？—1221？），字尧章，鄱阳（今属江西）人。一生漂泊，终身未仕。所居曾与白石洞天为邻，因号“白石道人”。四处游历，与诗人词客交游，但绝不依傍豪门、阿谀逢迎。姜夔多才多艺，工诗词，擅书法，精通音律，能自度曲。其诗词得到著名诗人杨万里、范成大，著名词人辛弃疾等人的赏鉴。其词多写身世飘零之感与怀人相思之情，亦有感慨国事之作。词风清空峭拔，词境幽冷悲凉。晚年生活困顿。据传姜夔去世后，靠友朋捐资，才勉强葬于杭州钱塘门外的西马塍。著有《白石道人歌曲》《白石道人诗集》《白石道人诗说》《绛帖平》《续书谱》等。

扬州慢①

淳熙丙申至日②，予过维扬③。夜雪初霁(jì)④，荠(jì)麦弥(mí)望⑤。入其城则四顾萧条，寒水自碧，暮色渐起，戍角悲吟[6]。予怀怆（chuàng）然[7]，感慨今昔，因自度（duó）此曲。千岩老人以为有黍离之悲也[8]。

淮左名都[9]，竹西佳处[10]，解鞍少驻初程。过春风十里[11]，尽荠麦青青。自胡马窥江去后[12]，废池乔木，犹厌言兵。渐黄昏，清角吹寒[13]，都在空城。　杜郎俊赏[14]，算而今、重到须惊。纵豆蔻词工[15]，青楼梦好[16]，难赋深情。二十四桥仍在[17]，波心荡、冷月无声。念桥边红药[18]，年年知为谁生。

说　明

宋孝宗淳熙三年（1176）冬至日，姜夔约二十二岁，因路过战争洗劫后的扬州，感今追昔，写下此词。全词通过今昔对比，抒发了山河残破的哀思，词境幽冷悲凉。

注　释

①**扬州慢：**姜夔自度曲，见词序。

②**淳熙丙申：**淳熙三年（1176）。**至日：**此处指冬至日。

③**维扬：**扬州。

④**霁：**雨雪停止，天放晴。

⑤**荠麦：**荠菜和麦子。**弥望：**满眼。

⑥**戍角：**边防驻军的号角声。

⑦**怆然：**悲伤的样子。

⑧**千岩老人：**南宋诗人萧德藻，号千岩老人，是姜夔的叔岳父。**黍离：**本为《诗经·王风》中的篇名。《诗经·王风·黍离序》："《黍离》，闵宗周也。周大夫行役，至于宗周，过故宗庙宫室，尽为禾黍，闵周室之颠覆，彷徨不忍去而作是诗也。"后遂将"黍离"用作感慨亡国的词语。

⑨**淮左：**指扬州。宋代扬州属淮南东路，故称淮左。

⑩**竹西佳处：**指代扬州。杜牧《题扬州禅智寺》云："谁知竹西路，歌吹是扬州。"后人因于其地筑"竹西亭"，又名"歌吹亭"，在扬州府甘泉县（今江苏省扬州市）北。

⑪**春风十里：**语出杜牧《赠别》："娉娉袅袅十三余，豆蔻梢头二月初。春风十里扬州路，卷上珠帘总不如。""春风十里"此处指代扬州。这首诗也就是下阕的"豆蔻词"。

⑫**胡马、窥江：**指金兵的南下。高宗建炎三年（1129）和绍兴三十一年（1161），金兵两次南下，扬州都遭到惨重破坏。

⑬**清角**：凄清的号角声。

⑭**杜郎**：指唐代诗人杜牧，他曾在扬州任淮南节度使掌书记，以诗酒清狂著称。

⑮**豆蔻**：形容十三四岁的美少女。语出杜牧《赠别》："娉娉袅袅十三余，豆蔻梢头二月初。"

⑯**青楼梦**：语出杜牧《遣怀》："十年一觉扬州梦，赢得青楼薄幸名。"青楼，指妓院。

⑰**二十四桥**：杜牧《寄扬州韩绰判官》："二十四桥明月夜，玉人何处教吹箫。"二十四桥，扬州城内古桥。一说指二十四座桥（宋人沈括《梦溪补笔谈·杂志》），一说桥名"二十四"。清人吴绮《扬州鼓吹词序》："出西郭二里许有小桥，朱栏碧甃，题曰'烟花夜月'，相传为二十四桥旧址。盖本一桥，会集二十四美人于此，故名。"清人李斗《扬州画舫录·冈西录》："廿四桥即吴家砖桥，一名红药桥，在熙春台后。"清嘉庆十五年（1810）刻《重修扬州府志》："又传（隋）炀帝于月夜同宫女二十四人吹箫桥上，因名。则所谓二十四桥者止一桥矣。"

⑱**红药**：红芍药花。

译　文

在这淮南东路的著名都会、竹西亭畔的风光胜地，我解下马鞍，暂时停下刚开始的旅程。经过旧日"春风十里"的繁华地带，如今到处都是荠麦青青。自从金虏进犯江淮离开以后，这里荒废的池苑和高大的树木，都厌恶再谈兵事。黄昏渐近，凄清的号角声在寒风中吹响，回荡在这座空城。

杜郎那样俊逸风雅、精于品评的人，曾经在此快意地游赏。料想他如今重到，一定会感到吃惊。即使"豆蔻梢头二月初"的词句再工巧，"青楼薄幸"的扬州梦再美好，也难以表达深沉的感情。二十四桥依旧伫立在那儿，水中波心荡漾，清冷的月寂静无声。可怜那桥边的红芍药，年复一年，不知是在为谁而生？

词　评

起数语意不深，而措词却独有千古，愈味愈出。"自胡马窥江去后"数语，写兵燹之后情景，任他人千百言，总无此韵味。"二十四桥仍在，波心荡、冷月无声。念桥边红药，年年知为谁生。"古雅精炼，突过清真。

——清·陈廷焯《云韶集》

踏莎行

自沔东来[1]，丁未元日至金陵[2]，江上感梦而作。

燕燕轻盈，莺莺娇软[3]。分明又向华胥见[4]。夜长争得薄情知，春初早被相思染。　别后书辞，别时针线。离魂暗逐郎行(háng)远[5]。淮南皓月冷千山[6]，冥冥归去无人管。

说　明

姜夔二十多岁时，在合肥有过一段情缘，这段情缘令他牵挂了一生。淳熙十四年（1187）元日，姜夔约三十三岁，从汉阳东去湖州途中抵金陵时，梦见了合肥恋人，写下此词。“分明又向华胥见”说明他已不止一次梦到她了。末二句描绘的景象极幽极冷，其实也是词人凄凉心境的展现。

注　释

①**自沔东来：**姜夔从九岁起随父宦汉阳，姜夔的姐姐亦嫁于汉阳。父卒后，姜夔在姐姐家居住。此时姜夔应萧德藻之约，从汉阳姐姐家东去湖州（今浙江湖州）。沔，指汉阳（宋辖境相当今湖北汉川及武汉市长江以西地区）。

②**丁未：**宋孝宗淳熙十四年（1187）。**元日：**元旦。

③**燕燕、莺莺：**指所恋之人。

④**华胥：**指梦境。《列子·黄帝》：“（黄帝）昼寝，而梦游于华胥氏之国。……其国无帅长，自然而已；其民无嗜欲，自然而已……黄帝既寤，怡然自得。”

⑤**郎行：**情郎那里。

⑥**淮南：**此处指合肥。

●别后书辞，别时针线

译　文

她如燕子般身姿轻盈，如黄莺般娇声婉转，我分明又在梦中得见。她向我倾诉着：长夜难眠，你这个薄情郎怎么能够知道？春天刚刚来到，我却早早就被相思所扰。

别时密缝针线，别后频寄书信。灵魂离开了躯体，悄悄地追随到远方的情郎身边。淮南的明月，照冷了千山。她的离魂，就在沉沉的黑夜里归去，一路上也没有人照管。

词　评

此首元夕感梦之作，起言梦中见人，次言春夜思深。换头言别后之难忘，情亦深厚。书辞针线，皆伊人之情也。天涯飘荡，睹物如观见人，故曰“离魂暗逐郎行远”。“淮南”两句，以景结，境既凄黯，语亦挺拔。昔晁叔用谓东坡词“如王嫱、西施，净洗却面，与天下妇人斗好”，白石亦犹是也。刘融斋谓白石“在乐则琴，在花则梅，在仙则藐姑冰雪”，更可知白石之淡雅在东坡之上。

——唐圭璋《唐宋词简释》

浣溪沙

丙辰岁不尽五日[①]，吴松作[②]。

雁怯重云不肯啼。画船愁过石塘西[③]。打头风浪恶禁持[④]。春浦渐生迎棹(zhào)绿[⑤]，小梅应长(zhǎng)亚门枝[⑥]。一年灯火要人归[⑦]。

说　明

此词表达了姜夔作为一个游子强烈的思乡怀归之情。宋宁宗庆元二年丙辰（1196）除夕前五日，姜夔从无锡乘船归杭州（当时姜夔移家杭州，依张鉴门下），途中经过吴松，作此词。

注　释

①**丙辰岁**：宋宁宗庆元二年（1196）。

②**吴松**：今江苏省苏州市吴江区。一说指太湖支流吴淞江。

③**石塘**：地名。在苏州小长桥附近，叠石而成。

④**恶禁持**：猛烈地摆布。

⑤**春浦**：春日的水滨。浦，水滨。

⑥**亚**：匹敌，相当。

⑦**要**：使，叫。

译　文

大雁害怕那重叠的阴云，不肯啼鸣。打头的风浪猛烈地摆布着画船，我忧愁船能否驶过石塘西畔。

春日的水滨，渐渐生出绿意，仿佛在迎接归来的客船。家中的小小梅树，应该长出了和门差不多高的枝干。一年将尽，那万家灯火，似在叫人快快回归故园。

词　评

“春浦”句，客中之景，谓可以归矣。“小梅”句，家中之景，谓待人归去。

——沈祖棻《宋词赏析》

鹧鸪天

元夕有所梦

肥水东流无尽期[1]。当初不合种相思。梦中未比丹青见[2]，暗里忽惊山鸟啼。　春未绿，鬓先丝。人间别久不成悲。谁教岁岁红莲夜[3]，两处沉吟各自知。

说　明

宋宁宗庆元三年（1197），姜夔约四十三岁，在临安（今杭州）。这年正月十五晚，姜夔自称“怕春寒”而没有出去赏灯，却做了一个梦，于是写下此词。从词中可以看出，他并不是畏寒不出，而是怕触景伤情，再想起牵绊他一生、却无法在一起的合肥恋人。末二句可见其痴情。所谓“当初不合种相思”“人间别久不成悲”其实是反语。

●当初不合种相思

注　释

①**肥水**：也作“淝水”。源出今安徽合肥西南紫蓬山，东流经合肥入巢湖。

②**丹青**：指画像。

③**红莲**：指莲花灯。

译　文

肥水向东流去，没有停止之时。当初，就不该在那里埋下相思的种子。梦中她的身影，还不如画上分明；昏暗的梦境，又忽然被山鸟的啼声惊醒。

春风还未染绿大地，我的鬓发先已生出白丝。人间离别太久，也便没有伤悲。是谁让我们两人，在每年的元宵之夜分处两地，各自去感受沉吟怀想的滋味？

词评

此首元夕感梦之作，起句沉痛，谓水无尽期，犹恨无尽期。“当初”一句，因恨而悔，悔当初错种相思，致今日有此恨也。“梦中”两句，写缠绵颠倒之情，既经相思，遂不能忘，以致入梦，而梦中隐约模糊，又不如丹青所见之真。“暗里”一句，谓即此隐约模糊之梦，亦不能久做，偏被山鸟惊醒。换头，伤羁旅之久。“别久不成悲”一语，尤道出人在天涯况味。“谁教”两句，点明元夕，兼写两面，以峭劲之笔，写缱绻之深情，一种无可奈何之苦，令读者难以为情。

——唐圭璋《唐宋词简释》

徵　招[1]

越中山水幽远。予数上下西兴、钱清间[2]，襟抱清旷。越人善为舟，卷篷方底，舟师行歌，徐徐曳之，如偃卧榻上，无动摇突兀势，以故得尽情骋望。予欲家焉而未得，作《徵招》以寄兴。

《徵招》《角招》者，政和间大晟府尝制数十曲[3]，音节驳矣。予尝考唐田畸《声律要诀》云“徵与二变之调[4]，咸非流美”，故自古少徵调曲也。徵为去母调，如黄钟之徵[5]，以黄钟为母，不用黄钟乃谐，故隋唐旧谱不用母声。琴家无媒调、商调之类皆徵也，亦皆具母弦而不用。其说详于予所作《琴书》。然黄钟以林钟为徵[6]，住声于林钟，若不用黄钟声，便自成林钟宫矣；故大晟府徵调兼母声，一句似黄钟均，一句似林钟均，所以当时有落韵之讥。予尝使人吹而听之，寄君声于臣民事物之中[7]，清者高而亢，浊者下而遗，万宝常所谓“宫离而不附”者是已[8]。因再三推寻唐谱并琴弦法而得其意：黄钟徵虽不用母声，亦不可多用变徵蕤宾(zhǐ ruí)[9]、变宫应钟声[10]；若不用黄钟而用蕤宾、应钟，即是林钟宫矣；余十一韵均徵调仿此，其法可谓善矣。然无清声，只可施之琴瑟，难入燕乐[11]；故燕乐缺徵调，不必补可也。此一曲乃予昔所制，因旧曲正宫齐天乐慢前两拍是徵调，故足成之；虽兼用母声，较大晟曲为无病矣。此曲依晋史，名曰黄钟下徵调，《角招》曰黄钟清角调。

潮回却过西陵浦，扁舟仅容居士。去得几何时，黍离离如此。客途今倦矣。漫赢得、一襟(sì)诗思。记忆江南，落帆沙际，此行还是。　迤逦(yǐ lǐ)[12]。剡(shàn)中山，重(chóng)相见、依依故人情味。似怨不来游，拥(yǒng)

愁鬓十二。一丘聊复尔[13]，也孤负、幼舆高志[14]。水荭(hóng)晚[15]，漠漠摇烟，奈未成归计。

说明

此为姜夔晚年游浙东时所作。姜夔是一个生在不幸时代的不幸文人，他的一生都在与忧愁为伴。山河破碎之悲、客子飘零之苦、怀才不遇之叹，在这首词中都有所展露。“扁舟仅容居士”“依依故人情味”等句，又透出深深的孤独感。

注释

①**徵招**：此为姜夔自度曲，见词序。《孟子·梁惠王下》：“（齐景公）召大师曰：‘为我作君臣相说之乐！’盖《徵招》《角招》是也。”赵岐注：“《徵招》《角招》，其所作乐章名也。”杨伯峻注：“招同‘韶’。”

②**西兴**：渡口名，在今浙江萧山西。本名固陵，相传春秋时越国范蠡于此筑城。六朝时为西陵戍，五代吴越改名“西兴”。**钱清**：江名，在今浙江绍兴西北，以东汉太守刘宠受父老一钱而名。

③**政和**：宋徽宗年号。**大晟府**：北宋时掌管音乐的官署，徽宗崇宁中创立。

④**二变**：古乐中指变宫、变徵二调。

⑤**黄钟**：古乐十二律中的第一律。

⑥**林钟**：古乐十二律中的第八律。

⑦**“寄君声”句**：《礼记·乐记》：“宫为君，商为臣，角为民，徵为事，羽为物。”

⑧**万宝常**：隋代民间音乐家。

⑨**蕤宾**：古乐十二律中的第七律。

⑩**应钟**：古乐十二律中的第十二律。

⑪**燕乐**：此指隋唐以后供宫廷宴饮、娱乐时使用的俗乐。

⑫**迤逦**：曲折连绵的样子。

⑬**“一丘”句**：意指退隐在野，放情山水。《汉书·叙传（上）》载：“渔钓于一壑，则万物不奸其志；栖迟于一丘，则天下不易其乐。”刘义庆《世说新语·品藻》：“明帝问谢鲲：‘君自谓何如庾亮？’答曰：‘端委庙堂，使百僚准则，臣不如亮；一丘一壑，自谓过之。’”

⑭**幼舆**：谢鲲的字。

⑮**水荭**：水草名。亦称荭草。叶子阔卵形，花红色或白色，可观赏。

译文

潮水退却，我再次经过西陵浦，扁舟仅容得下这个居士。我才离开多久啊，禾黍已长得如此茂盛，一副破败荒凉的样子。多年处在客行途中，我早已疲倦，徒然博得了满怀作诗的才思。记得在江南时，我将小船停泊在沙洲，此次行程还是这样。

曲折连绵的剡中山，再次相见，对我依依不舍，颇具故人的情谊。它们如髻鬟一般簇拥着，看上去像在发愁，似乎在埋怨我不来游赏此地。我只想姑且寄情于一丘一壑而已，但这样的高洁志向也不能成为现实。暮色渐起，水荇在烟雾中摇曳着，是那样迷蒙。无奈啊，我没有办法安家在此。

词评

曲中自古少徵调。大晟府尝制《徵招》，而音节尽驳。白石乃自制此曲，虽兼用母声，较大晟府为无病。因忆越中水乡风景，赋此寄兴，音谐而词婉。“依依故人”三句尤摇曳生姿。

——俞陛云《唐五代两宋词选释》

史达祖（二首）

史达祖（约1163—1220），字邦卿，号梅溪，祖籍汴（今河南开封）。屡试不第。宁宗初年，韩侂胄擅权，为韩堂吏，掌管文书，凡奉行文字、拟帖撰旨等皆出其手。曾陪使臣李壁至金，深得韩侂胄重用。开禧三年（1207）韩侂胄败，史达祖受牵连，被处黥刑。达祖工于词，作词追求细腻工巧，以咏物逼真著称，亦有感慨国事之作。有《梅溪词》传世。存词一百一十二首。

临江仙

倦客如今老矣①，旧时不奈春何。几曾湖上不经过。看花南陌醉，驻马翠楼歌。　远眼愁随芳草，湘裙忆著(zhuó)春罗②。枉教装得旧时多。向来箫鼓地，犹见柳婆娑。

说明

此为抚今追昔、伤时叹老之作。上片回忆曾经的疏狂生活。下片写如今的感怀。物是人非，春光再好，也提不起兴致了。一说此词为史达祖流放归来后，重游故地所作，表达了对昔日得势生活的追念。

注 释

①**倦客**：对旅居生活感到厌倦的客游人。

②**“远眼”二句**：化用五代人牛希济《生查子》“记得绿罗裙，处处怜芳草”句意。湘裙，湘地丝织品制成的女裙。春罗，丝织品的一种。

译 文

我这个疲倦的客游之人，如今已经老了。想当初，我禁不起春天的诱惑。恣意游赏之时，何曾不在湖上经过？在南边小路看花而沉醉，在翠楼边停下马来听歌。

我忧愁地望向远处连绵无际的芳草，想起她一袭嫩绿罗裙与我相见。如今的情景与旧时相似也是枉然，从前我们箫鼓合奏的地方，柳枝依旧婆娑。

词 评

《临江仙》结句云：“枉教装得旧时多。向来箫鼓地，犹见柳婆娑。”慷慨生哀，极悲极郁。较“临断岸、新绿生时，是落红、带愁流处”之句，尤为沉至。此种境界，却是梅溪独绝处。

——清·陈廷焯《白雨斋词话》

临江仙

愁与西风应有约[1]，年年同赴清秋[2]。旧游帘幕记扬州。一灯人著(zhuó)梦[3]，双燕月当楼。　罗带鸳鸯尘暗澹(dàn)[4]，更须整顿风流[5]。天涯万一见温柔。瘦应因此瘦，羞亦为郎羞(wèi)[6]。

说 明

此词写两地相思。上片为男子口吻，写他在清秋时节对恋人的思念。下片为女子口吻，写她因相思而消瘦憔悴。

注 释

①**应**：此处为表示料想之词。相当于“恐怕”“大概”。

②**清秋**：明净清爽的秋天。

③**著梦**：做梦，成梦。

④**罗带鸳鸯**：指绣有鸳鸯图案的衣带。罗带，丝织的衣带。**暗澹**：也作“暗淡”，指不鲜艳，不明亮。

⑤**整顿风流**：意谓整理容妆，使仪态美好动人。整顿，此处意为整理。风流，此指风韵。

⑥“瘦应”二句：唐传奇《会真记》女主角崔莺莺《寄诗》云：“自从消瘦减容光，万转千回懒下床。不为旁人羞不起，为郎憔悴却羞郎。”应，是。

译　文

愁与西风大概有个约定，它们同来赴约，在一年一度的清秋。不会忘记，旧游之地的帘幕千重；伴着孤灯，我又来到了梦里扬州。梦醒时分，只见燕子双栖，皓月当楼。

罗带已布满了灰尘，上面的鸳鸯图案也暗淡无光。此时更须梳洗打扮，整理容妆。万一在天之涯，见到那温柔的有情郎君，怎可再像这样憔悴无神？瘦，是因思念郎君而瘦；羞，亦为怕见郎君而羞。

词　评

秋士善怀，首二句联合写之，便标新异。唐人诗如“暝色赴春愁”及“群山万壑赴荆门”句，皆善用“赴”字，此言愁与风同赴，洵君房语妙（汉代贾捐之，字君房，长于文辞，杨兴称赞他“言语妙天下”。后用作称赞文笔美妙的典故。）也。“灯”、“月”句以对语结束上阕，旧梦扬州，托辞双燕，见燕双而人独，句法浑成而兼韵致，殊耐微吟。“罗带”二句姑作重逢之想。“天涯”句摇曳生姿。结句极写缠绵，“瘦”字承罗带而言，“羞”字承见面而言。吴梅村诗“当时对面忧吾瘦，即便多情见却羞”，殆有同感。青衫憔悴，红粉飘零，果羞属谁边耶？

——俞陛云《唐五代两宋词选释》

高观国（一首）

高观国（生卒年不详），字宾王，号竹屋，山阴（今浙江绍兴）人。工词，是南宋中期的著名词人，与史达祖常相唱和。有《竹屋痴语》。存词一〇八首。

少年游

草

春风吹碧，春云映绿，晓梦入芳裀（yīn）①。软衬飞花，远连流水，一望隔香尘②。　萋萋多少江南恨③，翻忆翠罗裙④。冷落闲门⑤，

凄迷古道，烟雨正愁人。

说　明

此词借咏草，抒发对恋人的思念之情。词的上片为梦中景象，下片写醒后情怀。全词清新淡雅，结句含有不尽之意。

注　释

①**芳裀**：此指茂美的草地。裀，古同“茵”，铺垫的东西。此指芳草萋萋如茵。

②**一望**：一眼望去，指视力所及的距离。**香尘**：芳香之尘。多指因女子之步履而起之尘。语出晋人王嘉的《拾遗记·晋时事》：“（石崇）又屑沉水之香如尘末，布象床上，使所爱者践之。”

③**萋萋**：草木茂盛的样子。

④**翠罗裙**：用以指代人，语出五代人牛希济《生查子》：“记得绿罗裙，处处怜芳草。”

⑤**闲门**：冷清的门庭。

译　文

清晓的残梦中，只见春风吹碧了芳草，春云映衬着绿茵。软绵绵的草地，伴着蜿蜒的流水伸向远方。极目远眺，却不见美人的芳踪，只有几点飞花，点缀着无边的芳草。

醒来后，望着眼前萋萋的芳草，不禁想起旧日江南身着翠色罗裙的她，又白白增添了幽恨满怀。冷冷清清的门庭外，凄凉迷茫的古道旁，无边的芳草，伴着迷蒙的细雨，惹起人心中无尽的忧愁。

词　评

“飞花”“流水”三句咏草固工，兼寓“春随人远”之感。后幅闲门古道，怀古伤今，百端交集，若平子之工愁（汉代张衡，字平子，有《四愁诗》）矣。

——俞陛云《唐五代两宋词选释》

张　辑（一首）

张辑（生卒年不详），字宗瑞，号东泽，鄱阳（今属江西）人。父亲张履信，曾知连州。张辑放浪湖山，以布衣终老。从姜夔学得诗法，为江湖派诗人。工词。其词亦有姜夔风范。有《东泽绮语债》《清江渔谱》。存词四十四首。

疏帘淡月[1]

秋　思

梧桐雨细。渐滴作秋声，被风惊碎。润逼衣篝（gōu）[2]，线袅蕙炉沉水[3]。悠悠岁月天涯醉。一分秋、一分憔悴。紫箫吟断，素笺恨切，夜寒鸿起。　　又何苦、凄凉客里。负草堂春绿[4]，竹溪空翠[5]。落叶西风，吹老几番尘世。从前谙（ān）尽江湖味。听商歌、归兴（xìng）千里[6]。露侵宿酒，疏帘淡月，照人无寐。

说　明

此词写秋夜客子的愁思。上片着重描写凄凉的秋景，下片着重抒发客子的愁情。全词情景交融，字里行间流露着羁旅之思和漂泊之感，"落叶西风"二句，又包含着几分世事无常、人生如梦的慨叹。词风清雅疏淡。

注　释

①**疏帘淡月**：即《桂枝香》。桂枝香，词牌名。双调，一〇一字，仄韵。清人毛先舒《填词名解》以为，这一词牌出于唐文宗时裴思谦状元及第后所赋的"夜来新惹桂枝香"句，以及唐懿宗时袁皓登第后所赋的"桂枝香惹蕊珠香"句。

②**衣篝**：衣熏笼，架在火上，可以熏衣服的竹笼。

③**蕙炉**：香炉。蕙，一种香草。**沉水**：沉香的别称。晋人嵇含《南方草木状·蜜香沉香》载："此八物同出于一树也……木心与节坚黑，沉水者为沉香，与水面平者为鸡骨香。"后因以"沉水"借指沉香。

④**草堂**：茅草盖的堂屋。旧时文人常自称其隐居之所为"草堂"。唐代诗人杜甫晚年曾隐居成都浣花溪畔，筑草堂，名为"浣花草堂"。白居易也曾筑"庐山草堂"。

⑤**竹溪**：竹林与溪水。指清幽的境地。据《新唐书·李白传》所载，唐开元末，李白客居任城（今山东济宁）时，与孔巢父、韩准、裴政、张叔明、陶沔共隐于泰安府徂徕山下的竹溪，纵酒酣歌，时号"竹溪六逸"。这里，作者借"竹溪六逸"之事表达自己向往闲适的情怀。

⑥**"从前"二句**："江湖味"语出姜夔《湖上寓居杂咏十四首·其一》："平生最识江湖味，听得秋声忆故乡。"谙，熟悉，此处意为经受，尝尽。商歌，悲凉的歌。"商"乃是五音（宫、商、角、徵、羽）之一。古人把五音与四季相配，商音配秋，凄凉悲切，故称悲凉的歌为"商歌"。归兴，归思，指回乡的兴致。一作"兴归"。

译　文

细雨敲打着梧桐，点点滴滴，化作秋声。秋风掠过，秋声更加细碎。衣熏笼旁铺着潮湿的衣物，沉香炉上升起袅袅细烟。悠悠岁月，浪迹天涯，本想借酒浇愁，将悲凉化为沉醉，哪知听到一分秋声，就添了一分憔悴。一支怨曲吹毕，我收起紫箫，展开素色的笺纸，却不知这深切的愁恨从何写起。秋夜越发寒凉，鸿雁在夜空飞过。

我孤寂冷落地在外乡做客，又是何苦？辜负了春日里翠色的草堂，竹林里清澈的溪水。落叶在西风中飞舞着。这西风，一年年地吹过尘世，想必尘世早已被吹得衰老。从前尝尽了漂泊江湖的滋味。如今这秋声宛如悲凉的歌，唤起了我的千里归思。宿酒未醒，寒露侵衣。浅淡的月光透过稀疏的帘帷，照着我这个一夜无寐的游子。

词　评

英雄失路，岁月易阻，回想故乡，能无耿耿。

——清·黄苏《蓼园词评》

洪咨夔（一首）

洪咨夔（1176—1236），字舜俞，号平斋，于潜（今属浙江）人。宁宗嘉泰二年（1202）进士，授如皋主簿。继中教官，调饶州教授。为崔与之所器重，崔帅淮东、成都，并辟置幕府，荐为籍田令、通判成都府。理宗朝，召为秘书郎，以言事忤史弥远，罢归。弥远死，以礼部员外郎召，迁监察御史，殿中侍御史、给事中。史嵩之入相，进刑部尚书，拜翰林学士、知制诰。加端明殿学士，提举万寿观。卒谥忠文。博学善诗词。著有《平斋集》三十二卷，《平斋词》一卷。

眼儿媚

平沙芳草渡头村。绿遍去年痕。游丝下上[1]，流莺来往[2]，无限销魂。　绮窗深静人归晚[3]，金鸭水沉温[4]。海棠影下，子规声里[5]，立尽黄昏。

说明

此词写女子的春日情思。或是哀叹年华，或是怀念远人，作者没有明说，却更耐人寻味。

注释

①**游丝**：空中飘拂着的蜘蛛丝等。

②**流莺**：莺流，谓莺鸣声婉转。

③**绮窗**：雕刻或绘饰得很精美的窗户。

④**金鸭**：金色的鸭形铜香炉。**水沉**：沉香木。明人李时珍《本草纲目·木一·沉香》：“（沉香）木之心节置水则沉，故名沉水，亦曰水沉。”此处指用沉香木制成的香。

⑤**子规**：杜鹃鸟的别称。

译文

渡头村边，平坦的沙地上，芳草又像去年一样绿遍满村。蛛丝上下飘动着，鸣声婉转的莺儿来来往往，这景象令人悲伤断魂。

窗子幽深寂静，她回来得很晚。金鸭炉内的水沉香，已快要燃尽。她走到院中，在那海棠花的影子下，杜鹃鸟的叫声中，从日落到入夜，静静地伫立着。

词评

警句：“海棠影下，子规声里，立尽黄昏。”

——元·陆辅之《词旨》

刘克庄（二首）

刘克庄（1187—1269），初名灼，字潜夫，号后村居士，莆田（今属福建）人。宁宗嘉定二年（1209）以荫补将仕郎，为真州录事参军、潮州通判。以作《落梅》诗获罪，不仕二十余年。理宗端平（1234—1236）初起历宗正簿、枢密院编修官、江东提刑等。淳祐六年（1246）赐同进士出身，除秘书少监兼中书舍人。以劾权相史嵩之，贬知漳州。景定（1260—1264）初迁工部尚书兼侍讲，以焕章阁学士致仕。尝受学于真德秀。反对南宋朝廷苟安妥协。擅诗词。早年受“四灵”影响，后与江湖诗人来往，并成为其中重要的作家。他的诗词内容丰富，广泛师法陆游、杨万里、辛弃疾，但散文化、议论化倾向较重。词风雄放沉厚，多感慨时事。词有《后村长短句》五卷，收录在《后村先生大全集》中。

风入松[①]

福清道中作

归鞍尚欲小徘徊。逆境难排。人言酒是消忧物[②]，奈病余、孤负金罍(léi)[③]。萧瑟捣衣时候[④]，凄凉鼓缶(fǒu)情怀[⑤]。　远林摇落晚风哀。野店犹开[⑥]。多情惟是灯前影，伴此翁、同去同来。逆旅主人相问[⑦]，今回老似前回。

说　明

此词作于绍定元年（1228），为悼亡之作，悼念逝去的妻子林节。时刘克庄罢官归乡，经过福清。福清，在今福建福州东南。

注　释

①**风入松：**古琴曲名，三国魏嵇康所作。后用为词牌。又名《远山横》等。有双调七十二、七十三、七十四、七十六字四体，平韵。

②**"人言"句：**《文选·曹操〈短歌行〉》："何以解忧？唯有杜康。"李善注："《汉书》东方朔曰：'臣闻消忧者莫若酒也。'"

③**金罍：**饰金的大型酒器。《诗经·周南·卷耳》："我姑酌彼金罍，维以不永怀。"朱熹集传："罍，酒器。刻为云雷之象，以黄金饰之。"此处泛指酒盏。

④**捣衣：**古时衣服常由纨素一类织物制作，质地较为硬挺，为使其柔软，须先置石上以杵反复舂捣，称为"捣衣"。

⑤**鼓缶：**典出《庄子·至乐》："庄子妻死，惠子吊之，庄子则方箕踞鼓盆而歌。"成玄英疏："盆，瓦缶也。庄子知生死之不二，达哀乐之为一，是以妻亡不哭，鼓盆而歌。"《艺文类聚》引晋人孙楚《庄周赞》："庄周旷荡，高才英隽，本道根贞，归于大顺。妻之不哭，亦何所欢，慢吊鼓缶，放此诞言，殆矫其情，近失自然。"后借"鼓缶"表明哀悼亡妻的情怀。

⑥**野店：**指乡村旅舍。

⑦**逆旅：**客舍，旅馆。

译　文

骑着马归来，还想暂时停留一阵。境遇不顺，难以排遣。有人说酒是消忧之物，无奈我病才刚好，徒然错过了酒盏。萧瑟的秋天来临，正是捣衣的时候。我思念亡妻的情怀，凄凉地萦绕在心头。

远处的林叶纷纷摇落，晚风正哀。乡村的旅舍还开着。唯有灯前我的影子最是多情，它伴着我这个老翁同去同来。客舍的主人问我："你这回，怎么比上回来更老了？"

词　评

刘潜夫《风入松·福清道中作》："多情惟是灯前影，伴此翁、同去同来。逆旅主人相问，今回老似前回。"语真质可喜。

——清·况周颐《蕙风词话》

卜算子

惜海棠

片片蝶衣轻[1]，点点猩红小[2]。道是天公不惜花，百种千般巧[3]。

朝见树头繁，暮见枝头少。道是天公果惜花[4]，雨洗风吹了。

说　明

此词借惜花，委婉曲折地表达了词人才不见用的愁苦情怀。

注　释

①**蝶衣**：此处比喻花瓣像蝴蝶翅膀一样轻盈。

②**猩红**：指像猩猩血那样鲜红的颜色。

③**巧**：美好，美丽。

④**果**：副词。果真。

译　文

片片花瓣，如蝶翅一般轻盈。点点猩红的花朵，鲜艳又娇小。说天公不爱惜花，花又长得百种千般的美好。

早上还见到树头花繁，晚上却见到枝头花少。说天公果真爱惜花，花又被雨洗风吹了。

词　评

此真寄托之上乘，较之"斫去桂婆娑，人道是清光更多"，更深一层。

——吴世昌《词林新话》

吴文英（五首）

吴文英（1200？—1260？），四明（今浙江宁波）人，字君特，号梦窗，晚号觉翁。本姓翁，后入继吴氏。理宗绍定（1228—1233）中为苏州仓台幕僚。晚年为荣王赵与芮门客。出入贾似道、史宅之之门。终生游幕。知音律，能自度曲，词名极重。有《梦窗词》，存词三百四十余首。词风密丽秾挚。《四库全书总目提要》评曰："盖其天分不及周邦彦，而研炼之功则过之。词家之有文英，亦如诗家之有李商隐也。"

莺啼序[1]

残寒正欺病酒[2]，掩沉香绣户。燕来晚、飞入西城，似说春事迟暮。画船载、清明过却[3]，晴烟冉冉吴宫树[4]。念羁情游荡，随风化为轻絮。　十载西湖，傍柳系马，趁娇尘软雾。溯红渐、招入仙溪[5]，锦儿偷寄幽素[6]。倚银屏、春宽梦窄，断红湿[7]、歌纨金缕[8]。暝堤空，轻把斜阳，总还鸥鹭。　幽兰旋老，杜若还生[9]，水乡尚寄旅。别后访、六桥无信[10]，事往花委，瘗（yì）玉埋香[11]，几番风雨。长波妒盼，遥山羞黛，渔灯分影春江宿，记当时、短楫桃根渡[12]。青楼仿佛，临分败壁题诗，泪墨惨淡尘土。　危亭望极，草色天涯[13]，叹鬓侵半苎（zhù）[14]。暗点检、离痕欢唾，尚染鲛绡[15]，亸凤迷归，破鸾慵舞[16]。殷勤待写，书中长恨，蓝霞辽海沉过雁[17]，漫相思、弹入哀筝柱。伤心千里江南[18]，怨曲重招，断魂在否。

说明

此为悼念恋人之作，又有羁旅之愁、身世之感夹杂其中。第一片写伤春之情、羁旅之愁。第二片回忆当初相遇、离别的往事。第三片回忆别后重访、伊人不见之感伤。第四片写如今的相思之苦。全词场景多变，时空交错，辞藻华丽，缠绵悱恻。

注　释

①**莺啼序**：词牌名，字数最多的词牌，二百四十字。首见于金人王喆词。王喆词首句为“莺啼序时绕红树”，调名或由此而得。

②**病酒**：酩酊大醉。

③**过却**：过去。

④**吴宫**：此指南宋都城的宫苑。南宋都城临安，旧属吴地。

⑤**“溯红”句**：用刘晨阮肇事。南朝宋人刘义庆《幽冥录》：“汉明帝永平五年，剡县刘晨、阮肇共入天台山取谷皮，迷不得返。经十三日，粮食乏尽，饥馁殆死。遥望山上，有一桃树，大有子实；而绝岩邃涧，永无登路。攀援藤葛，乃得至上。各啖数枚，而饥止体充。复下山，持杯取水，欲盥漱。见芜菁叶从山腹流出，甚鲜新，复一杯流出，有胡麻饭糁，相谓曰：‘此知去人径不远。’便共没水，逆流二三里，得度山，出一大溪，溪边有二女子，姿质妙绝，见二人持杯出，便笑曰：‘刘阮二郎，捉向所失流杯来。’晨肇既不识之，缘二女便呼其姓，如似有旧，乃相见忻喜。问：‘来何晚邪？’因邀还家。其家筒瓦屋。南壁及东壁下各有一大床，皆施绛罗帐，帐角悬铃，金银交错，床头各有十侍婢，敕云：‘刘阮二郎，经涉山岨，向虽得琼实，犹尚虚弊，可速作食。’食胡麻饭、山羊脯、牛肉，甚甘美。食毕行酒，有一群女来，各持五三桃子，笑而言：‘贺汝婿来。’酒酣作乐，刘阮忻怖交并。至暮，令各就一帐宿，女往就之，言声清婉，令人忘忧。至十日后欲求还去，女云：‘君已来是，宿福所牵，何复欲还邪？’遂停半年。气候草木是春时，百鸟啼鸣，更怀悲思，求归甚苦。女曰：‘罪牵君，当可如何？’遂呼前来女子，有三四十人，集会奏乐，共送刘阮，指示还路。既出，亲旧零落，邑屋改异，无复相识。问讯得七世孙，传闻上世入山，迷不得归。至晋太元八年，忽复去，不知何所。”

⑥**锦儿**：北宋人苏舜钦《爱爱集》所载钱塘名妓杨爱爱，有侍女名锦儿。此处可能是吴文英所遇侍女之名，也可能是泛指侍女。

⑦**断红**：此处指惜别的胭脂泪。

⑧**歌纨金缕**：唱歌用的纨扇、金线织的衣服。

⑨**杜若**：香草名。

⑩**六桥**：指西湖外湖苏堤上的六桥：昭波、锁澜、望山、压堤、东浦、跨虹，苏轼所建。

⑪**瘗玉埋香**：指美人亡故。瘗，掩埋、埋葬。玉、香，此处指美丽的女子。

⑫**桃根渡**：桃叶渡，在今江苏省南京市秦淮河畔，相传因晋人王献之在此迎送其爱妾桃叶而得名。桃根是桃叶的妹妹。王献之《桃叶歌》之二：“桃叶复桃叶，桃树连桃根。相怜两乐事，独使我殷勤。”此指送别情人之处。

⑬**天涯**：犹天边。形容极远的地方。《古诗十九首·行行重行行》：“相去万余

里，各在天一涯。”

⑭苎：苎麻，色白。

⑮鲛绡：传说中鲛人所织的绡。后借指薄绢、轻纱。这里指手帕。南朝梁人任昉《述异记》:“蛟人即泉先也，又名泉客。南海出蛟绡纱，泉先潜织，一名龙纱，其价百余金。以为入水不濡。南海有龙绡宫，泉先织绡之处，绡有白之如霜者。”晋人张华《博物志》:“南海外有鲛人，水居如鱼，不废织绩，其眼能泣珠。从水出，寓人家，积日卖绡。将去，从主人索一器，泣而成珠满盘，以与主人。”

⑯破鸾慵舞：意谓自己好似孤鸾，懒于在破镜前歌舞。典出南朝宋人范泰《鸾鸟诗》序：“昔罽宾王结罝峻卯之山，获一鸾鸟，王甚爱之。欲其鸣而不致也，乃饰以金樊，飨以珍羞。对之愈戚，三年不鸣。其夫人曰：‘尝闻鸟见其类而后鸣，何不县镜以映之。’王从其意。鸾睹形悲鸣，哀响冲霄，一奋而绝。”

⑰蓝霞辽海沉过雁：雁能传书，典出《汉书·苏武传》：“教使者谓单于言，天子射上林中，得雁，足有系帛书。”

⑱伤心千里江南：暗用《楚辞·招魂》“目极千里兮伤春心，魂兮归来哀江南”句意，表示对逝去情人的伤悼。

译　文

我因为饮酒过量而大醉，尚未消尽的寒意又来侵袭，于是我掩上了雕花的沉香门户。姗姗来迟的燕子飞入西城，似乎在说春意快要迟暮。清明过后，画船载着我游春，但见晴日烟霭缭绕着吴宫之树。想我心中的旅思与离情，都随风游荡，化为轻飘的柳絮了吧。

我居住在西湖边十载，曾经系马在柳树旁，快意地游赏风光，趁着尘雾迷蒙。沿着撒满落花的水行走，逐渐被招入仙溪，侍女锦儿偷偷地寄给我写有幽情蜜意的尺素。临别之际，我们倚靠着银色屏风，只觉得美梦是如此短暂，与它相比，春天也变得漫长。胭脂泪沾湿了唱歌用的纨扇、金线织的衣服。暮色降临，人去堤空，轻易地将斜阳映照的湖山，都交还给了鸥鹭。

幽兰很快老去，杜若再次长出，我仍寄居在这水国他乡。别后重访西湖六桥，杳无音信，往事已矣，花儿萎谢，伊人香消玉殒，深埋地下，不知经历了几番无情风雨。她的顾盼使绵长的水波嫉妒，她的黛眉令遥远的山峰羞怯，渔船灯火倒映在水中，我们在春江上寄宿。记得当时我们划着短桨离别，在那桃根渡头。青楼已经认不真切了。临分时，我曾在破败的墙壁上题诗，如今泪痕和墨迹全都暗淡无色，蒙上了尘土。

登上高亭极目远眺，芳草萋萋伸向天涯，可叹鬓发半白。我暗自检点当日的遗物，离别的泪痕、欢悦的唾迹，还染着鲛绡手帕。曾在她头上低垂着的凤钗，不见踪影，大概迷失了归路。妆镜已经破碎，鸾鸟也懒得再起舞。我想诚心诚意地把如此绵长的恨事写入信中，可是大雁就算飞过蓝色的晚霞，也会沉没在辽阔的大海。我只好徒然地把相思之情，弹入音调哀伤的筝柱。千里江南，令人心伤，奏起幽怨的曲调再次招魂，她的魂魄在否？

词　评

兹篇操纵自如，全体精粹，空绝古今。（"倚银屏"五句）追叙旧欢。"轻把斜阳"二句，束上起下，琢句精炼。（"长波"数句）此特序别离事，极淋漓惨淡之致。末段追昔，悼叹无穷。

——清·陈廷焯《词则·别调集》

浪淘沙

灯火雨中船[1]。客思(sì)绵绵。离亭春草又秋烟[2]。似与轻鸥盟未了[3]，来去年年。　往事一潸(shān)然[4]。莫过西园[5]。凌波香断绿苔钱[6]。燕子不知春事改，时立秋千。

说　明

此词上片写羁旅飘零之愁，下片写怀人相思之苦，含思凄楚。全词蕴藉婉转又不失流动晓畅，体现了吴词风格的另一面。

注　释

①**灯火雨中船**：语出唐人温庭筠《送淮阴孙令之官》："鱼盐桥上市，灯火雨中船。"

②**离亭**：古代建于离城稍远的道旁供人歇息的亭子。古人往往于此送别。

③**鸥盟**：与鸥鸟为伴，似有盟约。喻指隐居江湖。

④**潸然**：流泪的样子。

⑤**西园**：吴文英在苏州的旧居。

⑥**凌波**：喻美人步履轻盈飘逸，如乘碧波而行。曹植《洛神赋》："凌波微步，罗袜生尘。"**绿苔钱**：青苔。苔点形圆如钱，因称"苔钱"。

译　文

黄昏的灯火，映照着雨中的客船。客子愁思绵绵。离亭边的春草，又笼罩上秋日的烟。好像与鸥鸟的盟约没能践行，奔波来去，年复一年。

回首往事，泪下潸然。不要再经过西园。她清香的步履很久没到，西园已长出绿色的苔钱。燕子不知春事已改、人事已迁，仍然停在秋千上，和旧时一样。

词　评

前半片写作客情怀，婉转动人。况旧梦西园，凌波香断，则劳薪双足，益自伤矣。“燕立秋千”，与“黄蜂频扑秋千索”句，一若有知，一若无知，而感人怀抱则同。唐人诗“飞鸟不知陵谷变，朝来暮去弋阳溪”“庭树不知人去尽，春来还发旧时花”，一兴禾黍之悲，一寓故家之感。此词咏燕，则有悱恻之怀。无情之燕子，久看世态，似胜于人之有情；但万有终归寂灭，则无情与有情，亦彭殇一例耳。

——俞陛云《唐五代两宋词选释》

●门隔花深梦旧游

浣溪沙

门隔花深梦旧游。夕阳无语燕归愁。玉纤香动小帘钩[1]。　落絮无声春堕泪，行云有影月含羞。东风临夜冷于秋[2]。

说　明

此为怀念恋人之作。一说为代言之作，写女子春闺怀人。

注　释

①**玉纤**：纤细如玉的手指。多指美人的手。**帘钩**：卷帘所用的钩子。

②**临夜**：临近夜晚，即傍晚、黄昏。

译　文

在梦中，我又来到了旧游之处。深深的花丛遮掩着门，夕阳默默无语，归巢的燕子似在发愁。她用散发着香气的柔细的玉手掀动了帘钩。

落絮无声，那是春在堕泪；行云有影，那是月在含羞。傍晚东风拂面，竟然冷过寒秋。

词　评

句法将纵还收，似沾非着，以蕴酿之思，运妍秀之笔，可平睨方回，揽裾小晏矣。结句尤凄韵悠然。

——俞陛云《唐五代两宋词选释》

踏莎行

润玉笼(xiāo)绡[1]，檀樱倚扇[2]。绣圈犹带脂香浅[3]。榴心空叠舞裙红[4]，艾枝应压愁鬟乱[5]。　午梦千山，窗阴一箭[6]。香(bān)瘢新褪红丝腕[7]。隔江人在雨声中，晚风(gū)菰叶生秋怨[8]。

说明

此词写端午怀人。上片写梦中场景，下片写醒后相思。

注释

①**润玉**：喻如玉的肌肤。**绡**：薄的生丝织物；轻纱。此指薄纱衣服。

②**檀樱**：喻美人浅红的朱唇似樱桃。檀，浅绛色。樱，樱桃。

③**绣圈**：指绣花的领口。

④**榴**：石榴，一般开红花。

⑤**艾**：植物名。又名艾蒿，可入药。

⑥**箭**：此指漏箭。古代计时器漏壶上的部件。上面刻有时辰度数，随水浮沉以计时。

⑦**瘢**：创口或疮口愈合后留下的痕迹。此处泛指痕迹。

⑧**菰**：多年生草本植物，生长在池沼里。地下茎白色，地上茎直立，开紫红色小花。嫩茎名“茭白”，可食用。果实狭圆柱形，名“菰米”，亦称“雕胡米”，可作饭。

译文

她如玉般莹润的肌肤笼罩着轻纱，用扇子轻遮浅红色的樱桃小口。绣花的领口还带着脂香淡淡。红色的石榴裙空自叠着，艾枝应该已把含愁的髻鬟压乱。

午梦中，我越过了千山。醒来时，漏箭刚刚移动了一个刻度，我还在窗子的背面。梦中的她，刚刚褪下红丝，留下勒出的印痕在腕。我在雨声中伫立，江把我们隔在两岸。晚风吹动菰叶，仿佛生出了秋怨。

词评

读上阕，几疑真见其人矣。换头点睛，却只一梦，惟有雨声菰叶，伴人凄凉耳。“生秋怨”，则时节风物，一切皆空。

——陈洵《海绡说词》

夜游宫①

人去西楼雁杳。叙别梦、扬州一觉（jiào）②。云淡星疏楚山晓。听啼乌，立河桥，话未了。　雨外蛩声早③。细织就、霜丝多少④。说与萧娘未知道⑤。向长安⑥，对秋灯，几人老。

说　明

此为怀人词。上片借梦境，忆往事。下片于怀人中兼有伤老之感。

注　释

①**夜游宫**：词牌名。晋人王嘉《拾遗记》："汉成帝于太液池旁起宵游宫。"调名或本此。又名《新念别》等。双调五十七字，上下阕各六句，四仄韵。

②**叙别**：话别。**扬州一觉**：化用杜牧《遣怀》"十年一觉扬州梦，赢得青楼薄幸名"句意，表达往昔繁华如梦之意。一觉，相当于睡醒。

③**蛩声**：蟋蟀的叫声。

④**细织**："蟋蟀"又名"促织"，故云"细织"。**霜丝**：指白发。

⑤**萧娘**：女子的泛称，此处代指所怀之人。《南史·梁临川靖惠王宏传》载："宏受诏侵魏，军次洛口，前军克梁城。宏闻魏援近，畏懦不敢进。魏人知其不武，遗以巾帼。北军歌曰：'不畏萧娘与吕姥，但畏合肥有韦武。'""萧娘"由南朝梁字室姓而来，即姓萧的女子。后以"萧娘"为女子的泛称。

⑥**长安**：此处应指南宋都城临安（今杭州）。

译　文

西楼中的人已经离去，鸿雁也踪迹杳渺。我在梦中来到扬州，只见云朵淡薄，星辰稀疏，楚山渐明，正是和心上人话别的拂晓。我们听着乌鸦啼叫，伫立河桥，心中的千言万语还没有说尽了。

雨外的促织声，响起得太早。一声声，细细织就了白发多少？说与萧娘，她也未必能明晓。在这都城之中，对着一盏秋灯，人又是几番老？

词　评

"楚山"梦境，"长安"京师，是运典。"扬州"则旧游之地，是赋事。此时觉翁身在临安也。词则沉朴浑厚，直是清真后身。

——陈洵《海绡说词》

潘　牥（一首）

潘牥（1204—1246），字庭坚，以字行。初名公筠，后避理宗讳，改号紫岩，闽县（今属福建）人。理宗端平二年（1235）进士。因对策语直，遭御史弹劾，调镇南军节度推官、衢州推官，历浙西提举常平司。迁太学正，出通判潭州。淳祐六年（1246）卒于任。潘牥美姿容，少以豪侠闻名，读书五行俱下，时有谚云“探花真潘郎”。工诗词。有《紫岩集》，已佚。存词五首。

南乡子

题南剑州妓馆

生怕倚阑干[1]。阁下溪声阁外山。惟有旧时山共水[2]，依然。暮雨朝云去不还[3]。　　应是蹑飞鸾[4]。月下时时整佩环[5]。月又渐低霜又下，更阑[6]。折得梅花独自看。

说　明

此为旧地重游，追念故人之作。题写于南剑州妓馆。南剑州即今天的福建南平。全词融情入景，深婉曲折，饱含着物是人非之慨，结句言有尽而意无穷。

注　释

①**生怕**：只怕。**倚**：倚靠，靠着。**阑干**：即栏杆。

②**山共水**：山和水。

③**暮雨朝云**：指男女间的情爱欢会。典出宋玉的《高唐赋·序》，其文云：“昔者楚襄王与宋玉游于云梦之台，望高唐之观，其上独有云气……王问玉曰：‘此何气也？’玉对曰：‘所谓朝云者也。’王曰：‘何谓朝云？’玉曰：‘昔者先王尝游高唐，怠而昼寝，梦见一妇人曰：妾巫山之女也，为高唐之客，闻君游高唐，愿荐枕席。王因幸之。去而辞曰：妾在巫山之阳，高丘之岨，旦为朝云，暮为行雨。朝朝暮暮，阳台之下。’”

④**应是**：料想是。**蹑**：踩，踏。**飞鸾**：飞翔的鸾鸟。鸾，传说中的神鸟、瑞鸟。《山海经·西山经》载：“（女床之山）有鸟焉，其状如翟而五采文，名曰鸾鸟，见则天下安宁。”

⑤**佩环**：玉质佩饰物。多指女子所佩的饰物。杜甫《咏怀古迹五首·其三》云："画图省识春风面，环佩空归月夜魂。"

⑥**更阑**：更深夜残。

译 文

生怕倚靠着栏杆，阁下清溪，水声潺潺；阁外青山，翠色绵延。唯有这旧时的山和水，秀色依然。从前的种种，却如暮雨朝云一般，一去不还。

她大概是早已升仙。听，这溪声，多么像是她驾着飞鸾，在月光下时时整理佩环？月儿渐渐低沉，寒霜降下，已是更深夜残。我折得一枝梅花，独自观看。

词 评

此乃小令而大有转折者。从倚阑听到阁下溪，看到阁外山，而想到依然是旧时山水；而旧时山水依然，暮雨朝云却去不还矣。换头二句，承"去不还"，又归到眼前景。"月又渐低霜又下"，而时已"更阑"矣。结句"折得梅花独自看"，写出有馆无妓，意境何其凄切。

——张伯驹《丛碧词话》

刘辰翁（一首）

刘辰翁（1232—1297），字会孟，号须溪，吉州庐陵（今江西吉安）人。少登陆九渊门，补太学生。理宗景定三年（1262）廷试，因触忤权相贾似道，被置丙第。以亲老，请为濂溪书院山长。后被荐居史馆，辞而不赴，又除太学博士，因元兵进逼临安，路断未能成行。宋亡不仕，隐居家乡，著述终老。辰翁长于诗文及诗歌评点，尤工词，多抒家国之恨，沉痛真率，辞采绚烂。有《须溪词》。

兰陵王[1]

丙子送春

送春去。春去人间无路。秋千外、芳草连天[2]，谁遣风沙暗南浦[3]。依依甚意绪。漫忆海门飞絮[4]。乱鸦过，斗转城荒[5]，不见来时试

灯处[6]。　　春去。最谁苦。但箭雁沉边[7]，梁燕无主。杜鹃声里长门暮[8]。想玉树凋土[9]，泪盘如露[10]。咸阳送客屡回顾[11]。斜日未能度。春去。尚来否。正江令恨别[12]，庾信愁赋[13]。苏堤尽日风和雨[14]。叹神游故国[15]，花记前度[16]。人生流落，顾孺(rú)子[17]，共夜语。

说　明

此词作于宋恭帝德祐二年（1276）丙子。这一年，南宋都城临安沦陷。元军押送恭帝、全太后北去，宫妃与朝臣多被迫随行者。陆秀夫等于温州奉益王赵昰为天下兵马都元帅，后登船入海到达福州，立赵昰为帝，改元景炎。故国沦陷，满目衰败，词人无限悲痛，化为凄怨之词，寄托遥深。

注　释

①**兰陵王**：唐教坊曲名，后用为词牌。三段一百三十字或一百三十一字，仄韵。

②**连天**：与天相连。

③**南浦**：南面的水边。后常指送别之地。《楚辞·九歌·河伯》："送美人兮南浦。"南朝梁人江淹《别赋》："送君南浦，伤如之何。"

④**海门飞絮**：喻指像飞絮一样在海上漂流的南宋君臣。海门，内河入海之处。

⑤**斗转**：北斗转向，此处意谓转眼间。

⑥**试灯**：旧俗农历正月十五元宵节晚上张灯，以祈丰年。未到元宵节而张灯预赏，称为"试灯"。

⑦**箭雁沉边**：此喻北去的南宋君臣、后妃等。箭雁，中箭的大雁。沉边，沉落不返。

⑧**杜鹃**：鸟名，又名杜宇、子规。**长门**：汉宫名。司马相如《长门赋序》："孝武皇帝陈皇后，时得幸，颇妒。别在长门宫，愁闷悲思，闻蜀郡成都司马相如天下工为文，奉黄金百斤，为相如、文君取酒，因于解悲愁之辞，而相如为文以悟主上，陈皇后复得亲幸。"此处借指南宋宫殿。

⑨**玉树**：用珍宝制成的树，此处借指南宋宫中之宝物。语出《汉武故事》："上（汉武帝）于是于宫外起神明殿九间……前庭植玉树。植玉树之法，葺珊瑚为枝，以碧玉为叶，花子或青或赤，悉以珠玉为之。"

⑩**泪盘如露**：用金铜仙人典故。《三辅黄图》引《庙记》："神明台，武帝（指汉武帝刘彻）造，祭仙人处，上有承露盘，有铜仙人舒掌捧铜盘、玉杯，以承云表之露，以露和玉屑服之，以求仙道。"《魏略》："是岁（魏明帝曹叡景初元年，237），徙长安诸钟虡、骆驼、铜人、承露盘。盘折，铜人重不可致，留于霸城。"《汉

晋春秋》:"帝徙盘，盘折，声闻数十里，金狄或泣，因留于霸城。"唐人李贺《金铜仙人辞汉歌·序》:"魏明帝青龙元年八月，诏宫官牵车，西取汉孝武捧露盘仙人，欲立置前殿。宫官既拆盘，仙人临载，乃潸然泪下。"

⑪**咸阳送客**：语出李贺《金铜仙人辞汉歌》："衰兰送客咸阳道，天若有情天亦老。"

⑫**江令**：指江淹，江淹曾被降为建安吴兴令，世称"江令"，有《别赋》。陈亡，入隋北去。

⑬**庾信**：本仕梁，出使西魏，梁亡被留。北周代魏，又不予放还。有《愁赋》，今只存片段。

⑭**苏堤**：苏轼知杭州时所筑的长堤，在今浙江杭州西湖中。

⑮**神游**：身体不动而想象亲游某地。

⑯**前度**：化用刘禹锡《再游玄都观》中"前度刘郎今又来"句意。

⑰**孺子**：此指刘辰翁的儿子刘将孙。

译　文

送春天离去。春天离开后，人间已经没有它的归路。秋千外，芳草与天际相连。是谁让风沙遮暗了南浦？只觉依依不舍，说不出是什么意绪。徒然思念海门飞舞的柳絮。乱鸦飞过，星移斗转，都城荒凉，看不到当初试灯的繁华景象。

春天离去，谁最苦？中箭的大雁落到了边地，梁间的燕子没有了故主。杜鹃声里，长门宫已是日暮。想那玉树凋落成土，铜盘上的露水好似泪珠。辞别咸阳的客人，屡屡回顾。这凄凉的日暮时分，实在难度。

春天离去，还会回来吗？我正像江淹一样怨恨别离，像庾信一样创作愁赋。苏堤上整天凄风苦雨。可叹故国的美好，只能心神向往；前度花开，只能记在心底。人生流落无依，只能在夜里，与小儿相对共语。

词　评

题是送春，词是悲宋。曲折说来，有多少眼泪。

——清·陈廷焯《白雨斋词话》

周密（一首）

周密（1232—1298），字公谨，号草窗、蘋洲、弁阳老人、华不注山人、四水潜夫等，祖籍济南（今属山东），南渡后居吴兴（今属浙江湖州）。理宗景定二年（1261）入浙西安抚司幕。端宗景炎（1276—

1278）间知义乌县（今义乌市）。宋亡不仕，隐居弁山。后移居杭州。周密喜藏书校书，擅书画、音律、诗词，词与吴文英（号梦窗）齐名，时人称为“二窗”。生平撰述甚多。有《草窗韵语》《蘋洲渔笛谱》《草窗词》《武林旧事》《齐东野语》《癸辛杂识》《浩然斋雅谈》《云烟过眼录》《志雅堂杂钞》等。又选南宋词人佳作为《绝妙好词》。其词风格清丽，亡国后多凄楚悲凉之作。

探芳讯[1]

西泠(líng)春感

步晴昼。向水院维舟[2]，津亭唤酒[3]。叹刘郎重到[4]，依依谩(màn)怀旧。东风空结丁香怨[5]，花与人俱瘦。甚凄凉，暗草沿池，冷苔侵甃(zhòu)[6]。

桥外晚风骤。正香雪随波[7]，浅烟迷岫。废苑尘梁，如今燕来否[8]。翠云零落空堤冷，往事休回首。最消魂[9]，一片斜阳恋柳。

说　明

此词为周密于宋亡之后，重游故都所作，抒发了一个遗民的亡国之痛、陵谷沧桑之悲。西泠（líng）即西泠桥，又名西林桥、西陵桥。在杭州孤山西北尽头处，是从西湖孤山入北山的必经之路。周密《武林旧事》卷五《湖山胜概 · 孤山路》：“西陵桥又名西林桥，又名西泠桥，又名西村。”

注　释

①**探芳讯**：词牌名，又名《探芳信》等。

②**维舟**：系船。

③**津亭**：古代建于渡口旁的亭子。

④**刘郎重到**：用刘禹锡典。刘郎指刘禹锡，刘禹锡曾两游京都玄都观。有诗云：“种桃道士归何处，前度刘郎今又来。”

⑤**“东风”句**：用李商隐《代赠》“芭蕉不展丁香结，同向东风各自愁”句意。空结丁香，丁香的花蕾似结，因用以喻愁绪之郁结难解。

⑥**甃**：砖砌的井壁。也指砖。

⑦**香雪**：喻花。花白似雪，并有花香，故谓“香雪”。也可指落花和飞絮。

⑧**废苑尘梁，如今燕来否**：化用隋人薛道衡《昔昔盐》“空梁落燕泥”句意。废苑，指西湖一带原为南宋皇家的宫苑。

⑨**消魂**：销魂。此处形容极其哀愁。

译 文

在晴朗的白天漫步，在水院边系住小船，在渡口亭子里传唤美酒。可叹我再次来到，思绪绵绵，空自怀旧。东风徒然地吹着，丁香仍是含苞不开，好似愁绪郁结难解。花与人一样清瘦。太凄凉了，暗绿的草沿着水池伸延，幽冷的苔侵入砖砌的井壁。

桥边晚风急骤。落花、飞絮正随波辗转，淡烟正在山间缭绕，一片迷茫。废弃的宫苑里，灰尘落满屋梁，如今燕子还来否？翠云稀稀落落，空堤冷冷清清，往事休要再回首。最令人感伤的，是远处那一片斜阳的余晖，恋恋不舍地洒向杨柳。

词 评

西湖当南宋时，翠华临幸，士女嬉游，花月楼台，为西湖千百年来极盛之际。自白雁渡江以后，朝市都非，草窗以凄清词笔写之。“花与人俱瘦”句言花事之阑珊，“暗草沿池”句言池馆之凋残，“废苑尘梁”句言离宫之冷落，触处生悲，不尽周原之感。湖山举目，谁动余哀，剩有白发遗黎，扶筇凭吊，如残阳之恋柳耳。

——俞陛云《唐五代两宋词选释》

王沂(yí)孙（一首）

王沂孙（生卒年不详），字圣与，一字咏道，号碧山，又号中仙、玉笥山人，会稽（今浙江绍兴）人。与周密、张炎、唐珏诸公交游唱和。元至元（1264—1294）中，曾为庆元路（今浙江宁波）学正。以词著，有《花外集》，又名《碧山乐府》，存词六十四首。其词多咏物，间寓家国之恸，缠绵哀婉。

齐天乐(yuè)①

萤

碧痕初化池塘草②，荧荧野光相趁③。扇薄星流④，盘明露滴⑤，

零落秋原飞磷（lín）[6]。练裳（cháng）暗近[7]。记穿柳生凉，度荷分暝（míng）。误我残编，翠囊空叹梦无准[8]。　楼阴时过数点，倚阑人未睡，曾赋幽恨。汉苑飘苔，秦陵坠叶[9]，千古凄凉不尽。何人为省（xǐng）。但隔水余晖，傍林残影。已觉萧疏，更堪秋夜永。

说　明

此词借咏萤寄托亡国之恨，名为咏物，实为哀叹宋亡之作。其字里行间的悲凉之气，令读者难以为怀。清人周济《宋四家词选目录序论》评王沂孙词曰："碧山胸次恬淡，故黍离、麦秀之感，只以唱叹出之，无剑拔弩张习气。咏物最争托意隶事处，以意贯串，浑化无痕，碧山胜场也。"此篇可当之。

注　释

①**齐天乐**：词牌名。又名《台城路》《如此江山》等。

②**碧痕**：指萤。古人认为萤火虫是腐草所化。《礼记·月令》云："季夏之月，腐草为萤。"

③**相趁**：相随，相伴。

④**扇薄星流**：化用唐人杜牧《秋夕》"轻罗小扇扑流萤"句意。薄，迫近。

⑤**盘明露滴**：此为用典。相传汉武帝曾经建造一个高达二十丈的铜柱，柱上筑有一个铜人，托着盘子，接着上天滴下的露泽。此处意为流光。《三辅黄图》引《庙记》："神明台，武帝（指汉武帝刘彻）造，祭仙人处，上有承露盘，有铜仙人舒掌捧铜盘、玉杯，以承云表之露，以露和玉屑服之，以求仙道。"

⑥**飞磷**：俗称鬼火。本骆宾王《萤火赋》："知战场之飞磷。"

⑦**练裳**：此代指着素衣之人。

⑧**"误我"二句**：典出《晋书·车胤传》："胤恭勤不倦，博学多通。家贫不常得油，夏月则练囊盛数十萤火以照书，以夜继日焉。"

⑨**"汉苑"二句**：化用刘禹锡《秋萤引》"汉陵秦苑遥苍苍，陈根腐叶秋萤光"句意。

译　文

池塘边的草，刚刚化成泛着绿色光的萤火虫。它们相互跟随着，微光闪烁。它们飞近罗扇，似流星划过。似承露盘中明亮的露滴，又似秋日原野上零落的鬼火。悄悄地，它们向我这个身着素衫的人靠近。记得它曾经穿过柳条，生出阵阵凉意；度过荷塘，划破夜色如漆。这残破的书卷误了我。本想囊萤夜读，求取功名，谁料却只能空叹世事无常，如梦难凭。

楼影中，时时划过数点光痕。我无法入睡，索性倚着栏杆，赋诗抒发深藏心中的愁恨。汉苑秦陵中，也布满苔藓、铺满落叶了吧。千古不尽的凄凉，何人能懂？恐怕只有对岸的余晖，树林边的残影。已经觉得萧条冷落，又哪能忍受这秋夜绵长。

词评

凄凄切切，秋声秋色，秋气满纸。感慨苍茫。末二语一往叹惜。

——清·陈廷焯《云韶集》卷九

蒋捷（三首）

蒋捷（1245？—1310？），字胜欲，阳羡（今江苏宜兴）人。度宗咸淳十年（1274）登进士第。入元，怀亡国之痛，遁迹不仕，隐居太湖竹山，人称“竹山先生”“樱桃进士”。平生著述以义理、小学为主，尤工词。与周密、王沂孙、张炎并称“宋末四大家”。有《竹山词》。其词构思新颖，语言清新，风格多样，颇有追昔伤今之作。

一剪梅

舟过吴江

一片春愁待酒浇。江上舟摇。楼上帘招。秋娘渡与泰娘桥①。风又飘飘。雨又萧萧。　　何日归家洗客袍。银字笙调（tiáo）②。心字香烧③。流光容易把人抛④。红了樱桃⑤。绿了芭蕉⑥。

说明

此词是蒋捷乘船经过吴江县时所作，抒发了羁旅之愁与思乡之情。

注释

①**“秋娘渡”句：**秋娘渡、泰娘桥，均为吴江地名。秋娘、泰娘，皆为唐代歌女名。“渡”一作“度”。“桥”一作“娇”。

②**银字笙：**古笙的一种。笙管上标有表示音调高低的银字。

③**心字香：**炉香名，心字形。明人杨慎《词品·心字香》：“范石湖《骖鸾录》

云：'番禺人作心字香，用素馨茉莉半开者着净器中，以沉香薄劈层层相间，密封之，日一易，不待花蔫，花过香成。'所谓心字香者，以香末萦篆成心字也。"

④**流光**：流水般逝去的光阴。

⑤**红了樱桃**：夏初樱桃成熟时颜色变红。

⑥**绿了芭蕉**：夏初芭蕉叶子由浅绿变为深绿。

译　文

一片春愁，等着酒来浇。江上船儿摇摇，楼上帘儿招招。我经过秋娘渡、泰娘桥。一路上，风儿飘飘，雨也潇潇。

何日能回家清洗客袍？到那时，我一定要把那银字笙调，把那心字香烧。时光如流水，轻易把人抛。转眼间，红了樱桃，绿了芭蕉。

词　评

两"了"字摹尽悠悠忽忽之况。

——明·卓人月汇选、徐士俊参评《古今词统》

贺新郎①

兵后寓吴

深阁帘垂绣。记家人、软语灯边，笑涡红透。万叠城头哀怨角，吹落霜花满袖。影厮伴、东奔西走。望断乡关知何处，羡寒鸦、到著黄昏后。一点点，归杨柳。　相看只有山如旧。叹浮云、本是无心，也成苍狗②。明日枯荷包冷饭，又过前头小阜③。趁未发、且尝村酒。醉探枵（xiāo）囊毛锥在④，问邻翁、要写牛经否⑤。翁不应，但摇手。

说　明

宋恭帝德祐元年（1275）元兵南侵，次年占领临安。蒋捷流寓苏州一带。本词即作于此时。词中不仅真实地记录了他的流浪生活，还反映了当时民生之凋敝。换头处几句，除了感慨世事无常外，也可以理解成是词人以青山自许，宁可过着"枯荷包冷饭"的穷苦生活，也不肯去做出仕新朝的"浮云"。

注　释

①**贺新郎**：词牌名。又名《贺新凉》《金缕曲》等。

②**“叹浮云”句**：化用陶渊明《归去来兮辞》“云无心以出岫”以及杜甫《可叹》“天上浮云似白衣，斯须改变如苍狗”句意。

③**皋**：土山。

④**枵囊**：空袋。枵，空虚。**毛锥**：毛笔。

⑤**牛经**：有关养牛知识的书。

译　文

还记得深阁中垂下绣帘，家人们在灯下温情细语，脸颊上笑涡红透。不料城头哀怨的角声一遍遍吹响，直吹得秋日的霜花，落满了我的衣袖。只有影子与我相伴，东奔西走。我久久地向远处望去，不知故乡在何处？羡慕那寒鸦到了黄昏后，一个个回到杨柳枝头。

放眼看去，只有青山如旧。可叹浮云本是无心，也变成了苍狗。明天，我用干枯的荷叶包着冷饭，又要翻过前头的小土山。趁现在还未出发，暂且品尝一下这个村庄的酒。薄醉后探向衣袋，空空如也，所幸的是毛笔还在。我问隔壁的老翁，要不要抄写《牛经》？老翁不回答，只是摇手。

词　评

是阮生穷途光景。

——明·卓人月汇选、徐士俊参评《古今词统》

虞美人

听　雨

少年听雨歌楼上。红烛昏罗帐。壮年听雨客舟中。江阔云低、断雁叫西风①。　而今听雨僧庐下②。鬓已星星也③。悲欢离合总无情④。一任阶前⑤、点滴到天明。

说　明

此为亡国后作。词写少年、壮年、晚年三个时期的三种心境。结句看似无情，实则旷达中含苦痛。

注　释

①**断雁**：失群的雁，孤雁。

②**僧庐**：僧舍，僧寺。

③**星星**：头发花白的样子。语出左思《白发赋》："星星白发，生于鬓垂。"

④**悲欢离合**：指人世间悲欢、聚散的遭遇。

⑤**一任**：听凭，任凭。

译　文

少年时听雨，是在那歌楼之上。昏暗的红烛光映着罗帐。壮年时听雨，是在那客舟之中。江面空阔，阴云低垂，失群的孤雁哀叫在西风中。

如今听雨，是在这僧寺之下。我的鬓发，已经花白了。人世间的悲欢、聚散，都不足以令我动情。任由阶前的雨声，点点滴滴到天明。

词　评

"悲欢离合总无情"，此种襟怀，固不易到，然亦不愿到也。

——清·许昂霄《词综偶评》

●少年听雨歌楼上

张炎（二首）

张炎（1248—1320？），字叔夏，号玉田，又号乐笑翁，祖籍成纪（今甘肃天水），居临安（今浙江杭州）。南宋名将张俊后裔。宋亡，祖父被杀，家产被抄没，流落江湖，落拓以终。张炎早年家境优厚，祖父张濡、父亲张枢皆精通音律，给张炎以极大的影响，他不仅擅律，而且工于长短句。与周密、王沂孙为词友。其词早年多写贵公子的悠游生活，后期多写亡国之痛，以清空之笔状沦落之悲。研究声律，尤得神解。有《山中白云词》《词源》。词史上，他与姜夔并称"姜张"，与蒋捷、王沂孙、周密并称"宋末四大家"。

月下笛[1]

孤游万竹山中[2]，闲门落叶[3]，愁思黯然，因动黍离之感[4]。时寓甬(yǒng)东积翠山舍。

万里孤云，清游渐远，故人何处。寒窗梦里，犹记经行旧时路。连昌约略无多柳[5]，第一是、难听夜雨。谩惊回凄悄(qiǎo)[6]，相看烛影(kān)，拥衾谁语[7]。　张绪[8]。归何暮。半零落，依依断桥鸥鹭[9]。天涯倦旅[10]，此时心事良苦。只愁重洒西州泪[11]，问杜曲[12]、人家在否。恐翠袖、正天寒，犹倚梅花那树[13]。

说　明

此词作于元成宗大德二年（1298），时张炎五十一岁，流寓甬东（今浙江定海）。全词以“孤云”起篇，抒写了对故都衰败、故友零落的无限感伤，充满了浓重的黍离之思。

注　释

①**月下笛**：此调始于周邦彦词，咏月下听人吹笛，故名“月下笛”。

②**万竹山**：浙江天台县西南四十五里有万竹山。

③**闲门**：指往来之人稀少，显得清闲的门庭。

④**黍离**：本为《诗经·王风》中的篇名，首句为“彼黍离离”。《王风·黍离序》云：“《黍离》，闵宗周也。周大夫行役，至于宗周，过故宗庙宫室，尽为禾黍，闵周室之颠覆，彷徨不忍去而作是诗也。”后遂将“黍离”用作感慨亡国的词语。

⑤**连昌**：唐宫名，建于唐高宗显庆三年（658），故址在今河南宜阳。此处代指宋宫。

⑥**凄悄**：感伤寂寞。

⑦**衾**：被子。

⑧**张绪**：字思曼，南朝齐吴郡人。《南史·张绪传》云：“绪吐纳风流，听者皆忘饥疲，见者肃然如在宗庙。虽终日与居，莫能测焉。刘悛之为益州，献蜀柳数株，枝条甚长，状若丝缕。时旧宫芳林苑始成，武帝以植于太昌灵和殿前，常赏玩咨嗟，曰：‘此杨柳风流可爱，似张绪当年时。’其见赏爱如此。”这里作者借以自指。

⑨**断桥**：在今浙江杭州西湖白堤上。原名宝祐桥，唐时称为断桥。据传因白

堤到此而断，筑桥以通，故名断桥。

⑩**天涯**：犹天边。形容极远的地方。《古诗十九首·行行重行行》："相去万余里，各在天一涯。"

⑪**西州**：在今南京市西。《晋书·谢安传》："羊昙者，太山人，知名士也，为安所爱重。安薨后，辍乐弥年，行不由西州路。尝因石头大醉，扶路唱乐，不觉至州门。左右白曰：'此西州门。'昙悲感不已，以马策扣扉，诵曹子建诗曰：'生存华屋处，零落归山丘。'恸哭而去。"羊昙，是谢安的外甥，敬爱谢安。谢安扶病还都时，经过西州门，不久病故。后遂以"西州"为典实，表示感旧兴悲、悼亡故人之情。

⑫**杜曲**：地名。在今陕西西安东南。唐大姓杜氏世居于此，故名"杜曲"。

⑬**"恐翠袖"二句**：语出杜甫《佳人》："天寒翠袖薄，日暮倚修竹。"

译　文

我像一片孤云，漂泊万里。从前清雅的游赏之事，已离我越来越远。故人在何处？寒窗边的梦里，我还记得从前经行的路。故宫中，仿佛已经没有多少柳树。最难忍受的，是听到潇潇夜雨。我从梦中惊醒，空自伤感寂寞。与我相对的，只有烛影。我拥着被子，谁能来陪我说说话？

我这个"张绪"，为何迟迟不能归去？断桥边，鸥鹭纵然依依不舍，大概也已经零落多半。我这个浪迹天涯、倦于行旅的人，此时心情十分凄苦。我只愁归去时，又会像羊昙那样洒泪西州。请问杜曲的人家，是否还在？恐怕我心心念念的故人，正翠袖单薄，天寒地冻中，还倚着那棵梅花树。

词　评

骨韵俱高，词意兼胜，白石老仙之后劲也。

——清·陈廷焯《词则·别调集》

思佳客[1]

题周草窗《武林旧事》[2]

梦里瞢（méng）腾说梦华[3]。莺莺燕燕已天涯[4]。蕉中覆处应无鹿[5]，汉上从来不见花[6]。　今古事，古今嗟。西湖流水响琵琶。铜驼烟雨栖芳草[7]，休向江南问故家[8]。

说　明

“周草窗”即周密，张炎的好友。周密的《武林旧事》成书在宋亡后，书中不仅记载了南宋百余年间都城临安的风土人情，还记载了绍兴二十一年（1151）高宗驾幸张炎六世祖张俊府第、张府供应御筵的盛举。张炎读后感慨万千，遂作此。词中多处用典，却不失流动自然，且颇具哲理意味。

注　释

①**思佳客**：即《鹧鸪天》。鹧鸪天，词牌名。又名《思佳客》《醉梅花》《剪朝霞》《骊歌一叠》等。或说调名取自唐人郑嵎“春游鸡鹿塞，家在鹧鸪天”诗句。

②**《武林旧事》**：周密（号草窗）著。记述南宋临安的文物、制度、风俗等。

③**“梦里”句**：《列子·黄帝》：“（黄帝）昼寝，而梦游于华胥氏之国。……其国无帅长，自然而已；其民无嗜欲，自然而已……黄帝既寤，怡然自得。”周密《武林旧事·序》：“时移物换，忧患飘零，追想昔游，殆如梦寐。”瞢腾，形容模模糊糊，神志不清。

④**天涯**：犹言天边。形容极远的地方。《古诗十九首·行行重行行》：“相去万余里，各在天一涯。”

⑤**蕉中覆处应无鹿**：郑人藏鹿于蕉而亡之，以为是梦。典出《列子·周穆王》：“郑人有薪于野者，遇骇鹿，御而击之，毙之。恐人见之也，遽而藏诸隍中，覆之以蕉，不胜其喜；俄而遗其所藏之处，遂以为梦焉。”

⑥**汉上从来不见花**：典出刘向《列仙传·江妃二女》：“江妃二女者，不知何所人也，出游于江汉之湄，逢郑交甫。见而悦之，不知其神人也，谓其仆曰：‘我欲下请其佩。’……（二女）遂手解佩，与交甫。交甫悦，受而怀之中当心。趋去数十步视佩，空怀无佩。顾二女，忽然不见。”

⑦**铜驼烟雨栖芳草**：此处指山河残破。典出《晋书·索靖传》：“靖有先识远量，知天下将乱，指洛阳宫门前铜驼叹曰：‘会见汝在荆棘中耳。’”后因以“铜驼荆棘”指山河残破、世族败落或人事衰颓。

⑧**休向江南问故家**：谓从故家遗老处听到“先朝旧事”。周密《武林旧事·序》：“予曩于故家遗老得其梗概。”

译　文

人生如梦，现在也不过是梦境一场。在这模糊的梦境里，偏又说起了从前的繁华旧梦。舞燕歌莺，已不知流落到天涯何处。蕉叶覆盖之处，应该没有了鹿；重来汉水之上，不见了如花的江妃二女。

古往今来，可嗟可叹的事无数。而西湖的流水声，仍然如同琵琶在弹奏。烟雨中，昔日宫门前的铜驼栖息在草丛。不要再去江南，询问那故乡的遗民遗老。

词评

黍离之感深矣，却无噍杀之音，故佳。

——清·高亮功《芸香草堂评〈山中白云词〉》

卷四 金·元·明·清

吴激（一首）

吴激（？—1142），字彦高，号东山，建州（今福建建瓯）人。父吴拭，宋进士，官终朝奉郎、知苏州。吴激北宋末奉命使金，因知名，被羁留，任翰林待制。金熙宗皇统二年（1142）出知深州，到官三日卒。工诗文，尤精乐府。赵万里《校辑宋金元人词》辑有《东山乐府》一卷。所作词与蔡松年齐名，时称“吴蔡体”。书法俊逸，绘画得其岳父米芾笔意。著有《东山集》，已佚。

人月圆①

宴北人张侍御家有感

南朝千古伤心事②，犹唱后庭花③。旧时王谢，堂前燕子，飞向谁家④。　恍然一梦⑤，仙肌胜雪，宫髻堆鸦⑥。江州司马，青衫泪湿⑦，同是天涯⑧。

说　明

吴激入金后，在一次宴席上，发现佐酒的侍女，竟是北宋宫中人。一时感慨万千，遂作此词，表达了同是天涯沦落人的情思和故国沧桑之感。金人元好问《中州集》：“彦高北迁后，为故宫人赋此。时宇文叔通亦赋《念奴娇》，先成，而颇近鄙俚。及见彦高此作，茫然自失。是后人有求作乐府者，叔通即批云：‘吴郎近以乐府名天下，可往求之。’”

注　释

①**人月圆**：词牌名。宋人王诜始创，因其词中有“人月圆时”句，故名“人月圆”。双调四十八字，有平韵、仄韵两体。

②**南朝**：南北朝时期，宋、齐、梁、陈四朝的总称。因四朝都建都于建康，即今南京市，故后人或借指南京。

③**犹唱后庭花**：语出杜牧《泊秦淮》："商女不知亡国恨，隔江犹唱后庭花。"后庭花，乐府清商曲吴声歌曲名。唐为教坊曲名。本名《玉树后庭花》，南朝陈后主制。其辞轻荡，而其音甚哀，故后多用以称亡国之音。

④**"旧时王谢"三句**：用刘禹锡《金陵五题·乌衣巷》"旧时王谢堂前燕，飞入寻常百姓家"句意。王谢，六朝时的望族王氏、谢氏的并称。后以"王谢"为高门世族的代称。

⑤**恍然**：仿佛。

⑥**宫髻堆鸦**：形容美人鬓发的颜色像鸦羽。宫髻，女子的发髻，因多仿皇宫发式，故称"宫髻"。堆鸦，形容女子的头发黑而美。

⑦**"江州司马"二句**：语出白居易《琵琶行》："座中泣下谁最多，江州司马青衫湿。"江州司马，唐代诗人白居易曾被贬为江州司马。此处借指失意的文人。

⑧**同是天涯**：用白居易《琵琶行》"同是天涯沦落人，相逢何必曾相识"句意。天涯，犹天边，指极远的地方。《古诗十九首·行行重行行》："相去万余里，各在天一涯。"

译　文

南朝的伤心事，遗恨千古。如今，还有人在唱《玉树后庭花》。旧时王、谢堂前的燕子，飞向了谁家？

仿佛是一场梦。她仙子般的肌肤洁白胜雪，宫样的发髻乌黑而美如堆鸦。我这个"江州司马"，青衫已被泪水打湿。我与她，同是沦落之人远在天涯。

词　评

感激豪宕，不落小家数。

——清·陈廷焯《白雨斋词话》

蔡松年（一首）

蔡松年（1107—1159），字伯坚，自号萧闲老人。真定（今河北正定）人。宣和（1119—1125）末，与其父蔡靖守燕山府，败绩降金。金太宗天会（1123—1135）年间为太子中允，除真定府判官，遂为真定人。曾随完颜宗弼（兀术）攻宋。海陵王时，擢户部尚书。正隆三年（1158）为尚书右丞相，封卫国公。正隆四年卒，谥文简。文辞清丽，尤工乐府，与吴激齐名，时号"吴蔡体"，有词集《明秀集》传世。著有《萧闲公集》。

鹧鸪天

赏　荷

秀樾(yuè)横塘十里香[1]。水花晚色静年芳[2]。胭脂雪瘦熏沉水[3]，翡翠盘高走夜光[4]。　山黛(dài)远[5]，月波长[6]。暮云秋影蘸潇湘[7]。醉魂应逐凌波梦[8]，分付西风此夜凉[9]。

说　明

此词咏荷。月下荷塘，清幽静谧。

注　释

①**秀樾**：浓绿的树荫。樾，树荫。**横塘**：泛指水塘。

②**水花晚色静年芳**：用杜甫《曲江对雨》“江亭晚色静年芳”句意。水花，荷花的别名。晚色，傍晚的天色。

③**沉水**：沉香的别称。晋人嵇含《南方草木状·蜜香沉香》：“此八物同出于一树也……木心与节坚黑，沉水者为沉香，与水面平者为鸡骨香。”后因以“沉水”借指沉香。

④**翡翠盘**：此喻荷叶。翡翠，硬玉。

⑤**山黛**：青葱浓郁的山色。黛，青黑色。

⑥**月波**：指月光。月光似水，故称“月波”。语本《汉书·礼乐志》：“月穆穆以金波。”

⑦**潇湘**：湘江在湖南零陵县西与潇水合流，称潇湘。一说湘江别称潇湘，因湘江水清深故名。

⑧**凌波**：在水上行走，形容步履轻盈。语出曹植《洛神赋》：“迫而察之，灼若芙蕖出渌波。……凌波微步，罗袜生尘。”

⑨**分付**：付托，交付。

译　文

浓绿的树荫环绕着横塘，塘中荷花十里飘香。傍晚的天色里，幽静的荷花，构成了一幅美景。胭脂雪一样的荷花瘦瘦的，清香四溢，仿佛熏了沉水。翡翠盘一样的荷叶高高的，上面布满了露珠，仿佛流走着夜光。

青葱浓郁的山色，向远处绵延。月光好似水波长流。秋天日暮的云影，低蘸着潇湘。梦中，我应该把醉魂付托给此夜凉凉的西风，逐着那凌波仙子去向远方。

词　评

《明秀集》乐善堂赏荷词："胭脂雪瘦熏沉水，翡翠盘高走夜光。"《滹南老人诗话》云："莲体实肥，不宜言瘦，似易腻字差胜。"龙壁山人云："莲本清艳，腻得其貌，未得其神也。"余尝细审之，此字至难稳称，尤须与下云"熏沉水"相贯穿。拟易"润"字、"媚"字、"薄"字，彼胜于此。似乎"薄"字较佳，对下句"高"字亦称。

——清·况周颐《蕙风词话续编》

刘著（一首）

刘著（约1140年前后在世），字鹏南，舒州皖城（今安徽潜山北）人。皖城有玉照乡，故刘著晚年自号"玉照老人"，以示不忘故乡之意。政宣间（1111—1125）进士。北方沦陷后入金，历知州县。年六十余始为翰林院修撰，官终忻州刺史。长于作诗，与吴激常相酬答。存词一首。

鹧鸪天

雪照山城玉指寒[1]。一声羌管怨楼间[2]。江南几度梅花发，人在天涯鬓已斑[3]。　　星点点，月团团[4]。倒流河汉入杯盘[5]。翰林风月三千首[6]，寄与吴姬忍泪看(kān)[7]。

说　明

此词回忆了与恋人离别时的场景，抒发了别后的相思之情。

注　释

①**山城**：依山而筑的城市。**玉指**：称美人的手指。

②**羌管**：羌笛。古代的一种管乐器，因出于羌中，故名"羌管"。

③**天涯**：犹言天边。形容极远的地方。《古诗十九首·行行重行行》："相去万余里，各在天一涯。"

④**团团**：形容月圆的样子。

⑤**河汉**：指银河。晴天的夜晚，大量恒星构成银白色的光带在天空呈现，故谓银河，古亦称云汉，又名天河、天汉、星河、银汉。

⑥ **“翰林”句：**此用欧阳修《赠王介甫》“翰林风月三千首，吏部文章二百年”句意。翰林指李白，李白曾任翰林待诏。刘著晚年曾为翰林院修撰，此处用语旨在说自己作诗很多，有如翰林李白。

⑦ **吴姬：**吴地的美女。

译　文

还记得我们临别时，雪映照着山城，你玉一般的纤纤手指被冻得发寒。一声哀怨的羌笛响起在楼间。我们离别后，江南不知又梅开几度。我远在天涯，鬓发已斑。

星光点点，月儿圆圆。我开怀痛饮，仿佛要把天际的银河，倒流入杯盘。我要将我的三千首风月诗篇，寄给你这个吴地的美人。我料想，你一定会忍着泪花去看。

词　评

客感凄凉，旅情如见。凄艳之笔。

——清·陈廷焯《云韶集》

党怀英（一首）

党怀英（1134—1211），字世杰，号竹溪。泰安奉符（今属山东）人，原籍冯翊（今属陕西）。少与辛弃疾同师刘瞻。工诗文，能篆籀。金世宗大定十年（1170）进士。官至翰林学士承旨，世称“党承旨”。曾出使南宋。修《辽史》未成，卒。谥文献。有《竹溪集》。

月上海棠[1]

用前人韵

傲霜枝袅团珠蕾[2]。冷香霏烟雨、晚秋意。萧散绕东篱[3]，尚仿佛、见山清气。西风外，梦到斜川栗里[4]。　断霞鱼尾明秋水。带三两、飞鸿点烟际[5]。疏林飒秋声，似知人、倦游无味。家何处，落日西山紫翠。

说　明

此词写晚秋景物，抒发了倦游思乡的情怀。

注释

①**月上海棠：**词牌名。又名《玉关遥》。双调，七十字或七十二字，上、下片各六句四仄韵。另有九十一字之《月上海棠慢》。

②**"傲霜"句：**"傲霜枝袅"语出苏轼《赠刘景文》"菊残犹有傲霜枝"，意谓秋菊傲霜而开。傲霜，即不为寒霜所屈。珠蕾，花骨朵。

③**萧散：**形容举止、神情等自然，不拘束。**东篱：**指种菊之处。语出陶潜《饮酒·其五》："采菊东篱下，悠然见南山。"

④**斜川栗里：**皆为古地名。斜川，在江西省星子、都昌二县县境。濒鄱阳湖，风景秀丽，陶潜曾游于此，作《游斜川》诗并序。栗里，地名，在今江西省九江市西南，陶潜曾居于此。

⑤**"断霞"二句：**化用王勃《滕王阁序》"落霞与孤鹜齐飞，秋水共长天一色"及苏轼《游金山寺》"断霞半空鱼尾赤"句意。

译文

菊花傲霜的花枝袅袅，枝上珠蕾团团。冷香飘散在霏霏的烟雨中，正是晚秋的景致。我萧散地绕着菊圃行走，仿佛还能见到山间缭绕的清气。我的梦魂，飞到了西风之外的斜川栗里。

像鱼尾一样绯红的断霞，照亮了秋水。三三两两的飞鸿点缀着天际。稀疏的林木，在秋风中飒飒作响，好像知道我倦于行旅、没有兴味。我的家在何处？只见落日下的西山，一片紫翠。

词评

后段云："断霞鱼尾明秋水。带三两、飞鸿点烟际。疏林飒秋声，似知人、倦游无味。家何处，落日西山紫翠。"融情景中，旨淡而远，迂倪（元代画家倪瓒）画笔，庶几似之。

——清·况周颐《蕙风词话》

王庭筠（一首）

王庭筠（1151—1202），字子端，熊岳（今属辽宁营口）人。金世宗大定十六年（1176）进士，累迁至翰林修撰。曾读书黄华（今属河南）山寺，因以自号"黄华山主""黄华老人""黄华老子"。自幼聪慧，擅诗词，精书画。存词十余首。

谒金门

双喜鹊[1]。几报归期浑错。尽做旧愁都忘却[2]。新愁何处著。

瘦雪一痕墙角[3]。青子已妆残萼[4]。不道枝头无可落[5]。东风犹作恶。

说明

此词写闺中女子初春怀人。形象刻画了闺中人痴情盼望丈夫归来的心情，以及希望落空的无奈和苦楚。

注释

①**喜鹊**：鹊。旧俗传说鹊能报喜，故称喜鹊。

②**尽做**：尽管。

③**瘦雪**：残雪。

④**青子**：指梅实。宋人范成大《梅谱》："立春梅已过，元夕则尝青子。"**萼**：环列在花的最外面一轮的叶状薄片，一般呈绿色，在花芽期有保护花芽的作用。

⑤**不道**：不管，不顾。唐人李白《长干行》："相迎不道远，直至长风沙 。"

译文

那成双的喜鹊，几次来报的归期，都是错的。尽管我把旧愁都忘掉，新愁又能放到哪里？

一痕残雪堆在墙角。青青的梅实，已经装点着残存的花萼。那东风，不顾梅花枝头没有什么可以再落，仍然继续摧残。

词评

金源人词伉爽清疏，自成格调。唯王黄华小令，间涉幽峭之笔、绵邈之音。《谒金门》后段云："瘦雪一痕墙角，青子已妆残萼。不道枝头无可落，东风犹作恶。"歇拍二句，似乎说尽"东风犹作恶"。就花与风之各一面言之，仍犹各有不尽之意。"瘦雪"字新。

——清·况周颐《蕙风词话》

刘迎（一首）

刘迎（？—1182？），字无党，自号无诤居士，东莱（今属山东）人。金世宗大定十四年（1174）登进士第，除豳王府记室，后改任太子司经。

约大定二十二年(1182)从驾凉陉,以疾卒。有诗名,所著诗文乐府名《山林长语》,今不传。

乌夜啼

离恨远萦杨柳,梦魂长绕梨花[1]。青衫记得章台月[2],归路玉鞭斜。 翠镜啼痕印袖,红墙醉墨笼纱[3]。相逢不尽平生事,春思入琵琶[4]。

说明

此词回忆与一位歌伎的恋情。上片回忆往事,兼写自身的相思之情。下片想象对方怀念自己的情形,并憧憬着未来的重逢。

注释

①**梦魂:** 古人认为人的灵魂在睡梦时会离开肉体,故称"梦魂"。

②**章台:** 泛指妓院聚集之地。

③**醉墨笼纱:** 此用"碧纱笼"故事,指所题受人赏识、重视。典出五代人王定保《唐摭言·起自寒苦》:"王播少孤贫,尝客扬州惠昭寺木兰院,随僧斋飡。诸僧厌怠,播至,已饭矣。后二纪,播自重位出镇是邦,因访旧游,向之题已皆碧纱幕其上。播继以二绝句曰:'……上堂已了各西东,惭愧阇黎饭后钟。二十年来尘扑面,如今始得碧纱笼。'"

④**春思入琵琶:** 将春思弹入琵琶。用晏几道"琵琶弦上说相思"句意。

译文

我的离恨远远地萦着杨柳,我的梦魂长久地绕着梨花。记得当时,我身着青衫,在一片月色中走入章台。归途中,我将马鞭斜挂。

离别以后,她对着翠镜梳妆时,恐怕会泪痕印满衣袖吧。红墙上,我醉中的笔墨,估计也被她笼上了纱。我们再次相逢时,平生的事是说不尽的。到那时,她会将春思弹入琵琶。

词评

元遗山集金人词为《中州乐府》,颇多深裘大马之风,惟刘迎《乌夜啼》最佳:"(略)。"余观谢无逸《南柯子》后半云:"金鸭香凝袖,铜荷烛影纱。凤蟠宫锦小屏遮。夜静寒生春笋,理琵琶。"风调仿佛相同。才人之见,殆无分于南北也。

——清·贺裳《皱水轩词筌》

完颜璹（一首）

完颜璹（1172—1232），本名寿孙，字仲实，一字子瑜，号樗轩老人。金世宗之孙，越王完颜永功之子。天资雅重，淡泊世俗，累封密国公。金室南迁后，防忌同宗，完颜璹遂家居，以讲诵吟咏为乐，与赵秉文、元好问等相互唱和。天兴元年（1232）蒙古军攻打金都汴梁，在围城中因病卒，年六十一。完颜璹博学多才，喜为诗，平生诗文甚多，晚年自刊其诗三百首、乐府一百首，号《如庵小稿》，今不传。

临江仙

倦客更遭尘事冗[1]，故寻闲地婆娑[2]。一尊芳酒一声歌。卢郎心未老[3]，潘令鬓先皤[4]。　醉向繁台台上问[5]，满川细柳新荷。薰风楼阁夕阳多[6]。倚阑凝思久，渔笛起烟波。

说　明

此词写闲游的雅兴，兼有伤老之情、怀古之思。

注　释

①**倦客**：对旅居生活感到厌倦的客游人。**尘事**：世俗之事。**冗**：繁杂。

②**婆娑**：原为跳舞的样子，此指逍遥，闲散自得。《文选·班彪〈北征赋〉》：“登障隧而遥望兮，聊须臾以婆娑。”

③**卢郎心未老**：用卢郎的典故。宋人钱易《南部新书》：“卢家有子弟，年已暮犹为校书郎，晚娶崔氏女，崔有词翰，结褵之后，微有慊色。卢因请诗以述怀为戏。崔立成诗曰：‘不怨卢郎年纪大，不怨卢郎官职卑。自恨妾身生较晚，不见卢郎年少时。’”

④**潘令鬓先皤**：用潘岳的典故。潘岳《秋兴赋序》：“余春秋三十有二，始见二毛。”又《秋兴赋》云：“斑鬓发以承弁兮。”后因以“潘鬓”为鬓发早白之意。潘令，指潘岳。潘岳曾任河阳令，故称潘令。皤，白色。

⑤**繁台**：古台名。在今河南省开封市东南禹王台公园内，相传为春秋时师旷吹台，汉梁孝王增筑，后有繁姓居其侧，故名繁台。

⑥**薰风**：和暖的风。指初夏时的东南风。

译文

身为疲倦的客游之人，又遭到烦冗的尘俗之事的搅扰。所以，暂且寻找一处闲暇之地逍遥。喝一杯美酒，唱一声歌谣。我的鬓已先白，心却未老。

酒醉后，我登上繁台，访问从前的遗迹。只见满川都是柔细的柳、新生的荷。和风拂面，夕阳映照着楼阁。我倚靠着栏杆，凝神细思了很久。忽听得江上传来阵阵渔笛声，江面升起缕缕烟波。

词评

《临江仙》云："薰风楼阁夕阳多。倚阑凝思久，渔笛起烟波。"淡淡著笔，言外却有无限感怆。

——清·况周颐《蕙风词话》

元好问（一首）

元好问（1190—1257），字裕之，号遗山。秀荣（今属山西）人。系出北魏鲜卑族拓跋氏，唐代诗人元结的后裔。元德明之子。出生七月，过继给叔父元格。七岁能诗，有神童之誉。十四岁从学郝天挺，六载而业成。金宣宗兴定五年（1221）中进士，因科场纠纷，不就选任。正大元年（1224），中博学鸿词科，授儒林郎，充国史院编修，历镇平、南阳、内乡县令。后受诏入都，除尚书省掾、左司都事，转员外郎。金亡，不仕。潜心著述。擅诗、文、词、曲，众体皆工。诗尤善，因身处金元之际，特多兴亡之感，故其"丧乱诗"尤为著名。其词题材广阔，咏史、怀古、山水、咏物、赠别等舒放自如，豪放婉约词风兼具，为世所重。存词三百七十七首，是金代词作最多的词人。此外，元好问还结合创作实践，自觉探索诗歌创作的风格、原则及技巧，积极进行诗文评点，著有《论诗三首》《论诗三十首》《与张仲杰郎中论文》等。元宪宗七年（1257）卒于获鹿（今属河北）寓舍，年六十八。有《遗山集》，又辑《中州集》《中州乐府》，金人诗词多赖以得传。被尊为"北方文雄""一代文宗"。

摸鱼儿

泰和中，大名民家小儿女，有以私情不如意赴水者，官为踪迹之[1]，无见也。其后踏藕者[2]，得二尸水中，衣服仍可验，其事乃白。是岁，此陂(bēi)荷花开[3]，无不并蒂者。沁水梁国用时为录事判官，为李用章内翰言如此。此曲以乐府《双蕖怨》命篇，"咀五色之灵芝，香生九窍；咽三危之瑞露[4]，春动七情"，韩偓(wò)《香奁集》中自序语[5]。

问莲根、有丝多少[6]，莲心知为谁苦。双花脉脉(mò mò)娇相向[7]，只是旧家儿女。天已许。甚不教、白头生死鸳鸯浦[8]。夕阳无语。算谢客烟中[9]，湘妃江上[10]，未是断肠处。　香奁梦，好在灵芝瑞露。人间俯仰今古[11]。海枯石烂情缘在[12]，幽恨不埋黄土[13]。相思树[14]。流年度、无端又被西风误。兰舟少住。怕载酒重来，红衣半落[15]，狼藉卧风雨[16]。

说明

此词描写了一个爱情悲剧。泰和（1201—1208），金章宗完颜璟年号。大名，今属河北。沁水，今属山西。梁国用，不详。李用章内翰，名俊民。

注释

①**踪迹**：本义为行踪影迹，此指按形迹查寻。

②**踏藕**：藕收获的时候，人入水中用脚掌踩去藕周围的烂泥并把它挑出，谓之"踏藕"。

③**陂**：池塘。

④**瑞露**：象征吉祥的甘露。

⑤**韩偓**：晚唐诗人。其诗多写艳情。有《香奁集》。**香奁**：女子盛放香粉、镜子等的匣子。

⑥**莲根**：藕。

⑦**脉脉**：含情不语貌。

⑧**鸳鸯浦**：湖南慈利县北有鸳鸯浦。此处泛指鸳鸯栖息的水滨。

⑨**谢客烟中**：此为用典。《嘉泰会稽志》载，越中有渔者杨氏女，谢生求娶焉，

遂偶之，不久瞑目而逝。后一年，江上烟花溶泄，见此女立于烟中，人称“烟中怨”。谢灵运小字客儿，人称“谢客”。此处借指谢生。

⑩**湘妃**：指传说中舜的两个妃子娥皇与女英。相传舜崩于苍梧，二妃十分伤心，投湘江而死，后来成为湘水之神。

⑪**俯仰**：低头和抬头。俯仰之间比喻时间短暂。晋人王羲之《〈兰亭集〉序》：“向之所欣，俯仰之间，已为陈迹。”

⑫**海枯石烂**：海水枯干，石头粉碎。形容虽历时长久，但坚定的意志永远不变。多用于盟誓，尤多用于爱情。

⑬**幽恨**：指深藏于心底的怨恨。

⑭**相思树**：相传为战国宋康王的舍人韩凭和他的妻子何氏所化生。晋人干宝《搜神记》载，战国时宋康王舍人韩凭妻何氏貌美，康王夺之，并囚凭。凭自杀，何投台而死，遗书愿合葬。王怒，弗听，使里人分埋之，两坟相望。不久，二冢之端各生大梓木，旬日而合抱，屈体相就，根交于下，枝错于上。又有鸳鸯雌雄各一，栖宿树上，晨夕不去，交颈悲鸣。宋人哀之，遂号其木曰“相思树”。后因以象征忠贞不渝的爱情。

⑮**红衣**：此指荷花瓣。

⑯**狼藉**：纵横散乱貌。也作“狼籍”。

译　文

问莲根，你有多少丝？问莲心，你可知你为谁而苦？两朵花儿含情不语，娇柔相对，它们就是从前那对痴情儿女。他们的爱情上天已经准许。为什么不让他们在人间白头偕老，而是在鸳鸯浦中双双赴死？夕阳默默不语。算起来，谢客烟中，湘妃江上，还不是足以令人断肠之地。

《香奁集》说得好，真挚的爱情就好比灵芝瑞露。人生一瞬俯仰之间，又是一番今古。但纵使海枯石烂，他们的情缘依旧在。他们的幽恨，不会被黄土掩埋。这一对“相思树”，在时光的流逝中，可能又会无缘无故地被西风所误。我暂且将兰舟停住。恐怕我载酒重来时，荷花瓣已经凋零大半，狼藉地卧于风雨中。

词　评

绵至之思，一往而深，读之令人低回欲绝。

——清·许昂霄《词综偶评》

王恽（一首）

王恽（1227—1304），字仲谋，号秋涧，卫州路汲县（今河南卫辉）人。元世祖中统元年（1260）姚枢宣抚东平，辟王恽为详议官，擢为中书省详定官。至元五年（1268）元世祖建立御史台，任王恽为监察御史。元成宗元贞元年（1295）加通议大夫知制诰，同修国史。大德五年（1301）致仕。大德八年（1304）六月卒，年七十八。赠翰林学士承旨资善大夫，追封太原郡公，谥文定。王恽刚正不阿，直言敢谏，秉公执法，体恤民情。乐学善文，曾受教元好问，诗词兼工，著有《秋涧先生全集》。

鹧鸪天

赠驭说高秀英

短短罗袿淡淡妆①，拂开红袖便当场。掩翻歌扇珠成串，吹落谈霏玉有香②。　由汉魏，到隋唐，谁教若辈管兴亡③。百年总是逢场戏④，拍板门锤未易当⑤。

说明

此词通过对说书技艺的描写，抒发了人生如戏、世事无常的感慨。驭说，古代说唱技艺的一种。

注释

①**罗袿**：丝质的上衣。罗，稀疏而轻软的丝织品。袿，古时妇女的上衣。宋玉《神女赋序》："被袿裳。"

②**谈霏**：谈屑。

③**若辈**：你们。

④**百年**：一生，终身。**逢场戏**：卖艺的人遇到合适的地方，就开场表演。语出《景德传灯录》卷六"江西道一禅师"："（邓隐峰）对云：'竿木随身，逢场作戏。'"此处指偶尔随俗应酬，凑凑热闹。

⑤**拍板**：打击乐器的一种。也称檀板、绰板。以绳串联坚木数片，用以击节。**当**：对等，相当。

译　文

短短的丝质上衣，淡淡的妆。拂开红色的袖子，就立在当场。手中的歌扇，时而掩口，时而翻动，唱腔好似成串的宝珠，言谈好似吹落的玉屑，飞散飘香。

由汉魏说到隋唐，谁教你们这些说书人来管兴亡？人的一生，总是在逢场作戏。但若与你们的拍板、门锤相比，也不容易比得上。

词　评

此词清浑超逸，近两宋风格。

——清·况周颐《蕙风词话》

张弘范（一首）

张弘范（1238—1280），字仲畴，易州定兴（今属河北）人。善骑射，能歌诗，有谋略。世祖中统（1260—1264）初，授御用局总管。后改行军司马，从征济南李璮。至元十一年（1274），从伯颜攻宋，以战功赐名拔都。十五年（1278），授蒙古汉军都元帅，南下闽广，生擒南宋丞相文天祥。十六年（1279），破张世杰于崖山，消灭南宋余部。旋卒，时年四十三岁。元世祖赠予银青荣禄大夫、平章政事，予谥武烈。元武宗至大四年（1311），加赠推忠效节翊运功臣、太师、开府仪同三司、上柱国、齐国公，改谥忠武。元仁宗延祐六年（1319），加赠保大功臣，加封淮阳王，改谥献武。有《淮阳集》。

临江仙

忆　旧

千古武陵溪上路[1]，桃花流水潺潺。可怜仙契剩浓欢[2]。黄鹂惊梦破，青鸟唤春还[3]。　回首旧游浑不见，苍烟一片荒山。玉人何处倚阑干[4]。紫箫明月底，翠袖暮天寒[5]。

说　明

此词借咏刘晨阮肇事，来表达对往昔恋情的追忆。

注　释

①**武陵溪**：地名，在今湖南省桃源县境。此用刘晨阮肇事。南朝宋人刘义庆《幽冥录》载："汉明帝永平五年，剡县刘晨、阮肇共入天台山取谷皮，迷不得返。经十三日，粮食乏尽，饥馁殆死。遥望山上，有一桃树，大有子实；而绝岩邃涧，永无登路。攀援藤葛，乃得至上。各啖数枚，而饥止体充。复下山，持杯取水，欲盥漱。见芜菁叶从山腹流出，甚鲜新，复一杯流出，有胡麻饭糁，相谓曰：'此知去人径不远。'便共没水，逆流二三里，得度山，出一大溪，溪边有二女子，姿质妙绝，见二人持杯出，便笑曰：'刘阮二郎，捉向所失流杯来。'晨肇既不识之，缘二女便呼其姓，如似有旧，乃相见忻喜。问：'来何晚邪？'因邀还家。其家筒瓦屋。南壁及东壁下各有一大床，皆施绛罗帐，帐角悬铃，金银交错，床头各有十侍婢，敕云：'刘阮二郎，经涉山岨，向虽得琼实，犹尚虚弊，可速作食。'食胡麻饭、山羊脯、牛肉，甚甘美。食毕行酒，有一群女来，各持五三桃子，笑而言：'贺汝婿来。'酒酣作乐，刘阮忻怖交并。至暮，令各就一帐宿，女往就之，言声清婉，令人忘忧。至十日后欲求还去，女云：'君已来是，宿福所牵，何复欲还邪？'遂停半年。气候草木是春时，百鸟啼鸣，更怀悲思，求归甚苦。女曰：'罪牵君，当可如何？'遂呼前来女子，有三四十人，集会奏乐，共送刘阮，指示还路。既出，亲旧零落，邑屋改异，无复相识。问讯得七世孙，传闻上世入山，迷不得归。至晋太元八年，忽复去，不知何所。"

②**仙契**：道家语。谓与仙人有缘分。**剩**：多。金人元好问《鹧鸪天》："还家剩买宜城酒，醉尽梅花不要醒。"

③**青鸟**：神话传说中为西王母取食传信的神鸟。本《山海经·西山经》："又西二百二十里，曰三危之山，三青鸟居之。"郭璞注："三青鸟主为西王母取食者，别自栖息于此山也。"《艺文类聚》引《汉武故事》："七月七日，上（汉武帝）于承华殿斋，正中，忽有一青鸟从西方来，集殿前。上问东方朔，朔曰：'此西王母欲来也。'有顷，王母至，有两青鸟如乌，夹侍王母旁。"后遂以"青鸟"为信使的代称。

④**玉人**：对亲人或所爱之人的爱称。

⑤**"翠袖"句**：用杜甫《佳人》"天寒翠袖薄，日暮倚修竹"句意。

译　文

武陵溪经过了千古的沧桑变幻，一路上依旧是桃花流水潺潺。刘、阮与仙人有缘，经历了那么多浓浓的欢乐。可惜黄鹂将他们的梦惊破。他们只有等待传信的青鸟，把逝去的春情唤回。

回首旧游，浑然不见。只有苍烟，笼罩着一片荒山。我那如玉一般的人儿，在何处倚靠着栏杆？想来，她大概在明月底下吹着紫箫，单薄的翠袖，承受着暮天的严寒。

词 评

《淮阳乐府》不作夸大语。其《临江仙》有曰："紫箫明月底，翠袖暮天寒。"风调不减晏小山，可知元之武臣，亦有能词者。

——清·沈雄《续古今词话》

陈孚（一首）

陈孚（1259？—1309？），字刚中，号笏斋，临海（今属浙江）人。年少聪慧。元世祖至元二十二年（1285），以布衣上《大一统赋》，授上蔡书院山长。至元二十九年（1292）调翰林国史院编修，摄礼部郎中，随梁曾使安南，还授翰林待制。遭廷臣嫉妒，出为建德路总管府治中。历迁衢州、台州两路，多善政。卒谥文惠。博学，有才气，任侠不羁，诗文不事雕琢，所作大抵援笔而成。所著甚丰，有《观光稿》《交州稿》《玉堂稿》各一卷。

太常引①

短衣孤剑客乾坤②。奈无策，报亲恩。三载隔晨昏③，更疏雨、寒灯断魂④。　赤城霞外⑤，西风鹤发⑥，犹想倚柴门⑦。蒲醑（xǔ）谩盈尊⑧，倩谁写、青衫泪痕⑨。

说 明

此为陈孚在外漂泊时，怀念母亲而作。写出了不得志的游子，身不由己、无法报答亲恩的惆怅。端阳日，即端午节。母诞，母亲的诞辰。

注 释

①**太常引**：词牌名。又名《太清引》《腊前梅》。双调四十九字或五十字，平韵。

②**短衣**：短装。古代为平民、士兵等所服。《史记·刘敬叔孙通列传》："叔孙通儒服，汉王憎之，乃变其服，服短衣，楚制，汉王喜。"司马贞索隐："孔文祥云：'短

衣便事，非儒者衣服。高祖楚人，故从其俗裁制。'" 一说即短后衣，古代剑客的装束。《庄子·说剑》："太子曰：'然吾王所见剑士，皆蓬头突鬓垂冠，曼胡之缨，短后之衣，瞋目而语难，王乃说之。'"

③**晨昏**："晨昏定省"之略语。晨昏定省，语出《礼记·曲礼上》："凡为人子之礼，冬温而夏凊，昏定而晨省。"意谓晚间服侍就寝，早上省视问安，这是古时人子侍奉父母的日常礼节。

④**寒灯**：寒夜里的孤灯，多用来形容凄凉、孤寂的环境。**断魂**：形容十分哀伤或一往情深，有如魂断。

⑤**赤城**：山名。在浙江天台北。

⑥**鹤发**：白发。

⑦**柴门**：简陋的门。

⑧**蒲醑**：用蒲泡制的酒。蒲，草本植物，生池沼中，根可食，亦称"香蒲"。醑，酒，美酒。

⑨**青衫**：唐代文官，散官八品、九品服为青色。借指微贱者的服色。白居易《琵琶行》："座中泣下谁最多，江州司马青衫湿。"

译　文

短衣孤剑，独客乾坤。无奈没有办法报答亲恩。三年没有晨昏定省，侍奉母亲。外面又下起了淅淅沥沥的雨。伴着寒夜里的孤灯，我已经哀伤断魂。

我又想到了赤城山的霞光中，我那白发苍苍的母亲，正迎着西风，倚靠着柴门。蒲泡制的酒，徒然斟了满樽。让谁来写出，我青衫上的泪痕？

词　评

悽恻语。真情真景，字字是泪。令远游者泪下。

——清·陈廷焯《云韶集》

滕宾（一首）

滕宾（生卒年不详），一名斌，字玉霄，别号玉霄山人。黄州黄冈（今属湖北）人，一说归德睢阳（今河南商丘）人。元武宗至大（1308—1311）年间，曾官翰林学士，出为江西儒学提举。后弃家入天台山为道士，号涵虚子。风流潇洒，擅词曲。著有《玉霄集》。

鹊桥仙

斜阳一抹，青山数点。万里澄江如练[1]。东风吹落橹(lǔ)声遥[2]，又唤起、寒云一片。　残鸦古渡，荒鸡村店[3]。渐觉楼头人远。桃花流水小桥东，是那个、柴门半掩。

说　明

此词写自然风光和乡村景色，表达了向往自然、归依山水的情思。其中也包含着淡淡的羁旅之愁、怀人之思。

注　释

①**澄江：**清澈的江水。语出南朝齐人谢朓《晚登三山还望京邑诗》："余霞散成绮，澄江静如练。"**练：**白绢。

②**橹：**一种似桨的工具，拨水使船前进，置于船边，比桨长。

③**荒鸡：**古时指三更前啼叫的鸡，相传此时啼叫不祥。三更，即第三更，约在半夜十一时至翌晨一时。更，量词，旧指夜间的计时单位，一夜分为五更，每更大约两小时。

译　文

远处一抹斜阳，青山数点，清澈的江水绵延万里，如同白练。东风将远处的摇橹声吹落到这里，又唤起了寒天的云一片。

古老的渡头，只见几只零落的残鸦；村店中的鸡，啼叫在三更前。渐渐觉得，在楼头盼我回去的人，越来越远。桃花流水的小桥东面，是哪户人家，柴门半掩？

词　评

颇有画意。

——清·周庆云《历代两浙词人小传》

虞集（一首）

虞集（1272—1348），字伯生，号道园。临川崇仁（今属江西）人。宋丞相虞允文五世孙。父亲虞汲曾任黄冈尉，母亲是国子祭酒杨文仲的女儿，幼承良好的家教与家学。自幼聪颖，遍观群书。少年时与弟虞槃辟二书舍，左室书陶渊明诗，题曰“陶庵”；右室书邵雍诗，题曰“邵庵”，故世称“邵庵先生”。元成宗大德六年（1302），以荐授大都路儒学教授，历国子助教、博士。仁宗时，迁集贤修撰。延祐六年（1319），除翰林待制兼国史院编修官。文宗即位，累除奎章阁侍书学士，领修《经世大典》。文宗崩，虞集以目疾，又为贵近所忌，谢病归。元顺帝至正八年（1348）卒。赠江西行省参知政事，封仁寿郡公，谥文靖。虞集弘才博识，工诗文，一生所写诗词文章逾万篇，与揭傒斯、柳贯、黄溍并称“元儒四家”，诗与揭傒斯、范梈、杨载同谓“元诗四家”。词作多佚，今仅存二十余首。擅书，真行草篆皆圆婉而有法度。有《道园学古录》《道园乐府》等。

风入松

寄柯敬仲①

画堂红袖倚清酣②，华发不胜簪。几回晚直金銮殿③，东风软、花里停骖(cān)④。书诏许传宫烛，轻罗初试朝衫⑤。　御沟冰泮(pàn)水挼(ruó)蓝⑥。飞燕语呢喃。重重帘幕寒犹在，凭谁寄、银字泥缄(jiān)⑦。为(wèi)报先生归也，杏花春雨江南⑧。

说　明

此为寄赠词。虞集和柯敬仲曾共事于奎章阁，相互交好。作者通过对往昔奎章阁生活的回忆，表达了对柯敬仲的深切思念和浓重的归思。

注　释

①**寄柯敬仲：**柯九思，字敬仲，仙居（今属浙江）人，工诗善画，官至奎章阁学士。元人陶宗仪《辍耕录》载：“吾乡柯敬仲先生，际遇文宗，起家为奎章阁鉴书博士，以避言路居吴下。时虞邵庵先生在馆阁赋《风入松》词寄之，词翰兼美，一时争相传刻，而此曲遂遍满海内矣。”

②**红袖：**女子的红色衣袖。此指美女。**清酣：**清新酣畅。

③**金銮殿：**唐官殿名，文人学士待诏之所。唐宋文人写作，常把皇宫正殿称为“金銮殿”。旧小说戏曲中，“金銮殿”泛指皇帝上朝理政的殿。金銮，帝王车

马的装饰物。金属铸成鸾鸟形，口中含铃。

④**骖**：古代驾在车前两侧的马，此泛指马或马车。

⑤**朝衫**：朝服。君臣朝会时穿的礼服。

⑥**御沟**：流经宫苑的河道。**冰泮**：冰融解。**挼蓝**：浸揉蓝草做染料。诗词中用以借指湛蓝色。

⑦**银字泥缄**：指书信。银字，以银粉书写的文字。泥缄，古时书信多用泥封，后因以借指书信。缄，书函。

⑧**杏花春雨**：形容初春杏花遍地、细雨润泽的景象。

译　文

昔日我们在画堂宴饮，有红袖佐酒，多么清新酣畅。如今，我花白的鬓发已禁不起发簪。记不清有多少回，在金銮殿中值夜起草诏书，在柔和的东风里，将车马停在花中。圣上允许我们传递宫烛，试穿刚刚织的轻罗朝衫。

御沟冰冻融解，水一片湛蓝。又到了燕语呢喃的时节。重重帘幕中，余寒仍在。托谁寄出写满银字的书函？请为我告诉先生，不久我也将归去，归去那杏花遍地、细雨润泽的江南。

词　评

当时以此词织帕上相馈遗，其传诵可知。然“宫烛”“金銮”殊未脱俗，惟结句工绝。

——清·先著、程洪《词洁》

张翥（一首）

张翥（1287—1368），字仲举，号蜕庵，晋宁（今山西临汾）人。豪放不羁，好蹴鞠，喜音乐。少时家居江南，从学于理学家、诗人李存、仇远，以诗文名。元顺帝至正初年（1341），召为国子助教，寻退居。复起为翰林国史院编修官，预修辽、金、宋三史。以翰林承旨致仕。至正二十八年（1368）卒，年八十二。张翥诗词文皆工，为诗格调甚高，词尤婉丽风流。著有《蜕庵集》五卷、《蜕庵词》二卷。

踏莎行

江上送客

芳草平沙，斜阳远树，无情桃叶江头渡[1]。醉来扶上木兰舟，将愁不去将人去。　薄劣东风[2]，夭邪落絮[3]，明朝重觅吹笙（shēng）路[4]。碧云红雨小楼空[5]，春光已到销魂处[6]。

说　明

此词上片写与恋人离别的场景，下片写别后相思。

注　释

①**桃叶**：指桃叶渡，在今江苏省南京市秦淮河畔，相传因晋人王献之在此迎送其爱妾桃叶而得名。此指送别情人之处。

②**薄劣**：此谓薄情。

③**夭邪**：袅娜多姿貌。一作“夭斜”。

④**笙**：簧管乐器的一种，殷、周时已流行。由“簧片”“笙管”“斗子”三部分组成。

⑤**红雨**：比喻落花。唐人李贺《将进酒》：“况是青春日将暮，桃花乱落如红雨。”

⑥**销魂**：灵魂离开肉体。此处形容极其哀愁。

译　文

平坦的沙地上，芳草绵延。远处的树林，笼罩在一片夕阳中。我们来到了江头那无情的桃叶渡。你饮醉了酒，我将你扶上木兰舟。那叶兰舟，不将我的愁绪载去，却将我的心上人载走。

无情的东风中，落絮袅娜多姿地飞舞。明天，我将再次寻觅从前我们一起吹笙的小路。碧空中的云飘浮着，花儿乱落如红雨，小楼中空荡荡，春光已偕离人俱去。

词　评

此词以明畅之笔，写凄婉之思，其风神又宛似永叔、少游矣。

——薛砺若《宋词通论》

萨都剌（一首）

萨都剌（1272？—1355？），字天锡，号直斋。其族属有蒙古族、汉族、回族、维吾尔族诸说，未知孰是。先世可能为突厥人。祖、父以世勋镇云州、代州，居雁门（今山西代县一带）。幼年家贫。早年科举不顺，以经商为业。泰定四年（1327）中进士，授京口录事司达鲁花赤，入翰林国史院。元明宗至顺三年（1332），任江南诸道行御史台掾史，移居金陵（今江苏南京）。元顺帝元统二年（1334），调燕南河北道肃政廉访司照磨，迁闽海福建道肃政廉访司知事。为官清廉，有政绩。后弃官，结庐于司空山（今属安徽），隐居而终。博学多知，擅诗文，兼善绘画书法，工楷书。诗清新流丽，词长于怀古，笔力雄健。有《雁门集》，词在集中。

小阑干①

去年人在凤凰池②，银烛夜弹丝③。沉水香消④，梨云梦暖⑤，深院绣帘垂。　今年冷落江南夜，心事有谁知。杨柳风柔⑥，海棠月淡，独自倚阑时⑦。

说明

此词抒发了作者对在京为官时生活的怀念之情。作于元明宗至顺四年（1333）春。至顺三年（1332），萨都剌由翰林国史院，出为江南诸道行御史台掾史。

注释

①小阑干：《少年游》的别名。少年游，词牌名。又名《小阑干》《玉腊梅枝》。双调五十字至五十二字，平韵。此调各家所作，前后段字数句法及用韵，颇有参差。

②凤凰池：中书省所在地。魏晋南北朝时设中书省于禁苑，掌管机要，因为接近皇帝，故称中书省为“凤凰池”。

③弹丝：弹奏弦乐器。

④沉水：指沉香，一种名贵的香料。语本晋人嵇含《南方草木状·蜜香沉香》：“此八物同出于一树也……木心与节坚黑，沉水者为沉香，与水面平者为鸡骨香。”后因以“沉水”借指沉香。

⑤**梨云梦**：指梦境。用王建梦见梨花云的典故。宋人张邦基《墨庄漫录》引唐人王建《梦看梨花云歌》："薄薄落落雾不分，梦中唤作梨花云。瑶池水光蓬莱雪，青叶白花相次发……落英散粉飘满空，梨花颜色同不同。眼穿臂短取不得，取得亦如从梦中。无人为我解此梦，梨花一曲心珍重。"

⑥**杨柳风**：指春风。

⑦**阑**：同"栏"。

译　文

去年我在凤凰池。夜里，银烛光下，我弹奏着丝弦。沉香已消尽，我在温暖中进入梦境，庭院深深，绣帘低垂。

今年我在江南。冷清清的夜里，我的心事有谁知晓。杨柳风柔和地吹拂着，淡淡的月光笼罩着海棠，我独自倚靠着栏杆。

词　评

笔情何减宋人。

——清·王奕清《历代词话》引《词苑》

刘燕哥（一首）

刘燕哥（生卒年不详），元人，燕山妓。善歌舞。齐参议还山东时，她赋了这首《太常引》饯别。

太常引

饯齐参议归山东

故人别我出阳关[1]，无计锁雕鞍[2]。今古别离难，兀谁画蛾眉远山[3]。　一尊别酒，一声杜宇[4]，寂寞又春残。明月小楼间，第一相思泪弹。

说　明

此为饯别词，传唱一时。元人夏伯和《青楼集》云："刘燕哥善歌舞，齐参议还山东，刘赋《太常引》以饯云（词略），至今脍炙人口。"参议，官名。元明时中书省属官。

注释

①**阳关**：古关名。在今甘肃敦煌西南古董滩附近。常用以泛指远方。

②**雕鞍**：刻饰花纹的马鞍，华美的马鞍。

③**兀谁**：犹言谁。兀，前缀。**蛾眉**：蚕蛾的触须细长而弯曲，因以比喻女子美丽的眉毛。**远山**：远处的山峰。形容女子秀丽之眉。典出《西京杂记》："文君姣好，眉色如望远山，脸际常若芙蓉。"

④**杜宇**：杜鹃鸟。

译文

故人与我分别，要出阳关。我没有办法锁住他的马鞍。古往今来别离难，谁还有心思，将蛾眉画得如同远山？

饮一杯别酒，听一声杜鹃，本就寂寞，又正值春残。在那明月笼罩的小楼间，别后的第一个夜晚，我会把相思泪弹。

词评

刘燕哥《太常引》，葱茏之笔，读之心爽。

——清·陆昶《名媛诗词选》

张玉娘（一首）

张玉娘（1250—1277，一说1281年前后在世），处州松阳（今属浙江）人，字若琼，号一贞居士。宋提举官张懋之女。生有姝色，聪慧绝伦。及笄，许字沈佺，两人情投意合，后父母有意悔婚，张玉娘不从，以死自誓。沈佺未婚而卒，张玉娘内心极度忧郁，不久亦卒。张玉娘自幼喜文，尤工诗擅词，诗体多样，词风清丽凄婉，颇有词名，与李清照、朱淑真、吴淑姬并称"宋代四大女词人"。著有《兰雪集》。

蕙兰芳引①

秋思

星转晓天，戍楼听(tìng)、单(chán)于吹彻②。拥(yǒng)翠被香残，霜杵(chǔ)尚喧落月③。

楚江梦断④，但帐底、暗流清血⑤。看臂销金钏⑥，一寸眉交千结。

雨阻银屏⑦，风传锦字⑧，怎生休歇。未应轻散，磨宝簪将折⑨。玉京缥缈⑩，雁鱼耗绝⑪。愁未休、窗外又敲黄叶。

说明

此为张玉娘秋夜不寐，思念沈佺之作。

注释

①**蕙兰芳引**：词牌名。宋人周邦彦创制。

②**戍楼**：边防驻军的瞭望楼。**单于**：此处指唐大角曲《小单于》。《乐府诗集·横吹曲辞四·梅花落》郭茂倩题解："'梅花落'，本笛中曲也。按唐大角曲亦有'大单于''小单于''大梅花''小梅花'等曲，今其声犹有存者。"**彻**：尽，完。

③**杵**：棒槌。此处借指捣衣声。

④**梦断**：梦醒。

⑤**清血**：指眼泪。唐人杜牧《杜秋娘》："清血洒不尽，仰天知问谁？"

⑥**钏**：臂镯的古称。

⑦**银屏**：镶银的屏风。

⑧**锦字**：前秦人苏蕙，曾织锦为回文诗，寄给丈夫窦滔，以表相思之情。《晋书·列女传·窦滔妻苏氏》："窦滔妻苏氏，始平人也，名蕙，字若兰。善属文。滔，苻坚时为秦州刺史，被徙流沙，苏氏思之，织锦为回文旋图诗以赠滔。"后多用以指夫妇、情侣间的书信。

⑨**磨宝簪将折**：用白居易《井底引银瓶》"石上磨玉簪，玉簪欲成中央折"句意，比喻爱情将中断。

⑩**玉京**：指帝都。**缥缈**：渺茫。

⑪**雁鱼**：指书信。汉乐府诗《饮马长城窟行》："呼儿烹鲤鱼，中有尺素书。"《汉书·苏武传》："教使者谓单于言，天子射上林中，得雁，足有系帛书。"后因以"鱼雁"代称书信。**耗**：消息，音信。

译文

星移斗转，天将拂晓，只听戍楼中《小单于》已经吹毕。我拥着翠被，看那炉中的香，已经烧残。霜天的捣衣声，还在落月中响着。梦中，我与他相会在楚江。梦醒后，我只能在帐底，暗自流着清泪。只见手臂已经消瘦，臂镯宽松，我的一寸眉心皱结着。

雨将我阻隔在银屏之内，风替我传送锦字书。这样的日子，怎么才能结束。我们不应当轻易分散，我磨着宝簪，磨得它将要折断。京城渺茫，音信隔绝。忧愁还没有停止，窗外的黄叶，又开始敲打窗棂。

词 评

张玉娘，宋士族女，矢志守贞，殉志而终，所著《兰雪集》几欲继轨《漱玉》《断肠》。

——清·李之鼎《兰雪集跋》

李齐贤（一首）

李齐贤（1287—1367），字仲思，号益斋，又号栎翁，高丽（今朝鲜）庆州人。二十八岁时，随忠宣王入元，与姚燧、赵孟頫、钟嗣成等人交游。返国高丽后，官至门下侍中，封鸡林府院君。元顺帝至正二十七年（1367）卒，年八十一，谥文忠。著有《益斋集》十卷、《拾遗》一卷、《集志》一卷、《栎翁稗说》四卷。

太常引

暮 行

栖鸦去尽远山青，看暝色、入林坰(jiōng)①。灯火小于萤，人不见、苔扉半扃(jiōng)②。 照鞍凉月，满衣白露，系马睡寒厅③。今夜候明星。又何处？长亭短亭④。

说 明

此词写羁旅之愁。全词写黄昏至夜晚景物，颇为工巧。“栖鸦”“苔扉”“长亭短亭”等意象，生动地传达出了乡思和旅愁，同时也蕴含着人生的哲理。

注 释

①**林坰：**郊野。

②**扉：**门扇。**扃：**门环、门闩等，此谓关闭之意。

③**寒厅：**冷清的厅堂。

④**长亭短亭：**旧时城外大道旁，五里设短亭，十里设长亭，为行人休憩或送行饯别之所。北周人庾信《哀江南赋》：“十里五里，长亭短亭。”唐人无名氏《菩

萨蛮》:“何处是归程，长亭更短亭。”

译　文

乌鸦都归去栖息了，只余下远山青青。只见暮色笼罩了郊野，远处照明的灯火，比萤火虫还要小。四周一个人也不见，只看到布满苔藓的门半掩着。

清冷的月光照着我的马鞍，白露沾满了我的衣衫。我拴好马，准备在冷清的厅堂中入睡。可是今夜，我睡不着，索性等候着明亮的星光。明天又将踏上征程，一路尽是长亭短亭。那时，我又将身处何方?

词　评

《太常引·暮行》云:“灯火小于萤，人不见、苔扉半扃。”……此等句，置之两宋名家词中，亦庶几无愧色。

——清·况周颐《蕙风词话》

刘基（一首）

刘基（1311—1375），处州青田（今属浙江）人，字伯温，号犁眉公。元顺帝元统元年（1333）进士，官高安县丞、江浙儒学副提举。后弃官隐居。至正二十年(1360)，朱元璋聘为谋臣。刘基为其筹划用兵次第，献计先灭陈友谅，次取张士诚，然后北定中原。朱元璋吴元年（1367），授太史令，累迁御史中丞。明朝建立后，封诚意伯。曾与李善长、宋濂定明典制。洪武四年（1371），以弘文馆学士致仕。后为胡惟庸所谮，忧愤而死。一说为惟庸毒死。谥文成。通经史，精象纬，工诗文，风格古朴闳深。有《诚意伯文集》。词集名《写情集》。

如梦令①

一抹斜阳沙觜(zuǐ)②，几点闲鸥草际。乌榜小渔舟③，摇动半江秋水。风起，风起，棹(zhào)入白蘋(pín)花里④。

说　明

此为题画词，意境优美。全词虽然只是写景，但闲适之怀却渗透在字里行间。

注　释

①如梦令：词牌名。原名《忆仙姿》，后唐庄宗李存勖自制曲。又名《宴桃源》等。单调三十三字，仄韵。其复加一叠为双调者名《如意令》。宋人苏轼《如梦令》注："此曲本唐庄宗制，名《忆仙姿》，嫌其名不雅，故改为《如梦令》。庄宗作此词，卒章云：'如梦，如梦，和泪出门相送。'因取以为名云。"

②沙觜：又称"沙洲口"，即一端连陆地、一端突出水中的带状沙滩。"觜"同"嘴"。

③乌榜：用黑油涂饰的船。榜，船桨，借指船。

④蘋：水草，开白色小花，故又称白蘋。

译　文

一抹斜阳映照着沙洲口，草际有几点闲鸥。用黑油涂饰的小小渔船，在半江秋水中摇动。风骤然吹起，风骤然吹起，船桨被吹到了白蘋花里。

词　评

伯温词秀炼入神，永乐以后诸家远不能及。

——清·陈廷焯《云韶集》

唐寅（一首）

唐寅（1470—1524），苏州府吴县（今苏州南部）人，字伯虎，一字子畏，自号六如居士、桃花庵主、鲁国唐生、逃禅仙吏、江南第一风流才子等。弘治十一年（1498）以第一名中举，世因谓之"唐解元"。会试时，牵涉科场舞弊案下狱，谪为吏，耻不就。游名山大川，以卖画为生。宁王朱宸濠厚礼聘之，寅察其有异志，佯狂而归。筑室桃花坞，与友客游宴其中。博学多才。以画名，与沈周、文徵明、仇英合称"明四家"。诗文擅名当世，与徐祯卿、文徵明、祝允明并称"吴中四才子"。有《六如居士集》。

一剪梅

雨打梨花深闭门[①]。忘了青春[②]，误了青春。赏心乐事共谁论[③]？

花下销魂④，月下销魂。　愁聚眉峰尽日颦⑤。千点啼痕，万点啼痕。晓看天色暮看云，行也思君，坐也思君。

说　明

此词写暮春时节痴心的闺中女子盼人归来的场景。

注　释

①**“雨打梨花”句：**语出宋人李重元《忆王孙》：“欲黄昏。雨打梨花深闭门。”

②**青春：**喻美好的时光、年华。

③**赏心乐事：**指欢畅的心情和令人快乐的事情。

④**销魂：**形容一往情深或哀伤，好像失去魂魄的样子。

⑤**颦：**皱眉。

译　文

雨打梨花，深深闭门，辜负了青春，虚负了青春。赏心乐事，同谁去说？在花下也哀伤得销魂，在月下也哀伤得销魂。

忧愁聚集在眉头，整天颦着眉，巾帕上，有千点啼痕，万点啼痕。拂晓时看天色，日暮时看云，出门时思念你，安坐时也思念你。

词　评

韵味自胜。情深如许。

——清·陈廷焯《云韶集》

文徵明（一首）

文徵明（1470—1559），苏州府长洲人，初名壁，字徵明，四十二岁起，以字行，更字徵仲，号衡山居士。为人谦和耿介，宁王朱宸濠慕名相聘，托病不赴。明武宗正德（1506—1521）末以岁贡生荐试吏部，授翰林院待诏。不事权贵，不肯为藩王、中官作画。旋致仕归。有室名玉磬山房。善诗文，工行草，精小楷。画尤胜。与祝允明、唐寅、徐祯卿并称“吴中四才子”。又与沈周、唐寅、仇英同以画名，号“明四家”。有《甫田集》。

青玉案

庭下石榴花乱吐。满地绿阴亭午[1]。午睡觉来时自语。悠扬魂梦，黯然情绪[2]。蝴蝶过墙去。　　骎骎(qīn qīn)娇眼开仍殢(tì)[3]，悄无人、欲出还凝伫(zhù)[4]。团扇不摇风自举。盈盈翠竹，纤纤白苎(zhù)[5]。不受些儿暑[6]。

说　明

此词写女子夏日午睡后的情景。

注　释

①**亭午**：正午。

②**黯然**：感伤沮丧貌。

③**骎骎**：马跑得很快，迅疾的样子。**殢**：缠绵，纠缠。南宋人吴文英《玉楼春·京市舞女》："归来困顿殢春眠，犹梦婆娑斜趁拍。"

④**凝伫**：凝望伫立；有所思虑、期待而立着不动。

⑤**白苎**：白色的苎麻。

⑥**些儿**：少许。

译　文

庭下的石榴乱吐着花，正午时分，满地绿荫。午睡醒来，时时自言自语。悠扬的梦，惹起了感伤的情绪，蝴蝶翩翩飞过墙去。

娇眼刚渐渐睁开，又缠绵在一起。屋内静悄悄没有别人。想出去，又凝神伫立。团扇不摇，风自然吹动。院中，有盈盈的翠竹，纤纤的白苎。感受不到一点儿暑气。

词　评

李葵生云："蝴蝶过墙与人何与，即作者亦明知其无与而必欲及之，且令读者不觉其无与，难言难言。"

——清·胡胤瑗、李葵生、顾璟芳《兰皋明词汇选》

夏言（一首）

夏言（1482—1548），字公谨，号桂洲，贵溪（今属江西）人。明武宗正德十二年（1517）进士。授行人，擢兵科给事中。明世宗嘉靖十五年（1536），入阁，任礼部尚书兼武英殿大学士。十七年冬，继李时为首辅，极受世宗宠眷。后屡遭严嵩排挤诬陷，日渐失宠，最终被杀。夏言善写文章，诗文宏整，以词曲擅名。有《桂洲集》等传世。

浣溪沙

庭院沉沉白日斜(xié)①。绿阴满地又飞花。瞢(méng)腾春梦绕天涯②。

帘幕受风低乳燕③，池塘过雨急鸣蛙。酒醒明月照窗纱。

说明

此词写暮春景象，流露着对时光流逝的淡淡感伤。

注释

①**沉沉**：深邃。

②**瞢腾**：模模糊糊、神志不清的样子。

③**受风**：被风吹起。语本杜甫《春归》："轻燕受风斜。" **乳燕**：雏燕。

译文

深邃的庭院中，白日西斜。满地尽是绿荫，空中飞花片片。模模糊糊的春梦中，我似乎绕遍了天涯。

帘幕被风吹起，帘外雏燕低飞。雨后的池塘中，蛙鸣声急促。酒醒之后，只见明月映照着窗纱。

词评

语意幽远。

——清·陈廷焯《词则·大雅集》

杨慎（一首）

杨慎（1488—1559），字用修，号升庵，新都（今四川成都）人。明武宗正德六年（1511）进士第一。授翰林修撰。世宗嘉靖（1522—1566）初，充经筵讲官，召为翰林学士。因上疏力谏，遭廷杖，谪戍云南永昌，永远充军。卒于贬所。明穆宗时追赠光禄寺少卿，明熹宗时追谥文宪，因世称"杨文宪"。杨慎博览群书，长于记诵，工文、词及散曲，所著甚富。有《升庵全集》。词集名《升庵长短句》。编有《百琲明珠》《词林万选》。

转应曲①

银烛②。银烛。锦帐罗帏影独③。离人无语消魂④。细雨斜风掩门。门掩。门掩。数尽寒城更点⑤。

说　明

此词写深夜怀人。可能是杨慎被贬后，思念故乡、亲人而作。

注　释

①**转应曲：**《调笑》的别名。调笑，词牌名，出于唐人酒筵小曲。又名《宫中调笑》《转应曲》等。

②**银烛：**烛光如银，明亮洁白。杜牧《秋夕》："银烛秋光冷画屏。"

③**锦帐：**锦制的帷帐。亦泛指华美的帷帐。

④**消魂：**亦作"销魂"。灵魂离散，形容极度的悲愁、欢乐、恐惧等。

⑤**寒城：**寒天的城池。**更点：**古代夜间的计时方法，因滴漏而得名。一夜分为五更，每一更分为五点。

译　文

烛光如银。烛光如银。锦帐内，罗帏中，只影茕独。我这个离开家园、离开亲人的人，默默无语，哀伤不已。外面细雨斜风，我掩上了门。门被掩上。门被掩上。我彻夜无眠，数遍了寒城的更点。

词　评

杨升庵慎《转应曲》云："促织。促织。声近银床转急。熏残百合衣香。消尽兰膏夜长。长夜。长夜。露冷芙蓉花谢。"非不典丽，读之索然意尽。……然升庵另有《转应曲》云："银烛。银烛。锦帐罗帏影独。离人无语销魂。细雨斜风掩门。门掩。门掩。数尽寒城更点。"便与前词有清空质实之分。

——清·丁绍仪《听秋声馆词话》

俞彦（一首）

俞彦（生卒年具体不详，约1615年前后在世），字仲茅，一字容自，上元（今江苏南京）人。明神宗万历二十九年（1601）进士。性至孝，甫登第，即疏乞终养。阅十六年，母丧终制，授兵部主事。历光禄寺少卿，以事谪夷陵知州。明思宗崇祯五年（1632），任南京兵部主事。后致仕归家。工词，尤擅小令。有《俞少卿集》。

长相思

折花枝。恨花枝。准拟花开人共卮[1]。开时人去时。　怕相思。已相思。轮到相思没处辞。眉间露一丝。

说　明

此词写相思之情。构思精巧，颇有情趣。

注　释

①**准拟：**准备，打算。**卮：**古代盛酒的器皿。

译　文

折花枝。恨花枝。本打算花开时，与心上人共捧酒卮。谁料花开时，却是心上人离去时。

怕相思，却已相思。轮到相思时，没处推辞。只好在眉间微微表露一丝。

词　评

俞仲茅小词云："轮到相思没处辞。眉间露一丝。"视易安"才下眉头，却上心头"，可谓此儿善盗。然易安亦从范希文"都来此事，眉间心上，无计相回避"语脱胎，李特工耳。

——清·王士禛《花草蒙拾》

沈宜修（一首）

沈宜修（1590—1635），苏州府吴江人，字宛君。山东副使沈珫之女，工部主事、文学家叶绍袁之妻。世代书香，幼擅文翰，好吟咏。生五男三女均有文采，诗论家叶燮乃其幼子，三个女儿皆兰心蕙质，能诗善词。母女相与题花赋草。因小女叶小鸾、长女叶纨纨先后去世，神伤而卒。著有《鹂吹集》。又有《伊人思》，辑闺秀诗文甚备。

忆秦娥[1]

寒夜不寐忆亡女

西风冽（liè）[2]。竹声敲雨凄寒切。凄寒切。寸心百折[3]，回肠千结[4]。

瑶华早逗梨花雪[5]。疏香人远愁难说[6]。愁难说。旧时欢笑，而今泪血。

说明

此为悼念小女叶小鸾之作。

注释

①**忆秦娥**：词牌名。世传李白首制此词，中有“秦娥梦断秦楼月”句，故名。又名《秦楼月》《碧云深》等。双调四十六字，分仄韵、平韵两体，仄韵词多用入声韵，上下片各一叠韵。

②**冽**：寒冷，凛冽。

③**寸心**：指心。古人认为心的大小在方寸之间，故名寸心。

④**回肠**：形容内心悲伤或焦虑不安，仿佛肠在旋转一般。

⑤**瑶华**：玉白色的花，喻纯洁美好。亦作“瑶花”。

⑥**疏香**：叶小鸾居室名“疏香阁”。

译文

西风凛冽。雨敲打着竹叶，声音凄寒悲切。凄寒悲切。寸心有百折，回肠有千结。

玉白色的瑶花早早惹来了梨花一般的雪。疏香阁中的人已远去，愁恨难说。愁恨难说。旧时在此欢笑，而今在此眼中流泪、心头滴血。

词评

沈宛君词凄切有味，升淑真之堂。

——清·陈廷焯《云韶集》

张倩倩（一首）

张倩倩（1594—1627），吴江（今属江苏苏州）人，十七岁嫁士人沈自征，是才女词人沈宜修的表妹和弟媳。张倩倩秀外慧中，才貌双全，但所生子女皆不育，遂以沈宜修之季女叶小鸾为养女。小鸾儿时能诵《毛诗》《楚辞》，都是倩倩所教。沈自征裘马轻狂，恃才傲物，常年在外游历，倩倩食贫幽居，抑郁憔悴，年仅三十四岁而卒。所作诗词大多散佚，现存的几首诗词乃叶小鸾默记而传，收入《午梦堂全集·伊人思》中。

蝶恋花

丙寅寒夜①，与宛君谈君庸流落②，相对泣下而作。

漠漠轻阴笼竹院③。细雨无情，泪湿霜花面。试问寸肠何样断，残红碎绿西风片。　千遍相思才夜半。又听楼前，叫过伤心雁。不恨天涯人去远④，三生缘薄吹箫伴⑤。

说　明

此为怀念丈夫沈自征之作。

注　释

①**丙寅**：明熹宗天启六年（1626）。

②**宛君**：沈宜修，字宛君，张倩倩的表姐，沈自征的姐姐。**君庸**：沈自征，字君庸。**流落**：漂泊外地。

③**漠漠**：迷蒙貌。**轻阴**：淡云，薄云。

④**天涯**：犹天边。形容极远的地方。《古诗十九首·行行重行行》："相去万余里，各在天一涯。"

⑤**三生**：佛教用语，指前生、今生、来生。**吹箫伴**：用弄玉、萧史之典。汉人刘向《列仙传·萧史》载："萧史者，秦穆公时人也。善吹箫，能致孔雀、白鹤于庭。穆公有女字弄玉，好之，遂以女妻焉。日教弄玉作凤鸣。居数年，吹似凤声，凤凰来止其屋。公为作凤台，夫妇止其上，不下数年。一旦，皆随凤凰飞去。故秦人作凤女祠于雍宫中，时有箫声而已。"

译　文

淡淡的树影笼罩着竹院。无情的细雨，打湿了洁白如霜的花面，花儿似乎含泪。试问寸寸柔肠断成了什么样？就像西风中片片飞舞的残红碎绿。

千遍相思，长夜才过了一半。又听到楼前，响起了伤心的雁叫声。我不恨我的夫君离我远去，远在天涯。我只恨，我三生中注定与吹箫伴侣缘分浅薄。

词　评

情至之词，自然感于心胸，虽欲脱略，而伤心自见。

——清·王端淑《名媛诗纬初编·诗余集》

叶纨纨（一首）

叶纨纨（1610—1632），吴江（今属江苏苏州）人，字昭齐。沈宜修长女。三岁能诵《长恨歌》，十三岁能赋诗填词，且书法遒劲，有晋人风。常与妹妹叶小纨、叶小鸾诗词唱和。十七岁嫁给袁氏，郁郁不得志。妹妹小鸾将嫁而卒，纨纨哭之过哀，发病而死，年仅二十三岁。著有《愁言集》（又名《芳雪轩遗稿》）。

菩萨蛮

凭君莫问烟霞路[1]。悠悠总是无心处[2]。人世自颠狂[3]。空惊日月忙。　萋萋（qī qī）阶下草[4]。日日阶前绕。切莫系闲愁。闲愁无尽头。

说　明

此词表达了对俗世生活的厌倦，以及对山林生活的向往。

注　释

①**凭**：请求。**烟霞**：泛指山水、山林。

②**悠悠**：动荡，飘忽不定。**无心**：犹无意。

③**颠狂**：本指精神失常，引申为放浪不羁。颠，通“癫”。

④**萋萋**：草木茂盛貌。

译　文

请您不要问通往山林的路在何方。通往山林的路，飘忽不定，但总归都是在无意中，才能寻求到。人世中的众生，原本癫狂。到头来，他们徒然惊讶日月更替，时光匆忙。

阶下萋萋的芳草，日日绕遍阶前。千万不要被无端无谓的忧愁所扰。因为无端无谓的忧愁，没有尽头。

词评

其诗俊逸萧永，如新桐初引，青山照人。其词亦复尔尔。

——清·周铭《林下词选》引《名媛集》

叶小纨（一首）

叶小纨（约1613—1655后），吴江（今属江苏苏州）人，字蕙绸。沈宜修次女。嫁给沈永祯。自幼聪颖，与姊纨纨、妹小鸾均工诗词，互相唱和，风雅一时。后姊妹相继夭殁，心痛感伤，作杂剧《鸳鸯梦》以寄托衷情。三十四岁，夫殁。孀居以终。有《存余草》。

临江仙

经东园故居

旧日园林残梦里[1]，空庭闲步徘徊[2]。雨干新绿遍苍苔[3]。落花惊鸟去，飞絮滚愁来。　探得春回春已暮，枝头累累青梅[4]。年光一瞬最堪哀。浮云随逝水，残照上荒台[5]。

说明

此词写重游故地物是人非的感伤。结二句颇为沧桑。一说作于国破家残之后。

注释

①**残梦**：零乱不全的梦。
②**闲步**：漫步。
③**苍苔**：青色的苔藓。
④**梅**：指梅子，梅树的果实。生者青色，叫青梅；熟者黄色，叫黄梅。
⑤**残照**：即落日的余晖。

译　文

旧日的园林，只能出现在残梦里。我在幽寂的空庭中，漫步徘徊。雨水干后，遍地都是新长出的青苔。落花把鸟儿惊走，飞絮像愁绪一样滚滚而来。

刚刚探得春回，春光已暮。枝头上，只见累累青梅。年光一瞬，最可悲哀。飘动的云，随着流逝的水。落日余晖，洒满荒台。

词　评

情辞黯淡，过于姊妹二人。

——《吴江县志》

叶小鸾（一首）

叶小鸾（1616—1632），吴江（今属江苏苏州）人，字琼章，一字瑶期，自号煮梦子。沈宜修幼女。貌美聪慧。四岁诵《离骚》，十岁能妙对。多才多艺。十四岁能弈棋，十六岁能弹琴。擅绘画，工诗词。书法秀劲。许给昆山张立平为妻，婚前五日，未嫁而卒，年仅十七岁。七日入棺，举体轻盈，家人皆认为仙去。有集名《返生香》。

浣溪沙

送春近作

春色三分付水流。风风雨雨送花休①。韶(sháo)光原自不能留②。
梦里有山堪遁(dùn)世③，醒来无酒可浇愁。独怜闲处最难求④。

说　明

此词上片借惜春哀叹年华，下片抒发了对人世的厌倦之情。

注　释

①**休**：此指离开、诀别。
②**韶光**：美好的时光，常指春光。
③**遁世**：避世隐居。
④**独怜**：只可惜。**闲处**：僻静的处所。

译　文

三分春色，都交给了水流。风风雨雨，送花离去。美好的春光，原本就不能停留。

梦里，有可以避世隐居的山。醒来，没有可以浇去忧愁的酒。只可惜，僻静的处所，最难以寻求。

词　评

年十二即工诗词……自有烟霞之致，绝无脂粉之靡。

——明·叶绍袁《祭亡女小鸾文》

陈子龙（二首）

陈子龙（1608—1647），松江府华亭（今上海松江）人，字人中，更字卧子，号大樽。少有才名，与夏允彝等结几社，又参加复社。崇祯十年（1637）进士。选绍兴推官。擢兵科给事中，命甫下而京师陷，乃仕福王于南京。请练水师，建议不被采纳，辞归。南都失陷，在松江起兵抗清，自为监军。兵败易僧服。不久，受南明鲁王兵部职。联络太湖义军图复举，事泄被执，押送途中投水殉难。清乾隆时谥忠裕。子龙以风节名世，诗词古文亦是大家，与李雯、宋征舆并称“云间三子”，开云间诗派、词派。有《湘真阁稿》《安雅堂稿》等集。清人王昶编为《陈忠裕公全集》。

虞美人

杂　咏

夭桃红杏春将半[①]。总被东风换。王孙芳草路微茫[②]。只有青山依旧对斜阳。　　绮罗如在无人到[③]。明月空相照。梦中楼阁水湛湛（chén）[④]。撇（piē）下一天星露满江南[⑤]。

说　明

此词借写景，抒发亡国之痛。

注　释

①**夭桃**：词本《诗经·周南·桃夭》："桃之夭夭，灼灼其华。"后以"夭桃"喻艳丽的桃花。

②**王孙**：泛指贵族子弟。语本淮南小山《招隐士》："王孙游兮不归，春草生兮萋萋。"王夫之通释："王孙，隐士也。秦汉以上，士皆王侯之裔，故称王孙。"**微茫**：隐约模糊，引申为渺茫。

③**绮罗**：指华贵的丝织品或丝绸衣服，此指繁华的生活。

④**湛湛**：水清澈的样子。此处押平韵，应读平声。

⑤**撇下**：丢开，弃置不顾。

译　文

满眼的夭桃红杏，春将过半。春光总被东风改换。王孙的去路，遍布芳草，隐约渺茫。只有青山，依旧对着斜阳。

繁华的生活假如还在，也没有人会来到。明月空自相照。梦中，楼阁下的水清明澄澈。醒来时，只见到满天星露，被撇在江南。

词　评

李葵生云："意在题外。"

——清·胡胤瑗、李葵生、顾璟芳《兰皋明词汇选》

山花子①

春　恨

杨柳迷离晓雾中②，杏花零落五更钟③。寂寂景阳宫外月④，照残红。　蝶化彩衣金缕尽⑤，虫衔画粉玉楼空。惟有无情双燕子，舞东风。

说　明

此词借伤春来抒发亡国之痛。

注　释

①**山花子**：唐教坊曲名，后用为词牌。此调为杂言《浣溪沙》的别名，也就是在《浣溪沙》的上下段中，各增添三个字的结句，因此又名《摊破浣溪沙》或《添字浣溪沙》。也有直称《浣溪沙》者。又因南唐中主李璟的词"细雨梦回"两

句非常著名，因此又称《南唐浣溪沙》。双调四十八字，押平韵。唯敦煌曲子词中的一首押仄韵。

②**迷离**：模糊不清，难以分辨。

③**五更**：此处特指第五更的时候，即天快亮时。旧时把从黄昏到拂晓的一夜时间，分为甲、乙、丙、丁、戊五段，谓之“五更”。

④**景阳**：南朝宫殿名。齐武帝置钟于楼上。宫人闻钟，早起妆饰。

⑤**“蝶化彩衣”句**：典出《罗浮山志》：“山有蝴蝶洞，在云峰岩下，古木丛生，四时出彩蝶，世传葛仙（指东晋人葛洪）遗衣所化。”缕，线，也泛指线状物。

译　文

清晨的雾中，杨柳迷离，五更的钟声敲响，杏花零落。景阳宫外，孤寂冷清的月亮，照着遍地残红。

彩衣化成了蝴蝶，金线已尽。虫子蛀残了画栋，玉楼已空。只无情地留下一双燕子，飞舞在东风之中。

词　评

凄丽近南唐二主，词意亦哀以思矣。

——清·陈廷焯《白雨斋词话》

夏完淳（一首）

夏完淳（1631—1647），松江府华亭（今上海松江）人，原名复，字存古，别号小隐、灵胥。自幼聪慧，七岁能诗文，年十二博览群书，下笔千言立就。十五岁，跟随父亲夏允彝及师长陈子龙投身抗清斗争。兵败父亡，又与陈子龙起兵。受鲁王封为中书舍人，任太湖义军领袖吴易处参谋军事。吴易败，流亡江、汉之间，仍奔走抗清。清顺治四年（1647）夏，被捕入狱，殉难时年仅十七岁。清乾隆时谥节愍。诗文慷慨有气节。词于婉丽中饱含故国之思。有《南冠草》《续幸存录》等。

婆罗门引[1]

春尽夜

晚鸦飞去，一枝花影送黄昏。春归不阻重门。辞却江南三月，何处梦堪温。更阶前新绿，空锁芳尘[2]。　随风摇曳云[3]。不须兰棹(zhào)朱轮[4]。只有梧桐枝上，留得三分。多情皓魄[5]，怕明宵还照旧钗痕。登楼望、柳外销魂[6]。

说　明

此词借伤春来抒发故国之思。夏完淳长期漂泊在外，奔走抗清，与妻子钱秦篆聚少离多，此词也有可能包含着代妻抒怀之意。

注　释

①**婆罗门引：**又名《婆罗门》《望月婆罗门引》。南朝梁时伎乐，至唐入大曲，开元时西凉节度使所进，天宝时曾改名为《霓裳羽衣》。唐教坊曲有《望月婆罗门》，乃从大曲摘其一遍，后用为词牌。敦煌曲子词有《婆罗门》咏月四首，首句均以“望月”二字起，单调三十四字，平韵。或以为即教坊曲原词。宋元人所作为另一体，双调七十六字，平韵。

②**锁：**封锁。引申为幽闭。

③**曳：**飘摇。

④**兰棹：**兰舟。**朱轮：**古代王侯显贵所乘的车子，用朱红漆轮，因称朱轮。

⑤**皓魄：**明月。

⑥**销魂：**一作“消魂”，灵魂离开肉体，此处形容极度哀愁。

译　文

夜里，乌鸦飞去。一枝花影，送走了黄昏。春天归去，重重的门，也阻挡不住。辞别了江南的三月，何处可温旧梦？阶前新生的绿草，又空自幽闭在芳香的尘雾之中。

春天是随着风，像云一样飘走的。它用不着兰棹朱轮。如今，只有梧桐之上，尚留有春色三分。多情的明月，恐怕明晚还会照着旧日的钗痕。登楼眺望，远处的杨柳之外，令人哀伤销魂。

词　评

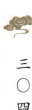

夏存古完淳，十五从军，十七授命，所撰诗文，力追盛唐体制。余常抄其《玉

樊堂集》，中有诗余数首，凄凉掩抑，以《离骚》香草之旨，而寓《国风》黍离之痛。

——清·王昶《西崦山人词话》

李雯（一首）

李雯（1608—1647），江南青浦（今属上海）人，字舒章，号蓼斋。明崇祯十五年（1642）举人。入清，被荐授官弘文院撰文、中书舍人。充顺天（今北京）乡试同考官。顺治四年（1647）染疾而卒。早岁倡“几社”。与陈子龙、宋征舆并称“云间三子”。有《蓼斋集》。

菩萨蛮

忆未来人

蔷薇未洗胭脂雨[1]。东风不合催人去[2]。心事两朦胧。玉箫春梦中[3]。　斜阳芳草隔。满目伤心碧[4]。不语问青山。青山响杜鹃[5]。

说明

此词表面上似乎写相思之情，实际上寄寓着亡国之痛。一说此词表达了李雯出仕新朝的矛盾心情。

注释

①**蔷薇**：植物名。花白色或淡红色，有芳香，可供观赏，果实可以入药。**洗**：意谓风霜雨雪使草木零落尽净。**胭脂**：化妆用的红色颜料。

②**不合**：不应当，不该。

③**玉箫**：人名。相传唐韦皋未仕时，寓江夏姜使君门馆，与侍婢玉箫有情，约为夫妇。韦归省，愆期不至，箫绝食而卒。后玉箫转世，终为韦侍妾。事见唐人范摅《云溪友议》。**春梦**：春天的梦，喻易逝的荣华和无常的世事。

④**伤心**：犹言非常、万分。唐人无名氏《菩萨蛮》：“平林漠漠烟如织，寒山一带伤心碧。”

⑤**杜鹃**：鸟名。又名杜宇、子规。

译　文

蔷薇没有被雨水洗尽，其他的花却纷纷凋落，仿佛下了一场胭脂雨。东风不应该催着人离去。你我的心事，彼此朦胧。我就像玉箫一样，空自回忆着往日的春梦。

斜阳中，满目都是极其碧绿的芳草。就是它，将你我隔绝。我不言不语，默问青山。青山中，响起了杜鹃啼鸣。

词　评

亡国之音。

——清·谭献《箧中词》

徐灿（一首）

徐灿（约1618—1698），名或作粲。苏州人。字湘蘋，又字明深、明霞，号深明。明光禄丞徐子懋之女，清弘文院大学士陈之遴继室。陈之遴为明崇祯进士，官中允。入清，累官弘文院大学士，加少保。因结党营私，被流徙塞外。徐灿随夫谪徙，后陈之遴亡于徙所，值帝谒先陵，徐灿迎之道左陈情，乞夫骸骨南归。卜居桐溪之上，皈依佛法，奉母以终。徐灿饱读诗书，得父教诲，幼通书史，精书画，善诗文，尤工于词。有《拙政园诗余》传世。

踏莎行

芳草才芽，梨花未雨。春魂已作天涯絮[①]**。晶帘宛转为谁垂**[②]**？金衣飞上樱桃树**[③]**。　故国茫茫**[④]**，扁舟何许**[⑤]**？夕阳一片江流去。碧云犹叠旧河山，月痕休到深深处**[⑥]**。**

说　明

此词上片描写初春景物，下片抒发故国之思。

注　释

①**春魂**：春日的情怀。**天涯**：犹天边。形容极远的地方。《古诗十九首·行行重行行》：“相去万余里，各在天一涯。”

②**晶帘**：水晶帘。

③**金衣**：指黄莺。五代人王仁裕《开元天宝遗事·金衣公子》："明皇每于禁苑中见黄莺，常呼之为'金衣公子'。"

④**茫茫**：遥远，模糊不清。

⑤**何许**：何处。唐人杜甫《宿青溪驿奉怀张员外十五兄之绪》："我生本飘飘，今复在何许？"

⑥**月痕**：月影，月光。宋人陆游《晓寒》："鸡唱欲阑闻井汲，月痕渐浅觉窗明。"

译　文

芳草刚刚发芽，梨花未曾着雨，我春日的情怀，却已化作绕遍天涯的柳絮。水晶帘子翻转回旋，它是为谁垂下？只见黄莺儿飞上了樱桃树。

故国遥远又渺茫，我一叶扁舟，将去向何方？夕阳中，一片江水滔滔流去。碧空中的云，还在旧日的河山之上重叠着。月痕，你休要没入碧云深处。

词　评

兴亡之感，相国愧之。

——清·谭献《箧中词》

毛奇龄（一首）

毛奇龄（1623—1716），浙江萧山（今属杭州）人。本名甡(shēn)，字大可。又字齐于、于一。号河右，又号西河，又有僧弥、僧开、初晴、秋晴、晚晴、春庄、春迟诸号。少时聪颖过人，有"神童"之誉。清初曾参与抗清之事。事败，流亡多年。康熙十八年己未（1679）召试博学鸿词科，授翰林院检讨，参修《明史》。后因疾，辞职归家，专心著述，康熙五十五年（1716）卒。学识渊博，多才多艺，工诗词，精音律，擅书法，通经学，喜藏书。一生著述甚丰，所著《西河合集》共四百余卷，分经集、史集、文集、杂著四部分。

相见欢[1]

花前顾影粼粼[2]。水中人。水面残花片片、绕人身。　私自整[3]。

红斜领。茜(qiàn)儿巾[4]。却讶领间巾里、刺花新。

说　明

此词写女子临水照影的情景。水面的花片与人面交相辉映，以及新发现的领间刺花，大有“照花前后镜，花面交相映。新帖绣罗襦，双双金鹧鸪”之境。

注　释

①**相见欢**：唐教坊曲名，后用为词牌。又名《秋夜月》《上西楼》《乌夜啼》等。双调三十六字，上阕平韵，下阕两仄韵、两平韵，亦有通篇皆押平韵者。

②**粼粼**：水流清澈的样子。

③**私自**：暗自。

④**茜**：大红色，亦称绛色。

译　文

她在花前，临水照着自己的影子。水波粼粼，清澈无比。水中倒映出了她的人影。水面上的残花，绕着她的身。

她暗自整理歪斜的红色衣领，戴上红色的围巾。却惊讶地发现，领口间、围巾里，有新刺绣的花朵。

词　评

西河经术湛深，而作诗却能谨守唐贤绳墨。词亦在五代、宋初之间，但造境未深，运思多巧。境不深尚可，思多巧则有伤大雅矣。

——清·陈廷焯《白雨斋词话》

陈维崧(sōng)（一首）

陈维崧（1625—1682），江苏宜兴人，字其年，号迦陵。明末四公子之一陈贞慧之子。清癯多须，人称“陈髯”。少负才名，文思敏捷，吴伟业将他与吴兆骞、彭师度共目为“江左三凤凰”。但科举不利，不得不游食四方。至京交朱彝尊，合刻《朱陈村词》，名噪都下。康熙十八年己未（1679），举博学鸿词科，授检讨。与修《明史》。康熙二十一年卒于官。骈文及词，最负盛名。与吴绮、章藻功称“骈体三家”。为阳羡词派宗主。诗各体皆工。著有《湖海楼诗集》《迦陵文集》等。词集名《湖海楼词》，又名《迦陵词》。又与吴本嵩等辑《今词苑》，与曹亮武等辑《荆溪词初集》。

夏初临①

本意②。癸丑三月十九日③，用明杨孟载韵④。

中酒心情⑤，拆绵时节，瞢(méng)腾刚送春归⑥。一亩池塘，绿荫浓触帘衣。柳花搅乱晴晖。更画梁、玉翦(jiǎn)交飞⑦。贩茶船重，挑笋人忙，山市成围⑧。　蓦然却想⑨，三十年前⑩，铜驼恨积⑪，金谷人稀⑫。划残竹粉⑬，旧愁写向阑西。惆怅移时⑭。镇无聊、掐损蔷薇⑮。许谁知⑯？细柳新蒲⑰，都付鹃啼⑱。

说　明

此词上片写初夏景色，下片凭吊已逝去的明王朝。

注　释

①**夏初临**：词牌名，多用以描画春去夏临的景色。本名《燕春台》，因宋人黄裳以此调作夏词，改名《夏初临》。

②**本意**：指词调名的含义与词的内容相吻合。

③**癸丑**：清康熙十二年（1673）。

④**杨孟载**：明代的杨基，字孟载。“杨孟载韵”指杨基《夏初临》：“瘦绿添肥，病红催老，园林昨夜春归。深院东风，轻罗试著单衣。雨余门掩斜晖。看梅梁、乳燕初飞。荷钱犹小，芭蕉渐长，新竹成围。　何郎粉淡，荀令香销，紫鸾梦远，青鸟书稀。新愁旧恨，在他红药栏西。记得当时。水晶帘、一架蔷薇。有谁知。千山杜鹃，无数莺啼。”

⑤**中酒**：犹病酒。即酩酊大醉。

⑥**瞢腾**：形容模模糊糊，神志不清。

⑦**玉翦**：指燕子。因燕尾似翦，故称“玉翦”。**交飞**：齐飞。

⑧**山市**：山区集市。

⑨**蓦然**：猛然，突然。

⑩**三十年前**：指明崇祯十七年（1644）三月十九日。这一天，明思宗吊死煤山。

⑪**铜驼**：即铜铸的巨兽。典出《晋书·索靖传》：“靖有先识远量，知天下将乱，指洛阳宫门铜驼，叹曰：‘会见汝在荆棘中耳！’”后因以“铜驼荆棘”形容亡国

后残破衰败的景象。

⑫**金谷**：古地名。在今河南洛阳市。晋人石崇筑园于此，世称金谷园。北魏人郦道元《水经注·谷水》："谷水又东，左会金谷水，水出太白原，东南流历金谷，谓之金谷水。东南流经晋卫尉卿石崇之故居。"此处用以形容盛景不再。

⑬**竹粉**：笋壳脱落时附着在竹节旁的白色粉末。

⑭**移时**：经历一段时间。

⑮**镇**：整天。亦谓长、久。**蔷薇**：植物名。花白色或淡红色，有芳香。

⑯**许**：语气助词。

⑰**细柳新蒲**：语出杜甫《哀江头》："江头宫殿锁千门，细柳新蒲为谁绿。"

⑱**鹃啼**：相传杜鹃啼声凄苦。故多用以形容人的思念之苦或悲怨之深。鹃，即杜鹃，鸟名。又名杜宇、子规。

译　文

我饮酒过量而昏沉，心情不佳。又到了拆绵的时节。模模糊糊，刚刚将春送归。庭院中有池塘一亩。浓浓的绿荫，触着帘衣。柳花搅乱了晴日的光辉。画梁上，又有燕子齐飞。贩茶的船看起来很重，挑笋的人忙碌着，山区集市成围。

猛然间却想起，三十年前，金谷人烟稀少，铜驼之恨堆积。划残竹粉，将旧愁写在栏杆之西。惆怅经时。整日无聊，掐损了蔷薇。我的心情，有谁能知？细柳新蒲，都付与了鹃啼。

词　评

故家乔木，语自不同。

——清·谭献《箧中词》

朱彝(yí)尊（一首）

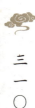

朱彝尊（1629—1709），浙江秀水（今浙江嘉兴）人。字锡鬯(chàng)，号竹垞(chá)，晚别号小长芦钓鱼师、金风亭长。早年曾秘密参加反清复明活动，事败后游历四方，以布衣自尊。清康熙十八年己未（1679），应博学鸿词科，授检讨，与修《明史》。二十二年，入值南书房。二十三年，因违例携仆入内廷钞书被弹劾罢官。二十九年，复职。三十一年，罢归。著述终老。学问兼工诗、文、词、经学考据。诗与王士禛齐名，词与陈维崧齐名。词学宗南宋姜夔、张炎，尝纂辑唐、宋、金、元五百余家词为《词综》，创浙西词派，对清代词坛影响甚大。著有《曝书亭集》《经义考》等。其《曝书亭词》，自定为《江湖载酒集》《静志居琴趣》《茶烟阁体物集》《蕃锦集》等四种。

桂殿秋①

思往事，渡江干②。青蛾低映越山看③。共眠一舸(gě)听秋雨④，小簟(diàn)轻衾(qīn)各自寒⑤。

说明

这是一首爱情词，作者深情地怀念从前与妻妹冯寿常同舟共载的往事。冒广生《小三吾亭词话》："世传竹垞《风怀二百韵》为其妻妹作，其实《静志居琴趣》一卷，皆《风怀》注脚也。竹垞年十七，娶于冯。冯孺人名福贞，字海媛，少竹垞一岁。冯夫人之妹名寿常，字静志，少竹垞七岁。"

注释

①**桂殿秋**：词牌名。唐人李德裕送神迎神曲，有"桂殿夜凉吹玉笙"句，故名。

②**江干**：江边。

③**青蛾**：青黛画的眉毛，美人的眉毛。蚕蛾触须细长而弯曲，因以比喻女子美丽的眉毛。**越山**：泛指钱塘江南岸群山，这里古时属越国。

④**舸**：大船。也指小船和一般的船。

⑤**簟**：竹席或苇席。

译文

我思念起往事。那时，我们一同去江边，准备渡江。她青黛色的蛾眉，看起来仿佛在低处掩映着越山。我和她在同一条船上，听着秋雨入眠。窄窄的席子上，轻轻的被子里，我们各自忍受着严寒。

词评

单调小令，近世名家，复振五代、北宋之绪。

——清·谭献《箧中词》

王士禛（一首）

王士禛（1634—1711），济南新城（今山东桓台）人。字子真，一字贻上，号阮亭，晚号渔洋山人。身后避世宗讳，改“禛”为“正”，高宗命改“祯”。顺治十五年（1658）进士。授扬州府推官。康熙间官至刑部尚书。以与废太子唱和，于康熙四十三年（1704）被借故革职。卒谥文简。士禛为清初著名诗人，尤工绝句，倡“神韵说”，领袖诗坛近五十年。著有《带经堂全集》《阮亭诗钞》《渔洋山人精华录》《池北偶谈》《花草蒙拾》等。词集名《衍波词》。

蝶恋花

和漱玉词①

凉夜沉沉花漏冻②。攲(qī)枕无眠③，渐觉荒鸡动④。此际闲愁郎不共。月移窗罅(xià)春寒重⑤。　忆共锦裯(chóu)无半缝⑥。郎似桐花⑦，妾似桐花凤⑧。往事迢迢徒入梦。银筝断绝连珠弄⑨。

说　明

此词写女子春夜无眠，怀人忆往的情景。

注　释

①**漱玉词**：李清照词集名。“和漱玉词”指此词次韵李清照的《蝶恋花》：“暖日晴风初破冻，柳眼梅腮，已觉春心动。酒意诗情谁与共，泪融残粉花钿重。乍试夹衫金缕缝，山枕斜攲，枕损钗头凤。独抱浓愁无好梦，夜阑犹剪灯花弄。”

②**花漏**：雕花的漏壶。漏壶是古代的计时器具。

③**攲**：斜靠着。

④**荒鸡**：指三更前啼叫的鸡。旧以其鸣为恶声，主不祥。

⑤**罅**：缝隙，裂缝。

⑥**裯**：单被。一说为床帐。

⑦**桐**：树名。此处指泡桐。落叶乔木，开白色或紫色花。

⑧**桐花凤**：鸟名。以暮春时栖集于桐花而得名。唐人李德裕《画桐花凤扇赋序》：“成都夹岷江矶岸，多植紫桐，每至暮春，有灵禽五色，小于玄鸟，来集桐花，

以饮朝露。及华落则烟飞雨散，不知所往。”

⑨**连珠弄**：曲名。

译 文

深沉的凉夜中，雕花的漏壶被冻住，我斜靠着枕头，彻夜无眠。渐渐听到三更前荒鸡啼鸣，此际，我忧愁郎君没有和我在一起。月亮在窗罅间移动着，春天的寒气真是重。

记得我们共同盖着一条锦被，彼此没有半丝缝，郎君就像桐花，妾身就像桐花凤。往事迢迢，徒然入梦，我已不再用银筝弹那《连珠弄》。

词 评

此词绝雅丽，一时京师盛传，呼之为“王桐花”。

——清·陈廷焯《词则·闲情集》

纳兰性德（二首）

纳兰性德（1655—1685），满洲正黄旗人，字容若，号楞伽山人。初名成德，以避废太子讳改性德。父亲明珠，官大学士、太子太傅，母亲爱新觉罗氏。先世为蒙古人，16世纪末，归附后金。曾祖姑为努尔哈赤妃，生清太宗皇太极，家族由此显贵。纳兰性德聪敏好学，擅诗词，工于小令。年十七入太学。十八岁举顺天乡试，二十岁成进士。授三等侍卫，寻晋一等。屡随清圣祖出巡塞外。康熙十八年（1679），与应博学鸿词试至京的各地文士，如朱彝尊、陈维崧、姜宸英、严绳孙等结识，相互唱和。著有《通志堂经解》《通志堂诗集》《渌水亭杂识》。词初集名《侧帽词》，后经顾贞观增补为《饮水词》，后人又汇辑成《纳兰词》。

南乡子

为亡妇题照

泪咽却无声。只向从前悔薄情。凭仗丹青重省识[①]，盈盈[②]。一片伤心画不成[③]。　　别语忒(tuī)分明[④]。午夜鹣鹣(jiān jiān)梦早醒[⑤]。卿自早

醒侬自梦[6]，更更(gēnggēng)[7]。泣尽风檐夜雨铃[8]。

说　明

此为悼亡词。康熙十三年（1674），二十岁的纳兰性德，娶了两广总督、兵部尚书卢兴祖之女。婚后，二人感情甚笃。可惜三年后，年仅二十一岁的卢氏不幸去世。此词乃是悼念亡妻卢氏之作。

注　释

①**丹青**：画，此指亡妻的画像。

②**盈盈**：仪态美好的样子。

③**“一片”句**：语出唐人高蟾《金陵晚望》：“世间无限丹青手，一片伤心画不成。”

④**忒**：副词。太，过于。

⑤**鹣鹣**：鸟名，又称比翼鸟。《尔雅·释地》云：“南方有比翼鸟焉，不比不飞，其名谓之鹣鹣。”郭璞注：“似凫，青赤色，一目一翼，相得乃飞。”晋人张华《博物志》：“崇吾之山有鸟，一足一翼一目，相得而飞，名曰鹣鹣。”此处比喻夫妇情谊。

⑥**卿**：夫妻情人间的爱称。**侬**：我。

⑦**更更**：一更又一更，指整夜。更，旧时夜间的计时单位，一夜分为五更。

⑧**“泣尽”句**：语出唐人李商隐《二月二日》：“新滩莫悟游人意，更作风檐雨夜声。”

译　文

眼中含泪，喉头哽咽，欲哭无声，只能追悔从前太过薄情。想凭借丹青，重新和你相会，只见你仪容美好，姿态轻盈，但一片伤心，却无法将你的容貌画成。

惜别之语太过分明，午夜，比翼齐飞的梦早早就醒。卿自然早已醒来，而我却还在梦中，一更又一更，整夜都在哭泣，伴着深夜风雨中的声声檐铃。

词　评

容若天资超逸，翛然尘外。所为乐府小令，婉丽凄清，使读者哀乐不知所主。

——清·顾贞观《通志堂词序》

长相思

山一程[1]。水一程。身向榆关那畔行[2]。夜深千帐灯。　风一更(gēng)[3]。雪一更。聒(guō)碎乡心梦不成[4]。故园无此声。

说明

此词作于康熙二十一年（1682）早春，当时纳兰性德随扈东巡至山海关。

注释

①**一程**：约计的道路里程，犹言一段路。

②**榆关**：山海关，一称榆关，又称渝关。在今河北省秦皇岛市东北。明洪武十四年（1381）置关，因处山海之间，故名山海关。

③**更**：旧时夜间的计时单位，一夜分为五更。

④**聒**：声音吵闹，使人厌烦。

译文

越过了山一程，又渡过了水一程，我向着榆关那边远行。深夜，千顶营帐内都点着灯。

风呼啸了一更，雪飘洒了一更，聒碎了我思乡的心，搅醒了我还乡的梦。故园没有此声。

词评

"明月照积雪""大江流日夜""中天悬明月""黄河落日圆"，此种境界，可谓千古壮观。求之于词，唯纳兰容若塞上之作，如《长相思》之"夜深千帐灯"，《如梦令》之"万帐穹庐人醉，星影摇摇欲坠"，差近之。

——王国维《人间词话》

厉鹗（一首）

厉鹗（1692—1752），浙江钱塘（今杭州）人，字太鸿，一字雄飞，号樊榭，又号南湖花隐、西溪渔者。少孤贫，发愤读书。康熙五十九年（1720）举于乡。其后十年，两赴京闱不第。乾隆元年（1736）被荐博学鸿词试，又落第。后客居扬州，与马曰琯、马曰璐兄弟及同乡陈章、陈撰等结为邗江吟社，诗文酬唱，主盟坛坫，影响遍及大江南北。厉鹗诗词皆工，为浙西词派重要作家。著有《宋诗纪事》《南宋院画录》《辽史拾遗》《东城杂记》《湖船录》《南宋杂事诗》《玉台书史》等。厉鹗的诗词文，后人汇刻为《樊榭山房全集》，共四十二卷，其中有词作《秋林琴雅》《樊榭山房词》《续词》《集外词》，共八卷。

玉漏迟[1]

永康病中，夜雨感怀。

薄游成小倦[2]。惊风梦雨[3]，意长笺短。病与秋争，叶叶碧梧声颤。湿鼓山城暗数，更穿入、溪云千片。灯晕翦（jiǎn）[4]。似曾认我，茂陵心眼[5]。

少年不负吟边[6]，几熨帛光阴[7]，试香池馆[8]。欢境消磨，尽付砌虫微叹[9]。客子关情药裹[10]，觅何地、烟林疏散[11]。怀正远。胥（xū）涛晓喧枫岸[12]。

说明

此为秋夜病中，伤怀忆旧之作。永康，地名，在今浙江省金华市东南部、金华江支流武义江上游。以永康溪得名。

注释

①**玉漏迟**：词牌名。因唐人白居易诗有“天凉玉漏迟”句，取以为名。双调九十四字，仄韵。

②**薄游**：为薄禄而宦游于外。

③**惊风**：猛烈、强劲的风。**梦雨**：迷蒙的细雨。

④**灯晕**：灯焰外围的光圈。**翦**：同“剪”。此处“灯晕翦”用李商隐《夜雨寄北》“何当共剪西窗烛，却话巴山夜雨时”句意。

⑤**茂陵**：汉武帝墓，司马相如因病免官后家居茂陵，后因用茂陵指代司马相如。**心眼**：心意，心思。此处，“似曾认我，茂陵心眼”用杜甫《琴台》“茂陵多病后，尚爱卓文君”句意。

⑥**吟边**：吟咏中。

⑦**熨**：用加热的金属器具，烫平衣物。

⑧**试香**：添香，焚香。

⑨**砌**：台阶。

⑩**关情**：对人或事物注意、重视。**药裹**：药囊，药包。

⑪**疏散**：排遣，发散。本自杜甫《白沙渡》：“水清石礧礧，沙白滩漫漫。迥然洗愁辛，多病一疏散。”

⑫**胥涛**：传说春秋时伍子胥为吴王所杀，尸投浙江，成为涛神。后人因称钱

塘江潮为“胥涛”。“胥涛”亦泛指汹涌的波涛。

译文

我为薄禄而宦游于外，感到些许疲倦。又遇到了猛烈的风，迷蒙的雨。心意那么长，信笺那么短。病与秋，争着来折磨我。碧梧上，叶叶都发出颤声。雨水打湿了更鼓，我在山城中悄悄数着鼓点。风雨继续，穿过了溪上的薄云千片。灯晕如果有情，当识得我像司马相如一般相思。

少年时，不辜负吟咏的时光。记不清有多少次，在池苑馆舍中，熨烫丝帛，焚香添香。欢乐的境遇，已消磨殆尽，全都付与了台阶上虫儿的微微叹息。我这个飘零的客子，正注意着药囊，到何地去寻找烟雾笼罩的树林，来疏散心情？天已拂晓，我的心思正飘向远方，一如怒涛拍打着枫岸。

词评

柔厚幽渺。

——清·谭献《箧中词》

贺双卿（一首）

贺双卿（1715—？），江苏金坛（今属江苏常州）人，字秋碧，初名卿卿，一名庄青，家中排行为二，遂名双卿。姿容绝代，十八岁嫁农家周氏子，由于姑恶夫暴，最终劳瘁病患而死。贺双卿才华旷世，能诗擅词，多自伤生活遭遇之不幸，哀婉动人，是我国历史上最有天赋、最具才华的女词人之一。所为诗词，悉以粉笔书芦叶上，故散佚颇多。同里史震林《西青散记》录其诗二十四首、词十四首。董潮《东皋杂钞》对其身世与创作也有所论及。黄燮清《国朝词综续编》收其词，冠以《雪压轩集》之名。

凤凰台上忆吹箫

赠邻女韩西

寸寸微云，丝丝残照[1]，有无明灭难消。正断魂魂断，闪闪摇摇。

望望山山水水[2]，人去去、隐隐迢迢。从今后，酸酸楚楚，只似今宵。

青遥。问天不应，看小小双卿，袅袅无聊[3]。更见谁谁见，谁痛花娇。谁望欢欢喜喜，偷素粉、写写描描。谁还管[4]，生生世世，夜夜朝朝。

说　明

此为赠别词。清人史震林《西青散记》记载："邻女韩西新嫁而归，性颇慧。见双卿独舂汲，恒助之。疟时坐于床，为双卿泣。不识字，然爱双卿书，乞双卿写《心经》，且教之诵。是时将返其夫家，父母饯之。召双卿，疟弗能往。韩西亦弗食，乃分其所食，自裹之，遗双卿。双卿泣为《摸鱼儿》词，以淡墨细书芦叶。又以竹叶题《凤凰台上忆吹箫》。"

注　释

①**残照**：落日的余晖。

②**望望**：瞻望貌，依恋貌。语本《礼记·问丧》："其往送也，望望然，汲汲然，如有追而弗及也。"

③**袅袅**：轻盈柔弱的样子。

④**管**：顾及，过问。

译　文

寸寸微薄的云，时有时无；丝丝落日余晖，或明或灭。它们难以消失。正是断魂魂断的时候，我的心思闪闪摇摇。我依恋地瞻望着山山水水，人离去，越来越隐约，越来越迢远。从今后，每天都酸酸楚楚，就像今宵。

青青的天，是那么遥远。我问天，天不应。看小小双卿，又柔弱，又无聊。我还能去见谁？还能有谁来见我？谁还能痛惜娇美的花儿？谁还能欢欢喜喜地盼着我，偷偷用素粉，写写描描？谁还能顾及我，在接下来的生生世世，夜夜朝朝？

词　评

其情哀，其词苦，用双字至二十余叠，亦可谓广大神通矣。易安见之，亦当避席。

——清·陈廷焯《白雨斋词话》

张惠言（一首）

张惠言（1761—1802），江苏武进（今属江苏常州）人。字皋文，一作皋闻，号茗柯，初名一鸣。嘉庆四年（1799）进士。官编修。乾嘉名儒。精通经义，长于礼学。少为辞赋，拟司马相如、扬雄。及壮，学韩愈、欧阳修，开创阳湖文派。工词，为常州词派创始人。于词学贡献甚大，推尊词体，明深美闳约之质，倡意内言外之说，重比兴寄托，以纠浙西末流之失。深谙易学，与惠栋、焦循同谓“乾嘉易学三大家”。著有《周易虞氏义》《茗柯文编》《茗柯词》等。又辑有《词选》《七十家赋钞》。

相见欢

年年负却花期。过春时。只合安排愁绪、送春归[1]。　梅花雪。梨花月。总相思。自是春来不觉、去偏知[2]。

说明

此词写惜春之情，末句颇有哲理。

注释

①**只合**：只该，只当。

②**自是**：只是。**不觉**：没有发觉。

译文

年年都辜负了花期，过了春时，只能安排愁绪，送春归去。

雪里的梅花，月下的梨花，总是令我怀思。只是春天来时不觉察，去时偏知晓。

词评

信手拈来。

——清·谭献《箧中词》

自是春来不觉、去偏知

周济（一首）

周济（1781—1839），江苏荆溪（今江苏宜兴）人，字保绪，号未斋，晚号止庵，别号介存居士。嘉庆十年（1805）进士。官淮安府学教授。好读史书及兵家言，精谙骑射击刺，曾屡败乱徒。后隐居金陵春水园，潜心著述。道光十五年（1835）再任淮安府学教授，与漕运总督周天爵友善。道光十九年（1839）周天爵移督湖广，邀周济同行。周济随行途中因病卒于湖北夏口。周济工画，善诗词，精词学，为常州词派的主要理论家。有《介存斋文稿》《介存斋诗》《介存斋论词杂著》等。今存词《味隽斋词》《存审轩词》，另编《宋四家词选》。

蝶恋花

柳絮年年三月暮。断送莺花①，十里湖边路。万转千回无落处。随侬(nóng)只恁(nèn)低低去②。　满眼颓垣(yuán)欹病树③。纵有余英④，不值封姨妒⑤。烟里黄沙遮不住。河流日夜东南注。

说　明

此词写惜春之情。末二句通过两个比喻，表达了对春去的无可奈何。

注　释

①**莺花**：莺啼花开，泛指春天的景物。

②**侬**：我。**只恁**：就这样，只是这样。

③**颓垣**：倾塌的墙。**欹**：倾斜。

④**余英**：指残花。

⑤**不值**：不值得。**封姨**：古代传说中的风神。唐人郑还古《博异志·崔玄微》载：唐天宝时，崔玄微月夜遇美人杨氏、李氏、陶氏和绯衣少女石醋醋及封家十八姨共饮。醋醋得罪封姨，封姨发怒而去。明晚，诸女又来，说家居苑中，常遭恶风凌虐，求玄微于元旦立朱旛于苑东，以避风灾。时元旦已过，因请于某日平旦立此旛。是日果大风，折树飞沙，而苑中繁花无恙。乃知诸女是众花之精，封姨是风神。

译　文

柳絮，送走莺啼花开的美好春光，在年年的三月暮。十里湖边的路上，柳絮万转千回，没有落处。它随着我，就这样低低飞去。

满眼都是倾塌的墙、倾斜的病树。纵使还有残花，也不值得风神嫉妒。烟里的黄沙，遮挡不住。河流日日夜夜，向着东南流注。

词　评

浑灏。

——清·谭献《箧中词》

龚自珍（一首）

龚自珍（1792—1841），浙江仁和（今杭州）人，字尔玉，又字瑟(sè)人，一名易简，字伯定，更名巩祚，号定庵，又号羽琌(líng)山民。父亲官至江南苏松太兵备道，署江苏按察使。母亲是著名文字学家段玉裁的女儿。龚自珍受母亲家学，自幼熟读经史考据之书，好诗文。嘉庆二十三年（1818）中举人。嘉庆二十五年（1820），为内阁中书。道光九年（1829）中进士。困厄下僚，才能不得施展。道光十九年（1839），辞官南归，作《己亥杂诗》三百一十五首。道光二十一年（1841）秋，暴卒于丹阳云阳书院。龚自珍是近代著名的启蒙思想家，主张革除弊政，全力支持林则徐禁鸦片。博学负才气。早年从学于外祖父段玉裁。以后用力经世之学，通《公羊春秋》，又精史学、佛学。诗文均自成一家，以奇才名天下。有《定庵词》，内含《无著词选》《怀人馆词选》《影事词选》《小奢摩词选》《庚子雅词》各一卷。

鹊踏枝

过人家废园作

漠漠春芜(wú)春不住[1]。藤刺牵衣[2]，碍却行人路。偏是无情偏解舞。蒙蒙扑面皆飞絮。　绣院深沉谁是主？一朵孤花，墙角明如许。莫怨无人来折取[3]。花开不合阳春暮[4]。

说　明

此词借伤春惜花表达了对国家命运的担忧，以及对自己生不逢时的感慨。

注释

①**漠漠**：密布、布列貌。**春芜**：指浓碧的春草。

②**藤**：蔓生植物名。有白藤、紫藤等多种。

③**折取**：取杜秋娘《金缕衣》"花开堪折直须折，莫待无花空折枝"句意。

④**不合**：不应当，不该。

译文

浓碧的春草密布，春天将要离去。藤刺牵扯着衣服，阻碍了行人走路。偏是无情的柳絮懂得飞舞，蒙蒙扑面而来的都是它。

深沉的绣院，谁是主人？一朵孤花，开在墙角，明艳如许。不要抱怨没有人来折取，花开不应当在阳春暮。

词评

阅定庵诗词新刻本，诗佚宕旷邈，而毫不就律，终非当家。词绵丽沉扬，意欲合周、辛而一之，奇作也。

——清·谭献《复堂日记》

项廷纪（一首）

项廷纪（1798—1835），浙江钱塘（今浙江杭州）人，原名继章，又名鸿祚，字莲生，改名廷纪。年少失怙，刻苦攻读，沉默寡言。道光九年（1829），家遇火灾，应亲戚之招，奉母北上，途中遇水，母死舟中。道光十二年（1832）中举人。再上春闱不第。终以愁病卒，年仅三十八岁。工词。有《忆云词甲乙丙丁稿》四卷。自序其词云："幼有愁癖，故其情艳而苦，其感于物也郁而深。"又云："不为无益之事，何以遣有涯之生？"

玉漏迟

冬夜闻南邻笙歌达曙

病多欢意浅①。空篝素被②，伴人凄惋③。巷曲谁家，彻夜锦堂

高宴。一片氍毹月冷[4]，料灯影、衣香烘软。嫌漏短[5]。漏长却在，者边庭院[6]。　沈郎瘦已经年[7]，更懒拂冰丝[8]，赋情难遣。总是无眠[9]，听到笛慵箫倦。咫尺银屏笑语[10]，早檐角、惊乌啼乱。残梦远[11]。声声晓钟敲断。

（氍毹：qú shū）

说　明

此词写病中彻夜无眠、寂寞愁苦的情怀。

注　释

①**欢意**：欢乐的意兴。

②**篝**：指熏笼。一种覆盖于火炉上的器物，供熏香、烘物和取暖用。

③**凄惋**：哀伤。

④**氍毹**：一种毯子，由毛织或毛与其他材料混织而成。

⑤**漏**：此指漏壶，古代的计时器。

⑥**者边**：这边。前蜀人王衍《醉妆词》："者边走，那边走，只是寻花柳。那边走，者边走，莫厌金杯酒。"

⑦**沈郎**：指南朝梁人沈约，亦借指腰肢瘦损之义。《梁书·沈约传》载，沈约与徐勉素善，遂以书陈情于勉，言已老病："百日数旬，革带常应移孔，以手握臂，率计月小半分。以此推算，岂能支久？"

⑧**冰丝**：指琴弦。

⑨**总是**：总归是。

⑩**银屏**：镶银的屏风。

⑪**残梦**：零乱不全的梦。

译　文

我因为多病，欢意淡薄。空空的熏笼，素朴的被子，伴人哀伤。巷曲哪户人家，彻夜在锦堂中进行着盛宴。一片氍毹，笼罩在冷冷的月光下。料想那里的灯影，都把衣香烘软了吧。他们嫌漏声短。嫌漏声长的人，却在这边的庭院。

我如沈郎般消瘦，已经多年。又懒得抚弄琴弦，心中的感情难以排遣。总归是无眠，一直听到笛声慵懒，箫声疲倦。咫尺之外，他们在银屏下说说笑笑。檐角惊起的乌鸦，早开始乱啼。残梦已远。声声晓钟，也已敲断。

词　评

《忆云词》古艳哀怨，如不胜情。猿啼断肠，鹃泪成血，不知其所以然也。

——清·黄燮清《国朝词综续编》

顾春（一首）

顾春（1799—1877），满洲镶蓝旗人，西林觉罗氏，名春，字太清，一字子春，号云槎外史。本为鄂尔泰的曾孙女，幼时家遭变故，养于荣邸包衣人顾氏，后被选为乾隆玄孙贝勒奕绘的侧福晋。夫妇皆负才名，互相唱和，伉俪情深。道光十三年（1833）奕绘卒，顾春为嫡长子所迫，移居邸外。晚年以子显贵。顾春才华横溢，工诗词，善书画，尤以词的成就为最高。今存其诗集《天游阁集》七卷，词《东海渔歌》六卷。晚年著小说《红楼梦影》,成为中国小说史上第一位女性小说家。

苍梧谣①

正月三日自题墨牡丹扇

侬②。淡扫花枝待好风。瑶台种③，不作可怜红④。

说　明

此词咏墨牡丹。其中流露着对自身精神品格的称许。

注　释

①**苍梧谣:**《十六字令》的别名。十六字令,词牌名。又名《归字谣》《苍梧谣》。因全词为十六字，故名。单调，三平韵。

②**侬:** 我。

③**瑶台:** 指传说中神仙所居之处。

④**作:** 似,像。**可怜:** 可爱。古乐府《孔雀东南飞》:“自名秦罗敷,可怜体无比。”

译　文

我，淡扫花枝，等待好风。我是瑶台上的品种，不像那人见人爱的红花。

词　评

曩阅某词话，谓铁岭词人顾太清与纳兰容若齐名。窃疑称美之或过。今以两家词互校，欲求妍秀韶令，自是容若擅长；若以格调论，似乎容若不逮太清。太清词，其佳处在气格，不在字句，当于全体大段求之，不能以一二阕为论定，一声一字为工拙。此等词，无人能知，无人能爱。夫以绝代佳人，而能填无人能爱之词，是亦奇矣。

——清·况周颐《东海渔歌序》

蒋春霖（二首）

蒋春霖（1818—1868），字鹿潭。江苏江阴人。父亲蒋尊典曾官湖北荆门直隶州知州，父亡，家道中落。屡试不第，遂弃举业。后在两淮地区任盐官。咸丰七年（1857），丁母忧，去官。咸丰十年（1860），移居泰州，妻病故。同治七年（1868）冬，离别苏北赴衢州访友，路经吴江垂虹桥，投水而亡。蒋春霖年少聪颖，工于诗，所作诗赋压倒文坛前辈，故得“乳虎”之谓。中年专意于词，所作多与时事有关，故有“词史”之称。与纳兰性德、项鸿祚同被誉为清代词坛“三鼎足”。有《水云楼剩稿》《水云楼词》。

浪淘沙

云气压虚阑。青失遥山。雨丝风絮一番番。上巳(sì)清明都过了(liǎo)①，只是春寒②。　花发已无端③。何况花残。飞来蝴蝶又成团。明日朱楼人睡起④，莫卷帘看(kān)。

说　明

此词写伤春之情。其中可能包含着对国家命运的隐忧。

注　释

①**上巳**：旧时节日名。汉以前以农历三月上旬巳日为“上巳”；魏晋以后，定为农历三月初三，不必取巳日。

②**只是**：一直，一味。

③**无端**：无心，无意。唐人韩愈《感春》：“今者无端读书史，智慧只是劳精神。”

④**朱楼**：华美富丽的楼阁。

译　文

白云距离栏杆很近，远处的青山朦胧一片。丝丝的细雨，风中的柳絮，飘洒了一番又一番。上巳、清明，都已过了。春寒，却一直未消。

花开，已是无心赏玩，何况花已凋残。飞来的蝴蝶，又聚成一团一团。明日，朱楼中的人睡起时，不要卷起帘儿看。

词评

郑湛侯为予言："此词本事，盖感兵事之连结，人才之惰窳(yǔ)而作。"

——清·谭献《箧中词》

卜算子

燕子不曾来，小院阴阴雨。一角阑干聚落花，此是春归处。

弹泪别东风[①]，把酒浇飞絮[②]。化了浮萍也是愁[③]，莫向天涯去[④]。

说明

此词写伤春之情。上片暗含对年华易逝的惋惜，下片感叹身世漂泊。

注释

①**弹泪**：挥泪。

②**把酒**：手执酒杯。

③**浮萍**：浮生在水面上的一种草本植物，比喻漂泊无定的身世或变化无常的人世。《本草纲目》载："浮萍季春始生，或云杨花所生。"

④**天涯**：犹云天边。形容极远的地方。《古诗十九首·行行重行行》："相去万余里，各在天一涯。"

译文

燕子不曾来到，小院下着阴阴的雨。栏杆一角，堆积着落花，这就是春天离去的标记。

弹泪送别东风，手执酒杯，将酒浇向飘飞的柳絮。柳絮纵使化作了浮萍，也依旧是惹愁之物。因此不要远向天涯飘去！

词评

鹿潭穷愁潦倒，抑郁以终，悲愤慷慨，一发于词，如《卜算子》云云，何其凄怨如此！

——清·陈廷焯《白雨斋词话》

谭献（一首）

谭献（1832—1901），浙江仁和（今浙江杭州）人，原名廷献，字涤生，改字仲修，号复堂。同治六年（1867）中举，屡赴进士试不第。

后纳资捐为县令，曾任歙县、全椒、合肥、宿松等县知县，后以疾告归，一心著述。晚年受张之洞之邀，主讲经心书院，年余辞归。治今文经学，求经世致用。骈文师法六朝。工词，论词宗张惠言、周济。著有《复堂类集》《复堂诗录》《复堂文录》《复堂日记》等。有《复堂词》三卷。辑《箧中词》六卷，续集四卷。

蝶恋花

庭院深深人悄悄。埋怨鹦哥[1]，错报韦(wéi)郎到[2]。压鬓钗梁金凤小[3]，低头只是闲烦恼[4]。　花发江南年正少。红袖高楼[5]，争抵还乡好？遮断行人西去道[6]，轻躯愿化车前草。

说　明

此词写闺中女子的怀人之情，末二句可见其痴心。

注　释

①**鹦哥**：鹦鹉的俗称。

②**韦郎**：此处应是泛指女子逾期未归的恋人。传说唐韦皋未仕时，寓江夏姜使君门馆，与侍婢玉箫有情，约为夫妇。韦归省，愆期不至，箫绝食而卒。后玉箫转世，终为韦侍妾。事见唐人范摅《云溪友议》。

③**钗梁**：钗的主干部分。

④**只是**：一直，一味。

⑤**红袖**：女子的红色衣袖，此指美女。

⑥**遮断**：阻断，截断。

译　文

深深的庭院中，人静悄悄。埋怨那鹦哥，错报心上人已到。压着鬓发的钗梁上，有金凤小小。低下头，一味地徒增烦恼。

江南花正开，情郎正年少。江南有红袖美女，倚着高楼。但这些，怎么抵得过还乡好？如果能阻断行人西去的道路，我轻微的身体，愿意化作他车前的草。

●庭院深深人悄悄

词评

上半传神绝妙，下半沉痛已极，所谓“情到海枯石烂时”也。

——清·陈廷焯《白雨斋词话》

王鹏运（一首）

王鹏运（1848—1904），广西临桂（今桂林）人。祖籍浙江山阴（今绍兴）。因父亲王必达号霞轩，故字幼霞，又作佑遐、幼遐，中年自号半塘老人，晚年自号半僧、鹜翁、半塘僧鹜。少有才名。同治九年（1870）举人。后任内阁中书、转内阁侍读学士，授江西道监察御史、礼科掌印给事中等职，直言敢谏。戊戌变法时期，参与维新运动。光绪二十八年（1902）离京，至扬州主办仪董学堂，并执教于上海南洋公学。病卒于苏州。一生致力于词学，工词，力尊词体，上承常州派余绪，下开临桂一派，对晚清词学影响甚大。与郑文焯、朱祖谋、况周颐称“晚清四大词人”（四大家），并为之冠。词集有《袖墨集》等九种，晚年删定为《半塘定稿》。朱祖谋认为《定稿》“刊落太甚”，又编《半塘剩稿》刻印行世。辑刊《四印斋所刻词》《四印斋汇刻宋元三十一家词》，又与朱祖谋合校《梦窗词》。

点绛唇

饯　春

抛尽榆钱[1]，依然难买春光驻[2]。饯春无语，肠断春归路。

春去能来，人去能来否？长亭暮[3]，乱山无数，只有鹃声苦[4]。

说明

此词写伤春怀人之情，前二句构思颇为精巧。

注释

①**榆钱：**榆树开花后结的荚，形似小铜钱，故称榆钱。

②**驻**：停留。

③**长亭**：古时在路旁每隔十里设长亭，故也称“十里长亭”，供行旅停息。近城者常为送别之处。

④**鹃**：杜鹃，鸟名。又名杜宇、子规。相传为古蜀王杜宇之魂所化。春末夏初，常昼夜啼鸣，其声哀切。

译　文

抛尽了榆钱，依然难以买得春光停驻。默默无语地饯别春天。悲伤断肠地望着春归去的路。

春天离去还能再回来，人离去了还能回来否？长亭日暮，乱山无数，只有鹃声凄苦。

词　评

近世词人……王鹜翁如海国珊瑚，不假磨琢。

——闻野鹤《怬簃词话》

文廷式（一首）

文廷式（1856—1904），祖籍江西萍乡，生于广东潮州。字道希，一作道羲、道溪，号芸阁，一作云阁，晚号纯常子、罗霄山人、芗德。光绪十六年（1890）进士，授翰林院编修，二十年（1894）擢翰林院侍讲学士。甲午战争时，积极主战，谏言拒签《马关条约》。戊戌变法时，积极支持康有为变法维新，遭后党忌恨，革职回籍。戊戌政变后，遭通缉，避走日本。二十六年（1900）夏回国，与唐才常等人在上海召开“国会”，唐才常自立军在汉口起义失败后，文廷式避世于萍乡、上海、南京、长沙等地，寄情诗酒，以佛学及著述自遣。光绪三十年（1904）病故。文廷式自幼聪慧，有过目能诵之才。博学，工诗词骈文。词名最著，推重常州词派，但又不为其所拘束，能于浙、常两派之外独树一帜。著有《云起轩词钞》《云起轩诗录》《纯常子枝语》《闻尘偶记》《志林》《芗盾》《罗霄山人醉语》等。

祝英台近[1]

剪鲛绡[2]，传燕语[3]，黯黯碧云暮[4]。愁望春归[5]，春到更无绪。园林红紫千千[6]，放教狼藉[7]，休但怨、连番风雨。　谢桥路，十载重约钿(diàn)车[8]，惊心旧游误[9]。玉佩尘生，此恨奈何许。倚楼极目天涯，天涯尽处。算只有、濛濛飞絮。

说　明

此词写伤春怀人之情，其中包含着对国事日非的深深慨叹。

注　释

①**祝英台近**：词牌名。又名《宝钗分》《月底修箫谱》《燕莺语》《寒食词》。双调七十七字，有平韵、仄韵两体。

②**鲛绡**：传说中鲛人所织的绡。亦借指薄绢、轻纱。南朝梁人任昉《述异记》："蛟人即泉先也，又名泉客。南海出蛟绡纱，泉先潜织，一名龙纱，其价百余金。以为入水不濡。南海有龙绡宫，泉先织绡之处，绡有白之如霜者。"晋人张华《博物志》："南海外有鲛人，水居如鱼，不废织绩，其眼能泣珠。从水出，寓人家，积日卖绡。将去，从主人索一器，泣而成珠满盘，以与主人。"

③**燕语**：闲谈；亲切交谈。《汉书·孔光传》："沐日归休，兄弟妻子燕语，终不及朝省政事。"

④**黯黯碧云暮**：用南朝梁人江淹《拟汤惠休》"日暮碧云合，佳人殊未来"句意。

⑤**春归**：春天来临。

⑥**红紫**：红花与紫花。

⑦**放教**：使，令。**狼藉**：指多而散乱堆积。

⑧**钿车**：用珠宝嵌饰的车子。

⑨**惊心**：内心感到惊惧或震动。

译　文

剪下一段鲛绡，传达绵绵情语，天际碧云渐渐昏暗，已是日暮。忧愁地盼望春天来到，春天来到了，却更没有心绪。园林中红花、紫花千千，令它们散乱堆积的，并不只有风雨。不要只去抱怨连番的风雨。

谢桥路上，钿车十载后如约归来，却惊心地发现旧游已误。玉佩生尘，此恨奈何！倚楼向天涯极目远眺。天涯尽处，算来只有蒙蒙的飞絮。

词　评

此作得稼轩之骨。"愁望"以下，其怨愈深，后编讽刺不少。

——王鎏（xiè）《手批〈云起轩词钞〉》

郑文焯（zhuō）（一首）

郑文焯（1856—1918），奉天铁岭（今辽宁铁岭）人，隶内务府汉军正白旗。字俊臣，号小坡，又号叔问、冷红词客、瘦碧、鹤道人、大鹤山人。光绪元年（1875）中举，捐内阁中书。戊戌政变后，辞官。曾任江苏巡抚幕僚三十余载。辛亥革命后，以遗老自居。1917年，蔡元培聘其为北京大学金石学教授兼校医，因衰病谢绝，不久病逝。郑文焯工诗词，擅医道，又精于金石书画，通音律乐理及园艺。有《词源斠律》《大鹤山房诗集》等。词有《瘦碧词》《冷红词》《比竹余音》《苕（tiáo）雅旧稿》四种，晚年删定为《樵风乐府》。词与王鹏运、况周颐、朱祖谋并称"晚清四大家"（四大词人）。

玉楼春

梅花过了仍风雨。著意伤春天不许[1]。西园词酒去年同，别是一番惆怅处。　一枝照水浑无语。日见花飞随水去。断红还逐晚潮回，相映枝头红更苦。

说　明

此词写花落春去、年华流逝的无奈和感伤。其中包含着对清王朝日趋没落的慨叹。约作于光绪十八年（1892），时郑文焯在京任内阁中书。

注　释

①**著意**：用心，刻意。

译　文

梅花的时节已过，却仍是风雨交加。我刻意伤春，上天却不允许。同去年一样，我还是在西园中赋词饮酒。但今年，却别有一番令人惆怅之处。

一枝花，映照在水中，默默无语。每天都见到花儿飞落随水而去。飘零的花瓣又逐着晚潮回来，与枝头的花互相映衬。这时，它们彼此都更加凄苦。

词　评

君词体洁旨远，句妍韵美。

——清·俞樾《瘦碧词序》

朱祖谋（一首）

朱祖谋（1857—1931），字古微，一作古薇。原名孝臧(zāng)，字藿(huò)生，号沤(ōu)尹，又号疆村。归安（今浙江湖州）人。光绪九年（1883）进士。官至礼部侍郎。光绪三十年（1904）出任广东学政，因与总督不合，称病辞官。后应聘为江苏法政学堂监督。宣统二年（1910）授弼德院顾问大臣，以病辞。辛亥革命后，隐居自适，以校书著述自娱。1931年，病逝于上海。早岁工诗，四十岁后，始着力于词，为“晚清四大家”之一。所刻《疆村丛书》，搜集唐、宋、金、元词一百六十三家、一百七十三种，功力斐然。著有词集《疆村语业》三卷、诗集《疆村弃稿》一卷。编有《湖州词徵》《国朝湖州词录》《沧海遗音集》《宋词三百首》。

南乡子

病枕不成眠。百计湛冥(zhàn míng)梦小安[1]。际晓东窗鹈鴂(tí jué)唤[2]，无端[3]。一度残春一惘然。　歌底与尊前。岁岁花枝解放颠。一去不回成永忆，看看[4]。惟有承平与少年[5]。

说　明

此词哀叹逝去的年华，当作于晚年。

注　释

①**湛冥：**深沉玄默。

②**鹈鴂：**杜鹃。又名杜宇、子规。

③**无端：**无由，无缘无故。

④**看看：**估量时间之词。有渐渐、眼看着、转瞬间等意思。宋人王安石《马上》："年光如水尽东流，风物看看又到秋。"

⑤**承平：**相承平安之意。谓社会秩序比较持久的安定。

译　文

病中，枕着枕头，无法入眠。想尽办法令心情平静，令梦境稍安。将近拂晓时，东窗外杜鹃啼唤。无缘无故地，一到暮春，我就一度惘然。

歌声中，酒杯前，年年头戴花枝，放纵癫狂。转瞬间一去不回，成了永远的追忆的，唯有太平盛世和少年时光。

词　评

公始以能诗名……及交王半塘鹏运，弃而专为词。勤探孤造，抗古迈绝，海内归宗匠焉。晚处海滨，身世所遭，与屈子泽畔行吟为类，故其词独幽忧怨诽，沉抑绵邈，莫可端倪。

——陈三立《清故光禄大夫礼部右侍郎朱文直公墓志铭》

况周颐（yí）（一首）

况周颐（1859—1926），原名周仪，因避宣统帝溥仪讳，改名周颐。字夔（kuí）笙，一字揆（kuí）孙，别号玉梅词人，晚号蕙风词隐。临桂（今广西桂林）人。年少聪颖，九岁补博士弟子员。十岁，因诗赋可观、属对绝妙而名动京师。光绪五年（1879）举人。十四年（1888）任内阁中书。十九年（1893）调任会典纂修。曾入两江总督张之洞、端方幕府。又任教于武进龙城书院、南京师范学堂。辛亥革命后，流寓上海，卖文自给。1926年，因病辞世。况周颐用心钻研词学，以词为业，致力五十年，尤精于词论，为"晚清四大家"之一。编有《薇省词钞》《粤西词见》。词集有《新莺词》等，合刊为《第一生修梅花馆词》，晚年删定为《蕙风词》。词话有《蕙风词话》等。文集有《阮庵笔记五种》《香东漫笔》《万邑西南山石刻记》《征壁集》等。

浣溪沙

一晌温存爱落晖[1]。伤春心眼与愁宜[2]。画阑凭损缕金衣。

渐冷香如人意改，重寻梦亦昔游非。那(nǎ)能时节更芳菲。

说　明

此词写对逝去时光的追忆，情调凄怆，颇为绝望。

注　释

①**一晌：**霎时，片刻。**温存：**温暖。

②**心眼：**心意，心思。

译　文

爱那落日余晖的片刻温暖，伤春的心思与愁相宜。久久地倚靠着画栏，磨坏了金线织的衣衫。

渐渐冷却的香，正如人意已改。重寻旧梦，昔游亦非，时节哪能再度芳菲。

词　评

知世步已更，人情非旧，回黄转绿，事所不能。以希冀为词中着眼处，以无可希冀为词中用力处，比并言之，益致怆感。

——赵尊岳《蕙风词史》

王国维（一首）

王国维（1877—1927），字静安，一作静庵，一字伯隅(yú)，号观堂，亦号永观。初名国桢(zhēn)。浙江海宁人。两应乡试，未中，遂弃举业。光绪二十七年（1901）留学日本，次年因病归国，任南洋公学虹口分校执事。三十二年（1906）入京，专力研究词学理论与中国戏曲史。辛亥革命后，以清遗老自居，携眷随罗振玉往日本京都，致力于甲骨文、金文与汉简研究。五年后归国。先后任仓圣明智大学教授、北京大学通讯导师。1923 年，应召任清故宫“南书房行走”。次年，受聘任清华大学研究院导师，教授古史新证、尚书、说文等。1927 年 6 月，自沉于颐和园昆明湖。一生博学，在哲学、史学、文学、文字学、考古学等诸多领域，均有成就。著有《人间词话》《宋元戏曲考》《观堂集林》《观堂别集》《静安文集》《殷周制度论》等。词集有《苕华词》《观堂长短句》。

蝶恋花

阅尽天涯离别苦①。不道归来②，零落花如许。花底相看(kān)无一语，绿窗春与天俱暮③。

待把相思灯下诉④。一缕新欢，旧恨千千缕。最是人间留不住，朱颜辞镜花辞树⑤。

说明

此词写韶光易逝的感伤。光绪三十一年（1905）作于故乡浙江海宁。

注释

①**阅：**经历。

②**不道：**不料，不承想。

③**绿窗：**绿色的窗子。

④**待：**欲，将要。

⑤**朱颜：**红润美好的容颜。

译文

阅尽了远在天涯、离别家人之苦。不料归来后，花已经零落如许。我们在花底默默相看，一句话也说不出。绿窗中的春色，与天色一同迟暮。

将要把相思之情在灯下倾诉。新的欢乐只有一缕，旧的愁恨却有千千缕。人间最留不住的，就是朱颜辞别镜子，花辞别树。

词评

静安先生不欲以词名，而所作词话理解超卓，洞明原本，指出“境界”二字及隔与不隔之说，尤征精识。所作小令，寄托遥深，参以哲理，饶有五代、北宋韵格，洵足独树一帜。

——叶恭绰《广箧(qiè)中词》